**A MEDICINE FOR MELANCHOLY
AND OTHER STORIES**

베스트 오브 레이 브래드버리

THE BEST OF RAY BRADBURY

이주혜 옮김

아작

최근까지도 그 사랑으로 아들을 놀라게 하는 아버지에게,
그리고 새로운 세계를 선사해준 버너드 헬렌슨과 닉키 마리아노에게 바칩니다.

내 평생 옆 블록 한가운데 작은 집에 살았던 찰스 보몬트에게,
그리고 이런저런 이유로 루시 국의 친구 빌 놀란과 빌 이델슨에게
또 폴 콘딜리스에게 바칩니다.

일러두기

모든 주석은 옮긴이의 것입니다.

차례

IN A SEASON OF CALM WEATHER

어느 잔잔한 날에

어느 여름 한낮에 조지 스미스와 앨리스 스미스, 두 사람은 비아리츠에서 기차를 내렸다. 부부는 한 시간 후 해변으로 통하는 호텔을 빠져나와 바다에 뛰어들었다가 다시 모래밭으로 나와 일광욕을 즐겼다.

거기 엎드려 살갗을 태우는 조지 스미스를 보면 마치 냉장 상추처럼 이제 막 비행기를 타고 유럽으로 운반되었다가 곧 배를 타고 고국으로 돌아갈 한낱 관광객에 불과하다고 생각할 것이다. 그러나 이 남자는 삶 자체보다 예술을 더 사랑하는 사람이었다.

"후유." 조지 스미스는 한숨을 내쉬었다. 땀방울이 또 한 차례 가슴을 타고 또르르 흘러내렸다. 오하이오에서 마셨던 수돗물을 모두 증발시키고 보르도산 최고급 포도주를 마셔야겠어, 그는 생각했다. 핏속에 진한 프랑스 술을 흘려보내면 토박이의 눈으로 세상을 볼 수 있을 거야!

왜일까? 왜 프랑스 것이라면 뭐든 먹고 숨쉬고 마시려고 할까? 그러면 언젠가는 한 남자의 천재성을 진정으로 이해하게 될지도 모르니까.

그는 입술을 움직여 어떤 이름 하나를 발음하려고 했다.

"조지?" 아내가 그를 내려다보며 말했다. "당신, 무슨 생각하는지 알아.

입술 모양만 봐도 알겠어."

그는 꼼짝도 하지 않고 누워 아내의 말을 기다렸다.

"뭔데?"

"피카소겠지." 아내가 말했다.

그는 움찔했다. 언젠가는 아내도 그 이름을 제대로 발음할 수 있으리라.

"제발." 그녀가 말했다. "좀 편안하게 쉬지 그래. 당신도 오늘 아침 그 소문을 들었겠지만, 당신 눈부터 좀 봐. 다시 경련이 시작되었잖아. 그래, 피카소가 여기 와 있다지? 여기서 겨우 몇 킬로미터 떨어진 작은 어촌에 친구들을 만나러 왔다며? 하지만 그런 소문 따위 잊지 않으면 모처럼의 우리 휴가는 엉망이 되고 말 거야."

"그딴 소문, 처음부터 아예 듣지 않는 편이 좋았어." 그는 솔직히 말했다.

"차라리 피카소 말고 다른 화가를 좋아했더라면 더 나았겠지." 아내가 말했다.

다른 화가라고? 그래, 다른 화가들도 있었지. 가을철 배나 한밤중의 자두를 그린 카라바지오의 정물화를 보며 아침 식사를 하는 것도 꽤 취미에 맞는다. 점심이라면, 불을 뿜는 것도 같고 굵직한 벌레가 기어가는 것도 같은 반 고흐의 해바라기, 시각장애인조차 이글거리는 캔버스를 손가락을 태워가며 더듬어 읽을 수 있는 그 화사한 꽃을 보면서 먹으면 좋겠지. 그러나 성대한 연회라면 어떨까? 어떤 그림이 그의 미각을 충족해줄까? 보리수 잎과 설화석고와 산호를 머리에 쓰고 뿔 같은 손톱이 돋아난 손으로 삼지창 같은 붓을 움켜쥐고 거대한 꼬리를 휘둘러 지브롤터 전역에 한여름의 소나기를 퍼부으며 수평선 위로 우뚝 솟아오른 바다의 신 포세이돈과도 같은, 〈거울 앞의 소녀〉와 〈게르니카〉의 창조자 말고 누가 또 있단 말인가?

"앨리스." 그는 참을성 있게 말했다. "어떻게 설명하면 좋을까? 기차를 타고 오면서 내내 생각했어. 오, 맙소사, 이 나라는 온통 피카소로군!"

그러나 그게 사실일까? 그는 궁금했다. 하늘과 땅과 사람들, 이곳의 불그스름한 벽돌, 저곳의 소용돌이무늬 철제 발코니, 몇 사람의 손을 거치면서 수천 개의 지문이 묻어버린 과일처럼 농익은 만돌린, 밤바람에 이리저리 날리는 색종이 조각처럼 누더기가 되어버린 광고판, 이 가운데 어디까지가 '피카소답고' 어디까지가 조지 스미스가 피카소의 시선으로 바라본 세계일까? 그는 대답을 포기했다. 그 늙은 남자는 테레빈유와 아마인유를 흠뻑 적셔 조지 스미스라는 존재를 그려냈고 황혼의 '청색 시대'와 새벽녘의 '장밋빛 시대'를 모두 이룩했다.

"생각해봤는데 말이야." 그가 큰 소리로 말했다. "우리 돈이 모이면…."

"우리가 어떻게 5천 달러나 모아?"

"알아." 그가 조용히 말했다. "그래도 언젠가는 그 힘든 일을 해낼 거라는 생각만으로도 멋지지 않아? 그날이 오면 그에게 다가가 이렇게 말하는 거지. '피카소, 여기 5천 달러가 있소이다! 바다든 모래밭이든 저 하늘이든, 뭐든 좋으니 당신이 원하는 걸 그려준다면 우린 참으로 행복하겠소.'"

잠시 후 아내가 그의 팔에 손을 얹으며 말했다.

"당신, 물에 들어가는 게 좋겠어."

"그래. 그게 좋겠군." 그는 말했다.

그가 물을 가르며 헤엄쳐 나가자 하얀 포말이 불꽃처럼 튀어 올랐다.

오후 내내 조지 스미스는 물 밖으로 나왔다가 다시 바다로 뛰어들기를 반복했다. 바다에는 몸이 따뜻한 사람들, 차가워진 사람들이 잔뜩 모여 물을 튀겨가며 움직였고 마침내 해가 기울자 잘 구운 바닷가재 색이나 바싹 구운 비둘기와 뿔닭 색으로 몸을 그을린 사람들이 웨딩케이크처럼 생긴 호텔로 터벅터벅 걸어갔다.

끝 간 데 없이 펼쳐진 해변에는 단 두 사람을 제외하고 아무도 보이지 않았다. 한 사람은 어깨에 수건을 걸친 조지 스미스로, 마지막으로 경건한 기도를 하려고 나와 있었다.

훌쩍 떨어진 저쪽에 조지 스미스보다 키가 작고 머리를 각지게 자른 한 남자가 홀로 고요한 대기 속을 걷고 있었다. 검게 그을린 남자의 바싹 깎은 머리는 햇빛을 받아 거의 마호가니색으로 물들었고 눈은 눈 앞의 바닷물처럼 맑게 빛났다.

이렇게 해안선의 무대가 마련되었고, 몇 분 후 두 남자는 마주칠 운명이었다. 운명의 여신은 이렇게 또 한 번 충격과 놀라움, 만남과 이별의 자리를 만들었다. 그러나 그 순간에도 이 고독한 두 산책자는 어느 도시 어느 군중 속에서나 볼 수 있는, 서로 팔꿈치를 스치고 지나가는 흐름에 몸을 맡기는 우연 따위는 전혀 생각하지 못했다. 감히 그 흐름에 뛰어들면 각자의 손으로 기적을 움켜쥘 수도 있다는 사실 역시 생각하지 못했다. 대다수 다른 사람들처럼 그들 역시 그런 어리석은 일을 외면하고 운명의 여신에게 붙들리지 않도록 둑 위에 단단히 서 있을 뿐이었다.

낯선 남자는 홀로 서 있었다. 그는 주위를 흘끔거리며 자신이 혼자 있음을 확인하고는 아름다운 만의 바닷물과 지는 해가 흩뿌리는 노을빛을 바라보며 서 있었다. 잠깐 몸을 돌렸을 때 모래 위에 작은 나뭇가지가 눈에 들어왔다. 오래전 녹아버린 라임 맛 아이스크림의 가느다란 막대였다. 남자는 빙그레 웃으며 막대를 주워들었다. 남자는 다시금 주위를 둘러보며 혼자 있음을 확인하더니 몸을 숙이고 막대 쥔 손을 부드럽게 움직였다. 그리고 손을 가볍게 움직여 이 세상에서 그가 가장 잘 아는 일을 하기 시작했다.

그는 모래 위에 굉장한 형체를 그리기 시작했다.

형체 하나를 그리자 잠시 몸을 펴고 자신이 그린 것을 바라보았다. 이내 자신의 작업에 완전히 심취해서 두 번째, 세 번째 형체를 그렸고 이윽고 네 번째, 다섯 번째, 여섯 번째 형체를 그려나갔다.

해안선을 따라 발자국을 찍으며 걷던 조지 스미스는 여기저기 둘러보다가 앞쪽의 남자를 보았다. 점점 더 가까이 다가가자 까맣게 그을린 남자가 몸을 숙인 모습이 보였다. 조금 더 가까이 가자 남자가 무엇을 하고 있는지 분명하게 알 수 있었다. 조지 스미스는 자기도 모르게 웃음을 터뜨렸다. 그도 그럴 것이… 바닷가에 홀로 나와 있는 이 남자는 몇 살이나 되었을까? 예순다섯? 일흔? 남자는 자꾸 뭔가를 끼적이며 낙서하고 있었다. 게다가 모래는 또 얼마나 날리는지! 어쩌자고 모래밭에 저토록 거친 그림을 마구 펼치고 있을까? 어떻게….

한 발짝 더 다가간 조지 스미스는 그대로 걸음을 멈추었다.

낯선 남자는 계속 그림을 그리느라 자신과, 자신이 모래밭에 그려놓은 세계 바로 뒤에 누가 서 있다는 사실을 전혀 감지하지 못한 것 같았다. 고독한 창작에 너무도 깊이 매혹되어 바닷가에 폭뢰가 떨어진다고 해도 나는 듯한 손길을 멈추거나 주위를 둘러보지 않을 것 같았다.

조지 스미스는 모래를 내려다보았다. 꽤 오랫동안 그림을 들여다보던 그가 몸을 떨기 시작했다.

편편한 모래밭에 그리스의 사자와 지중해의 염소, 금가루 같은 모래로 살집이 이루어진 처녀, 손으로 깎은 뿔피리를 부는 사티로스, 어린 양떼와 함께 뛰놀며 바닷가를 따라 꽃을 뿌리고 춤을 추는 아이들, 하프와 리라를 연주하며 깡충깡충 뛰는 악사들, 저 멀리 초원과 숲과 버려진 사원과 화산을 향해 내달리는 젊은이들과 유니콘이 그려져 있었다. 남자의 손과 나무 막대는 단 한 군데도 끊기지 않는 선으로 해변을 따라 열정적으로 몸을 굽히고 땀을 비처럼 쏟으며 휘갈기다가, 매듭을 짓다가, 원을 그리다가, 위로 아래로 옆으로 안팎으로 움직이다가, 한땀 한땀 새기다가, 속삭이다가, 잠시 멈추었다가, 마치 태양이 바닷속으로 완전히 잠기기 전에 이 떠들썩한 여정을 화려하게 마무리해야 한다는 듯 이내 서둘러 다시 움직였다. 님프와 나무의 요정들이 이삼십 미터가 넘는 길이로 펼쳐지고 여름철 분수는 해독할 길 없는 상형문자를 그리며 솟구쳤다. 사위어가는 빛을 받은 모래는 이제 녹아내린 구리색이 되어 어느 시대, 어느 인간이 읽어도 오래오래 음미할 수 있을 어떤 메시지를 새기고 있었다. 모든 것이 각자의 바람과 중력 속에서 회오리치다 균형을 잡았다.

춤추는 포도주 상인 딸들의 포돗빛으로 물든 발 아래서 포도주가 짓눌려 흘러나오는가 하면, 꽃으로 꾸민 연들이 나부끼는 구름 위로 꽃향기를 흩뿌렸다. 그런가 하면 무럭무럭 김이 솟아오르는 바다에서 황금 칼집에 싸인 괴물이 태어났다. 그리고… 또… 이제….

화가가 동작을 멈추었다.

조지 스미스는 뒤로 물러나 가만히 서 있었다.

눈길을 든 화가는 그토록 가까운 곳에 사람이 있는 걸 발견하고 화들짝 놀랐다. 그는 벌떡 일어나 조지 스미스와 아무렇게나 찍힌 발자국처럼 펼쳐진 자신의 창조물을 번갈아 쳐다보았다. 이윽고 남자는 미소를 지으며 어깨를 으쓱했다. 마치 '내가 한 짓을 보시오. 어린애 장난 같지 않소? 누구나 한 번은 바보가 되는 법이라오. 당신도 그럴 수 있지 않겠소? 그러니 이 바보 같은 늙은이를 용서해주시오. 아무렴. 아무렴.' 하고 말하는 것 같았다.

그러나 조지 스미스는 햇볕에 그을린 까만 피부와 맑고도 날카로운 눈빛을 한 이 작은 남자를 그저 바라보면서 남자의 이름을 딱 한 번, 속삭이듯 불러볼 뿐이었다.

두 사람은 한 5초 정도 그렇게 서 있었다. 조지 스미스는 모래 조각 작품을 물끄러미 바라보았고, 화가는 장난기 어린 호기심으로 조지 스미스를 바라보았다. 조지 스미스는 무슨 말을 할 듯 입을 열었다가 다물었고 손을 내밀었다가 곧 뒤로 물렸다. 그림을 향해 다가갔다가 다시 뒷걸음질을 쳤다. 그는 어느 고대의 폐허에서 바닷가까지 떠밀려온 귀한 대리석 조각상을 보는 사람처럼 줄지어 그려진 그림을 따라 움직였다. 눈 한 번 깜빡이지 않았다. 손을 뻗어 만져보고 싶었지만, 감히 그러지 못했다. 달리고 싶었지만 달릴 수도 없었다.

순간 그는 호텔을 쳐다보았다. 그래, 달리는 거야! 달리자! 무엇 때문에? 삽을 가져와 금세 무너질지도 모르는 모래더미를 파내려고? 기술자를 데려와 파리의 석고로 언제라도 부서질 이 그림을 본으로 뜨게 하려고? 아니, 아니다. 전부 어리석은 짓이다. 그렇다면, 어쩌지? 그의 시선이 호텔 창문에 꽂혔다. 카메라! 얼른 뛰어가서 카메라를 가져오자. 서둘러 바닷가로 돌아와 사진을 찍고 필름을 갈고 다시 찰칵찰칵 셔터를 누르는 거야!

조지 스미스는 태양을 향해 몸을 돌렸다. 해가 그의 얼굴을 희미하게 비추었다. 두 눈동자에 두 개의 작은 불꽃이 떠올랐다. 해는 반쯤 물에 잠겼고 그가 지켜보는 단 몇 초 사이 나머지 반도 가라앉았다.

화가가 엄청난 친밀감을 담고 가까이 다가와 조지 스미스의 얼굴을 들여다보았다. 마치 그의 생각까지도 모두 알아맞힐 수 있다는 표정이었다. 이제 화가는 고개를 가볍게 숙여 인사를 건넸다. 그의 손에서 아이스크림 막대가 자연스럽게 떨어졌다. 그는 안녕이라고 작별의 인사를 건넸다. 그리고 바닷가를 따라 남쪽으로 걸어가버렸다.

조지 스미스는 가만히 서서 남자의 뒷모습을 바라보았다. 꼬박 1분이 지나고 나서야 그는 할 수 있는 단 한 가지 일을 했다. 그는 환상적인 사티로스와 포노스, 포도주에 잠긴 처녀들과 질주하는 유니콘과 뿔피리를 부는 젊은이들이 그려진 그림 첫머리부터 바닷가를 따라 천천히 걸었다. 그는 유려하게 흐르는 그림의 향연을 내려다보며 오래도록 걸었다. 마침내 짐승과 사람들의 그림 끝자락에 이르자 방향을 틀어 왔던 길을 다시 걸었다. 마치 뭔가를 잃어버렸는데 어디서 찾아야 할지 도무지 알 수 없는 사람처럼 계속 아래를 보았다. 하늘에도 모래밭에도 의지할 빛이 완전히 사라질 때까지 계속 그 일을 되풀이했다.

조지 스미스는 저녁 식사 테이블에 앉았다.

"당신, 늦었네." 아내가 말했다. "나 혼자 내려가서 먹었어. 배가 무진장 고팠거든."

"괜찮아." 그가 말했다.

"산책길에 뭐 재미있는 일이라도 있었던 거야?" 아내가 물었다.

"아니." 그가 말했다.

"근데 당신 표정이 왜 그래? 먼바다까지 헤엄쳐 갔다가 물에 빠져 죽을 뻔한 사람 얼굴인걸? 당신 얼굴만 봐도 알겠어. 너무 멀리 헤엄쳐 갔던 거 맞지?"

"응."

"흠." 아내는 남편의 얼굴을 찬찬히 들여다보았다. "두 번 다시 그러지마. 이제, 뭘 먹겠어?"

그는 메뉴를 집어 들고 읽다가 갑자기 멈추었다.

"왜 그래?" 아내가 물었다.

그는 고개를 돌리며 잠시 눈을 질끈 감았다.

"들어봐."

아내는 귀를 기울였다.

"아무 소리도 들리지 않아." 그녀가 말했다.

"안 들려?"

"응. 무슨 소린데?"

"그냥 파도 소리." 그는 잠시 눈을 꼭 감고 가만히 앉아 있었다. "밀물이 들어오고 있어."

A MEDICINE FOR MELANCHOLY

(OR: THE SOVEREIGN REMEDY REVEALED!)

멜랑콜리의 묘약

(또는, 특효약을 찾았다!)

"거머리를 좀 잡아 오세요. 피를 빨려야겠습니다." 의사 김프가 말했다.

"딸아이에겐 피가 남아 있지 않아요!" 윌크스 부인이 소리쳤다. "오, 선생님. 우리 카밀리아는 대체 어디가 어떻게 아픈 거죠?"

"상태가 좋지는 않습니다."

"예? 그래서요?"

"몸이 좋지 않습니다." 선량한 의사가 얼굴을 찌푸렸다.

"계속 말씀해보세요!"

"따님은 바람 앞의 촛불과도 같아요. 몹시 허약해져 있습니다."

"아니, 김프 선생님. 아까 저희 집에 들어오셨을 때 했던 말을 돌아갈 때도 똑같이 하려는 겁니까?" 옆에서 윌크스 씨가 항의했다.

"그렇지 않습니다! 새벽하고 정오, 그리고 해 질 녘에 이 약을 먹이세요. 특효약입니다!"

"이런 제길! 우리 애는 벌써 특효약으로 배가 가득 찼소이다!"

"쯧쯧! 어쨌든 저는 이만 가볼 테니 1실링을 주시오."

"이 악마 같은 자식, 썩 꺼져!" 윌크스 씨는 착한 의사의 손에 동전 한 닢을 던져주었다.

의사는 숨을 헐떡이며 코담배를 한 번 킁킁대더니 재채기를 한 번 하고 쿵쿵거리며 계단을 내려갔다. 그러고는 1762년 봄날 아침 부슬비가 내리는 혼잡한 런던의 거리로 사라졌다.

윌크스 부부는 사랑하는 딸이 누워 있는 침대로 갔다. 카밀리아는 파리한 낯빛에 야위었지만, 커다랗고 촉촉한 라일락색 눈동자며 베개 위로 물결치는 금발 머리는 여전히 아름다웠다.

"아아." 카밀리아는 금세 울음을 터뜨릴 것만 같았다. "저는 어떻게 되나요? 이른 봄부터 시작해 벌써 3주째예요. 거울을 보면 꼭 유령 같아요. 제가 봐도 무서워요. 스무 살 생일도 맞이하지 못하고 죽을지도 모른다고 생각하면…."

"아가." 윌크스 부인이 말했다. "대체 어디가 아픈 거냐?"

"팔이요. 다리도요. 가슴도, 머리도 아파요. 그동안 의사가 몇 명이나 왔었죠? 여섯 명이었던가요? 그 사람들은 진찰한답시고 저를 꼬치에 꿴 소고기처럼 이리저리 돌려댔어요. 더는 싫어요. 제발, 누구의 손도 닿지 않고 조용히 죽게 해주세요."

"정말 소름 끼치게 이상한 병이에요." 윌크스 부인이 남편에게 말했다. "어떻게 좀 해봐요, 여보!"

"나더러 뭘 더 어쩌란 말이오? 이제 의사도 약사도 목사도 부르지 않을 거요! 될 대로 되라지! 그자들은 나를 아주 비틀어 짰소! 그럼 나더러 저 거리로 달려 나가 길거리 청소부라도 데려오라는 말이오?"

"그러세요." 어떤 목소리가 말했다.

"뭐라고?" 세 사람은 모두 그 목소리를 향해 몸을 돌렸다.

거기 카밀리아의 남동생 제이미가 있다는 사실을 다들 까맣게 잊고 있었다. 제이미는 방에서 가장 먼 쪽 창가에 서서 이를 쑤시며 부슬비가 내리는 번잡한 런던의 거리를 조용히 내려다보고 있었다.

"4백 년 전에도 누가 그렇게 해보았는데, 효험이 있었대요." 제이미는 차분하게 말했다. "정말로 길거리 청소부를 데려오라는 말이 아니에요. 카밀리아 누나를 침대째 번쩍 들어 아래층 문밖에 내놓자는 말이에요."

"아니, 왜 그래야 한단 말이냐?"

제이미는 눈을 움직여 지나가는 사람 수를 헤아리며 말했다. "한 시간이면 천 명도 넘는 사람들이 우리 집 문 앞을 지나가요. 하루면 2만 명이 지나가죠. 뛰는 사람, 절뚝거리는 사람, 마차를 타고 지나가는 사람… 다들 쇠약해진 누나를 보고 누나의 이를 세어보거나 귓불을 잡아당겨보겠죠. 그러다 그중 누가 특효약을 알려줄지도 모르잖아요! 설마 그중 한 가지는 정확하지 않겠어요?"

"아아, 그럴 수도 있겠구나." 윌크스 씨는 어리둥절했다.

제이미가 숨을 몰아쉬며 말을 이었다. "아버지! 개인적으로 《약물학 전서》쯤은 가볍게 쓸 수 있다고 생각하지 않는 사람이 단 한 명이라도 있을까요? 목이 아프면 초록색 고약을 써라, 말라리아나 복부팽창에는 황소 연고가 좋다, 이런 사람이요. 지금 이 순간도 만 명이 넘는 자칭 약장수가 저 아래를 지나가고 있을 거예요. 우린 그들의 지혜를 놓치고 있는 셈이에요!"

"그래, 제이미. 정말 좋은 생각이구나!"

"그만둬요!" 윌크스 부인이 말했다. "이 거리든 저 거리든 내 딸을 거리에 내놓을 수는 없어요."

"아니, 부인!" 윌크스 씨가 나섰다. "카밀리아가 눈처럼 녹아내리고 있는데도, 이 더운 방에서 밖으로 옮기기를 주저하겠단 말이오? 제이미, 당장 침대를 들어 올리자!"

"카밀리아, 네 생각은 어떠니?" 윌크스 부인이 딸을 향해 물었다.

"차라리 밖에서 죽는 게 낫겠어요. 거긴 시원한 바람이 머리카락이라도 날려주겠죠." 카밀리아가 말했다.

"그런 소리 마라!" 윌크스 씨가 말했다. "넌 죽지 않아. 제이미, 침대를 들어라! 그래! 그렇지! 부인은 비켜요! 아들아, 조금 더 높이!"

"아아." 카밀리아가 희미한 목소리로 외쳤다. "제가 날고 있어요, 날아가요!"

갑작스레 런던에 푸른 하늘이 드러났다. 사람들은 날씨의 변화에 놀라 거리로 뛰어나와 구경도 하고 볼일을 보기도 하고 살 것을 사기도 했다. 시각장애인들이 노래를 부르고 개들은 깡충깡충 뛰어다니고 어릿광대는 몸을 들썩이며 재주를 넘었으며 아이들은 분필로 그림을 그리고 공을 던졌다. 한바탕 사육제가 벌어진 것만 같았다.

제이미와 윌크스 씨는 이마에 불끈 푸른 힘줄을 돋우고 카밀리아를 거리로 옮겼다. 카밀리아는 마치 가마를 탄 여자 교황처럼 눈을 질끈 감고 기도를 중얼거렸다.

"조심해요!" 윌크스 부인이 소리쳤다. "그러다 우리 애가 죽겠어요! 아니, 아니, 거기요. 거기에 내려놓아요. 천천히…."

마침내 카밀리아는 진열대에 전시된 크고 창백한 바르톨로뮤 인형처럼, 침대를 집 전면에 살짝 기울인 상태로 햇볕 아래 누워 밀려오는 박애의 물결을 기다렸다.

"제이미, 가서 펜과 잉크와 종이를 가져와라." 윌크스 씨가 말했다. "사람들이 전해주는 증상과 치료법을 적어둬야겠어. 그래야 이따 밤에 같이 살펴볼 수 있지 않겠니. 자, 이제…."

그러나 벌써 지나가는 군중 속에서 한 남자가 날카로운 눈초리로 카밀리아를 뚫어지게 보고 있었다.

"이 여자는 병에 걸렸군!" 남자가 말했다.

"그렇소이다." 윌크스 씨는 반색하며 말했다. "자, 시작이다. 아들아, 펜을 다오. 그래, 그래. 계속 말씀하십시오, 선생님!"

"몸이 좋지 않군요." 남자는 얼굴을 찌푸렸다. "몹시 허약해져 있습니다."

"몹시 허약해졌다…." 윌크스 씨는 받아적다가 갑자기 멈추고 의심스러운 표정으로 남자를 쳐다보았다. "당신은 의사요?"

"그렇소."

"어쩐지 어디서 많이 들어본 말 같더라니! 제이미, 내 지팡이를 가져다가 이 작자를 썩 쫓아버려라! 어서 가시오, 선생! 썩 물러나시오!"

남자는 분노로 씩씩거리며 욕을 퍼붓더니 서둘러 가버렸다.

"몸이 좋지 않군요. 몹시 허약해져 있습니다, 라니. 망할!" 윌크스 씨는 남자의 말을 흉내 냈다가 이내 멈추었다. 어느새 방금 무덤 밖으로 걸어 나온 유령처럼 크고 퀭한 눈빛을 한 여자가 카밀리아를 향해 손가락질하고 있었다.

"멜랑콜리…, 우울증이군." 여자가 중얼거렸다.

"우울증이라." 윌크스 씨는 만족스러운 듯 받아적었다.

"폐에 출혈이 있어." 여자가 노래하듯 말했다.

"폐에 출혈이!" 윌크스 씨는 활짝 웃으며 받아적었다. "이제야 좀 그럴싸한 말이 나오는군!"

"멜랑콜리의 묘약이 필요해." 여자가 힘없이 말했다. "혹시 집에 미라 가루가 있나요? 최상급 미라 가루라면 이집트산, 아라비아산, 힐라스파토스산, 리비아산이 있어요. 모두 자성의 질병에 아주 잘 듣는답니다. 필요하면 날 찾아와요. 나는 플로든 거리에 사는 집시랍니다. 파드득나물도 팔고 수꽃 유향도 팔고…."

"플로든 거리… 파드득나물… 조금만 천천히 말씀해주시겠습니까?"

"또 백지향 수지며 흑해에서 나는 쥐오줌풀이며…."

"잠깐만요, 부인! 백지향 수지라고 하셨지요? 어이쿠, 제이미! 저 여인을 붙들어라!"

그러나 여자는 약 이름만 줄줄 늘어놓고 사라져버렸다.

이번에는 열일곱 살도 안 되어 보이는 소녀가 다가와 카밀리아를 살펴보았다.

"이 사람은…."

"잠깐만!" 윌크스 씨는 부지런히 적었다. "자성의 질병에는… 흑해에서 나는 쥐오줌풀… 됐어! 오오, 소녀여. 내 딸의 얼굴에서 무엇이 보이나요? 당신은 숨도 쉬지 않고 내 딸을 뚫어지게 살피고 있군요. 어서 말해보세요."

"이 사람은…." 이상한 소녀는 카밀리아의 눈을 깊이 들여다보고는 얼굴을 붉히고 말을 더듬었다. "이 사람이 앓는 병은… 그러니까…."

"어서 말해봐요!"

"이 사람은… 이 사람은… 아아!"

그러더니 소녀는 마지막으로 한 번 더 카밀리아를 지독하게 딱하다는 눈빛으로 바라보고는 군중 속으로 사라져버렸다.

"어리석은 계집애 같으니!"

"아니에요, 아버지." 카밀리아는 눈을 크게 뜨고 중얼거렸다. "저 소녀는 어리석지 않아요. 소녀는 보았어요. 알고 있어요. 제이미, 어서 가서 그 소녀를 붙들어오렴. 소녀에게 꼭 듣고 싶은 말이 있어!"

"아니다! 여자애는 아무 말도 하지 않았어! 아까 그 집시 여인은 약 이름이라도 줄줄 늘어놓지 않았더냐!"

"저도 알아요, 아버지." 카밀리아는 한층 더 창백해진 얼굴로 두 눈을 질끈 감았다.

누군가 헛기침을 했다.

정육점 주인이 전쟁터라도 되는 양 선명한 핏빛으로 물든 앞치마를 두르고 숱 많은 콧수염을 빳빳하게 세우고 서 있었다.

"이런 안색을 한 암소를 본 적이 있지." 그가 말했다. "브랜디와 갓 낳은 달걀 세 알을 먹여 구했지요. 지난겨울에는 나도 같은 특효약으로 목숨을 건졌답니다."

"내 딸은 암소가 아니요!" 윌크스 씨는 펜을 던져버렸다. "내 딸은 당신 같은 푸주한도 아니고, 지금은 1월도 아니지 않소! 썩 물러나시오! 다른 사람들이 기다리고 있소이다!"

정말로 엄청난 인파가 줄지어 몰려왔다. 누구는 자기가 가장 좋아하는 술을 추천했고, 누구는 영국 전역이나 프랑스 남부보다 비가 덜 내리고 날씨가 맑다는 어느 시골 지역을 권했으며, 여자든 남자든 나이가 많은 사람들, 특히 고령의 의사들은 지팡이와 목발, 단장을 부딪쳐가며 몰려왔다.

"그만 물러나요!" 윌크스 부인이 놀라 외쳤다. "이러다간 우리 딸이 봄철 딸기처럼 으깨지겠어요!"

"물러들 가요!" 제이미가 지팡이와 목발을 빼앗아 저 멀리 던져버리자, 사람들은 잃어버린 지팡이를 되찾으러 우르르 몰려갔다.

"아버지, 저는 틀렸어요! 이미 틀렸다고요." 카밀리아가 숨을 몰아쉬었다.

"아버지!" 제이미가 외쳤다. "이 소란을 잠재울 방법은 한 가지뿐이에요. 사람들에게 병의 치료법을 들어주는 대신 돈을 받는 거예요!"

"제이미, 역시 내 아들이로구나! 그럼 어서 간판을 써야지! 여러분, 내 말을 들어보시오! 2펜스씩 받겠소! 줄을 서시오! 한 줄로 서시오! 치료법을 말하고 싶으면 2펜스를 내시오! 돈을 내란 말이오, 그렇소! 선생님, 그렇습니다. 예, 좋습니다, 부인. 그럼, 여기 선생님부터. 자, 펜을 다오! 어서 시작하십시오!"

군중이 검은 바다처럼 들끓었다.

카밀리아는 한쪽 눈을 떴다가 다시 정신을 잃었다.

해가 지자 거리는 텅 비고 두어 사람만 어슬렁거렸다. 익숙한 짤랑거리는 소리에 카밀리아의 눈꺼풀이 나방처럼 파닥였다.

"3백99…, 4백 페니!" 윌크스 씨는 아들이 싱글벙글한 얼굴로 꼭 쥐고 서 있는 돈 자루에 마지막 동전을 집어넣었다. "자, 됐다!"

"그 돈이면 제게 멋진 검은색 장례 마차를 마련해줄 수 있겠네요." 카밀리아가 창백한 얼굴을 하고 말했다.

"쉿! 그런 소리 마라. 이렇게나 많은 사람이, 2백 명이나 되는 사람들이 돈을 내면서까지 우리에게 자기 의견을 말해주다니, 상상도 못 했던 일이다."

"정말 그렇네요." 윌크스 부인이 말했다. "아내도 남편도 아이들도 서로 말을 들어주지 않았기 때문이겠죠. 그러니 누가 자기 말을 들어주기만 해도 기꺼이 돈을 낸 거예요. 참 딱한 일이죠. 오늘은 다들 오직 자신만이 편도선염이며 수종이며 마비저(馬鼻疽)에 대해 알고 있고, 습진과 두드러기를 구별할 수 있다고 했어요. 덕분에 우린 오늘 저녁 큰돈을 벌었고 2백 명이 넘는 사람들이 우리 집 앞에 의학의 지혜 보따리를 풀어놓고 행복해했지요."

"아까워라! 그것도 모르고 처음엔 소란을 가라앉히겠다고 강아지 떼처럼 사람들을 물어뜯으며 쫓아냈지 뭐요!"

"치료법 목록을 읽어주세요, 아버지." 제이미가 말했다. "2백 가지 치료법을 들려주세요. 그중 어떤 방법이 효과가 있을까요?"

"아무래도 상관없어요." 카밀리아가 한숨을 내쉬며 중얼거렸다. "날이 어두워졌네요. 너무 많은 치료법을 들었더니 속이 울렁거려요. 절 2층으로 데려다주세요."

"그러자. 제이미, 침대를 들어 올려라!"

"실례합니다." 그때 어떤 목소리가 들려왔다.

윌크스 씨와 제이미는 몸을 절반쯤 숙인 채로 고개를 들어 목소리의 주인공을 쳐다보았다.

거기 키도 생김새도 특별할 게 없는 거리의 청소부가 서 있었다. 검댕이 묻은 얼굴에 연푸른색 눈이 반짝였고 웃으면 상아색 이가 빛났다. 남자가 움직일 때나 고개를 끄덕이며 조용히 말하는 동안에도 소매와 바지에서 검댕이 우수수 떨어져 내렸다.

"아까는 사람이 너무 많아서 도저히 올 수가 없었습니다." 남자가 손에 먼지투성이 모자를 들고 말했다. "지금은 집에 가는 길이라 잠시 들렀습니다. 돈을 낼까요?"

“아뇨. 안 내도 돼요.” 카밀리아가 가만히 말했다.

“잠깐만….” 윌크스 씨가 끼어들었다.

그러나 카밀리아가 부드러운 눈길로 쳐다보자 윌크스 씨도 이내 입을 다물었다.

“고맙습니다, 아가씨.” 어슴푸레한 땅거미 속에서도 청소부의 미소는 햇살처럼 따사롭게 빛났다. “제가 딱 한 말씀만 드리겠습니다.”

남자는 카밀리아를 응시했다. 카밀리아도 남자를 쳐다보았다.

“오늘은 보스코 성인의 날 전야입니다. 또 보름달이 뜨는 밤이기도 하지요.” 청소부는 병에 시달리는 사랑스러운 소녀에게서 눈을 떼지 못하고 겸손한 말투로 말했다. “따님을 떠오르는 달빛 아래 놔두어야 합니다.”

“달빛 아래라고요?” 윌크스 부인이 물었다.

“그랬다가 미치기라도 하면 어쩌죠?” 제이미가 물었다.

“송구스럽습니다만.” 청소부가 꾸벅 절을 하고 말했다. “보름달은 사람이든 저 들판의 짐승이든 가리지 않고 모든 앓는 자들을 달래준답니다. 보름달이 뿜어내는 고요한 빛깔과 평온한 빛살을 받으면 몸도 마음도 달콤하게 가라앉지요.”

“비라도 오면 어쩌려고….” 윌크스 부인이 불안한 기색으로 말했다.

“맹세합니다.” 청소부가 재빨리 말했다. “제 누이도 똑같이 쇠약하고 창백해지는 이 병을 앓았습니다. 우리도 봄밤 백합 화분처럼 달빛 아래 누이를 내놓았습니다. 지금 누이는 서식스주에 사는데 새로 태어난 사람처럼 건강하게 살고 있습니다!”

“새로 태어난 사람처럼! 달빛 아래! 그럼 오늘 모은 4백 펜스는 단 한 푼도 쓰지 않아도 되겠군. 자, 부인, 제이미, 카밀리아!”

“안 돼요!” 윌크스 부인이 말했다. “그렇게는 못 해요!”

“어머니.” 카밀리아가 말했다.

그녀는 청소부를 뚫어지게 쳐다보았다.

청소부도 검댕이 묻은 얼굴로 그녀를 마주 보았다. 그의 미소가 어둠 속에서 작은 언월도(偃月刀)처럼 반짝였다.

"어머니." 카밀리아가 말했다. "저는 느낄 수 있어요. 달님이 반드시 저를 치료해줄 거예요. 틀림없어요."

윌크스 부인은 한숨을 내쉬었다. "오늘은 낮에도 밤에도 내 뜻대로 되는 일이 하나도 없구나. 그럼 마지막으로 키스나 하게 해다오. 자, 그럼."

그리고 윌크스 부인은 2층으로 올라갔다.

이제 청소부도 뒤로 한 발짝 물러나 모두에게 정중하게 인사했다.

"꼭 밤새 밖에 나와 있어야 합니다. 달빛 아래에. 새벽까지는 조금도 방해해서는 안 됩니다. 그럼, 안녕히 주무세요, 아가씨. 멋진 꿈도 꾸세요. 잘 자요."

검댕이 묻은 얼굴이 어둠 속으로 사라졌다. 남자가 가버렸다.

윌크스 씨와 제이미도 카밀리아의 이마에 입을 맞추었다.

"아버지, 제이미, 걱정하지 마세요." 카밀리아가 말했다.

그리고 카밀리아는 홀로 남아 저 멀리 어딘가를 응시했다. 어둠 속에서 어떤 미소가 떠올라 보일 듯 말 듯 깜박거리다가 모퉁이를 돌아 사라지는 것을 본 것도 같았다.

그녀는 달이 떠오르길 기다렸다.

런던의 밤, 술집에서 들려오는 목소리들은 더욱 졸음에 빠져들었고 문 닫는 소리, 취객들의 작별 인사, 시계 종소리가 간간이 들려왔다. 카밀리아는 고양이가 여자처럼 털을 뒤집어쓰고 지나가는 것을 보았고, 여자가 고양이처럼 지나가는 것도 보았다. 둘 다 똑똑했고, 둘 다 집시였으며, 둘 다 톡 쏘는 냄새를 풍겼다. 15분에 한 번씩 2층에서 소리가 들려왔다.

"얘야, 괜찮으냐?"

"예, 아버지."

"카밀리아, 괜찮니?"

"어머니, 제이미, 저는 괜찮아요."

그리고 마침내 들려온 소리. "잘 자라."

"안녕히 주무세요."

마지막 불이 꺼졌다. 런던은 잠들었다.

달이 떴다.

달이 더 높이 떠오르자 골목길이며 뒷길이며 거리를 바라보는 카밀리아의 눈도 더 커졌다. 한밤중이 되자 달은 그녀의 머리 위로 떠올라 고대의 무덤 꼭대기에 서 있는 대리석 조각상처럼 그녀를 비추었다.

어둠 속에서 뭔가가 움직였다.

카밀리아는 귀를 쫑긋 세웠다.

희미한 가락이 공중을 떠돌았다.

골목 그늘 속에 한 남자가 서 있었다.

카밀리아는 숨을 죽였다.

남자가 류트를 부드럽게 연주하며 달빛 아래로 걸어 나왔다. 옷을 잘 차려입고 얼굴도 잘생긴, 어쨌든 지금은 근엄해 보이기도 하는 남자였다.

"당신은 음유시인이군요." 카밀리아가 큰 소리로 말했다.

남자는 입술에 손가락을 대고 천천히 앞으로 걸어 나오더니 그녀의 침대 옆에 와 섰다.

"이렇게 늦은 시간에 뭘 하고 계시나요?" 카밀리아는 어쩐 일인지 조금도 무섭지 않았다.

"친구의 부탁을 받고 당신의 병을 낫게 해주러 왔습니다." 남자가 류트의 현을 건드리자 은은한 소리가 흘러나왔다. 은색 달빛을 받은 남자의 얼굴은 참으로 아름다웠다.

"그럴 리가 없어요." 카밀리아가 말했다. "어떤 분이 제 병은 달님이 고쳐줄 거라고 한 걸요."

"그 말이 맞습니다, 아가씨."

"당신은 어떤 노래를 부르나요?"

"봄밤의 노래, 이름 없는 아픔과 병을 고치는 노래죠. 당신이 앓는 열병이 무엇인지 알려드릴까요, 아가씨?"

"아신다면요."

"먼저 증상부터 말하죠. 갑자기 열이 오르고 금세 추워졌다가, 심장이 빨리 뛰다 느려지고, 신경이 폭풍처럼 날뛰다가 다시 잠잠해지고, 우물물만 마셔도 취하고, 누군가 손을 대기만 해도 어지럽지요. 이렇게 말입니다…."

남자가 카밀리아의 손목에 손을 대더니 그녀가 달콤한 망각 속으로 녹아내리는 것을 보고 뒤로 물러났다.

"우울했다가도 다시 불끈 힘이 나고," 남자는 계속했다. "꿈을 꾸다가도…."

"그만 해요!" 그녀는 마음을 빼앗긴 채로 외쳤다. "당신은 뼛속까지 속속들이 나를 아는군요. 그러니 어서 제 병의 이름을 말해줘요!"

"그러죠." 남자가 카밀리아의 손바닥에 입술을 대고 누르자 카밀리아는 갑자기 몸을 떨었다. "당신의 병명은 카밀리아 월크스입니다."

"정말 이상하군요." 카밀리아는 라일락 빛깔 불꽃처럼 눈빛을 반짝이며 몸을 떨었다. "그건 제 이름이잖아요. 제가 바로 제 병이라고요? 제가 저를 아프게 한단 말인가요? 아아, 제 가슴에 손을 대보세요."

"그러죠."

"제 손발도요. 한여름 태양처럼 이글거려요!"

"예. 제 손가락까지 타는 것 같군요."

"하지만, 저는 지금 밤바람 속에서 떨고 있어요! 아아, 추워요! 저는 죽을 거예요. 틀림없이 죽고 말아요!"

"제가 그렇게 놔두지는 않을 겁니다." 남자가 조용히 말했다.

"당신은 의사인가요?"

"아닙니다. 저는 오늘 당신의 아픔에 대해 이런저런 추측을 했던 수많은 사람 중 하나일 뿐이죠. 병명을 알면서도 사람들 속으로 달아나버린 그 소녀처럼요."

"맞아요. 저도 그 소녀의 눈을 보고 저를 사로잡아버린 병이 무엇인지 알고 있다는 걸 알았어요. 하지만, 아아, 추워서 이가 막 부딪치네요. 담요가 하나밖에 없어요!"

"제게 자리를 내주세요. 그래요. 저 좀 들어갈게요. 두 팔, 두 다리, 머리와 몸. 자, 이제 됐어요!"

"지금 뭐 하는 거예요!"

"당연히 오늘 밤 당신을 따뜻하게 해주려는 거죠."

"아아, 난로 같아요! 당신은 혹시 제가 아는 분인가요? 당신의 이름은요?"

그의 머리가 재빨리 카밀리아의 머리를 덮었다. 맑은 물 같은 그의 눈이 반짝이고 미소를 지으면 상아같이 하얀 이가 드러났다.

"제 이름은 보스코입니다." 남자가 말했다.

"같은 이름의 성인이 있지 않나요?"

"한 시간만 있으면 저를 그렇게 부르게 될 겁니다."

그의 머리가 더 가까이 다가왔다. 카밀리아는 아까 어둠 속으로 사라져버린 청소부의 얼굴을 알아보고 기쁨의 탄성을 질렀다.

"세상이 빙글빙글 돌아요! 죽을 것 같아요! 상냥한 의사 선생님, 어서 치료법을 알려주세요. 아니면 모든 게 사라질 거예요!"

"치료법이라." 남자가 말했다. "이게 바로 치료법이랍니다…."

어디선가 고양이가 울었다. 창문에서 구두 한 짝이 날아와 고양이를 울타리 너머로 쫓아버렸다. 그러자 사위가 고요해지고 달이….

"쉿…."

동이 텄다. 윌크스 부부는 까치발로 아래층까지 내려와 뜰을 내다보았다.

"어젯밤 맹추위로 돌처럼 얼어 죽었을 거예요. 틀림없어요!"

"아니요, 부인! 저길 봐요! 살아 있어요! 뺨에 장밋빛이 돌아요! 아니, 아니, 복숭앗빛이야! 홍시 색깔이야! 우리 아이가 장밋빛이 도는 우유처럼 반짝이고 있어요! 사랑스러운 우리 카밀리아가 살았어요! 다시 살아났어요!"

두 사람은 잠든 딸 옆에서 몸을 숙였다.

"아이가 웃고 있어요. 꿈을 꾸나 봐요. 뭐라고 말하는 거지?"

"정말로 특별한…," 카밀리아는 한숨을 내쉬었다. "묘약이에요."

"뭐, 뭐라고?"

딸은 다시 하얀 이를 드러내며 웃더니 잠에 빠졌다.

"멜랑콜리의…," 카밀리아는 중얼거렸다. "묘약이요."

카밀리아는 눈을 떴다.

"아, 어머니, 아버지!"

"딸아! 아가! 2층으로 올라가자!"

"아니에요." 그녀는 부모의 손을 다정하게 잡았다. "어머니? 아버지?"

"왜 그러느냐?"

"아무도 못 봤을 거예요. 그저 태양이 떠오를 뿐이죠. 자, 저와 함께 춤을 춰요."

그들은 춤을 추고 싶지 않았다.

그러나 무엇을 축하해야 하는지 알지도 못한 채, 그들은 춤을 추었다.

THE WONDERFUL ICE CREAM SUIT

멋진 바닐라 아이스크림색 양복

도시의 여름 해 질 녘, 따닥따닥 소리가 나직이 들리는 당구장 앞에 세 명의 젊은 멕시코계 미국인이 후텁지근한 공기를 마시며 주위를 둘러보고 있었다. 이들은 가끔 말을 주고받기도 하고, 뜨거운 아스팔트 위를 검은 표범처럼 미끄러져 가는 자동차를 아무 말 없이 바라보거나, 뇌우처럼 다가와 번개를 뿌리고 우르르 쾅쾅 요란한 소리를 내며 침묵 속으로 사라져 가는 전차를 바라보기도 했다.

"후유." 이윽고 마르티네스가 한숨을 내쉬었다. 마르티네스는 셋 중 가장 나이가 어리고, 가장 달콤하게 우울한 얼굴을 하고 있었다. "정말 굉장한 저녁이야, 그렇지 않아? 굉장해."

마르티네스가 세상을 관찰하는 동안에도 세상은 바싹 다가왔다가 다시 멀어졌다가 또 가까워졌다. 어깨를 스치고 지나가는 사람들이 어느새 길 건너에 가 있었다. 10킬로미터 가까이 떨어진 건물의 그림자가 갑자기 그의 몸 위를 덮쳤다. 그러나 사람도 자동차도 건물도, 대개 모든 것은 세상 끝에 그대로 머물러 있어서 그로선 손끝 하나 댈 수가 없었다. 이렇게 고요하고 무더운 여름 저녁에도 마르티네스의 얼굴은 차가웠다.

"이런 저녁이면 자꾸 뭔가를 바라게 돼. 이런저런 많은 것을."

"뭔가를 바라게 된다는 건 말이야." 두 번째 남자, 빌러나즐이 말했다. 그는 방 안에서는 큰 소리로 책을 읽지만, 거리에서는 속삭이는 목소리로 말하는 사람이었다. "바라고 원하는 거야말로 백수들의 쓸데없는 소일거리지."

"백수라고?" 면도를 하지 않은 바메노스가 외쳤다. "저 친구 말 들었지? 우린 일도 없고 돈도 없는 백수야!"

"그래서 친구도 없지." 마르티네스가 말했다.

"맞아." 빌러나즐은 눈을 들어 종려나무가 부드러운 저녁 바람에 흔들리는 푸르른 광장을 바라보았다. "내가 바라는 게 뭔지 알아? 저 광장에 가서 밤마다 모여 허풍을 떨어대는 사업가들 사이에 끼어 대화를 나누는 거야. 하지만 나처럼 이런 옷차림을 한 가난뱅이 말을 누가 들어주겠어? 하지만 마르티네스, 우리에겐 서로가 있잖아. 가난한 자들의 우정이야말로 진정한 우정이지. 우린 말이야…."

그때 가느다란 콧수염을 멋지게 기른 잘생긴 멕시코 청년이 지나갔다. 청년의 태평한 양쪽 팔에는 여자가 하나씩 매달려 까르르 웃음을 터뜨렸다.

"이런!" 마르티네스가 자기 이마를 찰싹 때렸다. "저 친구는 어떻게 여자를 둘이나 데리고 다니는 거지?"

"멋진 흰색 여름 양복을 새로 해 입었으니까." 바메노스가 새까만 엄지손톱을 물어뜯으며 말했다. "산뜻해 보이잖아."

마르티네스는 몸을 앞으로 내밀며 멀어지는 세 사람을 바라보았다. 그때 길 건너 건물 4층 창문에서 아름다운 여자가 바람에 검은 머리를 잔잔하게 휘날리며 바깥쪽으로 몸을 내밀었다. 여자는 줄곧, 다시 말해 6주 동안 거기 있었다. 그동안 마르티네스는 여자에게 고개를 끄덕여 인사를 건네기도 했고, 손을 들어 올린 적도, 미소를 보낸 적도, 재빨리 윙크한 적도, 심지어 허리를 숙여 인사를 한 적도 있었다. 거리에서도, 친구를 만나러 가다가도, 홀에서도, 공원에서도, 번화가에서도 그랬다. 지금도 그는 허리춤에 올라가 있던 손을 들어 손가락을 움직였다. 그러나 사랑스러운 여자는 그저 여름 바람에 검은 머리카락을 날릴 뿐이었다. 마르티네스는 존재하지 않는 것과 같았다. 그는 아무것도 아니었다.

"아아!" 마르티네스는 눈을 돌려 청년이 두 여자를 데리고 모퉁이를 돌아간 거리를 내려다보았다. "나에게도 양복 한 벌이 있다면 얼마나 좋을까! 그럴싸해 보이는 옷만 한 벌 있다면 돈 같은 건 필요 없어."

"이런 말 하긴 좀 그렇지만." 빌러나즐이 말했다. "고메스 알지? 녀석이 한 달이 넘도록 미친 사람처럼 계속 옷 이야기만 하더라고. 그래서 내가 녀석 좀 쫓아버렸으면 좋겠다고 했잖아. 바로 그 고메스 말이야."

"어이, 친구." 나직한 목소리가 들려왔다.

"앗, 고메스!" 다들 몸을 돌려 보았다.

고메스는 이상야릇한 미소를 지으며 끝도 없이 길고 가느다란 노란 띠를 꺼내더니 여름 공기 속에서 그 띠를 펄럭펄럭 빙글빙글 흔들었다.

"고메스, 그 줄자로 뭘 하려고 그래?" 마르티네스가 물었다.

"사람들 치수를 재려고 그러지." 고메스가 활짝 웃으며 대꾸했다.

"치수라고?"

"잠깐만." 고메스가 마르티네스를 곁눈질했다. "이봐, 그동안 대체 어디에 있었던 거야? 너부터 치수를 재야겠어."

마르티네스는 고메스에게 팔을 붙들린 채 줄자가 팔에, 다리에, 가슴둘레에 감기며 치수를 재는 것을 보고 있었다.

"움직이지 마!" 고메스가 소리쳤다. "팔, 완벽하군. 다리, 가슴, 완벽해! 이제, 키! 좋아! 168센티미터! 합격이야, 이 친구야! 악수나 하자고!" 고메스는 마르티네스의 손을 잡고 위아래로 흔들었다가 갑자기 멈추었다. "잠깐. 너 혹시… 10달러 가진 거 있어?"

"나한테 있어!" 바메노스가 때 묻은 지폐 몇 장을 흔들어 보였다. "고메스, 나도 치수를 재줘."

"주머니를 탈탈 털어도 9달러 92센트뿐이야." 마르티네스가 주머니를 뒤지며 말했다. "새 양복을 맞추려면 10달러가 있어야 하는 거야? 왜?"

"왜냐고? 넌 완벽한 체격을 가지고 있기 때문이지! 그게 바로 이유야!"

"고메스, 하지만 난 아직 널 잘 몰라."

"날 몰라? 앞으로 넌 나랑 함께 살게 될 거야. 자, 가자고!"

고메스는 당구장 안으로 들어가 버렸다. 마르티네스도 빌러나즐의 정중한 안내를 받고 열띤 바메노스에게 등을 떠밀려 안으로 들어갔다.

"도밍게스!" 고메스가 말했다.

도밍게스는 벽에 붙은 전화기 앞에 서 있다가 일행을 향해 눈을 찡긋했다. 수화기에서 어떤 여자의 목소리가 새어 나왔다.

"마눌로!" 고메스가 또 다른 사람을 불렀다.

마눌로는 포도주를 병째 입에 대고 꿀꺽꿀꺽 마시다가 고개를 돌렸다. 고메스는 마르티네스를 가리키며 말했다.

"마침내 다섯 번째 참가자를 찾아냈어!"

도밍게스는 "나는 데이트 중이니 방해하지 마…." 하고 말하다가 이내 입을 다물었다. 그의 손아귀에서 수화기가 떨어졌다. 깨알 같은 글씨로 이름과 전화번호가 가득 적힌 작고 검은 수첩도 얼른 그의 주머니 속으로 들어갔다. "고메스, 너 혹시…?"

"그래, 그래! 네 돈 말이야! 얼른!"

대롱대롱 매달린 수화기에서 여자 목소리가 흘러나왔다.

도밍게스는 불안한 얼굴로 수화기를 흘낏 보았다.

마눌로는 손에 든 빈 병과 길 건너 술집 간판을 번갈아 보았다.

이윽고 두 사람은 머뭇거리며 초록색 벨벳 당구대 위에 10달러씩을 꺼내 놓았다.

빌러나즐은 깜짝 놀라는 기색이었지만 그들이 하는 대로 했고, 고메스도 똑같이 돈을 꺼내 놓고는 마르티네스의 옆구리를 쿡 찔렀다. 마르티네스도 꼬깃꼬깃해진 지폐와 동전을 세어서 내놓았다. 고메스는 로열

플러시 게임을 할 때처럼 돈을 쭉 펴서 늘어놓았다.

“전부 50달러야! 양복은 60달러지! 이제 10달러만 더 있으면 되겠다.”

“잠깐!” 마르티네스가 끼어들었다. “고메스, 그러니까 지금 양복 한 벌을 말하는 거야? 딱 한 벌?”

“그래, 한 벌이지!” 고메스가 손가락 하나를 세워 들었다. “단 한 벌의 멋들어진 새하얀 아이스크림색 여름 양복. 8월의 달처럼 눈부시게 하얀색이지!”

“하지만, 그 양복은 누가 가져?”

“나!” 마눌로가 말했다.

“나야!” 도밍게스가 말했다.

“나지!” 빌러나즐이 말했다.

“나라고!” 고메스가 외쳤다. “그리고 마르티네스, 너도. 자, 친구들. 이 친구에게 보여주자고. 나란히 줄을 서!”

빌러나즐, 마눌로, 도밍게스, 고메스가 우르르 몰려가 당구장 벽에 등을 대고 섰다.

“마르티네스, 너도 저쪽 끝에 가서 줄을 서! 자, 바메노스, 그 당구대를 우리 머리 위에 놓아!”

“그래, 고메스, 알았어!”

줄에 가서 선 마르티네스는 머리 위로 당구대가 올라오는 것을 느끼며 무슨 일인지 보려고 몸을 앞쪽으로 기울였다. “앗!” 그는 깜짝 놀랐다.

바메노스가 씩 웃으며 모두의 머리 위에 얹은 당구대를 손에서 놓았지만, 당구대는 위로도 아래로도 기울어지지 않았다.

“우린 모두 키가 똑같군!” 마르티네스가 말했다.

“똑같아!” 다들 웃음을 터뜨렸다.

고메스는 노란 줄자를 들고 줄지어 선 남자들의 치수를 쟀고, 다들 한층 더 떠들썩하게 웃음을 터뜨렸다.

“됐어. 꼬박 한 달, 4주가 걸렸어. 나랑 키가 똑같고 몸집도 똑같은 남자를 네 명이나 찾는 데 말이야. 여기저기 돌아다니며 치수를 잰지 꼭 한 달이 지났어. 키가 168센티미터인 남자를 찾았는데 살이 너무 쪘거나 아니면 너무 마른 적도 있었지. 때론 다리가 너무 길거나 팔이 너무 짧기도 했어. 내가 말했잖아! 골격도 똑같아야 한다고! 그런데 여기 모인 우리 다섯 사람은 어깨도 가슴둘레도 허리둘레도 팔도 전부 똑같아. 몸무게는 어떨까? 자, 친구들!"

마눌로, 도밍게스, 빌러나즐, 고메스, 그리고 마지막으로 마르티네스가 저울 위로 올라갔다. 바메노스가 활짝 웃으며 동전을 집어넣자 잉크 스탬프가 찍힌 카드가 튀어나왔다. 마르티네스는 두근거리는 가슴으로 카드를 읽었다.

"61.2 킬로그램…, 61.6…, 60.3…, 60.7…, 62.1…. 이건 기적이야!"

"아니야." 빌러나즐이 딱 잘라 말했다. "고메스가 해낸 일이야."

모두 두 팔로 그들을 감싸 안은 천재를 향해 미소를 지었다.

"다들 괜찮겠어?" 고메스는 다시 한번 물었다. "똑같은 크기와 똑같은 꿈, 그리고 똑같은 양복이야. 다들 일주일에 적어도 하룻밤은 멋진 모습을 하고 나갈 수 있게 된단 말이지. 알겠어?"

"난 몇 년 동안 멋지게 차려입고 나간 적이 한 번도 없어." 마르티네스가 말했다. "그러니 여자들도 날 보고 달아나는 거지."

"앞으론 달아나지 않을 거야. 오히려 깜짝 놀라 얼어붙을걸." 고메스가 말했다. "멋들어진 새하얀 아이스크림색 여름 양복을 입은 우리를 보면 말이지."

"고메스, 뭐 하나만 물어봐도 돼?"

"물론이지, 친구."

"멋들어진 새하얀 아이스크림색 여름 양복을 구하고 나서, 어느 날 밤 혼자 그레이하운드 버스를 타고 엘파소에 가서 한 1년 정도 살 생각은 아니지?"

"이런, 빌러나즐! 왜 그런 소리를 하는 거야?"

"난 눈도 밝고 바른말도 잘하니까." 빌러나즐이 말했다. "'누구나 딴다' 펀치보드 복권을 생각해봐. 돈을 따는 사람이 하나도 없는데 넌 계속 복권을 샀잖아? 또 칠리 콘 카르네*와 까치콩 회사는 어떻고? 지금까지 네가 한 일이라곤 코딱지만 한 사무실 월세에 가진 돈을 전부 쏟아부은 것뿐이잖아."

"어렸을 적 뭣도 모르고 저지른 일이야." 고메스가 말했다. "그런 이야기는 이제 그만하자고. 이렇게 더운 날 누가 우릴 위해 지은 특제 양복을 덜컥 사 가기라도 하면 어쩌려고 그래? '셤웨이 양복점' 진열창에서 우릴 기다리는 그 양복 말이야! 우리에겐 50달러가 있어. 이제 똑같은 체격을 가진 사람을 딱 한 명만 더 찾으면 돼!"

마르티네스는 다들 당구장 안을 둘러보는 것을 보았다. 그도 모두가 바라보는 곳을 보았다. 그의 눈길이 바메노스를 얼른 훑어보고 마지못해 그 더러운 셔츠와 니코틴이 찌든 굵은 손가락으로 옮겨갔다.

"나 말이야?" 마침내 바메노스가 버럭 소리쳤다. "내 몸집을 재봐. 난 너무 커! 손도 크고 팔도 크다고! 난 도랑 파는 일을 했으니까! 하지만…."

이때 좀 전에 여자 둘을 데리고 지나갔던 그 재수 없는 남자가 웃으며 지나가는 소리가 마르티네스의 귀에 들려왔다.

당구장 안 사람들의 얼굴에 여름철 뭉게구름의 그림자 같은 고민의 빛이 드리웠다.

바메노스는 천천히 저울 위로 올라가 동전을 넣었다. 그리고 눈을 감고 기도의 말을 중얼거렸다.

"성모 마리아여, 제발…."

기계가 윙윙 소리를 내더니 카드를 뱉어냈다. 바메노스가 감았던 눈을 떴다.

"이것 봐! 61.2 킬로그램이야! 또 기적이 일어났어!"

* 간 소고기에 강낭콩과 칠리파우더를 넣고 끓인 매운 스튜

다들 바메노스가 오른손에 쥔 카드와 왼손에 든 더러운 10달러짜리 지폐를 바라보았다.

고메스는 순간 눈앞이 아득해졌다. 땀이 흘렀고 입술을 핥았다. 그는 한 손을 불쑥 내밀어 그 돈을 움켜쥐었다.

"자, 양복점으로 가자! 양복을 사러 가자고! 어서!"

다들 환호성을 지르며 당구장 밖으로 뛰어나갔다.

버림받은 전화기에서 여전히 여자의 목소리가 흘러나왔다. 홀로 남은 마르티네스가 수화기를 집어 들고 전화를 끊었다. 그는 침묵 속에서 고개를 저었다. "이게 무슨 꿈 같은 일이야? 여섯 명이 양복 한 벌이라니. 대체 무슨 일이 벌어지려는 거지? 광기? 방탕? 살인? 하지만, 난 주님 뜻대로 할 거야. 고메스, 기다려!"

마르티네스는 젊어서 빨리 달릴 수 있었다.

'셤웨이 양복점'의 셤웨이 씨는 넥타이걸이를 정돈하다가 상점 밖에서 뭔가 미세한 분위기의 변화가 일어나고 있음을 감지하고 손을 멈추었다.

"레오." 그는 조수에게 나지막이 말했다. "나가보게."

상점 밖에는 한 남자, 고메스가 어슬렁거리며 안을 들여다보고 있었다. 두 남자, 마눌로와 도밍게스는 상점 안을 흘낏 보고 서둘러 지나갔다. 세 남자, 빌러나즐, 마르티네스, 바메노스도 어깨를 나란히 하고 지나갔다.

"레오." 셤웨이 씨는 침을 꿀꺽 삼키고 말했다. "경찰을 불러!"

갑자기 여섯 남자가 입구를 막아섰다.

그 사이에 꼭 끼어 속이 약간 메스꺼워진 마르티네스가 발개진 얼굴로 레오를 향해 활짝 웃었다. 레오는 수화기를 내려놓았다.

"와, 저기 정말 멋진 양복이 있어!" 마르티네스가 눈을 크게 뜨고 속삭였다.

"아니야." 마눌로가 어느 양복의 옷깃을 만지며 말했다. "이 양복이야!"

"아니야. 우리 양복은 온 세상을 통틀어 단 한 벌뿐이야!" 고메스가 냉정하게 말했다. "셤웨이 씨, 아이스크림처럼 새하얀 34사이즈의 양복이 한 시간 전까지만 해도 진열창에 걸려 있었는데, 지금은 없군요. 설마…?"

"팔렸느냐고요?" 셤웨이 씨는 한숨을 내쉬었다. "아니요, 아닙니다. 탈의실에 있습니다. 아직도 마네킹이 입고 있어요."

마르티네스는 자기가 움직여서 다른 사람들도 따라 움직였는지, 다른 사람들이 움직여서 자기도 따라 움직였는지 알 수 없었다. 갑자기 모두가 움직이기 시작했다. 셤웨이 씨가 일행의 선두로 달려갔다.

"이쪽입니다, 신사분들. 그런데 어느 분이 입을…?"

"우리 모두 한 벌이면 됩니다!" 마르티네스는 자기도 모르게 이렇게 말하고 웃었다. "우리 모두 차례로 입어볼 겁니다."

"모두가요?" 셤웨이 씨는 자신의 상점이 커다란 파도를 만나 갑자기 기우뚱 기울어버린 증기선이라도 되는 양 탈의실 커튼을 와락 붙잡았다. 그는 일행을 뚫어지게 쳐다보았다.

그렇고 말고요, 라고 마르티네스는 혼자 생각했다. 우리 미소를 보라고요. 우리 미소 뒤에 있는 체격도 봐주고요. 여기, 저기, 위, 아래, 치수를 재보세요. 그래요. 이제 알겠죠?

셤웨이 씨는 보았다. 그리고 고개를 끄덕였다. 그는 어깨를 으쓱했다.

"모두란 말이죠!" 그는 커튼을 홱 젖혔다. "자, 여기 있습니다! 이 양복을 사세요! 마네킹은 덤으로 드릴게요!"

마르티네스는 조용히 탈의실 안을 들여다보았다. 그를 따라 다른 사람들도 안을 들여다보았다.

거기 양복이 있었다.

그것은 새하얀 색이었다.

마르티네스는 숨을 쉴 수가 없었다. 숨을 쉬고 싶지도 않았다. 숨을 쉴 필요도 없었다. 숨을 쉬면 양복이 녹아내릴까 봐 두려웠다. 그저 보는 것만으로 충분했다.

마침내 그는 떨리는 숨을 크게 한 번 들이마셨다가 내뱉으며 속삭였다.

"아아, 정말이지 너무 멋져!"

"눈이 부셔." 고메스가 중얼거렸다.

"셤웨이 씨." 레오가 토해내는 소리가 마르티네스의 귀에 들려왔다. "이 양복을 팔았다가 위험한 선례가 남지 않을까요? 제 말은 앞으로도 계속해서 여섯 사람이 한 벌의 양복을 사겠다고 하면 어떡하느냐고요."

"자넨 59달러짜리 양복 한 벌로 이렇게 많은 사람을 동시에 행복하게 해주었다는 이야기를 들어본 적이 있나?" 셤웨이 씨가 말했다.

"천사의 날개 같아. 하얀 천사의 날개 말이야." 마르티네스가 중얼거렸다.

마르티네스는 셤웨이 씨가 자신의 어깨너머로 탈의실 안을 들여다보는 것을 느꼈다. 셤웨이 씨의 눈에 희미한 빛이 가득 차올랐다.

"그거 아는가, 레오?" 셤웨이 씨는 경외감이 묻어나는 소리로 말했다. "이게 바로 맞춤복이라는 걸세."

고메스는 소리를 지르다 휘파람을 불다 하며 3층 층계참까지 뛰어 올라가 일행을 향해 손을 흔들었다. 나머지는 머뭇거리며 웃다가 멈춰 섰다가 아래층 계단에 앉아 있어야 했다.

"오늘 밤이야!" 고메스가 외쳤다. "오늘 밤 다들 우리 집으로 이사를 와서 나랑 살자고! 옷값뿐만 아니라 방세까지 절약할 수 있어! 자, 마르티네스, 양복 챙겼어?"

"내가?" 마르티네스가 흰색 포장지로 싼 상자를 높이 들어 올렸다. "야호! 우리 모두 번갈아 입는다!"

"바메노스, 넌 마네킹을 챙겼겠지?"

"그럼!"

바메노스는 오래된 시가를 잘근잘근 씹으며 불꽃을 튀기다 그만 미끄러졌다. 마네킹이 손에서 미끄러져 바닥에 떨어지고 두 번 구르더니 계단 아래로 쿵 하고 떨어졌다.

"바메노스! 이 바보 멍청이!"

일행은 바메노스에게서 마네킹을 빼앗아 들었다. 바메노스는 뭔가 잃어버린 사람처럼 두려움에 휩싸여 주위를 둘러보았다.

마눌로가 딱 소리 나게 손가락을 튕겼다. "이봐, 바메노스! 우리 축배를 들자! 가서 포도주를 구해와!"

바메노스는 부리나케 아래층으로 달려갔다.

나머지는 양복을 들고 방 안으로 들어갔다. 마르티네스만 현관에 남아 고메스의 얼굴을 살폈다.

"고메스, 안색이 안 좋아 보여."

"응." 고메스가 대답했다. "내가 어쩌자고 이런 짓을 벌인 걸까?" 고메스는 마네킹을 둘러싸고 부산하게 움직이는 방 안의 그림자들을 향해 고개를 끄덕였다. "내가 도밍게스를 데려왔어. 여자라면 환장하는 녀석이지. 그래, 뭐 괜찮아. 나는 마눌로도 데려왔어. 술에 찌들어 살지만 여자처럼 달콤하게 노래할 줄 아는 녀석이야. 좋아. 빌러나즐은 책을 읽는 녀석이야. 그리고 넌 귀 뒤까지 말끔하게 씻는 친구지. 하지만 난 뭐지? 난 기다릴 수 있을까? 아니! 저 양복을 산 사람은 바로 나야! 그러니 내가 마지막으로 고른 친구가 꾀죄죄한 얼간이라고 해도 내 양복을 입을 권리가 있는 거야." 그는 혼란스럽다는 듯이 말을 멈추었다. "어느 날 밤 우리 양복을 입기로 한 녀석이 넘어진다거나 비를 홀딱 맞고 돌아오기라도 하면 어쩌지? 아아, 나는 대체 어쩌자고 이런 짓을 벌였을까!"

"고메스." 방 안에서 빌러나즐이 속삭였다. "양복이 준비됐어. 너의 전등 빛 아래서 양복이 얼마나 근사해 보이는지 와서 한번 봐."

고메스와 마르티네스는 방 안으로 들어갔다.

방 한가운데 놓인 마네킹에 혀를 내두를 정도의 옷깃과 정확한 재단, 말끔한 단춧구멍을 가진 형광색 유령이 기적과도 같은 흰빛을 내뿜으며 서 있었다. 마르티네스는 양복이 내뿜는 흰빛을 두 뺨에 고스란히 맞으며 서 있으니 교회에 들어와 있는 기분이 들었다. 하얗다! 정말로 새하얗다! 순백의 바닐라 아이스크림처럼 하얗다. 새벽녘 아파트 현관에 놓인 우유병 속 우유만큼이나 하얗다. 늦은 밤 달빛이 은은한 하늘에 홀로 떠 있는 겨울철 구름만큼이나 하얗다. 더운 여름밤 방 안에 있는데도 공기 중에 하얀 입김이 뿜어져 나올 것만 같았다. 눈을 질끈 감아도 눈꺼풀 안쪽에 흰빛이 새겨져 있는 것 같았다. 마르티네스는 오늘 밤 어떤 빛깔 꿈을 꿀지 미리 알 수 있었다.

"하얗다…." 빌러나즐이 중얼거렸다. "내 고향 멕시코의 산꼭대기 눈만큼이나 새하얀 색이야. 우린 그 산을 '잠자는 여인'이라고 불렀어."

"다시 말해봐." 고메스가 말했다.

빌러나즐은 자랑스러웠지만, 짐짓 겸손하게 기꺼이 그 말을 되풀이했다.

"산꼭대기 눈만큼이나 새하얀 색이라고. 우린 그 산을…."

"나 왔어!"

일행은 화들짝 놀라 문간에 서 있는 바메노스를 돌아보았다. 그는 양손에 포도주병을 하나씩 들고 있었다.

"파티를 열자고! 자, 이제 말해봐. 오늘 밤에는 누가 제일 먼저 양복을 입지? 나인가?"

"너무 늦었어." 고메스가 말했다.

"늦었다고? 이제 겨우 9시 15분이야!"

"늦었다고?" 다들 벌컥 화를 냈다. "늦었다니!"

고메스는 주춤거리며 뒷걸음질을 쳤다. 다들 고메스를 노려봤다가 다시 양복을, 그러고 나서 활짝 열린 창문을 바라보았다.

저 창밖은 아직 토요일, 그리고 맑은 여름밤이었다. 차분하게 가라앉은 따뜻한 어둠 속을 여자들이 잔잔한 물 위를 떠가는 꽃송이처럼 떠내려가고 있었다. 남자들은 구슬픈 소리를 냈다.

"고메스, 내가 한 가지 제안할게." 빌러나즐이 연필심을 핥은 다음 공책에 표를 하나 그렸다. "넌 9시 반부터 10시까지 입어. 10시 반까지는 마뉼로가, 11시까지는 도밍게스가, 11시 반까지는 내가 입고, 마르티네스는 12시까지 입는 거야. 그리고…."

"왜 내가 맨 꼴찌야?" 바메노스가 매서운 얼굴로 따져 물었다.

마르티네스는 재빨리 머리를 굴리고 웃으며 말했다. "자정이 지나야 최고의 시간이잖아, 이 친구야."

"아, 그렇지. 그 말이 맞아. 내가 그 생각은 미처 못했네. 알았어." 바메노스가 말했다.

고메스는 한숨을 내쉬었다. "좋아. 각자 30분씩이야. 다음부터는 한 사람이 일주일에 하룻밤씩 입기로 하자. 그러면 하룻밤이 남으니까 일요일마다 제비를 뽑아서 입을 사람을 정하기로 하지."

"그럼 무조건 나지!" 바메노스가 웃음을 터뜨렸다. "난 행운의 사나이거든!"

고메스가 마르티네스의 어깨를 꽉 쥐었다.

"고메스." 마르티네스가 재촉했다. "네가 먼저야. 얼른 입어."

고메스는 평소 평판이 썩 좋지 않은 바메노스에게서 눈을 뗄 수가 없었다. 그러나 마침내 마음을 먹은 듯 박력 있게 웃옷을 벗어 던졌다. "야호!" 그는 소리쳤다. "야이호!"

바스락바스락… 깨끗한 셔츠 소리.

"아아…!"

새 옷의 감촉은 얼마나 산뜻한가. 마르티네스는 양복의 윗도리를 마네킹에서 벗기면서 생각했다. 어쩌면 이렇게 말끔한 소리가 날까! 이 깨끗한 냄새는 또 어떻고!

바스락바스락… 바지를 입고… 타이를 매고… 사르륵사르륵… 멜빵을 매고… 바스락바스락… 마르티네스는 양복 윗도리를 벗겨 내 고메스의 굽은 어깨에 꼭 맞게 입혀주었다.

"멋지지?"

고메스는 아름다운 빛을 내뿜는 양복을 입고 투우사처럼 빙그르르 돌아보았다.

"멋져, 고메스. 정말 멋져!"

고메스는 인사를 한 번 하고 문밖으로 나갔다.

마르티네스는 손목시계를 뚫어지게 바라보았다. 정확히 10시에 누군가 어디로 가야 할지 모르겠다는 듯 홀을 왔다 갔다 하는 발소리가 들렸다. 마르티네스는 문을 열고 밖을 내다보았다.

거기 고메스가 엉거주춤하게 서 있었다.

마르티네스는 고메스가 어딘가 아파 보인다고 생각했다. 아니, 그보다는 어리둥절하고 놀랍고 당혹스러운 거겠지.

"고메스! 여기야!"

고메스가 몸을 돌려 방 안으로 들어왔다.

"오, 친구들, 친구들." 그가 말했다. "친구들, 정말 대단한 경험이었어! 이 양복 말이야! 이 양복이!"

"어서 말해봐, 고메스!" 마르티네스가 말했다.

"뭐라고 말해야 할지 모르겠어!" 그는 손바닥이 위로 향하게 두 팔을 번쩍 들어 올리고 천장을 올려다보았다.

"어서 말해줘, 고메스!"

"말로 표현할 수가 없어. 너희도 직접 체험해봐야 해! 그래, 직접 봐야 한다고…." 그러곤 입을 다물더니 고개를 절레절레 흔들었다. 그러다 고개를 들어보니 다들 일어나 자신을 보고 있었다. "다음 차례는 누구지? 마눌로던가?"

마눌로가 팬티 한 장만 걸친 채 앞으로 튀어나왔다.

"준비됐어!"

모두 웃음을 터뜨리고 소리를 지르고 휘파람을 불었다.

마눌로는 양복을 입고 문밖으로 나갔다. 그는 정확히 29분 30초 동안 자리를 비웠다가 문손잡이를 붙잡은 채 벽에 기대고 자신의 팔꿈치를 만져보고 손바닥으로 얼굴을 감싼 채 돌아왔다.

"내 말 좀 들어봐, 친구들." 마눌로가 말했다. "나는 술집에 갔었어. 술을 마시러 갔느냐고? 아니, 술집으로 들어가지는 않았어. 술을 마시지도 않았고. 걷는 동안 절로 웃음이 나오고 노래가 나오더라고. 왜 그럴까? 내 입에서 흘러나오는 웃음과 노래를 들으며 스스로 물어봤지. 이유는 말이야. 이 양복을 입으니까 술을 마실 때보다도 기분이 좋아지더라고. 양복을 입고 완전히 취해버린 거야! 그래서 술집에 안 가고 '과달라하라 카페'에 가서 기타를 치고 노래를 네 곡이나 불렀어. 아주 큰 소리로 말이야! 아아, 이 양복은 정말이지!"

다음은 도밍게스가 양복을 입고 나가 바깥세상을 두루 돌아다니고 돌아왔다.

마르티네스는 도밍게스가 들고 있던 그 검은 전화번호 수첩을 떠올렸다. 떠날 때는 분명히 손에 수첩을 들고 있었는데 지금은 빈손으로 돌아왔다! 어찌 된 일일까?

"거리에서 말이야." 도밍게스가 눈을 크게 뜨고 친구들을 훑어보며 말했다. "거리를 걷고 있는데 웬 여자가 소리를 치더라고. '어머, 당신 도밍게스 아니야?' 다른 여자도 말했지. '도밍게스라고? 그럴 리가 없어. 이분은 동방에서 온 위대한 흰색 하느님 케찰코아틀*이야.' 갑자기 여섯 명이고 여덟 명이고 여자들과 함께 가고 싶지가 않았어. 오직 한 명이어야 한다고 생각했지. 단 하나! 그 한 명에게 뭐라고 말할 것 같아? '내 사람이 되어줘.' '나랑 결혼해.' 제길! 이 양복은 너무 위험해! 하지만, 난 상관없어. 나는 살아 있으니까! 난 살아 있다고! 고메스, 너도 이러지 않았어?"

고메스는 여전히 저녁에 겪은 일들에 놀라 정신을 못 차리고 있었다. "아니, 말로 할 수는 없어. 너무 대단했으니까. 나중에 말해줄게. 빌러나즐, 이제 네 차례인가?"

* 우주 생성과 인류 창조에 관여한 고대 멕시코의 신

빌러나즐이 수줍게 앞으로 나왔다.

빌러나즐은 수줍게 밖으로 나갔다.

빌러나즐이 수줍게 돌아왔다.

"한번 상상해봐." 그는 일행을 보지도 않고 바닥만 내려다보며 말했다. "푸르른 광장에 나이 든 사업가들이 별빛 아래 모여 대화를 나누고 있더라고. 고개를 끄덕였다가 다시 이야기를 주고받았다 하면서. 그때 한 사람이 뭐라 뭐라 속삭이니까 다들 고개를 돌려 나를 뚫어지게 쳐다보더라. 그 사람들이 내가 지나갈 수 있게 길을 비켜주기에 나는 백열등으로 얼음을 녹이듯이 그들 사이를 뚫고 지나갔어. 위대한 빛의 한가운데에 바로 이 몸이 있었던 거야. 나는 깊은숨을 들이마셨어. 내 배 속이 꼭 젤리 같더라고. 내 목소리도 점점 커졌지. 내가 무슨 말을 했을 것 같아? 나는 이렇게 말했지. '여러분, 칼라일의 《의상철학》을 아십니까? 그 책을 보면 양복에 관한 칼라일의 철학을 엿볼 수 있지요.'"

드디어 마르티네스가 양복을 입고 어둠 속을 돌아다닐 차례가 왔다.

그는 그 구역을 네 바퀴나 돌았다. 네 번째에 그 건물 현관에서 걸음을 멈추고 빛이 새어 나오는 창문을 올려다보았다. 그림자 하나가 움직이더니 아름다운 아가씨의 모습이 보였다가 곧 사라졌다. 다섯 번째 돌아와 창문을 올려다보았을 때 여자는 여름 더위를 이기지 못하고 발코니에 나와 시원한 바람을 쐬고 있었다. 그녀는 아래를 내려다보고는 어떤 동작을 취했다.

처음에는 여자가 자신을 향해 손을 흔들고 있다고 생각했다. 자신이 온몸으로 하얀 폭발을 일으켜 여자의 관심을 끌고 있다고 여겼다. 그러나 여자는 손을 흔드는 게 아니었다. 여자가 손을 움직이더니 곧 콧잔등 위에 검은 테 안경을 썼다. 그리고 안경 낀 눈으로 그를 살펴보았다.

아아, 그랬던 거였군! 시각장애인이라도 이 양복은 볼 수 있을 거야! 그는 여자를 향해 미소를 지었다. 여자를 향해 손을 흔들 필요도 없었다. 마침내 여자도 그를 향해 미소를 보냈다. 여자 역시 손을 흔들 필요가 없었다. 두 뺨을 조여오는 미소를 지울 수도 없고, 달리 무엇을 어떻게 해야 할지도 알 수가 없어서 그는 거의 뛰다시피 모퉁이를 돌아갔다. 여자가 자신의 뒷모습을 보는 게 느껴졌다. 뒤를 돌아보자 여자는 안경을 벗은 근시의 눈으로 기껏해야 짙은 어둠 속을 움직이는 한 점 빛밖에 안 되는 그를 뚫어지게 내려다보고 있었다. 다시 한번 구역을 돌아왔더니 갑자기 이 도시가 아름답게만 보여 마구 소리를 지르고 웃음을 터뜨리고 싶어졌다.

돌아오는 길, 그는 눈을 반쯤 감은 멍한 상태로 둥둥 떠다니듯 걸었다. 일행은 문가에 돌아온 마르티네스의 모습을 통해 자신들을 보았다. 바로 그 순간 다들 자신들에게 무슨 일이 벌어졌는지를 감지했다.

"늦었잖아!" 바메노스가 투덜거리다가 입을 다물었다. 마르티네스의 주문이 아직 풀리지 않았던 것이다.

"누가 말 좀 해봐." 마르티네스가 말했다. "나는 누구지?"

그는 방 안을 천천히 한 바퀴 돌았다.

모두 양복 때문이라고 그는 생각했다. 분명히 이 양복과 맑게 갠 토요일 밤 상점에서 겪은 일과 관계가 있다고. 마늘로 말처럼 술도 마시지 않았는데 웃음이 나오고 더 취한 것처럼 느껴졌다. 밤이 깊어질수록 차례차례 양복을 입고 비틀거리다 서로 부축해 겨우 균형을 잡고 밖으로 나갔다가 더 크고 따뜻하고 기분 좋은 마음으로 돌아왔다. 마르티네스도 이제 눈부시게 하얀 옷을 입고 거기에 서 있었다. 마치 명령 한마디면 온 세상이 조용히 길을 비켜줄 사람처럼.

"마르티네스, 네가 없는 사이 우리가 거울을 세 개나 빌려왔어. 봐!"

거울은 양복점에서처럼 마르티네스의 세 면을 고루 비출 수 있게 세워져 있었다. 더불어 양복을 입고 옷 안의 실과 천에 올올이 깃든 빛나는 세계를 경험하고 돌아온 이들의 추억과 흔적까지도 모두 비춰주었다. 반짝이는 거울 속에서 그들이 모두 함께 겪은 이 옷의 커다란 죄를 목격하고 마르티네스의 눈가가 촉촉이 젖어들었다. 다들 눈을 깜박거렸다. 마르티네스가 손을 뻗어 거울을 만져보자 거울이 살짝 움직였다. 하얀 갑옷을 입은 수천 명, 수백만 명의 마르티네스가 영원을 향해 행진하는 모습이 끝없이 여러 겹으로 비쳐 보였다.

그는 하얀 양복을 허공에 내밀었다. 일행은 황홀경에 빠져 처음에는 양복을 붙잡으려고 뻗은 더러운 손을 알아채지 못했다. 그러다가.

"바메노스!"

"더러운 자식!"

"몸을 씻지 않았잖아!" 고메스가 말했다. "기다리는 동안 면도도 하지 않았어! 친구들, 이 녀석을 목욕탕으로 데려가자!"

"목욕탕으로 가자!" 다들 말했다.

"싫어!" 바메노스가 몸을 버둥거렸다. "나는 밤바람을 쐴 거야! 아이고, 나 죽네!"

그들은 소리 지르는 바메노스를 현관으로 끌고 갔다.

이제 여기 바메노스가 서 있다. 깨끗하게 면도를 하고 머리도 말끔히 빗어 넘기고 손톱의 때도 밀어 믿을 수 없을 정도로 깔끔해진 그가 흰색 양복을 입고 있다.

친구들이 험상궂은 얼굴로 그를 노려보았다.

아아, 믿을 수가 없어. 마르티네스는 생각했다. 바메노스가 지나가는 길엔 산이 들썩이고 산사태가 난다고? 그가 창문 밑을 지나갈 때면 사람들은 침을 뱉고 쓰레기를 던지고 더 심한 짓도 했더랬다. 그러나 오늘 밤, 이 맑은 토요일 밤, 그는 수없이 많은 활짝 열린 창문 밑을, 발코니 아래를, 골목길을 누비고 다닐 예정이었다. 세상이 갑자기 파리떼의 날갯짓으로 웅성거렸다. 그리고 이제 바메노스는 막 설탕 가루를 뿌린 케이크처럼 서 있었다.

"양복을 입으니까 정말 멋져 보인다, 바메노스." 마눌로가 구슬프게 말했다.

"고마워." 바메노스가 움찔거리며 조금 전까지 모두의 몸집이 들어가 있었던 옷 속에서 매무새를 편안하게 잡으려고 애썼다. "이제 가도 될까?"

"빌러나즐!" 고메스가 말했다. "이 규칙들을 적어둬."

빌러나즐은 연필심을 핥았다.

"첫 번째." 고메스가 말했다. "양복을 입은 채로 넘어지지 말 것. 바메노스, 알겠지?"

"걱정하지 마."

"양복을 입고 건물 벽에 기대지 말 것."

"기대지 않을게."

"양복을 입고 새들이 앉아 있는 나무 밑을 걸어가지 말 것. 담배 피우지 말 것. 술 마시지 말 것…."

"있잖아." 바메노스가 말했다. "양복을 입고 앉는 것은 괜찮아?"

"의문이 생기거든 일단 바지를 벗고 접어서 의자에 걸어둬."

"행운을 빌어줘." 바메노스가 말했다.

"신의 은총이 함께 하길, 바메노스."

그가 나갔다. 문이 닫혔다.

천이 쫙 찢어지는 소리가 났다.

"바메노스!" 마르티네스가 소리치며 문을 벌컥 열었다.

바메노스가 두 조각으로 찢어진 손수건을 들고 씩 웃으며 서 있었다.

"쫙! 왜 그런 얼굴을 하고 있어? 쫙!" 그는 다시 손수건을 찢었다. "하하하. 저 얼굴 좀 보라지! 하하하!"

바메노스는 큰 소리로 웃으며 문을 세게 닫았다. 다들 어리둥절한 얼굴로 서 있었다.

고메스는 머리에 두 손을 올려놓고 안절부절못했다. "나에게 돌을 던져줘. 나를 죽여줘. 아무래도 내가 악마한테 우리 영혼을 몽땅 팔아넘긴 것 같아!"

빌러나즐이 주머니를 뒤져 은화 한 닢을 꺼내더니 한참을 들여다보왔다.

"마지막 남은 50센트야. 바메노스한테 양복값을 돌려주고 싶은데 혹시 돈 보탤 사람 없어?"

"소용없어." 마눌로가 일행에게 10센트를 보여주며 말했다. "우리에겐 옷깃과 단춧구멍 값밖에 없어."

고메스가 열린 창으로 갑자기 몸을 내밀며 외쳤다. "바메노스! 안 돼!"

저 밑에서 바메노스가 화들짝 놀라며 성냥불을 끄더니 어디선가 주운 시가 꽁초를 던져버렸다. 그는 위쪽 창문에 나타난 일행을 향해 이상한 몸짓을 해 보이더니 경쾌하게 손을 흔들고 어슬렁거리며 걸어갔다.

남은 다섯 사람은 어쩐지 창문에서 몸을 뗄 수가 없었다. 그들은 거기 그대로 뭉쳐 서 있었다.

"저 친구, 양복을 입고 햄버거를 먹고 말 거야." 빌러나즐이 곰곰이 생각하며 말했다. "겨자소스라도 묻으면 어쩌지?"

"안 돼!" 고메스가 외쳤다. "절대 안 돼! 안 된다고!"

마눌로가 갑자기 문 쪽으로 걸어갔다.

"술이라도 마셔야지 안 되겠어."

"마눌로, 술은 여기 있어. 바닥에 있는 저 병에."

마눌로는 문을 닫고 밖으로 나가버렸다.

잠시 후 빌러나즐이 과장되게 기지개를 켜더니 방 안을 어슬렁거리기 시작했다.

"광장에라도 다녀와야겠어, 친구들."

그가 나간 지 1분도 안 되어 도밍게스가 친구들에게 검은 전화번호 수첩을 흔들어 보이고 눈을 찡긋하더니 문손잡이를 돌렸다.

"도밍게스." 고메스가 불렀다.

"응?"

"혹시 바메노스를 만나거든 말이야." 고메스가 말했다. "미키 머릴로가 하는 술집 '붉은 수탉'에는 절대로 가지 말라고 일러줘. 그 술집은 싸움

장면이 나오는 TV를 틀어주는 데다가 TV 앞에서 실제로 싸움이 벌어지기도 하거든."

"그 친구 '붉은 수탉'에는 가지 않을걸." 도밍게스가 말했다. "바메노스에게도 그 양복은 몹시 소중하니까. 설마 양복 망칠 일을 벌이겠어?"

"하긴 양복을 더럽히느니 제 어머니를 쏘아죽이는 편을 택하겠지." 마르티네스가 말했다.

"맞아. 분명히 그럴 거야."

둘만 남게 된 마르티네스와 고메스는 서둘러 계단을 내려가는 도밍게스의 발소리를 들었다. 두 사람은 창가에 서 있는 벌거벗은 마네킹 주변을 빙글빙글 돌았다.

고메스는 한참 동안 입술을 깨물며 창가에 서서 밖을 내다보았다. 셔츠 주머니에 두어 번 손을 넣었다 뺐다 하더니 마침내 뭔가를 꺼내 들었다. 그리고 그것을 보지도 않고 마르티네스에게 내밀었다.

"마르티네스, 이거 받아."

"이게 뭐야?"

여러 개의 이름과 전화번호가 인쇄되어 있고, 한 번 접힌 분홍색 종이였다. 마르티네스의 눈이 휘둥그레졌다.

"오늘부터 3주 동안 쓸 수 있는 엘파소행 버스표!"

고메스가 고개를 끄덕였다. 그는 마르티네스의 얼굴을 똑바로 쳐다보지도 않고 여름밤의 어둠을 응시했다.

"그걸 돈으로 바꿔 와." 고메스가 말했다. "그 돈으로 흰색 양복에 어울리는 멋진 흰색 파나마모자와 연푸른색 넥타이를 사 가지고 와. 마르티네스, 어서."

"고메스…."

"얼른. 아, 여긴 정말 덥군! 바람 좀 쐬고 와야겠어."

"고메스, 나 정말 감동했어. 고메스…."

그러나 어느새 문이 활짝 열려 있고 고메스는 사라졌다.

*

미키 머릴로가 운영하는 술집 '붉은 수탉'은 커다란 벽돌 건물 사이에 끼어 있어서 폭이 좁고 깊을 수밖에 없었다. 술집 바깥에는 뱀처럼 붉은색과 형광 초록색이 섞인 네온사인이 깜박거리고 있었다. 안쪽에는 어렴풋한 그림자가 나타났다가 혼잡한 어둠의 바다로 사라지곤 했다.

마르티네스는 까치발을 하고 붉은 페인트칠이 벗겨진 전면 창을 통해 안쪽을 들여다보았다.

그때 왼쪽에서 어떤 기척이 느껴지고 오른쪽에서 누군가의 숨결이 느껴졌다. 그는 양쪽을 번갈아 보았다.

"마눌로! 빌러나즐!"

"목이 마르지 않아서 말이야. 산책이나 좀 하려고." 마눌로가 말했다.

"나는 광장에 가는 길이었는데 이쪽으로 돌아서 가려고." 빌러나즐이 말했다.

마치 약속이라도 한 듯이 세 남자는 함께 입을 다물고 여기저기 페인트칠이 벗겨진 창문으로 안을 들여다보았다.

잠시 후 세 사람은 뒤쪽에서 뜨거운 인기척과 가쁜 숨소리를 느꼈다.

"우리의 흰색 양복이 저 안에 있는 건가?" 고메스의 목소리였다.

"고메스!" 세 사람은 깜짝 놀라 일제히 말했다. "너도 왔어?"

"정말이잖아!" 막 도착한 도밍게스도 안쪽을 들여다보며 말했다. "저기 우리 양복이 있어! 오오, 하느님 감사합니다. 아직은 바메노스가 입고 있군그래!"

"내 눈엔 안 보여!" 고메스가 이마에 손 가리개를 하고 실눈을 떴다.

마르티네스는 안쪽을 들여다보았다. 정말로 바메노스가 있었다! 안쪽 그늘 속에 커다란 눈덩이 같은 게 보이고 그 위로 바메노스가 담배 연기 속에서 눈을 찡긋하며 얼빠진 미소를 짓고 있었다.

"저 자식, 담배를 피우고 있어!" 마르티네스가 말했다.

"저 자식, 술도 마시고 있어!" 도밍게스가 말했다.
"타코까지 먹고 있잖아!" 빌러나즐도 말했다.
"즙이 뚝뚝 떨어지는 타코야." 마눌로가 덧붙였다.
"안 돼." 고메스가 말했다. "안 돼, 안 돼, 안 돼…."
"루비도 같이 있어!"
"나도 좀 보자." 고메스가 마르티네스 옆을 비집고 들어왔다.

정말로 루비가 있었다! 100킬로그램은 되어 보이는 번쩍이는 브로치를 달고 발굽까지 검은 비단으로 감싼 구두를 신고 주홍색 매니큐어를 칠한 손으로 바메노스의 어깨를 붙잡고 있었다. 하얗게 분을 바르고 번들거리는 립스틱을 칠한 암소 같은 얼굴이 바메노스를 향해 갔다!

"저 하마 같은 여자가!" 도밍게스가 말했다. "양복의 어깨심을 짓뭉개고 있어! 이제 바메노스의 무릎에 앉으려는군!"

"안 돼, 안 된다고! 저 분이랑 립스틱이 옷에 묻으면 안 돼!" 고메스가 말했다. "마눌로, 안으로 들어가! 저 술잔을 뺏어! 빌러나즐, 시가와 타코를 가로채! 도밍게스는 루비를 데리고 나와. 서둘러, 친구들!"

세 사람이 사라졌고 고메스와 마르티네스만 남아 숨을 죽이고 안쪽을 들여다보았다.

"마눌로가 술을 뺏었어. 아니, 자기가 마시고 있잖아!"
"빌러나즐은 담배를 뺏고 타코는 자기가 먹고 있어!"
"아아, 도밍게스는 루비를 붙잡았어. 용감한 친구군!"

이때 큼직한 그림자 하나가 술집 정문을 통해 재빨리 안으로 들어갔다.

"고메스!" 마르티네스가 고메스의 팔을 붙잡았다. "방금 들어간 사람은 루비의 남자친구 토로야. 여자친구가 바메노스랑 함께 있는 걸 보면 저 아이스크림색 양복은 피범벅이 되고 말 거야. 피투성이가 될 거라고."

"으악, 정말 미치겠네." 고메스가 말했다. "얼른 안으로 들어가자!"

두 사람은 안으로 뛰어 들어갔다. 바메노스 곁에 도착했을 때는 이미 토로가 멋들어진 아이스크림색 양복 깃에서 대략 60센티미터 떨어진 곳에서 막 덤벼들려 하고 있었다.

"바메노스를 놔줘!" 마르티네스가 말했다.

"그 양복을 놓으라는 말이야!" 고메스가 고쳐 말했다.

바메노스와 탭댄스라도 출 것 같은 자세였던 토로가 훼방꾼들을 노려보았다.

빌러나즐이 수줍게 앞으로 다가서더니 웃으며 말했다. "이 친구를 때리지 말아줘. 차라리 나를 때려."

토로가 빌러나즐의 코를 한 대 때렸다.

빌러나즐은 코를 감싸 쥐고 눈물을 흘리며 비틀비틀 뒤로 물러났다.

고메스가 토로의 한쪽 팔을 붙잡고 마르티네스는 반대편 팔을 잡았다. "이 친구를 놔줘. 놓으라고, 이 악당, 짐승, 고깃덩어리야!"

토로가 아이스크림색 양복을 잡고 비틀자 여섯 남자가 일제히 고통스러운 비명을 질렀다. 토로는 땀을 뻘뻘 흘리고 으르렁거리며, 덤벼드는 남자들을 모두 물리쳤다. 토로가 바메노스를 때리려는 찰나 빌러나즐이 눈물을 줄줄 흘리고 비틀거리며 다시 왔다.

"그 친구 말고 나를 때려!"

토로가 다시 빌러나즐의 코를 때리자 누군가 의자를 집어 들고 토로의 머리를 내리쳤다.

"맛 좀 봐라!" 고메스가 외쳤다.

토로는 비틀비틀 눈을 깜빡이며 넘어질 듯 말 듯 하다 바메노스를 붙들었다.

"놔줘! 그 친구는 놔주란 말이야!" 고메스가 외쳤다.

토로의 바나나 같은 굵은 손가락이 하나씩 하나씩 아주 천천히 양복에서 떨어져 나갔다. 잠시 후 그는 일행의 발치에 쓰러졌다.

"친구들, 이쪽이야!"

일행은 바메노스를 밖으로 몰고 나갔다. 친구들의 손아귀에서 풀려났을 때, 바메노스는 이미 자존심에 크게 상처를 입은 상태였다.

"알았어, 알았다고. 하지만 내 시간은 아직 끝나지 않았어. 2분 하고도, 어디 보자, 10초가 더 남았단 말이야."

"뭐라고!" 모두 소리쳤다.

"바메노스." 고메스가 말했다. "넌 암소 같은 루비를 무릎에 앉히고 싸움을 벌이고 담배도 피우고 술도 마시고 줄줄 흐르는 타코를 먹은 것도 모자라 감히 시간이 남았다고 말하는 거냐?"

"2분 하고도 1초가 남았어!"

"어머, 바메노스, 자기 정말 멋지다!" 길 건너 멀리서 웬 여자의 목소리가 들려왔다.

바메노스는 미소를 지으며 윗옷 단추를 채웠다.

"라모나잖아! 라모나, 기다려!" 바메노스는 인도를 벗어나 길 건너로 달려갔다.

"바메노스!" 고메스가 애원했다. "1분 하고도." 손목시계를 들여다보며 말했다. "40초밖에 안 남았는데, 뭘 하려고 그래?"

"이봐, 라모나! 기다려!"

바메노스가 성큼성큼 달려가며 외쳤다.

"바메노스, 조심해!"

바메노스가 깜짝 놀라 몸을 돌렸을 때 자동차가 끽 하고 브레이크 밟는 소리가 들렸다.

"안 돼!" 인도에 서 있던 다섯 남자가 한목소리로 외쳤다.

마르티네스는 충돌음을 듣고 움찔했다. 그는 천천히 고개를 들었다. 하얀 빨랫감이 공중으로 날아가는 것 같았다. 그는 다시 고개를 숙였다.

마르티네스는 자신을 비롯한 일행이 각자 다른 소리를 내는 것을 들었다. 누구는 헉 하고 크게 숨을 들이마셨고 누구는 후유 하고 숨을 뱉어냈다. 누구는 돌연 숨을 멈추었다. 누구는 신음했다. 큰 소리로 정의를 부르짖는 사람도 있었다. 누구는 얼굴을 가렸다. 마르티네스는 너무 고통스러워 자기도 모르게 주먹으로 가슴을 치고 있었다. 한 발짝도 움직일 수가 없었다.

"나는 살고 싶지 않아." 고메스가 나지막이 말했다. "누가 날 좀 죽여줘."

마르티네스는 발을 질질 끌며 자신의 발에 명령했다. 얼른 걸어! 비틀거려! 한발 한발 따라가! 그러다 다른 사람과 부딪쳤다. 다들 달리고 있었다. 다들 건너기 어려운 넓고 깊은 강을 가로지르듯이 길을 건너 바메노스에게 달려갔다.

"바메노스!" 마르티네스가 말했다. "살아 있어!"

바메노스는 바닥에 드러누워 눈을 질끈 감은 채 머리를 앞뒤로 몇 차례 움직이며 입을 벌리고 신음했다.

"말해줘, 말해줘, 오오, 제발 말해줘."

"무슨 말을 하라는 거야, 바메노스?"

바메노스는 주먹을 꽉 쥐고 이를 악물었다.

"양복 말이야. 양복이 어떻게 되었는지 말해줘. 양복, 양복 말이야!"

일행은 몸을 웅크렸다.

"바메노스, 양복은 말이야, 오오, 괜찮아!"

"거짓말!" 바메노스가 말했다. "틀림없이 찢어졌겠지. 틀림없이 찢어졌을 거야. 여기저기 몽땅, 아랫도리까지도."

"아니야." 마르티네스가 무릎을 꿇고 여기저기를 만져보았다. "바메노스, 전부, 바지까지도 멀쩡해!"

바메노스는 이윽고 눈을 뜨더니 하염없이 눈물을 흘렸다. "아아, 기적이야." 그는 흐느꼈다. "하느님 감사합니다!" 그리고 울음을 뚝 그쳤다. "자동차는 어떻게 됐어?"

"널 치고 달아나버렸어." 고메스도 갑자기 생각난 듯 빈 거리를 노려보았다. "멈추지 않고 가버린 게 다행이야. 만약 멈췄더라면…."

다들 귀를 쫑긋 세웠다.

멀리서 사이렌이 울부짖었다.

"누가 구급차를 불렀나 봐."

"서둘러!" 바메노스가 눈알을 굴리며 말했다. "날 일으켜줘! 우리 양복을 벗겨줘!"

"바메노스…."

"닥쳐, 이 바보들아." 바메노스가 큰 소리로 외쳤다. "윗옷을 벗겨, 그래! 이제, 바지도, 바지도 빨리, 서둘러 벗기라고! 의사들이 어떻게 하는지 몰라? 영화 안 봤어? 병원에 가면 면도칼로 찢어서 바지를 벗긴단 말이야. 그치들은 양복 따위 신경도 쓰지 않아! 미친놈들이라고! 아, 하느님, 얼른, 서둘러, 빨리!"

사이렌이 울렸다.

다들 겁에 질려 곧바로 바메노스에게 달려들었다.

"오른쪽 다리, 천천히, 서둘러, 이 바보들아! 좋아! 왼쪽 다리, 그래, 왼쪽, 거기, 천천히 천천히! 됐어! 빨리! 마르티네스! 네 바지, 네 바지를 벗어줘!"

"뭐라고?" 마르티네스는 얼어붙었다.

사이렌이 날카롭게 울렸다.

"바보야!" 바메노스가 울부짖었다. "다 벗었잖아! 네 바지를 입혀달라고! 내게 줘!"

마르티네스가 얼른 바지 허리띠를 붙잡았다.

"다들 나를 에워싸줘!" 검은색 바지와 흰색 바지가 공중을 날았다.

"빨리! 미친놈들이 면도칼을 가지고 오고 있어! 오른쪽 다리, 왼쪽 다리, 그래!"

"지퍼를 채워! 바보야, 바지 지퍼를 채우라고!" 바메노스가 울부짖었다. 사이렌 소리가 멈췄다.

"오오, 세상에, 됐어! 시간에 맞춰 왔군." 바메노스는 뒤로 누워 눈을 감았다. "오오, 감사합니다."

마르티네스는 구급대원들이 재빨리 지나가는 동안 시치미를 뚝 떼고 흰색 양복바지를 입었다.

"다리가 부러졌군요." 구급대원 한 사람이 말했다. 그들은 바메노스를 들것에 실었다.

"친구들." 바메노스가 말했다. "나한테 화내지 말아줘."

고메스가 코웃음을 쳤다. "누가 화를 낸다고 그래?"

구급차에 실려 머리를 뒤로 젖히고 일행을 거꾸로 바라보며 바메노스가 더듬거렸다.

"있잖아, 친구들. 내가 병원에서 돌아오면 말이야…. 그래도 날 패거리에 끼워줄 거지? 날 쫓아내지 않을 거지? 나, 담배도 끊고, '붉은 수탉'에도 안 가고, 여자도 가까이하지 않을게."

"바메노스." 마르티네스가 다정하게 말했다. "아무런 약속도 하지 않아도 돼."

바메노스는 젖은 눈으로, 별이 빛나는 하늘을 배경으로 온통 하얗게 차려입은 마르티네스를 거꾸로 바라보았다.

"오, 마르티네스. 그 양복을 입으니 정말 근사해 보인다. 친구들, 마르티네스 정말 아름답지 않아?"

빌러나즐이 구급차에 올라타더니 바메노스 옆에 자리를 잡았다. 차 문이 쾅 하고 닫혔다. 남은 네 사람은 구급차가 멀어지는 것을 지켜보았다.

흰 양복을 입은 마르티네스는 친구들의 조심스러운 호위를 받으며 인도까지 갔다.

집에 돌아가자마자 마르티네스는 세제를 꺼냈고 전부 둘러서서 양복의 얼룩 빼는 법을 가르쳐주었다. 또 다리미를 너무 뜨겁게 하지 않고 옷깃과 주름을 다림질하는 방법도 가르쳐주었다. 양복이 깨끗해지고 다림질까지 끝나자 흰색 양복은 갓 피어난 치자꽃처럼 보였다. 일행은 양복을 다시 마네킹에 입혔다.

"2시야." 빌러나즐이 중얼거렸다. "바메노스가 잘 자야 할 텐데. 병원에 두고 올 때 괜찮아 보이긴 했지만 말이야."

마눌로가 헛기침하며 물었다. "이제 오늘 밤엔 이 양복을 입고 나갈 사람 없지?"

다들 마눌로를 노려보았다.

마눌로는 얼굴을 붉혔다. "내 말은… 너무 늦었다고. 다들 피곤하잖아. 아마 48시간 안에는 아무도 이 양복을 입겠다고 나서지 않을걸? 양복도 좀 쉬어야지. 음, 그런데 우린 어디서 자나?"

밤이 되어도 여전히 찜통더위라 도무지 방 안에 있을 수가 없어 양복을 마네킹째로 홀에 가져다 두었다. 베개와 이불도 가져갔다. 그들은 계단을 올라 건물 옥상으로 갔다. 거긴 시원한 바람이 불 테니 잠을 청할 수 있을 테지. 마르티네스는 생각했다.

옥상으로 가는 길에 열린 채로 있는 여러 방문 앞을 지나갔다. 사람들은 여전히 땀을 흘리며 카드놀이를 하고 청량음료를 마시고 영화 잡지로 부채질하고 있었다.

혹시? 마르티네스는 생각했다. 혹시 말이야. 그래!

4층의 그 문이 열려 있었다. 아름다운 여자가 눈을 들어 지나가는 남자들을 바라보았다. 그녀는 안경을 쓰고 있었는데, 마르티네스를 보자 얼른 안경을 벗어 책 밑에 숨겼다.

마르티네스는 열린 문 앞에서 재빨리 걸음을 멈췄지만, 일행은 그것도 모르고 계속 가던 길을 갔다. 그는 한동안 아무 말도 못 하다가 이윽고 입을 열었다. "저는 마르티네스입니다."

그러자 여자가 말했다. "셀리아예요."

그리고 두 사람은 아무 말도 하지 않았다.

마르티네스의 귀에 일행이 건물 옥상으로 올라가는 소리가 들렸다. 그도 몸을 움직여 뒤따라갔다.

여자가 재빨리 말했다. "오늘 밤 당신을 봤어요!"

그는 여자에게 돌아갔다. "양복을 봤군요."

"예, 양복을 봤어요." 여자는 말했다가 잠시 멈추었다. "하지만 양복

얘기를 하는 게 아니에요."

"예?"

여자는 책을 들어 올리고 무릎 위에 얹어놓은 안경을 보여주었다. 그녀는 안경을 만지작거리며 말했다.

"저는 시력이 나빠요. 어쩌다 한 번씩 안경을 쓴다고 생각하겠지만, 그렇지 않아요. 몇 년 동안 안경을 숨기고 다니느라 아무것도 보이지 않았어요. 그런데 오늘 밤은 안경을 쓰지도 않았는데 보이더라고요. 어둠 아래서 크고 하얀 게 지나가는 걸요. 정말 새하얀 색이었어요! 그래서 얼른 안경을 썼죠."

"그게 아까 말한 양복이었어요." 마르티네스가 말했다.

"그래요, 잠깐은 그 양복이었죠. 하지만 양복 위에 또 다른 하얀 것이 있더라고요."

"또 다른 하얀 것?"

"당신 치아요! 아아, 그토록 하얗고 가지런한 치아는 본 적이 없어요!"

마르티네스는 손을 들어 입을 가렸다.

"정말 행복해 보였어요, 마르티네스. 그토록 행복한 얼굴, 환한 미소는 처음 봤답니다."

"아아." 그는 여자를 똑바로 보지도 못한 채 얼굴을 붉혔다.

"아시겠지만," 여자가 나지막이 말했다. "처음에는 양복이 눈에 띄었어요. 그래요, 저 아래 어두운 밤을 새하얀 색이 가득 채웠죠. 그렇지만 당신 치아가 훨씬 더 하얗게 보여서 양복은 까맣게 잊고 말았답니다."

마르티네스는 다시 얼굴이 달아올랐다. 여자 역시 자신의 말에 취해 있는 것 같았다. 여자는 코 위에 안경을 걸쳤다가 다시 신경질적으로 벗더니 숨겨버렸다. 그녀는 자신의 손을 내려다보았다가 그의 머리 너머로 문을 쳐다보았다.

"혹시…." 이윽고 마르티네스가 말했다.

"예?"

"혹시 당신을 불러도 될까요?" 그가 물었다. "다음번 제가 양복을 입을 차례가 되었을 때요."

"왜 그 양복을 입을 때까지 기다려야 하죠?" 여자가 물었다.

"제 생각에는…."

"꼭 그 양복을 입어야 하는 건 아니에요."

"하지만…."

"그 양복만 입으면 누구나 멋져 보이죠. 하지만, 아니에요. 저는 보았는걸요. 그 양복을 입은 수많은 남자를 오늘 밤 전부 보았죠. 다 달랐어요. 다시 말하지만, 당신은 그 양복을 입을 때까지 기다리지 않아도 돼요."

"아아, 세상에! 이런, 맙소사!" 그는 행복에 겨워 외쳤다. 잠시 후 그는 목소리를 더 나직하게 하고 말했다. "나는 잠깐만이라도 그 양복이 필요할 거예요. 한 달, 여섯 달, 혹은 일 년이 될 수도 있지요. 확실하지는 않아요. 난 아직 너무도 많은 일이 두려우니까요. 아직 젊거든요."

"그렇겠죠." 여자가 말했다.

"잘 자요, 저기…."

"셀리아예요."

"잘 자요, 셀리아." 그는 말하고 문에서 멀어졌다.

일행은 건물 옥상에서 기다리고 있었다. 위로 여는 문을 지나 올라가니 친구들은 벌써 옥상 한가운데에 양복을 입은 마네킹을 놓고 그 주위로 둥그렇게 담요와 베개를 깔아두었다. 이제 그들은 누워 있었다. 높은 곳에 올라오니 시원한 밤바람이 불었다.

마르티네스 혼자 하얀 양복 옆에 서서 옷깃을 어루만지며 반쯤은 혼잣말하듯 중얼거렸다.

"이봐, 친구들, 정말이지 끝내주는 밤이었어! 7시 이후로 한 10년은 지난 것 같아. 그때 모든 일이 시작되었지. 난 그때 친구도 없었어. 그런데 새벽 2시인 지금은 온갖 친구가 생겼어…." 그는 잠시 멈추고 셀리아를 생각했다. 셀리아를. "정말 온갖 친구가." 그는 계속 말했다. "방도 생기고 옷도 생겼지. 그렇지? 그렇다고 말해줘." 그는 자신과 마네킹을 에워싸고 옥상에 누워 있는 남자들을 둘러보았다. "정말 재밌는 세상이야. 이 양복을 입으면 고메스처럼 틀림없이 당구에서 이기겠지. 도밍게스처럼 여자들의 시선을 끌고 마눌로처럼 감미로운 목소리로 노래를 부를 수도 있어. 빌러나즐처럼 정치 이야기를 멋들어지게 늘어놓을 수도 있고 바메노스처럼 힘이 세지기도 하지. 그러면 뭐하냐고? 오늘 밤 나는 마르티네스 이상이야. 나는 고메스고 마눌로고 도밍게스고 빌러나즐이고 바메노스지. 나는 모두야. 아아… 아아…." 그는 잠시 양복 옆에 서 있었다. 그들이 앉아 있을 때나 서 있을 때나 걸을 때나 언제든 지켜줄 양복이었다. 이 양복을 입으면 고메스처럼 재빨리 민첩하게 움직일 수 있고 빌러나즐처럼 느리고 신중해질 수 있으며 도밍게스처럼 바람을 타고 날아다니듯 다닐 수 있다. 이 양복은 그들의 소유지만 양복이 그들을 전부 소유했다고 볼 수도 있다. 게다가 양복은… 천국과도 같았다.

"마르티네스." 고메스가 말했다. "안 잘 거야?"

"물론 자야지. 그냥 생각을 좀 했어."

"무슨 생각?"

"만약 우리가 부자가 된다면 말이야." 마르티네스가 조용히 말했다. "약간 슬퍼질 것 같아. 그러면 우리는 저마다 양복이 생기겠지. 그리고 오늘 같은 밤은 다시는 없을 거야. 오래된 친구들은 뿔뿔이 흩어지겠지. 그 후로 다시는 지금처럼 되지 못할 거야."

남자들은 누워 방금 마르티네스가 한 말을 곰곰이 생각했다.

고메스가 천천히 고개를 끄덕였다.

"그래, 그 후로는, 다시는 지금처럼 되지 않겠지."

마르티네스는 자기 몫의 담요 위에 누웠다. 일행은 어둠 속에서 옥상 한가운데 서 있는 마네킹을 올려다보았다. 마네킹은 그들 삶의 중심에 있었다.

근처 건물의 네온사인이 켜졌다 꺼졌다 켜졌다 꺼지기를 반복하자 멋들어진 바닐라 아이스크림색 하얀 양복도 나타났다 사라졌다 나타났다 사라지기를 반복했다. 어둠 속에서 밝게 빛나는 그들의 눈은, 그 모습을 보기만 해도 좋았다.

FEVER DREAM

열병

그들은 갓 세탁한 깨끗한 이불 속에 아이를 눕혔다. 흐릿한 분홍색 램프 아래 탁자에는 늘 그렇듯이 방금 짠 진한 오렌지 주스가 유리잔에 담겨 있었다. 찰스가 부르기만 하면 엄마나 아빠가 방 안으로 고개를 들이밀고 그의 상태를 살펴볼 것이다. 방 안의 음향효과가 좋아서 아침이면 도기로 만든 변기가 꾸르륵 소리를 내며 물을 빨아들이는 소리도 들렸고 지붕을 두드리는 빗소리나 은밀한 벽 속을 내달리는 교활한 쥐의 소리, 아래층 새장에서 노래하는 카나리아 소리까지 들렸다. 정신만 바짝 차린다면 앓아누워 있는 것도 그리 나쁜 일은 아니었다.

찰스는 열세 살이었다. 9월 중순, 대지가 막 가을빛으로 타오르기 시작할 무렵이었다. 자리에 누운 지 사흘째 되는 날 찰스는 공포에 휩싸였다.

먼저 손이 달라지기 시작했다. 오른손이었다. 침대 겉덮개 위에 올라간 오른손이 혼자서 뜨겁게 달아오르고 땀을 흘리고 있었다. 손은 퍼덕거리며 살짝 움직였다. 그러더니 이불 위에서 조금씩 색깔이 달라지기 시작했다.

*

그날 오후 의사가 다시 와서 작은북을 두드리듯 찰스의 야윈 가슴을 두드렸다. "기분이 좀 어떠니?" 의사가 빙그레 웃으며 물었다. "말하지 않아도 알겠다. '감기는 괜찮아요, 선생님. 하지만 너무 무서워요!'라고 말하려고 했지? 하하." 의사는 늘 자기가 농담해놓고 자기가 웃었다.

그러나 의사의 오래 묵은 끔찍한 농담은 앓아누운 찰스에게 현실이 되어가고 있었다. 농담이 찰스의 마음에 들러붙어 버렸다. 찰스는 하얗게 겁에 질려 농담을 떨쳐내고 싶었다. 의사는 자신의 농담이 얼마나 잔인한지 까맣게 모르겠지!

"의사 선생님." 찰스가 파리한 얼굴로 힘없이 누워 속삭였다. "제 손이 더는 제 것이 아니에요. 오늘 아침에는 완전히 다른 것으로 변했어요. 제 손을 되찾아주세요. 예? 선생님."

의사는 치아를 드러내며 씩 웃고는 찰스의 손을 어루만졌다. "내가 보기엔 괜찮은데? 아마 열에 들떠 꿈을 꾼 모양이구나."

"하지만 손이 변해버렸어요, 선생님. 아아, 선생님." 찰스는 핏기 없이 거친 손을 들어 올리며 가엾게 울부짖었다. "거짓말이 아니에요!"

의사가 눈을 찡긋했다. "그럼 분홍색 알약을 주마." 그는 찰스의 혀 위에 알약 하나를 얹었다. "삼키려무나."

"이 약을 먹으면 손이 다시 제 것으로 돌아오나요?"

"그럼, 그럼."

의사가 자동차를 타고 고요하고 푸른 9월 하늘 아래로 떠나자 집 안은 다시 조용해졌다. 저 멀리 아래층 부엌에서 시계가 똑딱거렸다. 찰스는 누워서 손을 들여다보았다.

손은 다시 돌아오지 않았다. 여전히 다른 것이었다.

창밖에 바람이 불었다. 나뭇잎이 떨어지며 차가운 유리창에 부딪혔다.

오후 4시가 되자 왼손도 변하기 시작했다. 꼭 열병에 걸린 사람 같았다. 세포 하나하나가 고동치며 달라졌다. 손은 따뜻한 심장처럼 혼자서 뛰었다. 손톱이 파랗게 변했다가 다시 빨개졌다. 완전히 달라질 때까지 거의 한 시간이 걸렸다. 보통 손과 다를 게 없어 보였지만 보통 손은 아니었다. 더는 자기 손이 아니었다. 찰스는 공포에 질려 누워 있다가 기진맥진한 상태로 잠에 빠졌다.

6시에 엄마가 수프를 가지고 왔지만, 찰스는 손도 대지 않았다. "저는 손이 없어요." 찰스는 눈을 감은 채 말했다.

"네 손은 완벽한걸." 엄마가 말했다.

"아니에요." 찰스는 울부짖었다. "제 손은 없어졌어요. 꼭 의수가 달린 것 같아요. 아, 엄마, 엄마, 안아주세요. 안아줘요. 무서워 죽겠어요!"

결국 엄마가 수프를 먹여주어야 했다.

"엄마. 의사 선생님을 다시 불러주세요. 부탁이에요. 너무 아파요."

"의사 선생님은 오늘 저녁 8시에 다시 올 거야." 엄마는 이렇게 말하고 방을 나갔다.

저녁 7시, 집 안에 밤의 어둠이 가득 들어찼다. 침대에서 몸을 일으켜 앉는 찰스의 다리에 무슨 일이 일어났다. 처음에는 한쪽 다리에, 그러더니 반대쪽 다리에도 뭔가 일어나는 게 느껴졌다. "엄마! 빨리 와보세요!" 찰스는 비명을 질렀다.

그러나 엄마가 왔을 때는 아무 일도 일어나지 않았다.

엄마가 아래층으로 내려가자 찰스는 꼼짝없이 누워 다리가 욱신거리다가 따뜻해지다가 빨개질 정도로 뜨거워지는 것을 고스란히 느끼고 있었다. 방 안은 찰스의 몸이 뿜어내는 열기로 따뜻해지고 있었다. 열기가 발가락에서 발목으로 이어서 무릎까지 기어 올라왔다.

"들어가도 되겠니?" 문간에서 의사의 웃음 섞인 목소리가 들렸다.

"선생님!" 찰스가 소리쳤다. "빨리 제 담요를 걷어보세요!"

의사는 순순히 담요를 걷어보았다. "그래, 완전하고 건강한 모습의 네가 있구나. 땀을 흘리고 있기는 하지만, 열이 조금 있어서 그래. 선생님이 돌아다니면 안 된다고 했지? 이 장난꾸러기." 의사는 눈물에 젖은 찰스의 분홍빛 뺨을 살짝 꼬집었다. "그래, 아까 먹은 약은 효과가 있었니? 손이 원래 모양으로 돌아왔어?"

"아니요, 약은 아무 소용 없어요! 이제 왼손도 두 다리도 그래요!"

"이런, 이런, 그럼 약을 세 알 더 먹어야겠구나. 양쪽 다리와 한 손에 한 알씩. 그렇지, 얘야?" 의사가 웃었다.

"약을 먹으면 나을까요? 그럼 어서 주세요. 선생님, 저는 어떤 병에 걸린 거죠?"

"가벼운 성홍열이란다. 감기가 심해져서 그래."

"제 몸에 세균이 살면서 새끼를 쳐서 그런 건가요?"

"그렇지."

"성홍열이 틀림없어요? 검사도 안 해봤잖아요!"

"어떤 열병은 보기만 해도 확실하게 알 수 있단다." 의사는 냉정하고 위엄있게 소년의 맥을 짚어보았다.

의사가 검은색 진료 가방을 신속하게 꾸리는 동안 찰스는 아무 말도 없이 그저 누워만 있었다. 잠시 후 조용한 방 안에 소년의 목소리가 번지며 작고 약한 파문을 일으켰다. 어떤 기억을 되살리며 소년의 눈이 반짝거렸다. "언젠가 책을 한 권 읽은 적이 있어요. 석화된 나무에 관한 책이었어요. 나무가 돌로 변하는 거 말이에요. 나무가 쓰러져 썩는 동안 광물이 그 안에 들어가 쌓이면서 나무처럼 보이는 거죠. 하지만 그건 사실 나무가 아니라 돌이에요." 찰스는 잠시 말을 멈추었다. 조용하고 따뜻한 방 안에 찰스의 숨소리가 들렸다.

"그래서?" 의사가 물었다.

"그래서 저도 생각해 봤어요." 잠시 후 찰스가 다시 입을 열었다. "병균도 자라는 걸까? 생물 시간에 아메바 어쩌고 하는 단세포 생물에 관해 배운 적이 있어요. 몇백만 년 전에 그것들이 한 덩어리로 뭉쳐 최초의 몸이 생겨났대요. 세포가 점점 더 많이 모이고 점점 더 커져서 마침내 물고기가 되고 또 우리 같은 인간도 된 거죠. 그러니까 우리는 한데 모여 서로 돕는 세포들의 덩어리예요. 그렇죠?" 찰스는 열에 들뜬 입술을 혀로 축였다.

"그래서 어쨌단 말이냐?" 의사가 찰스를 향해 몸을 숙였다.

"선생님, 꼭 들어주세요! 꼭이요!" 찰스는 외쳤다. "아주 오래전처럼 수많은 병균이 서로 모여 한 덩어리가 되고, 번식해서 더 많은 병균을 만들고, 그러면 어떻게 될까요? 어떤 모습이 될지 한번 생각해보세요."

찰스의 하얀 손이 가슴 위로 올라왔다가 목을 향해 올라갔다.

"그러다가 그것들이 사람을 점령하려고 마음을 먹었다면요!" 찰스가 소리쳤다.

"사람을 점령한다고?"

"예, 아예 그 사람이 되어버리는 거예요. 저처럼요! 제 손과 발 말이에요! 병균이 사람을 죽이고 그 사람이 죽은 다음에도 계속 살아가는 방법을 알게 된다면 어떨까요?"

찰스는 비명을 질렀다.

소년의 두 손이 목을 조르고 있었다.

의사는 고함을 지르며 앞으로 움직였다.

9시, 의사는 소년의 어머니와 아버지의 배웅을 받으며 자기 자동차로 향했다. 부모가 의사에게 진료 가방을 건넸다. 그들은 차가운 밤바람을 맞으며 잠시 대화를 나누었다. "반드시 양손을 다리에 묶어두십시오." 의사가 말했다. "아이가 제 손으로 상처를 입힐지도 모르니까요."

"저희 애는 괜찮을까요, 선생님?" 어머니가 잠시 의사의 팔을 붙들었다.

의사는 어머니의 어깨를 다독였다. "제가 이 댁의 주치의로 일한 지도 30년이나 되었습니다. 이건 열병입니다. 아이는 그저 상상에 빠져 있을 뿐이고요."

"하지만, 아이 목에 생긴 멍 자국을 보니, 하마터면 목이 졸려 죽을 뻔했어요."

"꼭 손을 묶어두세요. 내일 아침이면 괜찮아질 겁니다."

자동차가 어두운 9월의 도로를 달려갔다.

새벽 3시, 찰스는 어둡고 작은 방에서 여전히 깨어 있었다. 머리와 등 밑 침대가 축축했다. 몸이 몹시 뜨거웠다. 이미 팔도 다리도 없어지고 이제 몸이 변하기 시작했다. 찰스는 꼼짝없이 누워 미친 듯한 집중력으로 아무것도 없는 천장을 노려보았다. 한동안 비명을 지르며 몸을 뒤틀었지만, 지금은 힘이 빠지고 목도 쉬어버렸다. 엄마가 몇 번이나 올라와 젖은 수건으로 이마의 열을 식혀주었다. 지금 찰스는 두 손이 다리에 묶인 채 잠잠해졌다.

찰스는 몸의 안쪽 벽이 변하고 있다고 느꼈다. 내장이 변하고 폐는 분홍빛 알코올램프처럼 불타고 있었다. 난로 불빛이 깜박이며 방 안의 어둠을 밝혔다.

이제 찰스는 몸이 없어졌다. 완전히 사라졌다. 목 아래에 붙어 있기는 했지만 강렬한 수면제를 먹었을 때처럼 저 혼자 엄청나게 맥박치고 있었다. 마치 단두대가 자신의 머리를 깔끔하게 잘라버려 머리만 한밤중 베개 위에서 빛나고 아래쪽 몸은 혼자 살아 다른 사람의 것이 되어버린 것 같았다. 병이 찰스의 몸을 집어삼키고 영양분을 알뜰하게 섭취한 다음 열에 들뜬 복제품을 재생산해냈다.

조그만 손의 솜털도, 손톱도, 상처도, 발톱도, 오른쪽 엉덩이에 돋은 작은 사마귀도 모두 완벽하게 복제되어 있었다.

나는 죽었구나. 찰스는 생각했다. 나는 죽임을 당했지만, 아직 살아 있다. 내 몸은 죽었어. 내 몸은 이제 질병 덩어리가 되어버렸지만 아무도 모르겠지. 나는 걸어 다닐 수 있지만 그건 내가 아닌 다른 것이야. 철저하게 나쁘고 완전히 사악하고 너무 크고 악해서 이해하거나 생각하기도 어려운 것이 되어버렸어. 그것은 구두를 사고 물을 마시고 언젠가는 결혼도 하겠지만, 지금껏 보지 못한 나쁜 짓을 저지를 거야.

이제 열기는 뜨거운 포도주처럼 찰스의 목덜미로 뺨으로 번져갔다. 입술이 타올랐고 눈두덩은 바싹 마른 잎처럼 불타올랐다. 콧구멍이 푸른 불꽃을 몹시 희미하게 내뿜었다.

이제 끝이야. 찰스는 생각했다. 놈은 내 머리와 두뇌를 가져가겠지. 내 눈과 치아와 두뇌에 새긴 모든 흔적과 머리카락과 귓바퀴의 주름까지도 전부 앗아가겠지. 내겐 아무것도 남지 않을 것이다.

뇌 속에 펄펄 끓는 수은이 가득 찬 것만 같았다. 왼쪽 눈이 달팽이처럼 쪼그라들고 오므라들며 변하는 게 느껴졌다. 왼쪽 눈이 보이지 않았다. 그 눈은 이제 찰스의 것이 아니었다. 적의 영토가 되어버렸다. 혀도 잘려서 사라졌다. 왼쪽 뺨에 감각이 없어졌다. 왼쪽 귀가 들리지 않았다. 그 귀도 다른 이의 것이 되어버렸다. 새로 태어나는 것, 통나무를 점령하고 태어난 광물질의 것, 건강한 동물의 세포를 대체하는 질병이라는 놈의 것이 되어버렸다.

찰스는 소리를 질러보았다. 높고 날카로운 비명이 큰 소리로 터져 나왔다. 두뇌가 흘러넘치고, 오른쪽 눈과 오른쪽 귀가 잘려 나가고, 앞이 보이지 않고, 귀가 들리지 않고, 온몸이 불덩어리가 되어 공포와 겁과 죽음에 사로잡히는 바로 그 순간에는 외마디 소리를 지를 수 있었다.

엄마가 달려와 찰스의 곁으로 돌아오기 전에, 비명은 멈추었다.

맑고 상쾌한 아침이었다. 거센 바람이 소년의 집 앞 오솔길을 올라오는 의사의 발걸음을 재촉했다. 2층 창가에 성장한 소년이 서 있었다. 의사가 손을 흔들며 "어쩐 일이냐? 왜 일어나 있니? 오, 맙소사!"라고 외쳐도 소년은 손을 흔들지 않았다.

의사는 2층까지 뛰다시피 올라가 숨을 헐떡이며 소년의 방으로 들어갔다.

"왜 일어나 있는 거냐?" 의사는 소년의 야윈 가슴을 두드려보고 맥박도 짚어보고 체온도 쟀다. "이것 참 놀라운걸! 정상이야, 정상. 세상에!"

"이제 다시는 아프지 않을 거예요." 소년은 거기 서서 넓은 창밖을 내다보며 나직이 선언했다.

"암, 그래야지. 그런데 너 정말 다 나은 것 같구나, 찰스."

"의사 선생님."

"왜 그러니, 찰스?"

"저 이제 학교에 가도 될까요?" 소년이 물었다.

"내일부터는 가도 될 거야. 녀석, 학교에 몹시 가고 싶은 모양이구나."

"예. 저는 학교가 좋아요. 아이들도 다 좋고요. 친구들과 함께 놀고 씨름도 하고 싶어요. 침도 뱉고, 여자애들 머리카락도 잡아당기고, 선생님과 악수도 하고, 옷 방에 걸린 외투마다 손을 문질러보고 싶어요. 얼른 커서 세상을 여행하며 온 세상 사람들과 악수도 하고, 결혼도 하고, 아이들도 많이 낳고, 도서관에 가서 책도 만져보고 싶어요. 뭐든 다 하고 싶어요!" 소년은 9월의 아침 풍경을 바라보았다. "그런데 선생님, 아까 절 뭐라고 불렀죠?"

"뭐라고?" 의사는 어리둥절했다. "찰스라고 부르지 뭐라고 불렀겠니?"

"이름이 아예 없는 것보다는 낫네요." 소년은 어깨를 으쓱했다.

"학교에 다시 가고 싶다니 다행이구나." 의사가 말했다.

"사실은 빨리 가고 싶어서 좀이 쑤셔요." 소년이 빙그레 웃었다. "도와주셔서 고맙습니다, 선생님. 우리 악수해요."

"그럼, 그럼."

그들은 진지하게 악수했다. 열린 창으로 상쾌한 바람이 불어왔다. 그들은 거의 1분 동안 악수를 했다. 소년은 노인을 향해 웃으며 고맙다고 인사했다.

이윽고 소년은 웃으며 아래층까지 달려가 자동차를 세워둔 곳까지 의사를 배웅했다. 어머니와 아버지도 기꺼운 인사를 건네러 따라왔다.

"아주 건강해졌어요!" 의사가 말했다. "믿을 수가 없을 정도입니다."

"힘도 세졌답니다." 아버지가 말했다. "밤새 몸을 묶어두었던 끈을 저 혼자 풀었다니까요. 그렇지, 찰스?"

"제가요?" 소년이 말했다.

"그랬어! 어떻게 했니?"

"아아." 소년이 말했다. "오래전 일이에요."

"오래전이라고!"

다들 웃음을 터뜨렸다. 어른들이 웃는 동안 소년은 조용히 맨발로 보도 위에 올라가 길바닥을 기어 다니는 수많은 불개미를 지그시 밟아버렸다. 부모와 나이 든 의사가 대화를 나누는 사이 소년의 눈은 은밀하게 빛났다. 소년은 시멘트 바닥에서 개미들이 머뭇거리다 덜덜 떨며 죽어 자빠지는 모습을 구경했다. 개미들이 싸늘하게 식어버린 것을 느낄 수 있었다.

"잘 있어라!"

의사는 손을 흔들며 차를 타고 갔다.

소년은 부모 앞으로 걸어갔다. 저 멀리 마을을 바라보며 나지막이 '학창 시절' 노래를 불렀다.

"저 아이가 다시 기운을 되찾다니 정말 다행이야." 아버지가 말했다.

"저 노래를 들어봐. 학교에 몹시 가고 싶은 모양이야!"

소년은 조용히 몸을 돌렸다. 소년은 부모를 차례차례 꼭 끌어안았다. 그리고 몇 차례 입도 맞추었다.

그러고선 한마디도 하지 않고 계단을 통통 뛰어올라 집 안으로 들어갔다.

소년은 거실로 들어가 부모가 집 안으로 들어오기 전에 재빨리 새장을 열고 손을 집어넣어 노란 카나리아를 어루만졌다. 딱 한 번.

그리고 새장 문을 닫고 뒤로 물러나 기다렸다.

THE MARRIAGE MENDER

결혼생활을 고쳐드립니다

햇빛을 받은 침대 머리판은 분수처럼 맑은 빛을 뿜어냈다. 거기엔 사자와 이무기, 수염이 늘어진 염소가 조각되어 있었다. 한밤중에 보면 오싹 두려움이 느껴졌다. 안토니오는 침대에 걸터앉아 구두끈을 풀고 굳은살이 박인 큼지막한 손을 뻗어 반짝이는 하프를 쓰다듬었다. 그리고 전설의 꿈 제조기에 올라가 누웠다. 그는 무거운 숨을 내쉬며 천천히 눈을 감았다.

"매일 밤 칼리오페*의 입속에서 자는 것 같아." 옆에서 아내가 말했다.

아내의 불평에 그는 깜짝 놀랐다. 그는 한동안 꼼짝도 하지 않고 누워 몇 년 동안 거칠고도 아름다운 노래를 연주해왔던 이 하프의 현을, 그러니까 복잡한 모양의 침대 머리판에서도 차가운 금속으로 만들어진 부분을 굳은 손끝으로 만져보고 싶은 마음이 들 때까지 기다렸다.

"이건 증기 오르간이 아니야." 그가 말했다.

"하지만 증기 오르간 소리가 나는걸." 마리아가 말했다. "오늘 밤 이

* 웅변과 서사시의 여신이자, 증기 오르간을 뜻하기도 한다.

세상의 수십억 명은 침대에서 자겠지. 그런데 왜 우리에겐 침대가 없는 거야?"

"이게 침대야." 안토니오는 가만히 말했다. 그는 머리 뒤쪽에 있는 모조 황동 하프로 짧은 가락을 연주해보았다. 그의 귀에는 '산타루치아'로 들렸다.

"게다가 이 침대에는 혹도 솟아 있어. 마치 낙타 떼가 침대 밑을 지나가는 것 같단 말이야."

"그만해, 엄마." 안토니오가 말했다. 부부에겐 아이가 없었지만, 아내가 화를 내면 그는 가끔 아내를 '엄마'라고 불렀다. "전에는 한 번도 불평한 적이 없었잖아. 다섯 달 전 아래층 브랭코지 부인이 새 침대를 들이기 전에는 말이야."

마리아는 동경하는 말투로 말했다. "브랭코지 부인의 침대는 눈 같아. 평평하고 새하얗고 푹신푹신하지."

"그따위 눈, 평평하고 새하얗고 푹신푹신한 것, 나는 필요 없어! 이 스프링을 한번 느껴보라고!" 그는 화가 나서 외쳤다. "이 스프링들은 날 아주 잘 알아. 이 시간쯤 되면 이렇게 누울 거라고, 새벽 2시가 되면 저렇게 누울 거라고, 이미 잘 안단 말이야. 3시에는 이렇게, 4시에는 저렇게. 우린 함께 체조하는 것과 같아. 몇 년째 호흡을 맞추어 왔으니 어떻게 잡아주고 어떻게 떨어질지 속속들이 잘 안단 말이야."

마리아는 한숨을 푹 쉬며 말했다. "나는 가끔 우리가 바톨 씨네 사탕 가게에 있는 태피 기계에 들어가 있는 꿈을 꿔."

안토니오는 어둠을 향해 당당하게 말했다. "이 침대는 가리발디 장군보다 훨씬 전부터 우리 가문을 위해 존재했어! 이 침대에서 태어난 사람만 족히 하나의 선거구를 이룰 만큼 될걸. 깔끔하게 경례를 올려붙일 줄 아는 육군이 한 개 분대, 제과업자가 둘, 이발사가 하나, 〈일 트로바토레〉와 〈리골레토〉에서 조연으로 활약한 사람이 넷, 성격이 너무 복잡해 평생 뭘 하고 살지 결정하지 못했던 천재가 둘이나 된다고! 또 무도회장에서 그 어떤 장식품보다 아름다웠던 미인들도 잊으면 안 되지! 이 침대는 풍요의 뿔*이라고! 진정한 수확의 기계야!"

"우리가 결혼한 지도 2년이나 되었는데, 우리의 〈리골레토〉 조연은 어디 있어? 우리 천재는 어딨지? 우리의 무도회장 장식품은 어떻게 된 거야?" 마리아는 불쾌함을 억누르며 말했다.

"조금만 참아, 엄마."

"엄마라고 부르지 마! 이 침대가 당신한테는 밤새 분주히 멋진 꿈을 선사하는지는 몰라도 나한테는 한 번도 그런 적이 없었어. 나한테는 여자아기조차 준 적이 없었다고!"

그는 몸을 일으켜 앉았다. "당신도 아파트 여자들의 돈타령에 넘어가고 말았군. 브랭코지 부인한테 아이가 있었던가? 다섯 달 전 새로 들인 침대가 아이를 안겨주었대?"

"아니! 하지만 곧 생길 거야! 브랭코지 부인이 그랬어. 게다가 부인의 침대는 정말이지 아름답단 말이야."

그는 쿵 소리가 나게 침대에 벌렁 드러누워 거칠게 이불을 뒤집어썼다. 침대는 복수의 여신들이 밤하늘을 달려가는 것처럼 시끄러운 소리를 내더니 시간이 새벽을 향해 갈수록 소리도 점점 희미해졌다.

달의 위치가 바뀌며 방바닥에 드리운 창문의 그림자 모양도 변해갔다. 안토니오는 잠에서 깨어났다. 옆자리에 마리아가 보이지 않았다.

그는 일어나 반쯤 열린 욕실 문으로 안을 엿보았다. 아내가 거울 앞에 서서 피로에 전 얼굴을 들여다보고 있었다.

"몸이 좋지 않아." 아내가 말했다.

"아까 싸워서 그래." 그는 손을 내밀어 아내의 어깨를 다독였다. "미안해. 우리 침대 문제를 좀 더 생각해보자. 돈을 어떻게 마련할지도 생각해보고. 내일도 몸이 좋지 않으면 병원에 가기로 하고, 알았지? 자, 이제

* 어린 제우스에게 젖을 먹였다는 염소의 뿔

침대로 돌아가자."

다음 날 정오, 안토니오는 제재소에서 나와 시트를 벗긴 새 침대가 손짓하듯 진열된 상점 유리창까지 걸어갔다.

"난 정말 나쁜 놈이야." 그는 한숨을 내쉬며 혼잣말을 했다.

그는 손목시계를 들여다보았다. 지금쯤 마리아는 병원에 있을 것이다. 오늘 아침 그녀는 싸늘하게 식은 우유 같았다. 그는 아내에게 꼭 병원에 가보라고 했다. 그는 사탕 가게 진열창까지 걸어가 사탕을 접었다 늘렸다 하면서 뽑아내는 태피 기계를 바라보았다. 태피도 비명을 지를까? 아마 그렇겠지. 어쩌면 그 소리가 너무 높아 우리 귀에 들리지 않는 것일지도 모르지. 그는 혼자 웃음을 터뜨렸다. 문득 길게 늘어난 태피가 마리아 같아 보였다. 그는 얼굴을 찌푸리며 다시 가구점을 향해 몸을 돌렸다. 그만두자. 사자. 그만두자. 사자. 그는 차가운 유리창에 코끝을 대고 눌렀다. 침대야. 거기 있는 새 침대야. 너는 나를 아니? 밤마다 내 등을 부드럽게 어루만져주겠니?

그는 천천히 지갑을 꺼내 안쪽의 돈을 들여다보았다. 그는 한숨을 쉬며 매끄러운 대리석 상판을, 그 낯선 적과도 같은 새 침대를 한동안 응시했다. 그러곤 힘없이 어깨를 늘어뜨린 채 돈을 쥐고 가게 안으로 들어갔다.

"마리아!" 그는 한 번에 두 계단씩 뛰어 올라갔다. 밤 9시, 제재소에서 야근을 하다 말고 집으로 달려오는 길이었다. 그는 활짝 웃으며 열린 문간을 지나 방 안으로 뛰어 들어갔다.

집은 비어 있었다.

"이런." 그는 실망했다. 그는 마리아가 집에 들어오면 볼 수 있도록 옷장 위에 새 침대 영수증을 올려놓았다. 그가 늦게까지 일하는 저녁이면 아내는 아래층에 사는 이웃의 집에 놀러 가곤 했다.

아내를 찾으러 가야겠어, 그는 생각하다가 그만두었다. 아니야. 아내와 단둘이서 이야기하고 싶다. 기다려야지. 그는 침대에 걸터앉았다. "오래된 침대야, 이제 너와 작별이구나. 정말 미안해…." 그는 초조하게 황동 사자를 쓰다듬었다. 그리고 방 안을 오락가락 걸었다. 마리아, 빨리 와. 그는 아내의 미소를 그려보았다.

아내가 서둘러 계단을 올라오는 소리를 찾아 귀를 쫑긋 세웠지만, 들려온 소리는 느리고 조심스러운 발소리였다. 저건 마리아의 발소리가 아니야. 저렇게 느릴 리가 없어. 아니야.

문손잡이가 돌아갔다.

"마리아!"

"어? 당신, 일찍 왔네!" 아내가 행복한 미소를 지었다. 아내가 알아버린 걸까? 그의 얼굴에 씌어 있나? "나 아래층에 있었어." 그녀가 큰 소리로 말했다. "모두에게 알리고 싶었거든!"

"모두에게 알렸다고?"

"응! 의사가 그랬거든!"

"의사라니?" 그는 어리둥절한 얼굴로 아내를 쳐다보았다. "무슨 말이야?"

"아빠, 저기 말이야…."

"지금 아빠라고 그랬어?"

"그래, 아빠, 아빠, 아빠, 아빠라고 그랬어!"

"아아." 그는 다정하게 말했다. "그래서 그렇게 조심해서 계단을 올라왔던 거로군."

그는 아내를 안았다. 너무 세게 끌어안지는 않았다. 아내의 뺨에 입을 맞추고 눈을 질끈 감고 소리를 질렀다. 잠시 후 그는 이웃 사람 몇 명을 깨워 기쁜 소식을 알리고 악수를 하고 다시 다른 사람에게 사실을 알렸다. 이런 날에는 술이 빠질 수 없었다. 조심스럽게 왈츠를 추면서 기쁨에 몸을 떨며 아내를 부둥켜안고 이마에, 눈두덩에, 코에, 입술에, 관자놀이에,

귀에, 머리카락에, 턱에 입을 맞추었다. 그러자 자정이 넘어가 버렸다.

"기적 같아." 그는 속삭였다.

두 사람은 다시 방에 단둘이 남았다. 조금 전까지 함께 웃고 떠들었던 사람들의 숨결 덕에 방 안 공기는 따뜻했다. 그러나 이제 두 사람은 다시 둘만 남았다.

불을 끌 때가 돼서야 그는 옷장 위의 영수증을 보았다. 그는 화들짝 놀랐고, 이 또 한 가지 소식을 어떻게 해야 멋지고 근사하게 전달할 수 있을까 생각했다.

마리아는 기쁨에 겨워 어둠 속에서 침대 한쪽에 걸터앉아 있었다. 그녀의 몸은 팔다리가 각각 떨어졌다가 조립되는 이상한 인형처럼 움직였다. 한밤중 따뜻한 바다 밑에서 살아가는 생명체처럼 느릿한 동작이었다. 이윽고 아내는 몸이 부서지지 않게 조심하는 사람처럼 천천히 베개에 머리를 대고 누웠다.

"마리아, 당신한테 할 말이 있어."

"뭔데?" 그녀는 희미한 목소리로 속삭였다.

"당신, 이제 그런 몸이 되었으니까 말이야." 그는 아내의 손을 꼭 쥐었다. "편안하게 쉴 수 있는 아름다운 새 침대가 필요할 거야."

그녀는 행복에 겨운 소리를 지르지도 않았고 그를 향해 몸을 돌리거나 그를 안지도 않았다. 그녀는 생각에 잠긴 듯 침묵했다.

그는 어쩔 수 없이 계속 말했다. "이 침대는 파이프 오르간, 칼리오페에 불과하잖아."

"이건 침대야." 그녀가 말했다.

"침대 밑으로 낙타 떼가 지나가는 것 같잖아."

"그렇지 않아." 아내가 나지막이 말했다. "이 침대에선 족히 선거구 하나를 이룰 만큼의 사람들이 태어났는걸. 세 개 분대는 충분히 거느릴 만한 대위들이 태어났고 발레리나가 둘, 유명한 변호사가 하나, 키가 몹시 큰 경찰관이 하나, 그리고 베이스와 알토와 소프라노가 일곱이나 태어났어."

그는 어둑한 방 안 건너편 옷장 위의 영수증을 흘낏 보았다. 등 밑에서 낡은 매트리스가 느껴졌다. 스프링이 가만히 움직이며 양다리와 피곤한 근육과 욱신거리는 뼈마디를 일일이 살펴보는 것 같았다.

그는 한숨을 내쉬었다. "앞으론 절대로 침대 문제로 싸우지 않을 거야, 여보."

"엄마라고 불러야지." 아내가 말했다.

"엄마." 그가 말했다.

이윽고 그는 눈을 감고 이불을 가슴께까지 끌어올리고서 어둠 속 그 멋들어진 분수 옆에 누워 맹렬한 금속의 사자, 호박빛깔 염소, 웃고 있는 이무기가 늘어선 곳을 향해 귀를 기울였다. 그러자 정말로 소리가 들려왔다. 처음에는 아주 먼 곳에서 머뭇머뭇 희미하게 들려오던 소리가 점점 뚜렷해졌다.

아내가 머리 위로 한쪽 팔을 부드럽게 들어 올렸다. 마리아의 손끝이 반짝거리는 하프 줄 위에서 움직였다. 골동품 침대의 번쩍이는 황동 판 위를 춤추듯 내달렸다. 음악은, 말할 것도 없이 '산타루치아'였다! 그는 입술을 달싹거리며 그 노래를 따라불렀다. 산타루치아! 산타루치아!

참으로 아름다웠다.

THE TOWN WHERE NO ONE GOT OFF

아무도 내리지 않는 역

밤이나 낮이나 기차로 미대륙을 횡단하다 보면 아무도 내리지 않는 황량한 마을을 순식간에 지나치게 된다. 더 정확히 말하면, 이런 곳에 속해본 적이 없거나 이런 시골 묘지에 뿌리를 내리지 않은 사람은 굳이 외로운 역에 내려 쓸쓸한 경치를 구경하려 들지 않는다.

나는 옆자리 승객에게 이런 말을 해보았다. 그 역시 나처럼 세일즈맨이었고, 시카고-로스앤젤레스 구간 열차를 타고 막 아이오와주를 지나가고 있었다.

"그렇죠." 남자가 말했다. "사람들은 다들 시카고에서 내리죠. 뉴욕에도 내리고 보스턴에도 내리고 로스앤젤레스에도 내립니다. 거기 살지도 않는 사람들이 구경 삼아 들렀다가 나중에 집에 돌아가 이야깃거리로 삼지요. 그런데 어떤 관광객이 단지 구경을 하겠다고 네브래스카주의 폭스힐에 내리겠어요? 당신이라면 그러겠어요? 나는 또 어떻고요? 절대로 안 내리죠! 아는 사람 하나 없고 사업차 출장 갈 일도 없는걸요. 무슨 요양지가 있는 것도 아닌데 굳이 뭐 하러 거기에 가겠어요?"

"하지만 뭔가 매혹적인 변화를 가져다주지 않을까요?" 내가 말했다.

"언젠가는 정말이지 색다른 휴가를 떠나고 싶지 않아요? 아는 사람 하나 없는 평원에 외떨어져 있는 어떤 마을을 골라 무작정 가보는 건요?"

"지루할 겁니다."

"전 그런 생각만 하고 있어도 지루할 것 같지 않군요!" 나는 차창 밖을 내다보았다. "그런데 다음 역은 어디랍니까?"

"램퍼트 분기점입니다."

나는 씩 웃었다. "좋은 이름이군요. 전 거기서 내릴지도 몰라요."

"에헤, 거짓말하지 마세요. 거기 내려 뭘 하려고요? 모험이라도 떠나게요? 아니면 로맨스라도 저지를 생각입니까? 그럼 한번 뛰어내려 보시든가. 아마 10초도 안 되어 바보 같은 짓을 했다고 후회하면서 택시를 잡아타고 다음 역까지 달려가 이 기차를 도로 타게 될걸요."

"그럴지도 모르죠."

눈앞으로 전봇대가 휙휙 지나갔다. 저 멀리 앞쪽에 희미하게 마을의 윤곽이 드러나기 시작했다.

"하지만, 내 생각은 다릅니다." 나도 모르게 말했다.

마주 앉아 있던 세일즈맨은 내 말에 조금 놀란 기색이었다.

천천히, 아주 천천히, 나는 자리에서 일어났다. 나는 모자를 집어 들었다. 내 손이 여행 가방을 더듬어 찾고 있었다. 나조차도 놀랐다.

"잠깐만요!" 세일즈맨이 말했다. "어쩌려고 그러십니까?"

기차가 갑자기 커브를 돌았다. 나는 비틀거렸다. 저 멀리 앞쪽에 교회의 뾰족탑과 울창한 숲과 여름철 밀밭이 펼쳐졌다.

"아무래도 기차에서 내릴 것 같습니다." 내가 말했다.

"앉아요." 그가 말했다.

"아뇨. 저 마을에 뭔가 있을 것 같아요. 내려서 보고 싶군요. 다음 주 월요일까지만 LA로 돌아가면 되니까 시간도 있거든요. 지금 기차에서 내리지 않으면 볼 기회가 있었는데도 그냥 지나치고 말았다고 늘 아쉬워할 겁니다."

"아까 말했잖아요. 거긴 아무것도 없다고요."

"아뇨, 그렇지 않습니다. 저긴 뭔가 있어요." 나는 모자를 쓰고 가방을 집어 들었다.

"이런, 맙소사. 결국 일을 저지르고 마는군요."

심장이 빠르게 뛰었다. 얼굴도 붉게 달아올랐다.

기차가 기적을 울리며 철길을 내달렸다. 마을이 가까워지고 있었다!

"행운을 빌어주세요." 내가 말했다.

"행운을 빕니다!" 세일즈맨이 외쳤다.

나는 큰 소리로 짐꾼을 부르며 달려갔다.

플랫폼 벽에 페인트칠이 벗겨진 낡은 의자가 기대어져 있었다. 의자에는 옷 속에 파묻힌 것처럼 보이는 노인이 몹시 편안한 자세로 앉아 있었다. 역이 생긴 이래로 죽 거기 못 박혀 있었던 것처럼 보이는 70대가량의 노인이었다. 얼굴은 햇볕에 까맣게 그을렸고 뺨에는 도마뱀 주름처럼 꿰맨 자국이 있었는데, 그것 때문에 눈이 사시처럼 보였다. 머리카락은 여름 바람을 맞아 잿빛으로 뿌옇게 서리가 앉았다. 푸른색 셔츠의 목깃이 벌어져 흰색 시계태엽이 보였고 셔츠는 늦은 오후 하늘처럼 빛이 바래져 있었다. 구두는 난롯가에서 한없이 불을 쬐어 두었던 것처럼 여기저기 물집이 잡혔다. 노인의 그림자는 검은색으로 영원히 판화를 찍어놓은 것처럼 그의 아래에 드리워 있었다.

내가 기차에서 내리자 차량의 모든 문을 차례차례 일별하던 노인의 시선이 갑자기 멈추었다. 그는 놀란 얼굴로 나를 쳐다보았다.

그는 금방이라도 나를 향해 손을 흔들 것만 같았다.

그러나 그의 눈에 은밀한 빛이 불쑥 떠올랐을 뿐이었다. 그 빛은 뭔가를 알아보았을 때 흔히 나타나는 화학적 변화였다. 하지만 노인은 입도 눈꺼풀도 손가락도 꿈쩍하지 않았다. 보이지 않는 어떤 덩어리가 그의 내면에서 움직인 듯했다.

기차가 다시 움직이자 나는 변명이라도 하듯 눈으로 기차를 좇았다. 플랫폼에 다른 사람은 없었다. 거미줄이 드리우고 못을 쳐 폐쇄한 사무실 옆에는 대기 중인 자동차도 없었다. 나 혼자 덜컹거리는 기차 바퀴 소리를 향해 작별 인사를 건네며 플랫폼의 울퉁불퉁한 통나무길을 밟고 걷기 시작했다.

기차는 기적을 울리며 언덕을 올라갔다.

이런 바보 같으니! 앞자리 세일즈맨의 말이 옳았다. 이곳에 내리자마자 이미 감지한 지루함 때문에 나는 결국 겁에 질리고 말 것이다. 잘했어, 이 바보야. 그러나 절대로 달아나는 짓은 하지 않을 테다!

나는 노인을 보지도 않고 여행 가방을 끌며 플랫폼을 걸어갔다. 내가 지나갈 때 노인의 내면에 도사린 작은 덩어리가 다시 움직이는 소리가 들렸다. 이번에는 정말로 들렸다. 그가 발을 움직여 닳고 닳은 판자를 툭툭 쳤다.

나는 계속 걸었다.

"안녕하쇼." 희미한 목소리가 들렸다.

그러나 그는 나를 보는 게 아니라 구름 한 점 없이 펼쳐진 눈부신 하늘을 보고 있었다.

"안녕하십니까?" 나는 말했다.

나는 마을을 향해 흙투성이 길을 걷기 시작했다. 한 백 미터쯤 걸었을 때 흘낏 뒤를 돌아보았다.

노인은 여전히 그 자리에 앉아서 마치 의문을 풀려는 사람처럼 태양을 보고 있었다.

나는 걸음을 재촉했다.

나는 마치 꿈을 꾸는 기분이 되어 늦은 오후의 마을을 지나갔다. 아는 사람 하나 없는 거리를 혼자서, 강물을 거슬러 올라가는 송어처럼, 주변을 흘러가는 인생의 맑은 강에서 강둑에 닿지도 않고 계속해서 갔다.

역시 의심했던 대로였다. 이곳은 아무 일도 일어나지 않는 마을이었다. 일어나는 일이라곤 다음과 같은 것들뿐이었다.

4시 정각, '호네거 철물점' 문이 쾅 소리를 내며 닫히자 개 한 마리가 도로로 나와 흙먼지를 뒤집어썼다. 4시 30분, 빨대 하나가 청량음료 잔 밑바닥으로 가라앉으며 고요한 상점 안에서 폭포수 같은 소리를 냈다. 5시, 소년들과 조약돌이 마을 강으로 뛰어들었다. 5시 15분, 개미 떼가 느릅나무 아래 비탈진 양지를 줄지어 지나갔다.

그러나 나는 마을 어딘가에 틀림없이 볼만한 것이 있을 거라고 생각하며 천천히 주위를 둘러보았다. 나는 알 수 있었다. 계속 걸으며 찾아야 했다. 틀림없이 찾을 수 있을 것이다.

나는 계속 걸었다. 계속 찾았다.

오후 내내 변함없이 계속되는 일이 딱 한 가지 있었다. 물 빠진 청바지와 파란색 셔츠를 입은 노인이 그리 멀리 떨어져 있지 않다는 사실이었다. 내가 가게 안에 들어가 앉아 있으면 노인은 가게 바로 밖에서 씹는 담배를 뱉었다. 담배는 저 혼자 흙먼지 속을 구르며 쇠똥구리처럼 뭉쳐졌다. 내가 강가에 서 있으면 노인은 저 아래 웅크리고 앉아 요란하게 손을 씻는 척했다.

저녁 7시 반쯤 일곱 번째인지 여덟 번째인지도 모르게 조용한 거리를 걷고 있었는데, 옆에서 발소리가 들려왔다.

고개를 들어보니 노인이 더러운 이 사이에 마른 풀잎을 하나 물고서 앞을 똑바로 보며 내 옆을 걸어가고 있었다.

"정말 오래도 걸렸군." 노인이 나직하게 말했다.

우리는 땅거미 속을 나란히 걸었다.

"그 역 플랫폼에서 오래도록 기다렸다오." 노인이 말했다.

"누가요? 어르신이요?"

"내가 말이오." 그는 나무 그늘 속에서 고개를 끄덕였다.

"역에서 누구라도 기다리고 계셨던 겁니까?"

"그렇지. 바로 당신을 기다렸지."

"저를요?" 틀림없이 내 목소리에 놀라움이 묻어났을 것이다. "하지만, 왜요? 평생 저를 만난 적은 단 한 번도 없었을 텐데요."

"내가 언제 그랬다고 했나? 그냥 기다리고 있었다고 했지."

우리는 마을 끝에 다다랐다. 그는 몸을 돌렸고 나도 방향을 틀어 어두워지는 강둑을 따라 다리 쪽으로 걸었다. 밤 기차가 동서로 오가지만 멈추는 일은 거의 없는 다리였다.

"저에 대해 알고 싶은 거라도 있습니까? 혹시 보안관인가요?" 나는 불쑥 물었다.

"아니, 보안관은 아니요. 게다가 당신에 대해 알고 싶은 것도 없소." 그는 양손을 주머니에 집어넣었다. 해가 지고 공기가 갑자기 차가워졌다. "그냥 드디어 당신이 여기 와서 놀랐을 뿐이오. 그게 다요."

"놀랐다고요?"

"그렇소." 그가 말했다. "그리고 또… 기쁘기도 했고."

나는 돌연 걸음을 멈추고 그를 똑바로 바라보았다.

"그 역 플랫폼에는 얼마나 오래 앉아 있었습니까?"

"20년은 앉아 있었지. 얼마 안 되는 손님을 마중하고 배웅하려고 말이오."

나는 그가 진실을 말하고 있음을 알 수 있었다. 그의 목소리는 강물처럼 편안하고 고요했다.

"저를 기다렸나요?"

"뭐, 당신 같은 사람을 기다렸지."

우리는 점점 어두워지는 길을 계속 걸었다.

"우리 마을은 어떻소?"

"좋아요. 조용하고." 내가 말했다.

"좋지. 조용하고." 그는 고개를 끄덕였다. "사람들은 어떻소?"

"착하고 조용한 사람들 같아요."

"그렇지." 그가 말했다. "착하고 조용하지."

나는 되돌아갈 생각이었지만 노인이 계속 말했다. 나는 그의 말을 들어주고 예의도 지킬 겸 점점 더 광활해지는 어둠 속을, 마을 너머로 펼쳐진 들판과 초원을 계속해서 그와 함께 걸어야 했다.

"나는 20년 전 은퇴한 날부터 그 역 플랫폼에 앉아 아무것도 하지 않고 그저 무슨 일이 일어나기만을 기다렸소. 무슨 일인지는 알 수 없고 뭐라고 꼭 집어 이야기할 수도 없는 그 일을 말이오. 뭐, 그러다가 그 일이 일어나면 알게 되겠지. 보는 순간 이거야말로 내가 기다려왔던 그 일이라고 말할 수 있을 것 같았소. 기차가 뒤집히는 일? 아니요. 옛날 여자친구가 50년 만에 마을로 돌아오는 일? 아니, 아니지. 뭐라 말하기는 어렵소. 그게 누군지, 무슨 일인지. 하지만 아무래도 그건 당신과 관계가 있는 일인 것 같소. 나도 똑바로 말할 수 있다면 참 좋겠지만…."

"제대로 말해보세요."

별이 떴다. 우리는 계속 걸었다.

"그런데 말이오." 노인은 천천히 말했다. "당신은 자신의 내면에 대해 잘 알고 있소?"

"배 속을 말하는 건가요, 심리적인 것을 말하는 건가요?"

"당신 머리, 두뇌를 말하는 거요. 그것에 대해 많이 알고 있소?"

발밑에서 풀잎이 사각사각 소리를 냈다. "조금은요."

"살면서 미워한 사람이 많소?"

"몇 명 있죠."

"누구나 그렇지. 사람을 미워하는 일이란 꽤 정상이지 않소? 어디 미워하기만 하나? 입 밖에 내지는 않아도 우린 가끔 상처를 준 사람을 때리고 싶고 심지어 죽이고 싶기도 하잖소?"

"그런 감정은 매주 한 번쯤은 들죠." 내가 말했다. "그러다가 곧 그 마음을 집어치우고요."

"우린 평생 집어치우며 산다오." 그가 말했다. "마을 사람들이 이러쿵저러쿵 속닥거리고, 엄마 아빠는 이래라저래라 잔소리하고, 법은 또 이러니저러니 강요하지. 그러니 죽이고 싶은 마음이 들더라도 집어치우고 한 번 더 집어치우고, 또 한 번 더 집어치우며 산단 말이오. 당신도 내 나이가 되면 이런 일이 산더미처럼 쌓이게 될 거요. 전쟁이라도 나가지 않으면 그런 마음을 풀 길이 없소."

"사격이나 오리 사냥을 하는 사람도 있죠." 내가 말했다. "권투나 레슬링으로 견디는 사람도 있고요."

"아무것도 하지 않는 사람도 있지. 나는 아무것도 하지 않는 사람에 대해 말하려는 거요. 바로 나처럼 말이오. 나는 평생 그 시체들을 소금에 절여 내 머릿속 얼음창고에 저장해두었소. 때론 내게 그런 일을 안겨준 마을 사람들한테 미치도록 화가 날 때가 있지. 그럴 때면 끔찍한 고함을 지르며 곤봉으로 사람 머리를 내리치는 원시인이 되고 싶다오."

"그래서 하고 싶은 말씀이 뭔지…?"

"누구나 살면서 한 번쯤은 사람을 죽이고 싶을 때가 있다는 말이오. 지금껏 배포가 없어서 하지 못했던, 살인이라는 마음속 커다란 응어리를 풀어내고 싶을 때가 있다는 말이지. 그리고 가끔은 정말로 기회가 찾아오기도 한다오. 내가 운전하는 자동차 앞으로 누가 불쑥 뛰어들 때가 있는데 그만 브레이크 밟는 것을 깜박 잊고 계속 차를 몰아버리는 거지. 이게 그런 일과 상관이 있다고 아무도 증명하지 못할 거요. 아마 당사자조차 자신이 그런 일을 벌인 거라고는 생각하지 않을걸. 그저 브레이크를 제때 못 밟았다고만 생각하지. 하지만 실제로 무슨 일이 벌어졌는지는 당신도 알고 나도 알지 않소?"

"그렇죠." 나는 대답했다.

마을이 훨씬 더 멀어져 있었다. 우리는 철길 둑 근처에 있는 나무다리에 올라 작은 개울을 건너갔다.

"가치 있는 단 하나의 살인은 누가 죽였는지, 왜 그랬는지, 혹은 누구를 죽였는지 아무도 추측할 수 없는 살인이 아니겠소? 나는 이런 생각을 20년 전부터 품어왔을 거요. 매일 매주 생각한 건 아니요. 몇 달 동안 생각하지 않은 적도 있었지. 하지만 이런 생각은 했었다오. 이 마을을 지나가는 기차는 매일 단 한 대다. 가끔은 지나가지 않는 날도 있다. 누구를 죽이려면 몇 년을 기다려야 한다는 뜻이다. 완벽하게 모르는 낯선 사람이 아무런 이유도 없이 기차에서 내릴 때까지 기다려야 한다. 마을에 그를 아는 사람이 한 명도 없고, 그 사람 역시 마을 사람을 전혀 모르는 완벽한 타인. 바로 그때 기차역 의자에 앉아 있다가 주변에 아무도 없을 때 그 사람에게 다가가 그를 죽이고 시체를 강물에 던져버리면 된다. 남자는 아마 몇 킬로미터 떨어진 강 하류에서 발견되겠지. 어쩌면 영영 발견되지 않을 수도 있고. 그자를 찾으러 램퍼트 분기점까지 찾아올 사람이 누가 있겠어? 그는 원래 여기로 올 생각이 없었으니까. 그는 어딘가 다른 곳으로 가는 길이었겠지. 여기까지가 내 생각의 전부요. 나는 남자가 기차에서 내리는 순간 바로 알아볼 수 있을 거요. 아주 또렷이 그를 알아볼 거란 말이오. 마치…."

노인은 강물을 내려다보며 말하고 있었다.

나는 걸음을 멈추었다. 사위는 어두컴컴했다. 달은 한 시간이나 있어야 나타날 것이다.

"그런가요?" 나는 말했다.

"그렇소." 노인이 말했다. 노인은 고개를 들어 별을 쳐다보았다. "내가 말을 너무 많이 한 모양이군." 그가 내 옆으로 바짝 다가와 내 팔을 붙잡았다. 그의 손은 뜨거웠다. 마치 나를 만지기 직전까지 난롯불을 쬐고 있었던 사람 같았다. 그의 오른손은 불룩한 주머니 속에 빈틈없이 감춰져 있었다. "말을 너무 많이 했어."

우레처럼 요란한 소리가 들려왔다.

나는 급히 고개를 돌렸다.

머리 위로 야간 급행열차가 보이지 않는 철길을 쏜살같이 지나갔다. 열차는 언덕과 숲, 농장과 집들과 밭과 도랑과 목장과 경작지와 물 위로 휘두르듯 빛을 뿌리며 굽잇길을 돌아 사나운 소리를 내며 가버렸다. 기차가 사라진 다음에도 한동안 철로가 흔들렸다. 그리고 다시 고요가 찾아왔다.

노인과 나는 어둠 속에서 서로 마주 보고 서 있었다. 그의 왼손은 여전히 내 팔꿈치를 잡고 있고 반대편 손은 감추어져 있었다.

"한마디만 해도 될까요?" 이윽고 내가 말했다.

노인은 고개를 끄덕였다.

"제 이야기입니다." 나는 잠시 말을 멈추어야 했다. 숨을 쉬기가 어려웠다. 나는 겨우 다시 말을 이어갔다. "정말 흥미롭군요. 저도 가끔 똑같은 생각을 해왔거든요. 분명히 오늘도 대륙을 횡단하면서 그런 생각을 했단 말입니다. 어쩌면 이토록 완벽하고, 완벽하고, 또 완벽할 수 있죠? 요즘 벌이가 영 시원찮았어요. 아내가 아파요. 지난주에는 친한 친구가 죽었어요. 세상은 전쟁 중이고요. 이렇게 제 주변은 부글부글 끓어올라 폭발 직전이랍니다. 이럴 때 만약 저 혼자…."

"혼자?" 노인이 여전히 내 팔을 붙잡은 채로 말했다.

"어느 작은 마을에 내린다면." 나는 말했다. "날 아는 이가 아무도 없는 역에 내려 옆구리에 이 총을 차고 누군가를 찾아내 그를 죽이고 땅에 묻은 다음 다시 역으로 돌아가 기차에 올라타고 집으로 돌아간다면. 아무리 현명한 사람이라도 누가 그런 짓을 저질렀는지 짐작조차 못 하겠죠. 완벽한 범죄가 될 거라고 저는 생각했습니다. 그래서 기차에서 내렸죠."

우리는 어둠 속에서 약 1분 동안 서로 노려보며 서 있었다. 상대방의 심장이 빠르게, 정말로 몹시 빠르게 고동치는 소리를 듣고 있었을 것이다.

발밑 세상이 빙글빙글 돌며 어지러웠다. 나는 주먹을 불끈 쥐었다. 그 자리에 쓰러지고 싶었다. 기차처럼 요란하게 소리를 지르고 싶었다.

방금 한 말이 전부 목숨을 구하려고 지어낸 거짓말이라고는 할 수 없다는 것을 문득 깨달았다.

노인에게 한 말은 모두 진실이었다.

지금이야말로 내가 왜 기차에서 내려 이 마을을 천천히 걸어 다녔는지 그 이유를 알아버렸다. 내가 무엇을 찾고 있었는지도 확실히 깨달았다.

노인의 숨이 가쁘고 힘겨워지는 소리가 들렸다. 그의 손은 여전히 내 팔을 단단히 붙잡고 있었다. 마치 쓰러지지 않으려고 안간힘을 쓰는 것 같았다. 그는 이를 악물고 있었다. 내가 몸을 앞으로 내밀자 그도 내 쪽으로 몸을 내밀었다. 폭발 직전의 묵직한 긴장감이 끔찍한 침묵을 드리우고 있었다.

이윽고 노인이 힘겹게 입을 열었다. 괴물 같은 짐 더미에 깔려 짓뭉개진 사람의 목소리였다.

"당신 옆구리에 총이 있다는 사실을 내가 어떻게 알았겠소?"

"당연히 몰랐겠죠." 내 목소리도 점점 희미해졌다. "알았을 리가 없지요."

그는 기다렸다. 나는 그가 기절할 것 같다고 생각했다.

"그랬었군." 노인이 말했다.

"그랬습니다." 내가 말했다.

그는 눈을 질끈 감았다. 입도 굳게 다물었다.

약 5초 후 몹시 느리고 무거운 동작으로 노인이 내 팔에서 손을 거두어갔다. 그는 주머니에 들어가 있는 자신의 오른손을 내려다보다가 아무것도 쥐지 않은 빈손을 꺼냈다.

가라앉을 것만 같은 무거운 마음을 안고 우리는 천천히 서로 등을 돌려 아무것도 보이지 않는 어둠 속을 무작정 걷기 시작했다.

자정의 철로 위에 탑승객이 있다는 점멸 신호가 깜박거렸다. 기차가 역을 출발할 때에야 비로소 나는 열린 침대칸 차창에 몸을 기대고 뒤를 돌아보았다.

노인은 기차역 벽에 비스듬히 기대 놓은 의자에 앉아 있었다. 물 빠진 청바지와 푸른색 셔츠를 입고, 햇볕에 그은 얼굴과 햇빛에 바랜 눈빛을 하고서. 기차가 지나가는데도 그는 내 쪽을 쳐다보지 않았다. 그는 내일이나 모레, 혹은 그다음 날 어떤 기차라도 이곳을 날아가듯 혹은 천천히 지나가거나 어쩌면 멈출지도 모르는 동쪽 철로만을 응시하고 있었다. 그의 얼굴은 동쪽을 향해 고정되어 있었고 눈빛은 얼어붙은 듯 초점이 없었다. 그는 한 백 살은 되어 보였다.

기차가 울부짖었다.

나도 순식간에 늙어버린 것 같았다. 나는 창밖으로 몸을 내밀고 비스듬히 밖을 내다보았다.

우리를 한 자리에 불러 모았던 어둠이 우리 사이를 막고 서 있었다. 노인도 기차역도 마을도 숲도 밤의 어둠 속으로 사라졌다.

한 시간이 넘도록 나는 포효하는 돌풍 속에 몸을 내밀고, 그 어둠만을 뚫어지게 노려보았다.

A SCENT OF SARSAPA-RILLA

사르사 뿌리 음료수 냄새

윌리엄은 사흘 동안 아침에도 오후에도 내내 바람이 불어닥치는 어두운 다락방에 조용히 서 있었다. 11월의 끝 무렵 사흘 동안 그는 홀로 서서 '시간'이라는 이름의 부드러운 눈송이가 강철처럼 차가운 하늘에서 소리 없이 내려와 깃털처럼 살포시 지붕을 덮고 처마 끝에 가루로 내려앉는 것을 느꼈다. 그는 눈을 감고 서 있었다. 다락방은 해가 들지 않는 기나긴 낮 동안 바닷바람을 맞아 흐느적거리고 뼈 마디마디를 삐걱거리며 흔들리면서 대들보와 뒤틀린 기둥과 서까래에 쌓인 묵은 먼지를 떨어내고 있었다. 그의 주변에는 무수한 한숨과 고통스러운 신음뿐이었다. 그는 거기 서서 우아하게 마른 냄새를 들이마시며 옛 유산을 느껴보고 있었다. 아아, 아아!

아내 코라가 아래층에서 귀를 쫑긋 세우고 있었지만, 그가 걷거나 자세를 바꾸거나 움직이는 소리를 들을 수는 없었다. 그녀는 오직 남편이 바람 부는 다락방에서 먼지 낀 풀무처럼 천천히 숨을 들이마셨다가 내쉬는 소리밖에는 들리지 않을 거라고 상상했다.

"우스꽝스럽기 짝이 없군." 그녀는 중얼거렸다.

사흘째 오후, 점심을 먹으러 서둘러 아래층으로 내려왔을 때 윌리엄은 쓸쓸한 벽과 이 빠진 접시, 흠집이 난 은그릇을 향해, 심지어 아내를 향해서도 미소를 지었다!

"당신, 왜 그렇게 기분이 좋은 거야?" 아내가 따지듯 물었다.

"기운이 넘쳐흘러서 그래. 원기 왕성한 기운이!" 그는 웃음을 터뜨렸다. 너무 기뻐서 제정신이 아닌 사람처럼 보일 지경이었다. 그는 잔뜩 끓어오르는 엄청난 흥분을 억누르느라 오히려 곤란한 사람 같았다. 아내가 얼굴을 찡그렸다.

"이게 무슨 냄새야?"

"냄새? 무슨 냄새?"

"사르사 뿌리 음료수 냄새잖아." 그녀는 수상쩍게 코를 킁킁거렸다. "세상에, 정말이야!"

"그럴 리가 없어!" 신경질적으로 끓어올랐던 그의 행복감은 아내가 스위치를 꺼버린 것처럼 순식간에 가라앉았다. 그는 당황해서 안절부절못하더니 갑자기 몹시 조심스러워했다.

"오늘 아침 어디 갔었어?" 아내가 물었다.

"다락방 청소하고 있었던 거 당신도 알잖아."

"청소는 무슨, 멍하니 쓰레기 더미나 보고 있었겠지. 아무 소리도 들리지 않았어. 당신이 다락방에 없었다고 해도 믿을 수 있을 정도였다니까. 대체 그건 또 뭐야?" 아내가 뭔가를 가리키며 물었다.

"이거? 그러게. 어쩌다가 이게 거기에 있었을까?" 그가 혼잣말하듯 말했다.

그는 얇은 바짓단과 앙상한 복사뼈를 이어주는 검은색 자전거 용수철 멈춤쇠를 흘낏 내려다보았다.

"다락방에서 찾았지 뭐야." 그는 중얼거렸다. "기억나, 코라? 40년 전 모든 게 새롭고 신선했던 그 시절, 우린 아침 일찍 2인승 자전거를 타고 자갈길을 내달렸잖아."

"오늘 안으로 다락방을 싹 치우지 않으면 내가 올라가서 전부 내다 버릴 줄 알아."

"안 돼!" 그는 외쳤다. "내가 원하는 대로 정리하고 있단 말이야." 아내는 차가운 표정으로 남편을 쳐다보았다.

"코라." 윌리엄은 마음을 가라앉히고 점심을 먹으며 다시 열렬히 말하기 시작했다. "당신은 다락방이 뭔지 알아? 다락방이란 타임머신 같은 거야. 거기 있으면 나 같이 늙고 어리석은 사람도 40년 전으로 돌아갈 수 있어. 일 년 내내 여름철이고 아이스크림 장수의 수레 주위로 아이들이 우르르 몰려들던 그때로 말이야. 그 맛 기억나? 당신이 손수건으로 얼음을 감쌌잖아. 헝겊과 눈의 맛을 동시에 느낄 수 있었지."

코라는 마음이 불안해졌다.

'불가능하지 않지.' 윌리엄은 생각했다. 눈을 반쯤 감고 머릿속으로 그려보았다. 다락방을 떠올려보자. 그곳의 분위기 자체가 바로 '시간'이다. 그곳에는 지금과 다른 세월이 있고 다른 시대의 누에고치와 번데기가 있다. 옷장 서랍은 칸칸이 수천 날의 어제가 안치된 작은 관이다. 아아, 다락방은 시간으로 가득 찬 어둡고 친근한 곳이라서 그 한가운데 우뚝 서 눈을 가늘게 뜨고 이것저것 떠올리며 과거의 냄새를 맡고 손을 내밀어 옛것을 만져보려 한다면, 아아, 그렇게만 한다면….

자기도 모르게 생각이 입 밖으로 흘러나온 것을 깨닫고 그는 문득 입을 다물었다. 코라는 부지런히 점심을 먹고 있었다.

"정말 재미있지 않아?" 그는 아내의 머리카락을 향해 물었다. "시간여행이 정말로 가능하다면, 우리 집 다락방 같은 곳에서 일어나는 게 가장 어울리고 그럴싸해 보여."

"옛날로 돌아간다고 해도 늘 여름철만 있는 건 아니야." 아내가 말했다. "당신 기억력이 엉망이라 그렇지. 당신은 늘 좋은 일만 기억하고 나쁜 일은 깡그리 잊어버리잖아. 옛날이라고 늘 여름만 있었던 건 아니라고."

"비유하자면 그렇다는 말이야, 코라. 내게 옛날은 내내 여름이었어."

"그렇지 않아."

"내가 하고 싶은 말은 말이야…." 그는 흥분에 겨워 머릿속으로 쫓고 있던 이미지를 식당의 빈 벽에서 붙잡기라도 할 듯이 몸을 앞으로 내밀었다. "당신이 만약 양팔을 벌리고 조심조심 균형을 잡아가며 외바퀴 자전거를 타고 세월 사이를 달려간다면, 한 해와 한 해 사이를 오가면서 일주일은 1909년을 살고 또 하루는 1900년을 살고 한 달이나 보름 정도는 1905년이나 1898년의 어디쯤에서 보낼 수 있다면, 당신은 평생 여름을 살아갈 수 있어."

"외바퀴 자전거라고?"

"그 왜, 크롬으로 만든 커다란 바퀴가 하나 달리고 안장도 하나뿐인 자전거 있잖아. 서커스를 보러 가면 광대가 저글링을 하면서 타는 그거. 넘어지지 않으려면 균형이 정말로 중요하거든. 그래야만 반짝반짝 빛나는 것이며 번뜩이는 섬광과 불꽃 같은 것, 빨강 노랑 파랑 초록 하양 황금빛으로 화려하게 터지는 폭죽 같은 것을 공중으로 아름답게 높이 날려 보낼 수 있지. 그 모든 6월과 7월과 8월을 손도 대지 않고 주위로 날려 보내고 미소를 지으며 그 사이를 돌아다니는 거지. 그러니까 균형이 중요해, 코라. 균형이."

"바보 같은 소리 좀 작작 해!" 아내가 말했다. "헛소리야! 헛소리!" 그리고 한 번 더 말했다. "바보!"

그는 몸을 떨며 다락방으로 향하는 길고 추운 계단을 올라갔다.

겨울밤에 어쩌다가 잠에서 깰 때가 있다. 뼛속에 사기그릇이 들어간 듯 귓속에 차가운 시계 소리가 훅 불어닥치고, 서리가 꿰뚫고 들어온 것처럼 신경 마디마디가 낱낱이 드러나며, 하얗게 타오르는 장작불이 폭발해 그의 잠재의식 속 깊고 고요한 땅에 불티가 눈처럼 쏟아지는 것만 같은 밤. 그는 추웠다. 너무 추웠다. 그의 몸을 겨울의 칼집에서 꺼내 녹이려면 초록색 햇불과 황동색 태양이 타오르는 끝없는 여름이 몇십 번은 필요할 것이다. 그는 아무 맛도 나지 않으면서 부서지기 쉬운 거대한 얼음덩어리였고, 매일 밤 알록달록한 사탕의 꿈을 꾸며 잠이 드는 눈사람이었으며, 눈 결정과 눈보라가 뒤섞인 혼란 덩어리였다. 바깥은 영원한 겨울의 모양새로 엎드려 있었다. 납빛의 거대한 포도주 압착 기계가 무색의 하늘 뚜껑을 강타해 모든 이들을 포도알처럼 짓이겨 색깔과 감각과 존재를 쥐어짜고 있었다. 오직 아이들만이 낮이나 밤이나 낮게 드리운 무쇠 방패를 비추는 거울 같은 언덕에서 스키를 타고 썰매를 지치며 미끄럼을 타고 있다.

윌리엄은 위로 들어 올리게 되어 있는 다락방 문을 열었다. 그러나 거기, 거기에는… 그의 주위에서 여름철 먼지가 포르르 날아올랐다. 다락방의 먼지는 다른 계절이 남기고 간 열기로 뭉근히 끓어올랐다. 그는 조용히 다락방 문을 닫았다.

그리고 빙그레 웃기 시작했다.

다락방은 폭풍 직전에 몰려오는 먹구름처럼 고요했다. 코라는 가끔 남편이 다락방에서 혼자 중얼거리는 소리를 들었다.

오후 5시, 윌리엄은 '나의 황금빛 꿈의 섬' 노래를 부르며 부엌문 앞에서 빳빳한 새 밀짚모자를 톡톡 쳤다. "짜잔!"

"오후 내내 잔 거야?" 아내가 따져 물었다. "네 번이나 불렀는데 대꾸도 없고 말이야."

"잤냐고?" 그는 곰곰이 생각해보더니 웃음을 터뜨렸다가 재빨리 손으로 입을 가렸다. "그래, 생각해보니 그랬던 것 같네."

아내가 남편을 보고 말했다. "맙소사! 당신 그 양복 어디에서 찾았어?"

그는 숨이 막힐 듯 높은 옷깃이 달린 빨간 줄무늬 양복 상의에 아이스크림색 바지를 입고 있었다. 밀짚모자에서는 갓 말린 건초 한 줌을 공중에 대고 흔들었을 때 풍기는 냄새가 났다.

"낡은 트렁크에서 찾았지."

아내가 코를 킁킁거렸다. "좀약 냄새가 나지 않아. 새 옷 같은걸."

"아니, 그렇지 않아!" 남편이 서둘러 외쳤다. 아내가 복장을 살펴보는 게 불편하고 어딘가 긴장한 듯 보였다.

"여긴 여름용품 상점이 아니야." 아내가 말했다.

"재밌자고 하는 짓인데 어때?"

"전부 당신이 들여온 것들이지." 아내는 오븐 뚜껑을 쾅 소리 나게 닫았다. "내가 집 안에 틀어박혀 뜨개질이나 하는 동안 당신은 다른 여자들 팔짱을 끼고 이 가게 저 가게 드나들었겠지."

그는 아내의 빈정거림이 싫었다. "코라." 그는 버석거리는 밀짚모자를 깊숙이 들여다보았다. "우리 예전처럼 일요일마다 산책하러 나가면 좋을 것 같지 않아? 당신은 비단 양산을 쓰고 긴 드레스 자락을 사각거리다가 음료수 가게 철제 의자에 앉아 옛날에 맡던 드러그스토어 냄새를 맡는 거야. 요즘 드러그스토어에서는 왜 옛날 같은 냄새가 나지 않을까? 우린 사르사 뿌리 음료수를 두 잔 주문하는 거야, 코라. 그리고 우리의 1910년형 포드를 타고 해너한 부두까지 나가 도시락으로 저녁 식사를 하고 브라스밴드의 연주를 듣는 거지. 어때?"

"저녁 다 됐어. 그 이상한 양복 좀 벗어."

"만약 자동차가 붐비기 전에 떡갈나무가 늘어선 시골길을 달릴 수 있다면, 당신은 나갈 거야?" 그는 아내를 보며 물었다.

"그 시골길이 얼마나 더러웠는데? 우리는 아프리카 사람 얼굴이 되어 집에 왔잖아. 그건 그렇고." 아내는 설탕 단지를 들고 흔들어 보았다. "오늘 아침 여기에 40달러를 넣어뒀는데, 지금 보니 없어졌어! 설마 그 돈으로 그 양복을 산 건 아니겠지? 양복이 아주 새것인데? 트렁크에서 꺼냈을 리가 없어!"

"나는…." 그는 무슨 말인가 하려고 했다.

아내는 30분 동안 큰소리를 치며 화를 냈지만, 그는 아무 말도 할 수가 없었다. 아내가 말하는 동안 11월의 바람이 집을 흔들었고 강철처럼 얼어붙은 차가운 겨울 하늘에서 다시 눈이 내리기 시작했다.

"대답해보란 말이야!" 아내가 소리쳤다. "입을 수도 없는 그런 옷에 우리 돈을 쓰다니, 당신 미친 거 아니야?"

"다락방에서 말이야…." 그는 무슨 말을 하려고 했다.

그러나 아내는 자리에서 일어나 거실로 들어가버렸다.

어느새 눈 내리는 속도가 빨라졌다. 춥고도 어두운 11월 저녁이었다. 아내는 남편이 천천히 사다리 계단을 올라 다락방으로, 지난 세월의 먼지가 가득 쌓인 의상과 소품과 '시간'의 어두컴컴한 공간으로, 아래쪽 세상과 동떨어진 세계로 들어가는 소리를 들었다.

윌리엄은 위로 들어 올리게 되어 있는 문을 닫았다. 딸각하고 손전등을 켜자 마음이 든든해졌다. 그렇다. 여기에는 온갖 시간이 일본 종이꽃처럼 압축되어 있다. 기억을 더듬어보면 모든 것이 마음속 맑은 물 속에서 아름다운 꽃이 되어 활짝 피어난다. 실물보다 훨씬 크게 봄날 산들바람을 맞으며 피어난다. 옷장 서랍을 하나하나 열어보면 숙모들과 사촌들과 할머니들이 담비 털처럼 먼지를 두르고 앉아 있을 것만 같다. 그렇다. 이곳에는 시간이 있다. 시간이 숨을 쉬는 게 느껴진다. 기계적인 시곗바늘 소리가 아니라 시간의 분위기를 느낄 수 있다.

이제 아래층은 과거의 어떤 날처럼 멀어져버렸다. 그는 눈을 반쯤 감고 무언가를 기다리는 다락방의 구석구석을 살피고 또 살폈다.

이곳에는 프리즘으로 된 샹들리에 속에 무지개가 뜨고, 끝없는 시간을 거슬러 흐르는 새로운 강물 같은 밝은 아침과 낮이 있다. 그는 손전등으로 이런 것들을 포착해 비추고 생명을 불어넣어 주었다. 무지개가 떠올라 알록달록한 그림자를 둥글게 드리웠다. 자두와 딸기와 콩코드산 포도 같은 빛깔, 갓 자른 레몬의 빛깔, 그리고 폭풍우가 지나가고 구름이 걷히면서 드러나는 맑은 하늘의 푸른 빛깔까지. 그리고 다락방의 먼지는 타오르는 향이다. 모든 시간이 향로의 연기처럼 피어오르므로 우린 그저 불꽃을 들여다보기만 하면 된다. 정말이지 이 다락방은 거대한 타임머신이다. 그는 사실을 깨닫고 느끼고 확신했다. 이곳의 프리즘에 손을 대고, 저곳의 문손잡이를 만져보고, 줄을 잡아당기고, 크리스털을 쨍 소리 나게 두드려보고, 먼지를 일으키고, 트렁크 열쇠를 잠가보고, 옛날 난로에 쓰던 풀무를 옛날 불티가 수없이 눈 속으로 날릴 때까지 불면, 이렇게 이 거대한 기구를, 모든 따뜻한 부품을 작동하면, 지레며 발동기며 톱니바퀴 같은 모든 부품 조각을 만져본다면, 그렇게 해본다면!

그는 관현악을 연주하고 지휘하려고, 지휘봉을 휘두르려고 손을 앞으로 불쑥 내밀었다. 그의 머리와 굳게 다문 입속에 음악이 있었다. 그는 거대한 기계를 연주했다. 우레와 같이 큰 소리로 침묵하는 오르간과 베이스와 테너와 소프라노를 낮게 혹은 높게 연주하다가 마침내, 아아 마침내 화음을 이루는 순간, 그는 눈을 질끈 감고 온몸을 부르르 떨었다.

밤 9시 무렵 아내는 남편이 부르는 소리를 들었다. "코라!" 아내는 위층으로 올라갔다. 위쪽에서 남편이 고개를 쑥 내밀고 그녀를 향해 미소를 지었다. 그는 모자를 흔들었다. "잘 있어, 코라!"

"무슨 소리야?" 아내가 외쳤다.

"사흘 내리 생각해봤는데, 아무래도 작별 인사를 하는 게 좋겠어."

"당장 내려와, 이 바보 같은 인간아!"

"어제 은행에서 5백 달러를 찾아왔어. 나, 이 문제를 꽤 오래 생각해왔어. 그런데 막상 일을 벌이려고 하니 말이야, 코라…." 그는 아래쪽으로 열렬히 손을 뻗었다. "마지막으로 물을게. 나랑 같이 가지 않겠어?"

"다락방으로 가자고? 얼른 그 계단을 내려줘, 윌리엄! 내가 당장 올라가서 그 지저분한 곳에서 당신을 몰아낼 테니까!"

"나는 해너한 부두로 가서 조개 수프나 한 그릇 먹어야겠어." 그는 말했다. "그리고 브라스밴드에게 '달빛 쏟아지는 바닷가'를 연주해달라고 할 거야. 오, 같이 가자, 코라…." 그는 앞으로 내민 손을 흔들었다.

그러나 아내는 다정한 눈빛으로 물어오는 남편의 얼굴을 물끄러미 쳐다볼 뿐이었다. "잘 있어." 그가 말했다.

그는 정겹고도 정겹게 손을 흔들었다. 이윽고 그의 얼굴이 사라졌고 밀짚모자도 사라졌다.

"윌리엄!" 그녀는 비명을 질렀다.

다락방은 어둡고 고요했다.

그녀는 새된 비명을 지르며 달려가 의자를 가져와 발판으로 삼고 끙끙 신음하며 곰팡내 나는 어둠 속으로 올라갔다. 그녀는 손전등을 이리저리 흔들었다. "윌리엄! 윌리엄!"

어두운 공간은 텅 비어 있었다. 겨울바람이 집을 뒤흔들었다.

그때 아내는 다락방 깊숙한 곳의 서쪽 창문이 열려 있는 것을 발견했다. 그녀는 더듬더듬 그쪽으로 다가갔다. 그녀는 머뭇거리며 숨을 죽였다. 그리고 천천히 창문을 열었다. 사다리가 창밖에서 현관 지붕까지 이어져 있었다.

그녀는 창가에서 주춤주춤 뒤로 물러났다.

활짝 열린 창밖에는 사과나무가 싱그러운 초록빛으로 빛나고 있었다. 7월 여름날의 땅거미가 지고 있었다. 희미하게 뭔가 터지는 소리, 불꽃놀이 소리가 들려왔다. 웃음소리와 먼 곳의 말소리도 들렸다. 따뜻한 공기를 뚫고 로켓이 높이 치솟았고 빨간색으로 흰색으로 파란색으로 점차 색깔이 변하며 시야에서 사라졌다.

그녀는 창문을 쿵 소리 나게 닫고 비틀거리며 서 있었다. "윌리엄!"

다락방 바닥의 문틈으로 11월의 겨울빛이 새어 들어왔다. 몸을 숙여 바라보니 아래층 11월의 세계에서는 차갑고 투명한 유리창 밖으로 눈이 펄펄 날리고 있었다. 앞으로 그녀가 30년을 살아가야 할 세계였다.

그녀는 다시는 그 창가로 다가가지 않았다. 홀로 어두컴컴한 다락방에 앉아 끝내 사라지지 않을 어떤 냄새를 맡고 있었다. 냄새는 만족스러운 숨결처럼 공중을 떠돌고 있었다. 그녀는 오래오래 깊은숨을 들이마셨다.

절대로 잊을 수 없는 그 옛날, 그리운 드러그스토어의 사르사 뿌리 음료수 냄새.

THE HEADPIECE

레몬 씨의 가발

소포는 오후 늦게 우편으로 도착했다. 앤드루 레몬 씨는 소포를 흔들어 보고, 안에 무엇이 들어 있는지 알아챘다. 커다란 털북숭이 타란툴라 거미가 들어 있는 듯한 소리가 났다.

용기를 내어 떨리는 손으로 포장지를 뜯고 하얀 종이상자 뚜껑을 열기까지 시간이 조금 걸렸다.

거기 눈처럼 하얀 안감 위에 억센 털이 달린 물건이 놓여 있었다. 낡은 소파 안쪽을 가득 채운 검정 말총으로 만든 시계 스프링처럼 개성이라곤 없는 물건이었다. 앤드루 레몬 씨는 싱글벙글 웃었다.

"인디언들이 다녀가면서 경고 삼아 남긴 대학살의 흔적이 이런 모양이었겠지. 음, 좋았어!"

그리고 벗겨진 두피에 검게 반짝이는 에나멜가죽 가발을 둘러썼다. 그는 지나가는 사람에게 모자 끝을 살짝 잡으며 인사를 건네듯 가발을 잡아당겨 보았다.

가발은 꼭 맞았다. 이마 윗부분을 망쳐놓은 동전 크기만 한 구멍을 감쪽같이 가려주었다. 앤드루 레몬 씨는 거울 속의 낯선 남자를 뚫어지게 쳐다보며 기쁨의 탄성을 질렀다.

"어이, 거기 누구야? 얼굴이 낯이 익은데? 맙소사, 돌아보지 않으면 거리에서 만나도 그냥 지나치겠는걸? 왜냐고? 구멍이 없어져서지! 빌어먹을 구멍을 감추었더니 이제 그게 있는 줄 아무도 모르겠어. 새해 복 많이 받게, 친구. 그래, 그래. 새해 복 많이 받으라고."

그는 싱글벙글 웃으며 작은 아파트 안을 돌아다녔다. 뭔가 해야 할 것 같았지만, 아직 문을 열고 세상을 놀라게 할 준비는 되어 있지 않았다. 그는 거울 옆을 지나가며 거울 속을 지나가는 어떤 남자의 옆모습을 흘낏 보았고, 그때마다 고개를 흔들며 웃었다. 이윽고 그는 흔들의자에 앉아 몸을 흔들며 〈주간 서부영화〉를 두어 권 보려고 했다가 다시 〈스릴러 영화 매거진〉을 들춰보았다. 그러나 어쩔 수 없이 오른손이 자꾸 얼굴 위로 올라가 양쪽 귀 위로 단단히 씌워진 새 가발의 가장자리를 만져보게 되었다.

"아무래도 내가 한잔 사야겠어, 젊은 친구!"

그는 파리똥이 묻은 약장을 열고 술병을 꺼내 세 모금쯤 꿀꺽꿀꺽 마셨다. 물기가 촉촉한 눈으로 담배를 한 대 피우려다가 갑자기 멈추고 귀를 기울였다.

바깥의 어두운 복도에서 너덜너덜한 카펫 위로 들쥐가 우아하게 돌아다니는 듯한 소리가 났다.

"프렘웰 양이군!" 그는 거울을 향해 말했다.

갑자기 가발이 머리에서 미끄러져 상자 속으로 뚝 떨어졌다. 마치 가발 스스로 화들짝 놀라 그 안으로 서둘러 도망친 것만 같았다. 그는 지나가는 여자가 내는 여름철 산들바람 같은 소리에도 겁을 먹고 식은땀을 흘리며 상자 뚜껑을 닫았다.

그는 까치발을 딛고 한쪽 벽에 못을 쳐서 막아놓은 문 앞으로 살금살금 다가가, 지금은 화가 난 것처럼 벌겋게 달아오르기까지 한 머리를 기울여 바깥 동정을 살폈다. 프렘웰 양이 자기 집 문을 열고 닫았다가 이윽고 도자기 그릇과 칼과 포크 등이 서로 부딪치는 소리를 내며 저녁을 준비하느라 회전목마처럼 집 안을 우아하게 돌아다니는 소리가 들렸다. 그는 빗장을 걸고 자물쇠를 잠그고 걸쇠를 걸고 10센티미터짜리 단단한 강철못까지 박아놓은 문에서 뒤로 물러났다. 그녀가 조용히 그 못을 뽑고 빗장에 손을 대고 걸쇠를 푸는 소리가 들린다고 상상하며, 침대 속에서 몸을 뒤척이던 수많은 밤을 떠올렸다. 그런 밤이면 다시 잠들기까지 꼬박 한 시간이 걸렸었다.

지금 그녀는 족히 한 시간은 넘게 방 안을 부산하게 돌아다닐 것이다. 그러다가 어두워지겠지. 별들이 떠서 반짝일 무렵 그는 그녀의 방문을 두드리며 혹시 포치에 나가 앉아 있지 않겠느냐는 둥 공원을 산책하지 않겠느냐는 둥 물어볼 것이다. 그때쯤이면 그녀는 그의 이마에 뚫린 제3의 눈을 알아보지 못할 것이다. 보이지도 않고 깜박거리지도 않는 이 눈을 알아채려면 점자를 읽을 때처럼 손으로 직접 그의 머리를 만져봐야 할 테니까. 그러나 그녀의 작고 하얀 손가락이 이마의 상처로부터 천 킬로미터 안쪽으로 다가오는 일은 절대로 없었다. 그러니 그녀가 보기에 그 상처라는 것은 오늘 밤 떠오를 보름달 표면에 난 얽은 자국 중 하나에 불과할 것이다. 그는 발끝으로 〈놀라운 과학이야기〉 잡지 한 권을 쓰다듬었다. 그는 코웃음을 쳤다. 만약에 그녀가 그의 상처를 알게 된다면, 그녀는 가끔 노랫말도 쓰고 시도 쓰는 사람이므로, 먼 옛날 유성이 날아와 그의 머리에 부딪혔다가 수풀도 나무도 없는 하얀 눈밭 같은 그곳에서 하염없이 사라져버렸다고 생각해줄 것이다. 그는 다시 코웃음을 치면서 고개를 절레절레 흔들었다. 만약에, 만약에 그럴 수도 있다는 말이다. 그러나 그녀의 생각이 어떠하든지 오로지 해가 진 다음에나 만나야 할 것이다.

그는 한 시간 더 기다렸다. 이따금 창문 밖으로 더운 여름밤을 향해 침을 뱉으며.

"8시 반이군. 이제 나가볼까?"

그는 현관문을 열고 잠시 그대로 서서 상자 속에 숨겨둔 멋진 새 가발 쪽을 돌아보았다. 아니다. 지금은 그것을 써보고 싶은 마음이 들지 않았다.

그는 복도를 따라 프렘웰 양의 문을 향해 갔다. 문이 너무 얇아서 그 너머에 있을 그녀의 작은 심장 박동에 맞춰 문까지 고동칠 것 같았다.

"프렘웰 양." 그는 속삭였다.

조그만 하얀 새 같은 그녀를 커다랗게 오므린 자신의 손 우물 위로 떠올려 가만히 있는 그녀에게 살짝 말을 걸어보고 싶었다. 그러다 무심코 이마에서 솟아나는 땀을 닦다가 구멍에 손이 닿는 바람에 비명을 지르며 쓰러질 뻔했지만, 가까스로 참았다. 그는 한동안 손으로 구멍을 꾹 누르고 있었다. 손을 치우기가 두려웠다. 두려움의 방향이 달라져 있었다. 구멍으로 빠질지도 모른다는 두려움이 사라지고, 끔찍하고 은밀하고 사적인 어떤 것이 구멍에서 왈칵 쏟아져나와 그를 집어삼킬지도 모른다는 두려움이 몰려왔다.

그는 반대편 손으로 프렘웰 양의 문을 쓸어보았지만 먼지만 일어날 뿐이었다.

"프렘웰 양?"

혹시 불이 켜져 있는지 보려고 아래쪽 문틈을 살펴보았다. 이러다가 그녀가 문을 벌컥 열기라도 하면 빛이 그의 몸을 덮치겠지. 전등 빛이 덮쳐오면 그는 화들짝 놀라 손을 치울지도 모르고 그러면 이마에 움푹 파인 상처가 드러날지도 모른다. 그러면 그녀는 열쇠 구멍을 들여다보듯 구멍을 통해 그의 인생을 들여다볼 수 있지 않을까?

아래쪽 문틈으로 빛이 희미하게 새어 나왔다.

그는 한 손을 움켜쥐고 프렘웰 양의 문을 세 번 가만히 두드렸다.

문이 천천히 안쪽으로 열렸다.

나중에 앞쪽 포치에 나가 땀을 뻘뻘 흘리며 감각이 없어진 다리의 위치를 고치고 또 고치면서, 그는 프렘웰 양에게 청혼할 준비를 했다. 달이 높이 뜨자 그의 이마에 난 구멍은 마치 거기 떨어진 나뭇잎의 그림자처럼 보였다. 그녀에게 한쪽 얼굴만 보여준다면 분화구는 보이지 않을 것이다. 그의 반쪽 세계는 영원히 감춰질 것이다. 하지만 그러면 하고 싶은 말도 반밖에 못 하는 반쪽짜리 남자가 될 것이다.

"프렘웰 양." 마침내 그가 겨우 말을 꺼냈다.

"예?" 그녀는 마치 그가 잘 보이지 않는 것처럼 그쪽을 뚫어지게 쳐다보았다.

"프렘웰 양, 요즘은 절 아는 척도 하지 않으시더군요."

그녀는 기다렸다. 그는 계속해서 말을 이었다.

"저는 줄곧 당신을 지켜보고 있었습니다. 실은… 저… 이제 솔직히 털어놓고 싶군요. 우리가 여기 포치에 나와 앉은 지도 어느새 몇 달이나 지났습니다. 그만큼 서로 알고 지낸 지 오래되었다는 뜻이죠. 당신은 물론 저보다 열다섯 살이나 어리지만, 우리가 약혼한다고 해서 잘못은 아니지 않을까요?"

"고마워요, 레몬 씨." 그녀는 재빨리 대답했다. 매우 정중한 말투였다. "하지만, 저는…."

"아, 알겠어요." 그는 앞질러 말했다. "알아요! 제 머리 때문이죠? 언제나 머리 위의 이 빌어먹을 상처가 문제라니까요!"

그녀는 어렴풋한 빛 아래서 고개를 돌린 그의 옆모습을 바라보았다.

"어머나, 그렇지 않아요, 레몬 씨. 그런 생각은 해본 적이 없습니다. 단 한 번도요! 물론 그 상처에 대해 조금 궁금해한 적은 있어요. 하지만 그런 게 문제가 된다는 생각은 해본 적이 없습니다. 제 친구도, 아주 친한 친구인데, 제 기억에 의족을 한 남자와 결혼했는걸요. 그 친구 말이 한동안은 남편이 의족을 단 것조차 몰랐다고 하더군요."

"이 빌어먹을 구멍이 늘 문제라니까요." 레몬 씨는 몹시 씁쓸하게 외쳤다. 그는 담배 하나를 꺼내 금방이라도 입에 물 것처럼 바라보다가 도로 집어넣었다. 그는 큼직한 돌멩이를 보듯 자신의 두 주먹을 쓸쓸히 내려다보았다. "어쩌다가 이렇게 되었는지 전부 말씀드리겠습니다, 프렘웰 양.

어떻게 된 일인지 말하겠어요."

"원치 않으면 안 하셔도 돼요."

"저는 한 번 결혼한 적이 있습니다, 프렘웰 양. 예, 한 번이요, 제기랄. 그런데 어느 날 아내가 망치를 쥐더니 그걸로 제 머리를 내리쳤답니다!"

프렘웰 양은 너무 놀라 헉 하고 숨을 들이켰다. 꼭 자기가 얻어맞은 사람 같았다.

앤드루 레몬 씨는 한쪽 주먹을 꼭 쥐고 더운 공기를 힘껏 내리쳤다.

"예, 아내가 망치를 들고 절 정통으로 내리쳤죠. 뭐랄까, 갑자기 세상이 저를 향해 무너지는 것 같은 느낌이었습니다. 모든 게 저를 향해 넘어지는 것 같았어요. 집 한 채가 제 몸 위로 무너져 내리는 것 같았죠. 작은 망치가 절 매장해버렸어요. 파묻어버렸단 말입니다! 아팠느냐고요? 말로 할 수 없을 정도로 아팠죠!"

프렘웰 양은 그의 말을 자기 일처럼 받아들였다. 그녀는 눈을 질끈 감고 입술을 깨물며 생각에 잠기더니 이윽고 이렇게 말했다. "아아, 가엾은 레몬 씨."

"아내는 아주 차분하게 행동했어요." 앤드루 레몬 씨는 도무지 이해할 수가 없다는 얼굴로 말했다. "저는 소파에 누워 있었고 아내가 그런 저를 내려다보며 서 있었죠. 화요일 오후 2시 무렵이었답니다. 아내가 '앤드루, 일어나!'라고 말해서 저는 눈을 뜨고 아내를 본 게 다였죠. 그런데 갑자기 아내가 망치로 저를 쳤어요. 정말 어처구니가 없었죠."

"왜 그랬을까요?" 프렘웰 양이 물었다.

"별 이유도 없었어요. 정말 아무런 이유가 없었다고요. 그 여자가 못돼먹어서 그런 거죠."

"하지만 왜 그래야 했을까요?" 프렘웰 양이 물었다.

"말씀드렸잖습니까. 아무런 이유가 없었다고."

"미친 여자였나요?"

"그랬겠죠. 아, 맞아요. 미쳐서 그랬던 게 틀림없어요."

"부인을 고소했나요?"

"아니요, 하지 않았습니다. 아내는 자기가 무슨 일을 했는지도 몰랐으니까요."

"그래서 기절했나요?"

앤드루 레몬 씨는 입을 다물었다. 그때의 기억이 또렷이 되살아났다. 그는 당시의 모습을 고스란히 떠올리며 말로 옮겼다.

"아뇨, 그냥 일어났던 게 기억나는군요. 일어나서 아내한테 말했지요. '당신, 뭐 하는 거야?' 그리고 비틀비틀 아내에게 다가갔습니다. 거기 거울이 있었어요. 머리에 깊게 구멍이 나 있고 거기서 피가 흘러나오고 있었습니다. 꼭 인디언 같더라고요. 아내는 그 자리에 그대로 서 있었습니다. 제 아내가 말이지요. 그러더니 갑자기 공포에 질려 비명을 세 번 지르고는 바닥에 망치를 내동댕이치고 문밖으로 달려 나갔습니다."

"그런 다음 당신은 기절했나요?"

"아니요. 기절하지 않았습니다. 간신히 거리로 나가 아무나 붙들고 병원에 데려다달라고 부탁했습니다. 그리고 버스를 탔지요. 세상에, 버스를 탔어요! 요금까지 냈다니까요! 그리고 도심에 있는 병원에서 내려달라고 했습니다. 승객들이 다들 비명을 지르더군요. 그런 다음 정신을 잃은 것 같은데, 깨어보니 의사가 제 머리를 치료하고 있더군요. 마치 술통 구멍을 깨끗이 씻는 사람처럼 머리에 새로 생긴 구멍을 씻고 있었어요."

그는 손을 들어 상처를 만져보았다. 한때 멀쩡하게 치아가 있었지만 지금은 비어 버린 자리를 예민한 혀로 핥아보듯이 손가락으로 구멍을 더듬어보았다.

"말끔하게 치료해주었어요. 의사는 내가 금방이라도 기절하길 기다리는 듯이 저를 빤히 쳐다보고 있더군요."

"병원에는 얼마나 계셨어요?"

"이틀이요. 그런 다음 일어나 돌아다녔어요. 더 나아진 것 같지도 않고 나빠진 것 같지도 않더라고요. 그 무렵 아내가 짐을 싸 들고 급히 도망을 쳤습니다."

"어머, 세상에." 프렘웰 양이 숨을 돌리며 말했다. "제 심장이 달걀 거품기처럼 뛰네요. 심장 박동 소리가 귀에 들리고 손에 만져지고 눈에 보이는 것 같아요. 그런데 도대체 왜, 부인은 그런 짓을 저질렀을까요?

"아까도 말했지만 별다른 이유는 없었습니다. 아마 망상에 사로잡혀 그랬겠지요."

"하지만 분명히 말다툼을 벌였다거나, 뭐 그런 적은 있겠죠?"

앤드루 레몬 씨의 뺨에 피가 쏠렸다. 이마의 그 부분이 불을 뿜는 분화구처럼 벌겋게 달아올랐을 거라고 그는 생각했다. "말다툼은 벌이지 않았습니다. 저는 그저 느긋하게 앉아 있었을 뿐이에요. 오후가 되면 셔츠 단추를 풀고 신발을 벗고 앉아 있는 걸 좋아했으니까요."

"혹시, 혹시 말인데요, 다른 여자를 만났나요?"

"천만에요! 아무도 만나지 않았습니다!"

"혹시, 술을 마시지는 않았나요?"

"어쩌다 한 모금씩은 마셨지요. 아시잖아요, 아주 조금씩요."

"도박을 했나요?"

"아닙니다, 아니에요!"

"그래도 머리에 구멍이 뚫렸는데, 아무런 이유도 없다는 게 이상하지 않나요, 레몬 씨?"

"여자들은 다 똑같아요. 뭐든 보면 곧바로 최악의 경우를 상상하죠. 정말 아무 이유도 없었다고 말씀드렸잖습니까. 아내는 그저 망치를 휘두르고 싶었을 뿐입니다."

"부인이 당신을 때리기 전에 뭐라고 말했나요?"

"그냥, '앤드루, 일어나.'라고 말했어요."

"아니요, 그전에요."

"아무 말도 없었어요. 한 30분이나 한 시간 동안은 아무 말도 하지 않았어요. 아, 뭘 사러 가고 싶다던가, 그런 말은 했지만, 저는 날씨가 너무 덥다고 했지요. 그냥 누워 있고 싶었거든요. 몸이 좋지 않았어요. 그녀는 제 기분 따위는 헤아려주지 않았죠. 틀림없이 화가 났을 것이고 한 시간 동안 그 일을 생각하다가 망치를 집어 들고 방으로 들어와 쿵 하고 내리쳤을 겁니다. 제 생각에는 날씨 때문에 그 여자도 이상해진 게 아닐까 싶어요."

프렘웰 양은 잠시 격자창에 기대앉아 생각에 잠겼다. 그녀의 눈썹이 천천히 추켜 올라갔다가 천천히 내려왔다.

"부인과 결혼한 지는 얼마나 되었었나요?"

"1년이요. 제 기억엔 7월에 결혼했고 제가 아팠던 것도 7월이었으니까요."

"아팠다고요?"

"저는 건강하지 못했어요. 자동차 수리일을 했는데 어느 날 등이 아프기 시작해서 더는 일을 할 수가 없어서 오후에는 누워 있어야 했답니다. 아내는 퍼스트 내셔널 은행에서 일했고요."

"아, 그랬군요." 프렘웰 양이 말했다.

"왜 그러시죠?"

"아무것도 아니에요." 그녀가 말했다.

"저는 함께 살기에 편한 사람입니다. 말을 많이 하지도 않아요. 느긋하고 여유가 있지요. 돈을 낭비하지도 않고요. 알뜰하거든요. 심지어 아내도 그 점은 인정했답니다. 말다툼도 하지 않아요. 뭐, 가끔 아내가 벽을 향해 공을 힘껏 던져 튀기듯이 잔소리를 하고 또 하곤 했지만 저는 말대꾸를 하지 않았어요. 그저 가만히 앉아 있었답니다. 느긋하게 살았죠. 안절부절못하고 돌아다니며 말을 많이 해봐야 무슨 소용이 있겠어요?"

프렘웰 양은 달빛이 쏟아지는 레몬 씨의 이마를 바라보았다. 그녀는 입술을 달싹였지만 그의 귀에는 들리지 않았다.

갑자기 그녀가 몸을 꼿꼿이 세우고 깊은숨을 들이마시더니 눈을 깜박이며 포치 격자창 너머 세상을 바라보았다. 그리고 화들짝 놀랐다. 한동안 조용했던 거리의 자동차 소리가 불쑥 포치까지 들려왔던 것이다. 프렘웰 양은 깊은숨을 들이마셨다가 내뱉었다.

"레몬 씨, 말씀하신 대로 말다툼을 벌여봐야 소용은 없지요."

"그렇다니까요!" 그가 말했다. "말했듯이 저는 느긋한 사람이라…."

그러나 프렘웰 양은 눈을 내리깔고 입가에 야릇한 미소를 지었다. 앤드루 레몬 씨도 이를 감지하고 말꼬리를 흐렸다.

그녀의 가벼운 여름 드레스와 그의 셔츠 소매가 여름 바람에 펄럭였다.

"시간이 늦었군요." 프렘웰 양이 말했다.

"이제 겨우 9시에요!"

"내일 일찍 일어나야 해요."

"하지만 아직 제 질문에 대답하지 않았어요, 프렘웰 양."

"질문이라고요?" 그녀는 눈을 깜박였다. "아, 그 질문이요. 그렇죠." 그녀는 고리버들 의자에서 몸을 일으켰다. 그녀는 어둠 속에서 방충망 문손잡이를 찾았다. "저기, 레몬 씨. 그 문제는 생각을 좀 해보겠어요."

"그게 공평하겠네요." 그가 말했다. "말다툼을 벌여봐야 무슨 소용이겠어요?"

방충망 문이 닫혔다. 그녀가 어둡고 무더운 복도를 걸어가는 소리가 들렸다. 그는 얕은 숨을 내쉬며 아무것도 보지 못하는 머리 위의 제3의 눈을 만져보았다.

말을 너무 많이 해서 생긴 병처럼 가슴 안쪽에서 막연한 슬픔이 들썩이는 것을 느꼈다. 순간 그의 방에서 뚜껑이 닫힌 채 기다리고 있는 흰색 선물 상자가 떠올랐다. 그는 서둘렀다. 방충망 문을 열고 고요한 복도를 걸어 방으로 돌아갔다. 안으로 급히 들어가다 매끄러운 〈로맨스 이야기〉 잡지를 밟고 하마터면 넘어질 뻔했다. 그는 열기에 들떠 전등을 켜고 싱글벙글 웃으며 상자를 열고 속지 안에서 가발을 집어 들었다. 밝은 거울 앞에 서서 사용법을 따라가며 머리에 가발을 쓰고 고무풀과 테이프로 여기저기를 붙인 다음 모양을 가다듬고 깔끔하게 빗질을 했다. 그런 다음 문을 열고 복도를 지나 프렘웰 양의 방문을 두드렸다.

"프렘웰 양?" 그는 미소를 지으며 불렀다.

그 소리에 맞추어 방문 밑의 불빛이 깜박하고 꺼졌다.

그는 믿을 수 없어 하며 어두운 열쇠 구멍을 노려보았다.

"저기, 프렘웰 양?" 그는 재빨리 다시 불렀다.

방 안에서는 아무 일도 일어나지 않았다. 그저 캄캄했다. 잠시 후 그는 시험 삼아 문손잡이를 돌려보았다. 손잡이가 덜컹거렸다. 프렘웰 양이 한숨쉬는 소리가 들렸다. 뭐라고 말하는 소리도 들렸다.

다시 말소리가 끊겼다. 그녀의 작은 발이 문 쪽으로 다가오는 소리가 들렸다. 전등이 켜졌다.

"무슨 일이죠?" 문 뒤에서 그녀가 말했다.

"저를 좀 보세요, 프렘웰 양." 그는 애원했다. "문을 열고, 저를 좀 봐주세요."

문빗장이 벗겨졌다. 그녀가 문을 손가락 한 마디만큼 살짝 열었다. 그녀의 한쪽 눈이 그를 날카롭게 쏘아보았다.

"저를 좀 보세요." 그는 움푹 파인 분화구를 정확히 가릴 수 있게 가발을 고쳐 쓰며 자랑스럽게 말했다. 그는 그녀의 옷장에 달린 거울에 자기 모습을 비춰보는 상상을 하고 기분이 좋아졌다. "여길 보세요, 프렘웰 양!"

그녀는 문을 조금 더 열고 보았다. 그러더니 쿵 소리 나게 문을 닫고 잠가버렸다. 얇은 판자문 뒤쪽에서 들리는 그녀의 목소리에는 높낮이가 느껴지지 않았다.

"그래도 여전히 구멍이 보이네요, 레몬 씨."

THE FIRST NIGHT OF LENT

사순절 첫날밤

그래, 아일랜드 사람들의 모든 게 알고 싶단 말이지? 무엇이 그들의 운명을 만들어냈고 운명대로 움직이게 하느냐고? 그럼, 내 이야기를 들어봐. 내가 아는 아일랜드 사람은 평생 단 한 명뿐이지만 나는 그 사람을 144일 동안 겪었으니까. 한 걸음 더 가까이 들어가보면 그 친구에게서 빗속에서 뚜벅뚜벅 걸어와 안개 속으로 사라져버리는 아일랜드 사람 전체를 볼 수 있을지도 몰라. 잠깐, 저길 봐. 그들이 오고 있어! 밖을 내다보라고. 그들이 지나가잖아!

그 아일랜드 사람의 이름은 닉이었다.

1953년 가을 내내 나는 더블린에서 시나리오 작업에 몰두했다. 매일 오후 전세 낸 택시가 리버 리피에서 50킬로미터 떨어진 조지 왕조풍의 거대한 회색 저택까지 나를 데려다주었다. 그곳은 영화 제작자이자 감독의 사냥용 별장이었다. 그곳에서 우리는 기나긴 가을과 겨울, 그리고 초봄까지 저녁마다 매일 내가 쓴 여덟 쪽 분량의 시나리오를 검토했다. 그러다 자정이 되면 로열 히버니언 호텔로 돌아갈 준비를 마치고 킬코크 마을의 교환수를 깨워 마을에서 가장 따뜻한 장소로 전화 연결을 부탁했다.

"히버 핀 술집입니까?" 전화가 연결되면 나는 이렇게 소리쳤다. "닉 있소? 닉을 좀 보내주시오."

지금도 내 마음에 그 광경이 떠오른다. 마을 젊은이들이 줄지어 앉아 바 너머의 얼룩진 거울을 얼어붙은 겨울 연못을 들여다보듯 하면서 그 아름다운 얼음장 밑 깊은 곳에 가라앉은 자신들의 모습을 새로 발견하듯 바라보는 광경이. 떠들썩한 와중에 나의 운전사 닉은 시무룩하게 입을 꾹 다물고 있다. 술집 주인 히버 핀이 그를 부르는 소리, 닉이 일어나며 대꾸하는 소리가 수화기 너머로 들려왔다.

"알았어! 벌써 문까지 갔다고!"

나는 일찍부터 '벌써 문까지 갔다고'라는 말이 히버 핀 술집의 아름답기 그지없는 분위기가 자아낸 섬세한 대화를 망치거나 품위를 욕보이는 기분 나쁜 과정이 아니라는 것을 알고 있었다. 오히려 공개적인 장소 중에서도 모두가 무시하고 꺼리는 텅 빈 문 쪽을 향해 정중하게 무게중심을 옮기는 점진적 해방이라고 할까? 그동안에도 기본적인 낱말이 조각조각 묶이고 분류되어 말이 되고 잠시 숨을 돌리거나 생각할 짬도 없이 이야기가 되어 오간다. 이런 대화는 다음 날 아침에 일어나 쉰 목소리로 탄성을 지를 때야 비로소 이해된다.

시간을 재보고 나는 닉의 한밤중 여행의 긴 부분(히버 핀 술집에 있는 시간)이 30분 걸린다는 것을 알게 되었다. 여행의 짧은 부분(술집에서 내가 기다리는 별장까지 오는 시간)은 겨우 5분이었다.

그 일이 일어난 것은 사순절이 시작되기 전날 밤이었다. 나는 술집에 전화를 걸고 닉이 오기를 기다렸다.

마침내 1931년형 시보레가 덜덜거리며 밤의 숲을 뚫고 왔다. 자동차는 지붕까지 닉처럼 검은 흙 색깔이었다. 자동차도 운전사도 헐떡이고 한숨을 쉬며 느릿느릿 점잖게 시골길을 달려왔다. 나는 달은 없지만 별은 밝게 빛나는 하늘 아래서 현관 계단을 내려갔다.

차창 너머로 깊이 가라앉은 어둠을 들여다보았다. 계기반은 몇 년 전부터 고장이 나 있었다.

"닉인가?"

"그럼 누구겠어요?" 그가 조용히 속삭였다. "몹시 따뜻한 저녁이군요."

기온은 섭씨 10도였다. 닉은 티퍼러리 해안선 너머 로마 쪽으로는 가까이 가본 적이 없었다. 모름지기 날씨란 상대적이었다.

"그래, 따뜻한 저녁이야." 나는 앞자리로 올라타고 끼익 소리를 내는 차 문을 녹이 튀어 오를 정도로 힘껏 닫았다. "닉, 잘 지냈어?"

"예. 아주 건강합니다요. 내일부터 사순절이지 않습니까?" 자동차가 숲길 위로 솟구쳤다가 가라앉았다가 했다.

"사순절이라…." 나는 곰곰이 생각해보았다. "이번 사순절에는 뭘 금기로 삼을 생각인가?"

"안 그래도 곰곰이 생각해 봤죠." 닉은 갑자기 담배를 빨았다. 발갛게 달아오른 주름진 얼굴이 담배 연기에 휩싸였다. "내 입에 물린 이 끔찍한 물건은 어떨까요? 금니만큼이나 비싸고 폐 속에 잔뜩 들러붙는 이 요망한 것 말이에요. 이걸 내려놓고 전부 합산해본다면 일 년 후면 어마어마한 양이 되겠죠. 그래서 이번 사순절 동안에는 이 추잡한 것을 가까이하지 않을 생각입니다. 뭐, 다음 일은 내 알 바 아니고요!"

"거, 잘 됐군!" 담배를 피우지 않는 나는 이렇게 말했다.

"예, 잘된 일이죠." 닉이 담배 연기 때문에 한쪽 눈을 찡그리며 말했다.

"행운을 비네."

"행운이 필요하죠." 닉이 속삭였다. "담배를 끊는 게 보통 힘든 일이 아니니까요."

우리는 신중하고 안정적인 운전으로 토탄 골짜기를 지나 안개를 뚫고 시속 50킬로미터의 느긋한 속도로 더블린을 향해 달렸다.

굳이 강조하는 나를 이해해주길 바란다. 제정신에 작고 조용하고 버터와 우유를 생산하는 모든 나라를 통틀어 하늘 아래 닉은 가장 신중한 운전사다.

운전석에 앉자마자 돌연 편집광으로 변해버리는 로스앤젤레스나 멕시코시티, 파리의 운전사들에 비하면 닉은 순수할 뿐만 아니라 성인의 반열에 오를 만하다. 게다가 트로피니 지팡이 같은 상은 포기했지만 할리우드풍 선글라스를 끼고 미친 듯이 웃으며 베네토 가도를 달리다가 경주용 자동차 창밖으로 축제용 색띠처럼 브레이크 드럼 안감을 흔들어대는 맹목적인 인간들과 비교해봐도 그렇다. 폐허 같은 로마를 생각해보라. 거기 널린 쓰레기들은 호텔 창문 밑에서 밤새 오토바이를 타고 콜로세움의 사자 굴에 떨어진 기독교도처럼 비명을 질러대며 어두운 로마의 골목길을 누비고 다닌 수달 같은 녀석들이 남긴 흔적이다.

이제 다시 닉 이야기로 돌아가자. 그의 느긋한 손은 겨울 하늘 별자리에서 떨어지는 눈처럼 부드럽고 고요하게, 시곗바늘이 움직이듯 느릿느릿 핸들을 어루만진다. 그가 도로를 길들일 때 밤의 적막함 속으로 울려퍼지는 안개가 드나드는 듯한 목소리를 들어보라. 그는 속삭이는 가속페달 위에 부드럽고 상냥하게 발을 얹고 절대로 시속 50킬로미터 아래로 속도를 떨어뜨리지 않고 그 이상으로 속도를 올리지도 않는다. 아아, 닉! 그가 운항하는 배는 시간마저 꾸벅꾸벅 조는 잔잔하고 상냥한 호수 위를 매끄럽게 미끄러진다. 보라. 비교해보라. 어느덧 시간이 흘러 그에게 은화 한 잎을 주고 그의 손을 따뜻하게 잡고 악수를 하면 그날의 여정은 끝이 난다.

"잘 가게, 닉." 나는 호텔 앞에 서서 말한다. "내일 만나세."

"감사합니다." 닉이 속삭인다.

그리고 그는 또 조용히 차를 몰고 간다.

이후 스물세 시간 동안, 나는 잠을 자고 아침을 먹고 점심과 저녁까지 먹고 늦은 밤 자기 전에 한 잔을 한다. 엉망인 대본을 깔끔하게 고치면 시간은 토탄 골짜기의 안개와 빗속으로 사라져버리고 나는 또 한밤중에 조지 왕조풍 저택에서 나온다. 안개 속에서도 자동차가 어디 있는지 알고 점자를 더듬어 읽는 맹인처럼 계단을 더듬거리며 내려가면 자동차 문이 따뜻한 난로 같은 빛을 발하며 서 있다. 어둠 속에서 천식 환자처럼 쌔근거리는 커다란 엔진 소리가 들리고 '너무 흔해서 귀하지도 않은' 닉의 기침 소리도 들려온다.

"아, 오셨군요!" 닉이 말했다.

나는 대화를 나누기 좋은 앞자리로 올라타 문을 쾅 소리 나게 닫았다.
"닉, 왔나?" 나도 웃으며 인사를 건넸다.

그런데 생각지도 못한 일이 일어났다. 자동차가 불길을 뿜는 대포 아가리에서 쏘아진 것처럼 부르릉 소리를 내며 출발하더니 마구 튀어 오르고 미끄러지며 우거진 덤불과 엉겨 붙은 나무그림자 사이로 난 오솔길을 탄환처럼 전속력으로 달려갔다. 나는 자동차 천장에 머리를 네 차례나 부딪쳤고 무릎을 와락 붙잡아야 했다.

닉! 나는 비명을 지를 뻔했다. 닉!

로스앤젤레스나 멕시코시티, 파리의 난폭한 운전사들이 떠올랐다. 나는 당황해 속도계를 들여다보았다. 80, 90, 100킬로미터. 우리는 자갈 폭풍을 일으키며 도로를 내달렸고 쏜살같이 다리를 건너 한밤의 킬코크 거리를 달려갔다. 시속 110킬로미터로 도심을 빠져나가 덜컹거리며 도로 위로 튀어 오를 때마다 아일랜드의 모든 풀이 귀를 접고 웅크리는 것 같았다.

닉! 나는 옆을 돌아보았다. 닉은 단 한 가지만 빼고 제자리에 평소와 다름없이 앉아 있었다. 그의 입술에는 여전히 불붙은 담배가 타고 있고 담배 연기 때문에 눈을 한 쪽씩 차례로 깜박이고 있었다.

그러나 한 가지, 담배 뒤에 보이는 닉의 모습은 완전히 달라져 있었다. 마치 악한 닉이 검은손을 들어 원래 그를 쥐어짜고 불태워 완전히 다른 모습으로 만들어 놓은 것 같았다. 그는 운전대를 이리 돌리고 저리 돌리며 운전하고 있었다. 광포하게 교각 아래를 지나 터널을 빠져나갔고,

교차로 표지판에 부딪혀 표지판이 회오리바람 속 풍향계처럼 빙글빙글 돌게 했다.

닉의 얼굴에서 지성은 완전히 빠져나가 버렸고 양쪽 눈에 서렸던 부드러움과 철학적인 빛도 사라졌으며 입도 더는 온화하지도 평화롭지도 않았다. 맹목적인 탐사등처럼 끊임없이 전방을 노려보고 훑어보기만 하는, 껍질 벗긴 감자처럼 부글거리는 날 것의 표정이었다. 그의 손은 뱀처럼 빠르게 움직였고 커브를 돌 때마다 몸이 기우뚱했으며 어두운 낭떠러지를 만날 때마다 크게 튀어 올랐다.

이자는 닉이 아니다. 나는 생각했다. 닉의 형제나 아니면 그의 몸에 깃든 무서운 괴물이다. 혹은 파괴적인 병이나 재앙이 닥친 것이다. 가족에게 슬픈 일이 생겼거나 병에 걸렸거나. 그렇다. 틀림없다.

잠시 후 닉이 입을 열었는데, 목소리마저 달라져 있었다. 토탄 늪처럼 매끄럽고 잔디처럼 촉촉하고 차가운 빗속에서도 따뜻한 불을 쬐는 것처럼 온기가 넘쳤던, 부드러운 목소리가 아니었다. 지금 그의 목소리는 강철과 주석으로 만든 나팔처럼 내 귀를 날카롭게 때렸다.

"아, 그동안 잘 지내셨어요?" 닉이 소리쳤다. "지금은 어떠세요?"

자동차 역시 폭력적인 운전으로 고생하고 있었다. 자동차도 변화에 저항하고 있었다. 안 그래도 수명이 다해 여기저기 낡고 찌그러진 차가 이제 오로지 숨과 뼈마디 하나하나를 조심스럽게 대하며 죽을 날만 기다리는 초라한 거지처럼 제발 천천히 달려주기만을 바랐다. 그러나 닉은 그런 건 전혀 아랑곳하지 않고 벼락이나 맞고 지옥에나 떨어지라는 듯 아예 산산이 부서지라 고사를 지내고 있었다. 지옥에서도 닉의 차가워진 손을 따뜻하게 데우려면 특별한 불꽃이 필요할 것이다. 닉이 몸을 기울이면 자동차도 기울고 생생한 연료가 배기구에서 불꽃을 내뿜었다. 닉의 몸도 내 몸도 자동차도 모두 함께 산산이 부서질 듯 후들후들 떨었고 거칠게 덜컹거렸다.

다행히 내 뼈가 가루가 되기 전에 나는 정신을 차렸다. 나는 어쩌다

이 괴로운 비행이 시작되었는지 알아보려고 지옥 바닥에서 뿜어져 나오는 불붙은 증기처럼 이글거리는 옆자리 남자를 살폈다. 어떤 실마리라도 찾아내려고 두 손까지 단단히 준비해두었다.

"닉." 나는 숨을 헐떡이며 말했다. "오늘이 사순절 첫날밤이야!"

"그래요?" 닉은 놀라며 말했다.

"그렇지." 나는 말했다. "자네가 사순절에 뭘 금기시하기로 했는지 기억하는데, 왜 담배를 물고 있는 거지?"

닉은 잠시 내 말뜻을 이해하지 못하는 눈치였다. 그러다가 마침내 시선을 떨구고 피어오르는 연기를 보더니 어깨를 으쓱했다.

"아, 그거요." 그가 말했다. "다른 것을 끊기로 했습죠."

그러자 갑자기 모든 것이 분명해졌다.

지난 144일 남짓한 밤에 나는 고풍스러운 조지 왕조풍 저택 문 앞에서 '추위를 이기라고' 감독이 주는 스카치나 버번 같은 독한 술을 받아마셨다. 그런 다음 불에 덴 듯 독한 술에 데어 숯이 되어버린 입에서 여름철 밀이나 보리, 귀리 같은 숨을 토해내며 나를 기다리는 택시 쪽으로 걸어갔다. 내가 전화를 걸 때까지 긴긴밤을 히버 핀 술집에 죽치고 앉아 기다렸던 그 남자가 있는 곳까지.

이런 바보 같으니, 어떻게 그걸 까맣게 잊고 있었단 말인가!

히버 핀 술집에서 나무를 심고 열매를 거두듯 부지런히 오랜 시간 대화를 나누는 사람들 사이에서 닉 역시 제 몫의 씨를 뿌리거나 꽃을 심고 각자의 혀를 연장 삼아 거품이 이는 술잔을 들고 그 좋은 술을 입으로 가져가는 감미로움 속에 빠져들었던 것이다.

그 감미로움이 느릿느릿 내리는 부슬비처럼 끓어오르는 그의 신경을 촉촉이 달래주었고 온몸 마디마디에서 거친 불꽃을 쫓아주었다. 같은 빗줄기가 얼굴도 씻어내려 밀물처럼 몰려오는 지혜의 표식으로 플라톤과 아이스킬로스의 주름을 남기고 갔다. 수확의 감미로움은 그의 뺨을 발그레 달아오르게 했고 눈빛을 따뜻하게 데워주었으며 목소리는 안개가 낀 듯 부드러운 쉰 소리로 바꿔주었고, 가슴팍으로 뻗어가 심장 박동마저 평온한 박자로 늦춰주었다. 빗줄기는 그의 팔에도 내려와 몸서리치는 운전대를 단단히 붙잡은 손을 부드럽게 풀어주고 우리와 더블린 사이를 가로막은 안개를 뚫고 가는 동안 말총을 채운 운전석에 조용하고 차분하게 앉아 있게 해주었다.

게다가 내 혀끝에도 술기운이 묻어 있어 혈관이 뜨거운 증기로 들끓는 판국에 옆자리 친구가 어떤 정신상태인지 어떻게 알아챌 수 있었겠는가.

"아, 그거요. 다른 것을 끊기로 했습죠." 닉이 말했다.

마지막 퍼즐 조각이 맞춰졌다.

오늘 밤은 사순절의 첫날밤이었다.

내가 닉이 모는 차를 타고 갔던 무수한 밤 중 그가 술에 취하지 않은 날은 오늘이 처음이었다.

지금까지 백사십여 번의 밤 내내, 닉은 나의 안전을 위해 그토록 조심스럽고 편안하게 운전을 했던 것이 아니었다. 커다란 낫처럼 휘어진 굽잇길을 지날 때마다 그의 몸속 여기저기로 감미로운 술기운이 부드럽게 기울었기 때문이었다.

아아, 아일랜드 사람들이란! 도무지 이해할 수가 없었다. 닉이라고? 닉이 누구지? 대체 그는 어떤 사람이란 말인가? 어떤 닉이 진짜 닉이지? 어떤 닉이 누구나 아는 그 닉일까?

아예 생각을 말자!

내게는 단 하나의 닉만 있을 뿐이다. 아일랜드가 그 날씨와 물과 파종과 수확과 밀기울과 으깬 요리와 술과 병조림과 후하게 내온 음식과 여름철 낱알 색깔을 한 술집의 야단법석과 밤마다 밀밭과 보리밭의 밤바람을 쐬러 나온 사람들로 만들어낸 그 닉 말이다. 숲이나 늪지를 쏘다니다 보면 속삭임이 들려올지도 모른다. 그것이 닉이다. 그것이 닉의 치아, 닉의 눈, 심장, 느긋한 손이다. 아일랜드 사람들은 대체 어떤 사람들이냐고 당신이 묻는다면 나는 도로 저편 히버 핀 술집으로 향하는 모퉁이를 가리킬 것이다.

사순절의 첫날밤 우리는 눈 깜짝할 사이에 더블린에 도착했다! 길가에서 아직도 덜컹거리는 택시에서 내려 운전사의 손에 요금을 쥐여주었다. 나는 애원하는 심정으로 온갖 다정한 마음을 담아 이 멋진 남자의 기묘한 횃불 같은 얼굴을 들여다보았다.

"닉."

"예, 손님!" 그가 외쳤다.

"부탁이 하나 있네."

"뭐든 말씀하세요!" 그가 소리쳤다.

"거스름돈은 가져가게." 나는 말했다. "가서 가장 커다란 아일랜드 술을 사 오게. 그리고 내일 밤 나를 데리러 오기 전에 말이야, 닉. 그 술을 몽땅 마시고 오게. 해줄 수 있겠나? 제발 부탁이니 약속해주게!"

그는 곰곰이 생각해보았다. 그 사이 얼굴에 이글거리던 황폐한 불꽃이 잦아들었다.

"정말 너무 어려운 부탁을 하시는군요." 그가 말했다.

나는 그의 손에 억지로 돈을 쥐여주었다. 마침내 그는 돈을 주머니에 넣고 조용히 앞만 보았다.

"잘 가게, 닉. 내일 보세."

"하늘이 허락한다면요." 닉이 말했다.

그리고 그는 차를 몰고 떠났다.

THE TIME OF GOING AWAY

길 떠날 시간

그 생각은 사흘 밤낮 동안 자라났다. 낮이면 그 생각을 익어가는 복숭아처럼 머릿속에 넣고 다녔다. 밤이면 고요한 공중에 매달아 놓고 시골의 달빛과 별빛을 받으며 살을 찌우고 영양분을 마시게 했다. 그는 동이 트기 전의 고요 속에서 그 생각 주위를 돌아다녔다. 나흘째 아침 그는 보이지 않는 손을 뻗어 그것을 따 한입에 삼켜버렸다.

그는 부리나케 일어나 오래된 편지들을 몽땅 태워버리고 작은 가방에 옷가지만 몇 벌 챙겨 넣고 까만 양복을 입은 다음 까마귀 깃털처럼 번들거리는 검은색 넥타이를 맸다. 마치 상을 당한 사람 같았다. 등 뒤에 아내가 서서 언제라도 무대로 뛰어올라 공연을 중단시킬 수 있는 비평가의 눈빛을 하고 그의 작은 연극을 지켜보고 있었다. 그는 아내 곁을 지나가며 중얼거렸다. "실례할게."

"실례한다고?" 아내는 버럭 고함을 질렀다. "살금살금 기어 다니며 몰래 여행 계획이나 세우는 사람이, 할 말이 그게 다야?"

"계획한 게 아니야. 우연이었을 뿐이지." 그가 말했다. "사흘 전에야 징조를 느꼈거든. 난 곧 죽어."

"그런 소리 하지 마. 무섭단 말이야." 아내가 말했다.

그의 눈에 지평선이 어른거렸다. "피가 잘 돌지 않아. 뼈 마디마디에서도 다락방에 서 있을 때처럼 대들보가 삐걱거리고 먼지가 우수수 내려앉는 소리가 들린단 말이지."

"당신, 겨우 일흔다섯 살이야! 두 다리로 멀쩡히 서 있을 수도 있고 보고 듣고 먹고 잠도 잘 자잖아. 그런데 왜 그런 소리를 해?"

"대자연이 혀를 움직여 내게 속삭였거든." 노인이 말했다. "문명 탓에 인간은 자연스러운 자아로부터 너무 멀리 떨어져 살게 되었어. 저 미개인들을 보라고."

"싫어!"

"미개인들은 자신이 죽을 때를 예감한다는 걸 누구나 다 알지. 그들은 친구들을 찾아가 악수를 하고 가진 것들을 모두 나눠준 다음에…."

"미개인들 아내는 아무 말도 하지 않나 보지?"

"아내에게도 재산을 나눠주지."

"그렇겠지!"

"또 친구들에게도 나눠주고…."

"나라면 반대할 거야!"

"친구들에게는 조금 나눠주겠지. 그런 다음 카누를 타고 석양을 향해 노를 저어 갔다가 영영 돌아오지 않아."

아내는 자르기 직전 제대로 말린 통나무를 살피듯 남편을 쳐다보았다. "그건 도망이야!"

"아니야, 아니라고, 밀드레드. 그건 죽음이야. 순수하고 단순한 죽음. 그들은 그걸 '길 떠날 시간'이라고 불러."

"그렇게 떠난 바보들이 어떻게 되었는지 카누를 타고 따라가서 확인해본 사람이 있어?"

"당연히 없지." 노인은 살짝 짜증스럽게 말했다. "그랬다간 모든 걸 망쳐버리게 될 거야."

"다른 섬에 다른 부인이나 예쁜 친구들이라도 있다는 말이야?"

"아니지, 아니야. 남자는 피가 차가워지면 고독과 고요함이 필요해질 뿐이라고."

"그 바보들이 정말로 죽었다는 것을 증명할 수만 있다면 나도 입을 다물지." 아내는 한쪽 눈을 갸름하게 뜨고 말했다. "누구라도 그 머나먼 섬에서 뼈를 발견하기나 했대?"

"죽을 때가 임박했음을 감지한 동물들처럼 그들은 그저 석양을 향해 배를 저어 갈 뿐이야. 다음 일은 알고 싶지 않아."

"아, 그러시겠지." 노부인이 말했다. "당신 〈내셔널 지오그래픽〉에서 코끼리 뼈 무덤에 관한 기사를 읽은 거지?"

"뼈 무덤이 아니라 무덤이야!" 그가 외쳤다.

"뼈 무덤이나 무덤이나. 그 잡지들 내가 다 태워버렸는데, 당신 또 어디에 감추어 둔 거야?"

"여보, 밀드레드." 그는 여행 가방을 다시 붙잡으며 모질게 말했다. "내 마음은 이미 북쪽을 향해 있어서 당신이 뭐라고 하든 남쪽으로 돌아서진 않아. 내 마음은 원시의 영혼이 솟아나는 무한한 비밀의 샘을 향하고 있어."

"당신 마음은 그 늪지대를 헤집고 다니는 인간들이 만든 잡지 나부랭이에서 본 것을 향해 있겠지!" 그녀는 손가락을 들어 그를 가리켰다. "내가 다 잊어버린 줄 알아?"

그의 어깨가 축 늘어졌다. "그 이야기는 다시 꺼내지 말자, 제발…."

"그 털북숭이 매머드 이야기는 어때?" 아내가 말했다. "30년 전 러시아 툰드라 지역에서 얼어붙은 코끼리가 발견되었을 때 말이야. 당신하고 그 바보 늙은이 샘 허츠가 털북숭이 매머드 통조림을 만들어 세계 시장을 독점하겠다면서 시베리아로 떠나겠다고 했었지? 그때 당신이 뭐라고 했는지 내가 다 잊어버린 줄 알아? '1만 년 전 멸종해버린 털북숭이 시베리아 매머드의 1만 년 된 야들야들한 고기를 국립지리학회 회원들이 돈을 내고 산다고 생각해봐!' 당신은 그때 내가 받은 상처가 완전히 아물었다고 생각해?"

"또렷하게 기억하고 있어." 그가 말했다.

"사라진 오세오스 부족인가 뭔가를 찾겠다고 위스콘신 어딘가로 가서는 토요일 밤마다 술집에 처박혀 부어라 마셔라 하다가 채석장으로 떨어지는 바람에 다리가 부러져 사흘 내리 누워 있었던 일도 내가 까맣게 잊은 줄 알겠지."

"당신 기억력은 완벽하군." 그가 말했다.

"그런데 이번에는 또 미개인이 어떻고 길 떠날 시간이 어째? 내가 말해주지. 지금은 길 떠날 시간이 아니라 집에 얌전히 앉아 있어야 할 시간이야! 나무 밑에서 입 벌리고 과일이 떨어지길 기다릴 때가 아니라 직접 가게까지 걸어가 과일을 구해와야 할 때라고. 왜 과일을 구하려고 가게까지 걸어가야 하냐고? 누군지 이름은 말하지 않겠지만, 우리 집의 누군가가 몇 년 전 자동차를 시계처럼 몽땅 분해해 놓고 마당에 그대로 버려두었기 때문이지. 내가 우리 집 정원에서 그 부품을 주워 모으기 시작한 지가 목요일이면 꼭 10년이 된다고. 10년 더 있으면 우리 집 자동차 잔해는 녹슨 고철 더미가 되어버리겠지. 저 창밖을 좀 보라고! 지금은 낙엽을 긁어모아 태울 때야. 장작을 패고 나무를 잘라 땔감을 마련할 때라고. 난로를 깨끗이 청소하고 덧문을 달 때야. 지붕을 새로 얹을 시간이야. 그 모든 게 싫어서 도망치려는 거라면 다시 생각해!"

그는 가슴에 손을 얹었다. "다가올 심판의 날을 맞이할 나의 자연스러운 심정을 당신이 믿어주지 않는다니 마음이 아프군."

"머리가 돌아버린 늙은이 손에 〈내셔널 지오그래픽〉 같은 게 들어가서 나야말로 마음이 아파. 당신은 그 잡지를 읽을 때마다 이상한 꿈에 빠지고 그 뒷수습은 언제나 내 차지지. 그 〈내셔널 지오그래픽〉하고 〈신비한 기계장치〉 만드는 놈들도 와서 봐야 해. 반쯤 만들다 만 상태로 우리 집 창고와 차고, 지하실에 처박혀 있는 보트며 헬리콥터며 박쥐 모양 날개가 달린 1인승 글라이더를 말이야. 아니, 그냥 보여주는 게 아니라 아예 싸 들고 가라고 하고 싶어!"

"계속 지껄여봐." 그는 말했다. "나는 당신 앞에 서 있는 흰색 돌멩이야. 망각의 파도 속으로 가라앉고 있지. 제발, 여보, 날 좀 평화롭게 죽게 해주면 안 될까?"

"망각의 길을 떠나려면 아직 멀었어. 불더미에서 당신이라는 차갑게 식은 돌멩이를 발견하려면 시간이 많이 남았다고."

"말도 안 되는 소리! 자기 죽음을 인정하는 게 한낱 허영이라는 말이야?" 그가 물었다.

"당신이야말로 그 말을 담배 씹듯이 하고 있잖아!"

"그만두자!" 그가 말했다. "내 재산은 전부 집 뒤 포치에 쌓아두었어. 당신이 구세군에 기부해."

"〈내셔널 지오그래픽〉도?"

"그래, 빌어먹을 〈내셔널 지오그래픽〉도! 이제 비켜줘!"

"죽으러 간다면서 옷이 가득한 여행 가방이 왜 필요해?"

"상관하지 마! 죽을 때까지 시간이 조금 걸릴지도 모르잖아. 마지막 인간적인 안락까지 다 벗어던져야겠어? 다정한 이별 풍경을 자아내야 할 순간에 씁쓸한 비난과 빈정거림과 의심만 바람 앞의 지푸라기처럼 날리고 있군."

"좋아." 그녀가 말했다. "어서 가서 숲에서 추운 밤을 보내봐."

"꼭 숲으로 갈 필요는 없지."

"일리노이주 사람이 죽으러 가는데 숲 말고 어디로 간단 말이야?"

"뭐, 그야…." 그는 얼버무렸다. "뭐, 고속도로로 나갈 수도 있잖아."

"아, 그러다가 차에 치인다는 말이군. 그건 깜박 잊고 있었네."

"아니, 그렇지 않아!" 그는 눈을 질끈 감았다가 다시 떴다. "도로에서 차가 없는 쪽을 따라 밤의 숲이든, 황무지든 머나먼 호수든 어디로든 갈 수 있어. 아무 데로나 갈 수 있다고."

"설마 카누를 빌려 타고 직접 노를 저어 가겠다는 말은 아니겠지? 파이어맨 부두에서 배가 뒤집혀 죽을 뻔한 일을 까맣게 잊은 건 아니지?"

"누가 카누를 탄다고 했어?"

"당신이 그랬잖아! 미개인들이 위대한 미지의 세계를 향해 배를 타고 노를 저어 간다며."

"그건 머나먼 남쪽 바다에서의 일이지! 여기 사람들은 걸어서 자연의 근원을 찾고 자연스러운 최후를 추구한다고. 나는 미시간 호수를 따라 북쪽으로 걸어갈 거야. 언덕을 넘고 바람을 맞고 커다란 파도와 싸우면서 말이야."

"오오, 윌리." 아내가 고개를 절레절레 흔들며 부드럽게 말했다. "아, 윌리, 윌리. 내가 뭘 해주면 좋을까?"

그는 목소리를 낮추었다. "그냥 내가 하고 싶은 대로 하게 내버려 둬."

"알았어." 그녀는 조용히 말했다. "알았다고." 그러자 그녀의 눈에서 눈물이 흘러나왔다.

"자, 그만 그만." 그가 말했다.

"오, 윌리…." 그녀는 한동안 남편을 바라보았다. "당신 정말로 죽음이 다가왔다고 믿는 거야?"

그는 아내의 눈에 비친 작지만 완벽한 자신의 모습을 보고 마음이 불편해져 시선을 돌렸다. "나는 밤새 사람을 실어 오고 실어 가는 우주의 파도를 생각했어. 이제 아침이 밝았으니 그만 가볼게. 안녕."

"안녕이라고?" 아내는 지금껏 그 말을 들어본 적이 없다는 듯한 표정을 지었다.

그의 목소리가 떨렸다. "물론, 당신이 끝까지 나를 붙잡는다면, 밀드레드…."

"아니야!" 아내는 기운을 차리고 코를 풀었다. "당신은 하고 싶은 대로 하는 사람이잖아. 내가 어떻게 말리겠어?"

"정말이야?"

"정말이지. 당신은 그런 사람이니까, 윌리." 아내가 말했다. "이제 그만 가. 두꺼운 외투를 입어. 밤은 추우니까."

"하지만…." 그가 말했다.

그녀는 달려가 남편의 외투를 가져오고 그의 뺨에 입을 맞춘 다음 남편이 곰처럼 그녀를 꽉 끌어안기 전에 얼른 뒤로 물러났다. 그는 난롯가의 커다란 팔걸이의자를 보면서 입을 달싹이며 서 있었다. 아내가 현관문을 활짝 열었다. "먹을 것은 좀 챙겼어?"

"먹을 건 필요 없지…." 그는 중얼거렸다. "가방에 햄샌드위치랑 피클을 조금 넣었어. 그 정도면 되겠지…."

그리고 그는 문밖으로 나가 계단을 내려가 숲으로 향하는 오솔길을 걸어갔다. 그는 뒤를 돌아보고 뭐라고 말을 하려다가 그만두고 그저 손을 한 번 흔든 다음 다시 걷기 시작했다.

"여보, 윌리!" 아내가 불렀다. "너무 무리하지는 마! 처음부터 너무 많이 걷지 말라고! 지치면 앉아서 쉬어! 배가 고프면 먹고! 그리고…."

그녀는 문득 말을 멈추고 몸을 돌려 손수건을 꺼냈다.

잠시 후 그녀는 다시 오솔길 쪽을 내다보았다. 지난 1만 년 동안 아무도 지나가지 않은 길처럼 보였다. 텅 비어 있는 길을 보고 그녀는 집 안으로 들어가 문을 닫았다.

밤 9시가 지나고, 9시 15분이 되자 별이 떴고 둥근 달이 보였다. 집 안의 등불이 커튼 너머로 딸기 빛을 뿌렸고 굴뚝은 혜성의 꼬리 같은 불을 길게 뿜어내며 따뜻한 한숨을 토해냈다. 굴뚝 밑으로 냄비며 팬이며 쇠붙이가 부딪는 소리가 들렸고 난로에는 커다란 주황색 고양이 같은 불꽃이 타올랐다. 부엌의 커다란 무쇠 화덕에 불꽃이 솟구치고 냄비 안이 부글부글 지글지글 끓어오르며 집 안 가득 수증기와 열기를 뿜어냈다. 이따금 노부인은 눈을 크게 뜨고 입을 크게 벌리고 이 집과 불길과 음식의 바깥 세계에 귀를 기울였다.

9시 30분, 집에서 멀리 떨어진 곳에서 뭔가 단단한 것이 탁탁탁, 탕탕탕 부딪는 소리가 들려왔다.

노부인은 몸을 반듯이 세우고 숟가락을 놓았다.

집 밖에서 탁탁탁 하는 둔탁한 소리가 달빛 아래 반복해서 들려왔다. 소리는 3, 4분 동안 계속되었다. 그동안 그녀는 그저 입매를 꾹 다물거나 주먹을 꽉 쥐는 것 말고는 거의 움직이지 않았다. 소리가 그치자 그녀는 얼른 화덕으로 달려가 휘휘 젓고 붓고 들고 나르며 식탁에 저녁 식사를 차렸다.

준비가 끝났을 때 창밖의 어둠 속에서 새로운 소리가 들려왔다. 발소리가 오솔길을 따라 천천히 올라오더니 묵직한 구둣발 소리가 현관문 앞에서 멈추었다.

그녀는 문 쪽으로 가서 문 두드리는 소리가 들리기를 기다렸다.

아무 소리도 들리지 않았다.

그녀는 꼬박 1분을 기다렸다.

바깥 포치에서 덩치 큰 그림자가 불편한 기색으로 왔다 갔다 하고 있었다.

마침내 그녀는 한숨을 내쉬며 문을 향해 날카롭게 외쳤다. "윌리, 거기서 숨쉬는 사람 당신이야?"

대답이 없었다. 문 뒤에는 수줍은 침묵만이 고여 있었다.

그녀는 문을 힘껏 열었다.

거기 노인이 믿을 수 없을 정도로 많은 양의 장작을 품에 안고 서 있었다. 장작더미 뒤에서 그의 목소리가 들려왔다.

"굴뚝에서 연기가 나기에 장작이 필요할 것 같았어."

그녀는 옆으로 비켜섰다. 그는 아내 쪽을 보지도 않고 집 안으로 들어가 난롯가에 장작을 조심스럽게 내려놓았다.

그녀는 포치를 내다보고 여행 가방을 집어 집 안에 들여놓고 문을 닫았다.

남편이 저녁 식탁에 앉는 것을 보았다.

그녀는 화덕 위의 수프를 저어 힘차게 부글거리는 소용돌이를 만들었다.

"오븐에 고기를 굽고 있어?" 그가 조용히 물었다.

그녀는 오븐 문을 열었다. 김이 솟아오르며 방 안을 가로질러 그의 몸을 감쌌다. 그는 눈을 감고 앉아 김을 쐬었다.

"뭔가 타는 냄새가 나는데?" 잠시 후 남편이 물었다.

그녀는 등을 돌린 채 기다렸다가 마침내 입을 열었다. "〈내셔널 지오그래픽〉이야."

남편은 아무 말도 하지 않고 천천히 고개를 끄덕였다.

따뜻하게 끓어오르는 음식이 식탁에 오르자 아내는 자리에 앉아 잠시 남편을 바라보았다. 그리고 고개를 절레절레 흔들었다. 또 남편을 바라보았다. 그리고 다시 한번 고개를 흔들었다.

"기도하고 싶지 않아?" 그녀가 말했다.

"당신이 해."

그들은 밝은 불이 넘실거리는 난로 옆 따뜻한 방 안에 앉아 고개를 숙이고 눈을 감았다. 그녀가 빙긋 웃으며 기도를 시작했다.

"주여, 감사합니다…."

ALL SUMMER IN A DAY

온 여름을 이 하루에

"준비됐어?"

"준비됐어."

"지금?"

"곧."

"과학자들이 제대로 안 걸까? 정말로 오늘일까?"

"야! 네가 직접 보면 되잖아!"

아이들은 장미꽃 덤불처럼, 무성하게 우거진 잡초처럼 서로 얽혀 한 덩어리가 되어 어디론가 숨은 태양을 보겠다며 밖을 내다보았다.

바깥은 비가 내리고 있었다.

비는 7년 동안 내리고 있었다. 수천 일 동안 비가 내리고 내려 전날 내린 비에 섞여 들었다. 비는 세차게 쏟아지며 웅덩이를 이루기도 했고, 어여쁜 크리스털처럼 반짝이는 소나기로 흩뿌려지기도 했으며 섬 위까지 덮치는 해일을 몰고 오는 폭풍우도 있었다. 수천 개의 숲이 비에 씻겨 내려갔다가 다시 자랐고 또 씻겨 내려가길 반복했다. 금성이라는 행성에서 늘 볼 수 있는 모습이었다. 그리고 여기는 비가 내리는 세상에 문명을 건설하고 생활 터전을 닦으려고 로켓을 타고 날아온 사람들의 아이들이 다니는 학교 교실이었다.

"비가 그친다! 그치고 있어!"

"정말이네. 정말이야!"

마고는 비가 하염없이 내리고 또 내리는 바람에 비가 오지 않는 날을 기억조차 할 수 없는 아이들에게서 멀찌감치 떨어져 서 있었다. 아이들은 모두 아홉 살이었다. 7년 전 태양이 딱 한 시간 고개를 내밀어 세상을 깜짝 놀라게 한 일이 있었는데, 이 아이들은 그날을 기억하지 못했다. 이따금 밤이 오면 마고는 아이들이 그날을 기억하며 몸을 뒤척이는 소리를 들을 수 있었다. 그러면 마고는 아이들이 꿈속에서 황금색이나 노란색 크레파스 혹은 세상을 전부 살 수 있을 만큼 커다란 금화를 떠올리고 있다는 것을 알 수 있었다. 아이들은 얼굴과 몸과 팔다리, 손을 벌겋게 달아오르게 하는 태양의 온도까지 기억한다고 생각했다. 그러나 단조롭게 떨어지는 빗소리에 잠에서 깨어나면 지붕과 산책길, 정원이며 숲에 투명한 구슬 목걸이가 흩뿌려져 있고 간밤의 꿈은 간데없이 사라지고 말았다.

어제는 온종일 교실에서 태양에 관한 책을 읽었다. 태양이 얼마나 레몬과 비슷한지, 얼마나 뜨거운지에 대해 공부했다. 그리고 태양에 관해 짧은 이야기나 감상문, 시를 썼다.

태양은 꽃이라고 생각해요
딱 한 시간만 피는 꽃

이것은 마고가 쓴 시였다. 마고는 바깥에서 비가 내리는 동안 고요한 교실에서 나지막한 목소리로 시를 읽었다.

"우우, 네가 쓴 시 아니지?" 남자애 하나가 트집을 잡았다.

"내가 썼어. 내가 쓴 거야." 마고가 말했다.

"윌리엄!" 선생님이 나무랐다.

그러나 그건 어제의 일이었다. 지금은 빗줄기도 가늘어졌고 큼직하고 두꺼운 창문마다 아이들이 몰려 서 있었다.

"선생님은 어디 갔지?"

"곧 오실 거야."

"선생님이 빨리 오셔야 할 텐데. 안 그러면 못 볼지도 몰라!"

아이들은 뜨겁게 달아올라 빙글빙글 돌아가는 수레바퀴처럼 한 덩어리로 움직였다.

마고는 혼자 서 있었다. 아이는 몇 년간 빗길을 헤매느라 눈동자의 파란색과 입술의 빨간색, 머리카락의 노란색이 모두 씻겨 내려간 것만 같이 매우 허약한 소녀였다. 사진첩에서 떨어져 나간 오래된 사진처럼 하얗게 바래 있었고, 무슨 말이라도 하면 목소리의 유령이 되어버릴 것 같았다. 지금 아이는 모두에게서 멀찌감치 떨어져 서서 거대한 유리창 너머로 내리는 비와 흠뻑 젖은 세상을 물끄러미 바라보고 있었다.

"뭘 보는 거냐?" 윌리엄이 물었다.

마고는 아무 말도 하지 않았다.

"말을 걸면 대답을 좀 해." 윌리엄이 마고를 슬쩍 밀쳤다. 그러나 아이는 아무런 반응도 하지 않았다. 오히려 윌리엄에게 떠밀려 휘청거리게 몸을 맡기고 있을 뿐이었다.

아이들이 마고에게서 멀어졌다. 그쪽은 쳐다보지도 않았다. 마고는 아이들이 차츰 멀어져가는 것을 느꼈다. 그것은 마고가 메아리치는 지하도시 터널에서 아이들과 함께 놀지 않기 때문이었다. 아이들이 마고를 술래로 삼고 달아나도 마고는 눈을 깜박이며 가만히 서 있을 뿐 아이들 뒤를 쫓지 않았다. 교실에서 아이들이 행복과 삶과 놀이에 관한 노래를 부를 때도 아이의 입술은 거의 움직이지 않았다. 아이들이 태양과 여름에 관한 노래를 부를 때만 아이는 비에 젖은 창문을 바라보며 입술을 달싹였다.

물론 가장 큰 이유는 마고가 지구에서 여기로 온 지 5년밖에 안 되었기 때문이다. 아이는 태양을 기억하고 있었다. 오하이오주에 살던 네 살

때 태양이 어떻게 생겼었고 하늘이 어땠는지 전부 기억하고 있었다. 다른 아이들은 모두 금성에서 태어나 평생을 살았고 마지막으로 태양이 모습을 드러냈을 때는 겨우 두 살이어서 태양의 빛깔이 어떠했는지 열기는 어땠는지 실제로 어떻게 생겼는지 전혀 기억하지 못했다. 그러나 마고는 기억하고 있었다.

"그건 동전 같아." 언젠가 마고는 눈을 감고 말한 적이 있었다.

"아니야! 그렇지 않아!" 아이들은 외쳤다.

"그건 불같아." 마고가 말했다. "화덕 속의 불 말이야."

"거짓말! 기억도 못 하면서!" 아이들은 외쳤다.

그러나 마고는 기억하고 있었다. 아이는 모두에게서 멀리 떨어진 곳에 조용히 서서 빗물로 얼룩진 창문을 물끄러미 쳐다보았다. 한 달 전 마고는 학교 샤워실에서 씻지 않겠다고 했다. 두 손으로 귀와 머리를 감싸고 물을 뒤집어쓰기 싫다고 비명을 질렀다. 그 후로 차츰 마고도 느꼈다. 자신은 다른 아이들과 다르다는 것을. 아이들도 다른 것을 알고 자신을 멀리한다는 것을.

엄마 아빠가 내년이면 마고를 지구로 데려간다는 말도 있었다. 마고를 위해 꼭 필요해서 가겠다는 말이겠지만, 그러려면 마고의 가족은 수천 달러의 손해를 보게 될 것이다. 아이들은 이렇게 크고 작은 여러 이유를 들어 마고를 미워했다. 눈처럼 하얀 얼굴이며 늘 기다리는 듯한 침묵, 바짝 마른 몸, 그리고 가능한 미래까지 모두 미워했다.

"저리 비켜!" 소년은 마고를 한 번 더 밀쳤다. "뭘 기다리는 거야?"

그때 처음으로 마고는 고개를 돌려 소년을 쳐다보았다. 마고의 눈동자가 기다리고 있는 태양처럼 동그랬다.

"여기 있으면 뭐해? 아무것도 보이지 않을걸!" 소년이 사납게 소리쳤다.

마고는 입술을 달싹였다.

"아무것도 보이지 않을 거라고! 전부 거짓말이지? 그렇지?" 소년은 다른 아이들 쪽으로 몸을 돌렸다. "오늘은 아무 일도 일어나지 않을 거야.

그렇지?"

아이들은 눈을 깜박이며 소년을 쳐다보다가 곧 무슨 말인지 알아채고 와르르 웃음을 터뜨렸다. "그래, 아무 일도 없어! 아무 일도 없을 거야!"

마고가 무기력한 눈빛을 하고 나지막이 속삭였다. "하지만, 오늘은 그날이야. 과학자들이 예언한 날. 그들은 알고 있다고 했어. 오늘 태양이…."

"전부 거짓말이야!" 윌리엄은 마고의 손을 거칠게 붙잡았다. "얘들아, 선생님이 오기 전에 얘를 벽장 속에 가둬버리자!"

"싫어!" 마고는 뒤로 물러났다.

아이들이 마고의 주위를 에워쌌다. 마고는 저항하다 애원하다 결국 울음을 터뜨렸다. 아이들은 마고를 끌고 터널을 지나 어느 방 벽장에 집어넣고 문을 쾅 닫은 다음 밖에서 잠가버렸다. 아이들은 거기 서서 마고가 벽장문에 몸을 부딪치고 문을 두드리고 흔들어대는 모습을 바라보았다. 억눌린 듯한 울음소리도 들렸다. 이윽고 아이들은 싱글벙글 웃으며 방 밖으로 나가 터널을 다시 빠져나갔다. 그때 선생님이 나타났다.

"준비됐니, 얘들아?" 선생님이 손목시계를 흘낏 살폈다.

"예!" 모두 대답했다.

"전부 모였니?"

"예!"

빗줄기가 한껏 가늘어졌다.

아이들은 커다란 문 앞에 모여들었다.

비가 그쳤다.

마치 산사태나 토네이도나 허리케인, 화산 폭발에 관한 영화를 보다가 도중에 음향 장치가 고장이 나면서 모든 폭음과 진동, 굉음이 차츰 작아지다가 마침내 완전히 끊겨버리고, 대신 영사기에서 그 필름을 떼어내고 아무런 움직임도 떨림도 없는 평화로운 열대 풍경이 삽입된 것 같았다. 세상은 꼼짝도 하지 않았다. 침묵이 너무 거대해 믿을 수 없을 정도였다. 귀에 귀마개를 쓰거나 청력을 완전히 잃은 것만 같았다. 아이들은 귀에 손을 대고 각자 떨어져 서 있었다. 문이 열리자 침묵 속에서 기다리던 세계의 냄새가 훅 끼쳐왔다.

태양이 나왔다.

불타오르는 구릿빛이었고 어마어마하게 컸다. 태양 둘레의 하늘은 번쩍거리는 청기와 빛깔이었다. 주문에서 풀려난 아이들은 소리를 지르며 봄날을 향해 달려갔다. 저 멀리 숲이 햇빛을 받아 이글거렸다.

"너무 멀리 가지는 마라." 아이들 뒤에 대고 선생님이 외쳤다. "두 시간밖에 없어. 길을 잃으면 안 돼!"

그러나 아이들은 어느새 하늘을 향해 얼굴을 쳐들고 따사로운 다리미처럼 뺨에 와 닿는 태양을 느끼며 달렸다. 아이들은 겉옷을 벗어 던지고 팔뚝에 태양 빛을 쬐었다.

"태양등보다 훨씬 좋다, 그치?"

"훨씬, 훨씬 좋다!"

그들은 달리기를 멈추고 금성을 뒤덮은 거대한 숲속에서 멈춰 섰다. 숲은 한 번도 멈추지 않고 끊임없이 자라기를 거듭하더니 이제 엄청난 규모로 커져 있었다. 숲은 마치 문어 소굴처럼 살덩어리 같은 잡초가 거대한 팔뚝이 되어 서로 엉켜 물결쳤고 짧은 봄이 오면 꽃을 피웠다. 몇 년간 해를 보지 못한 숲은 고무 색깔, 잿빛을 하고 있었다. 돌멩이 색, 하얀 치즈색, 잉크색, 그리고 달의 색을 띠고 있었다.

아이들은 폭신한 숲 바닥에 팔다리를 활짝 벌리고 누워 깔깔대고 웃었다. 침대 같은 숲 바닥이 살아 있는 생명체처럼 한숨을 쉬며 삐걱거렸다. 아이들은 나무 사이를 내달리며 미끄러지고 넘어지고 서로 밀치며 숨바꼭질도 하고 술래잡기도 했다. 그러나 대다수는 눈물이 뺨을 타고 흐를 때까지 눈을 가름하게 뜨고 태양을 바라보았다. 그 노란 빛깔과 놀라울 정도로 파란빛을 향해 손을 뻗었고 신선하기 이를 데 없는 공기를 들이마셨으며 어떤 소리도 움직임도 없는 축복받은 고요의 바다를 향해 귀를 기울였다. 아이들은 모든 것을 보고 음미했다. 그리고 마침내 동굴에서 도망치는 짐승처럼 거친 소리를 내지르며 빙글빙글 원을 그리며 내달렸다. 아이들은 한 시간 동안 계속해서 달렸다.

그러다가….

다 같이 달려가는 도중에 한 소녀가 울음을 터뜨렸다.

모두 멈춰 섰다.

소녀는 벌판 한가운데 서서 손을 내밀었다.

"아아, 이것 좀 봐." 소녀는 떨리는 목소리로 말했다.

아이들은 활짝 벌어진 소녀의 손바닥을 보려고 천천히 모여들었다.

활짝 펴서 살짝 오므린 손바닥 한가운데에 빗방울 하나가 뚝 떨어졌다.

소녀는 그것을 보고 울기 시작했다.

아이들은 조용히 하늘을 올려다보았다.

"아아, 아아!"

차가운 빗방울이 아이들의 코 위에 뺨에 입에 떨어졌다. 소용돌이치는 안개 너머로 태양이 사라지고 있었다. 아이들 주변으로 찬 바람이 불어왔다. 다들 몸을 돌려 어깨를 축 늘어뜨린 채 지하의 집을 향해 걷기 시작했다. 아이들의 얼굴에서 미소가 사라져 갔다.

갑작스러운 천둥소리에 아이들은 화들짝 놀라 태풍 앞의 나뭇잎처럼 한데 뭉쳐 달렸다. 번개가 15킬로미터 앞에서, 8킬로미터 앞에서, 1킬로미터 앞에서, 5백 미터 앞에서 번쩍거렸다. 하늘이 순식간에 한밤중처럼 어두워졌다.

아이들은 지하 입구에서 잠시 걸음을 멈추었다. 빗줄기가 거세졌다. 문을 닫자 온 세상을 영원히 뒤덮을 규모의 산사태가 일어난 것처럼 거대한 빗소리가 귀를 때렸다.

"또 7년 동안 비가 올까?"

"응, 7년 동안."

그때 한 아이가 작게 소리를 질렀다.

"마고!"

"뭐?"

"마고가 아직 벽장 속에 있어!"

"아, 마고."

아이들은 누군가 말뚝으로 박아놓은 것처럼 그 자리에 그대로 서 있었다. 서로 얼굴을 마주 보다가 이내 시선을 돌렸다. 아이들은 비가 줄기차게 내리고 또 내리는 세상을 내다보았다. 서로 얼굴을 볼 수가 없었다. 아이들의 얼굴은 어둡고 파리했다. 아이들은 고개를 숙이고 각자 손발만 내려다보았다.

"마고." 한 소녀가 말했다. "어쩌지?"

아무도 움직이지 않았다.

"가보자." 그 소녀가 속삭였다.

아이들은 차가운 빗소리가 울리는 복도를 천천히 걸어갔다. 폭풍우 소리, 천둥소리를 들으며 얼굴 위로 무섭게 번득이는 번개의 빛을 맞으며, 문간을 지나 그 방으로 들어갔다. 아이들은 천천히 벽장 앞으로 다가가 섰다.

벽장 문 뒤에는 오직 고요만이 있었다.

아이들은 벽장의 자물쇠를 열고 천천히 마고를 밖으로 끌어냈다.

THE GIFT

크리스마스 선물

내일은 크리스마스다. 세 사람이 로켓 정거장까지 차를 타고 가는 와중에도 엄마 아빠는 그 걱정을 하고 있었다. 소년에게는 이번이 첫 번째 우주여행이었고 로켓을 타는 것도 처음이었다. 부모는 이 여행이 완벽하길 바랐다. 그래서 세관에서 무게 제한을 겨우 몇 그램 초과했다는 이유로 아들에게 줄 선물과 사랑스러운 흰색 초가 잔뜩 달린 작은 크리스마스트리를 지구에 두고 가야 했을 때, 크리스마스는 물론 부모의 사랑까지 빼앗긴 듯한 기분이 들었다.

소년은 터미널 대기실에서 부모를 기다리고 있었다. 우주여행국 직원을 설득하는 게 실패로 끝나고 아들을 향해 걸어가며 엄마와 아빠는 속삭였다. "이제 어떻게 하지?"

"할 수 없지, 뭘 어떻게 하겠어?"

"정말 엉터리 규칙이야!"

"우리 애가 크리스마스트리를 얼마나 원했는데!"

큰 소리로 사이렌이 울리자 사람들이 서로 밀치며 화성행 로켓에 올라탔다. 엄마 아빠는 맨 마지막에 탔다. 키가 작고 얼굴이 창백한 아들은 말없이 부모 사이에 앉았다.

"무슨 수를 내야지 안 되겠어." 아빠가 말했다.

"무슨 수요…?" 소년이 물었다.

그러자 로켓이 발사되어 어두운 우주를 향해 높이 날아올랐다.

로켓은 꽁무니에 불꽃을 달고 2052년 12월 24일 지구를 떠나 년(年)도 월(月)도 시(時)도 없는, 시간이라는 게 아예 없는 곳을 향해 날아갔다. 그들은 첫 번째 날의 남은 시간을 잠을 자며 보냈다. 지구 시간으로 뉴욕의 시계가 자정을 향해 갈 때 소년은 잠에서 깨어났다. "창밖을 내다보고 싶어요."

'창'은 다음 칸에 어마어마하게 크고 두꺼운 유리로 만들어진 것이 딱 하나 있었다.

"아직은 안 돼." 아빠가 말했다. "이따가 데려다줄게."

"우리가 지금 어디에 있는지, 어디로 가는지 보고 싶어요."

"이유가 있어서 그러니까 조금만 기다려라." 아빠가 말했다.

아빠는 깬 채로 누워 있었다. 이리저리 몸을 뒤척이며 빼앗긴 선물에 대해, 크리스마스 계절에 대해, 잃어버린 트리와 하얀 초에 대해 생각했다. 그러다 5분 전에 좋은 생각을 떠올리고 일어나 앉았다. 실행만 잘한다면 이번 우주여행은 정말이지 근사하고 즐거운 여행이 될 것이다.

"얘야. 30분만 있으면 크리스마스란다." 아빠가 말했다.

"어머나." 엄마는 아빠의 말에 당황했다. 사실 엄마는 아들이 크리스마스에 대해 잊어버리기를 내심 바랐다.

소년의 얼굴이 발그레 달아오르고 입술이 떨렸다. "알아요. 저는 곧 선물을 받게 되겠죠? 크리스마스트리도 생기고요? 아빠가 약속했잖아요."

"그럼, 그럼. 그것 말고 더 좋은 것도 있단다." 아빠가 말했다.

엄마가 입을 열었다. "하지만…."

"정말이야." 아빠가 말했다. "정말이라니까. 그것 말고 훨씬 더 좋은 것이 있어. 잠깐 기다려라. 아빠가 곧 돌아올게."

아빠는 약 20분쯤 자리를 떠났다 돌아왔다. 돌아오는 길에 아빠는 미소를 짓고 있었다. "거의 다 됐어."

"아빠 시계를 제가 갖고 있어도 돼요?" 소년이 물었다. 아빠가 시계를 건네자 소년은 시계를 손에 꼭 쥐고 불길과 침묵과 느낄 수 없는 움직임 속에서 똑딱똑딱 흘러가는 시간을 느끼고 있었다.

"이제 크리스마스예요! 크리스마스라고요! 제 선물은 어디 있어요?"

"자, 이제 가자." 아빠는 소년의 어깨를 붙잡고 객실을 나갔다. 그는 아들을 데리고 복도를 지나 경사로를 올라갔고 엄마도 뒤를 따라갔다.

"대체 무슨 일인지 모르겠네." 엄마가 계속 중얼거렸다.

"금방 알게 될 거야. 자, 다 왔다." 아빠가 말했다.

세 사람은 커다란 객실의 닫힌 문 앞에서 멈춰 섰다. 아빠는 규칙대로 문을 세 번 두드리고 잠시 후 두 번 더 두드렸다. 문이 열리면서 객실 불이 꺼지고 속삭이는 소리가 들렸다.

"들어가라, 아들아." 아빠가 말했다.

"캄캄해요."

"아빠가 손을 잡아줄게. 당신도 어서 들어와."

세 사람이 객실 안으로 들어가자 문이 닫히면서 방 안은 한층 더 어두워졌다. 앞에 거대한 유리 눈 같은 창문이 어렴풋이 보였다. 창의 크기는 높이 1미터, 가로 2미터 정도로 그곳을 통해 우주가 내다보였다.

소년은 헉하고 숨을 들이켰다. 뒤에서 아빠 엄마도 놀란 숨을 들이마셨다. 어두운 방에서 몇몇 사람이 노래를 부르기 시작했다.

"메리 크리스마스, 아들." 아빠가 말했다.

방 안에서 들리는 노래는 먼 옛날의 익숙한 캐럴이었다. 소년은 천천히 앞으로 다가가 차가운 유리창에 얼굴을 갖다 댔다. 거기 서서 우주와 끝없이 펼쳐진 깊은 밤을 하염없이 바라보았다. 그곳에는 수십억의 수십억 배가 넘는 사랑스러운 하얀 초가 반짝반짝 타오르고 있었다.

THE GREAT COLLISION OF MONDAY LAST

월요일의 큰 충돌사고

남자는 벼락이라도 맞은 사람처럼 히버 핀 술집의 활짝 열린 문을 지나 비틀거리며 들어왔다. 얼굴과 윗옷과 찢어진 바지는 온통 피투성이였고 비틀거리는 걸음으로 신음을 했다. 술집 안의 손님들은 남자를 보고 놀라 모두 얼어붙어 버렸다. 한동안 레이스 모양 맥주잔에 부드럽게 거품 이는 소리만 들려왔다. 뒤돌아본 손님 중 일부는 얼굴이 하얗게 질렸고 누구는 발그레했으며 어떤 사람은 힘줄이 불거지고 닭볏처럼 새빨갛게 달아오르기도 했다. 한 줄로 늘어선 눈꺼풀이 일제히 깜박였다.

낯선 남자는 엉망이 되어버린 옷차림으로 눈을 부릅뜬 채 입술을 덜덜 떨며 비틀거렸다. 술을 마시던 손님들은 주먹을 불끈 쥐었다. 그들은 속으로 외쳤다. 그래요! 어서 말해봐요! 대체 무슨 일이 있었던 거요?

낯선 사내는 허공을 향해 윗몸을 쑥 내밀었다.

"충돌사고였습니다." 그는 속삭였다. "도로에서 충돌사고가 있었어요."

그리고 무릎을 푹 꺾으며 고꾸라졌다.

"충돌사고라고!" 십여 명의 남자들이 우르르 그에게 몰려들었다.

"켈리!" 술집 주인 히버 핀이 바를 훌쩍 뛰어넘으며 외쳤다. "어서 도로로 나가 봐! 부상자를 보살펴야겠어. 자, 다들 조심하고! 조, 자넨 의사를 불러와."

"잠깐만!" 누군가 나지막이 말했다.

술집의 어두운 구석, 철학자가 명상하기에 안성맞춤인 은밀한 칸에서 검은 얼굴의 사나이가 사람들 쪽을 보고 있었다.

"의사 선생님!" 히버 핀이 외쳤다. "거기 계셨군요!"

의사와 남자들이 어둠 속으로 뛰어나갔다.

"충돌사고가…." 바닥에 쓰러진 남자가 입술을 씰룩이며 말했다.

"자, 조심조심, 여러분." 히버 핀과 두 사람이 부상자를 바 위에 가만히 눕혔다. 남자는 나무판에 세련된 상감기법으로 새겨넣은 죽은 얼굴처럼 아름다웠다. 프리즘 거울이 끔찍한 참상을 몇 곱절로 부풀려 보여주었다.

밖으로 나간 사람들은 바깥 계단에서 흠칫 걸음을 멈추었다. 그들은 바다가 아일랜드를 어둠 속으로 집어삼켜 눈앞에 보이는 거라곤 온통 바닷물뿐인 것처럼 충격을 받았다. 15미터 높이의 거대한 안개가 파도처럼 별도 달도 삼켜버렸다. 사람들은 눈을 깜박이다 마구 욕을 퍼부으며 어둠 속으로 뛰어들었다.

문간을 지나 밝은 쪽에 한 젊은이가 서 있었다. 그는 아일랜드 사람처럼 얼굴이 붉지도 창백하지도 않았고 우울하지도 쾌활하지도 않았다. 미국인이 틀림없었다. 실제로도 그랬다. 그런 그가 이런 야단법석 마을 일에 끼어들고 싶어 하지 않는 것도 당연했다. 아일랜드에 도착한 후로 그는 언제나 애비 극장*의 무대 한가운데에서 살고 있다는 느낌을 떨쳐낼 수가 없었다. 지금도 그는 어느 길로 가야 할지 알지 못한 채 그저 서둘러 몰려가는 사람들의 뒤꽁무니만 물끄러미 쳐다볼 뿐이었다.

"하지만 도로에서 자동차 소리를 못 들었는걸요." 미국인은 살짝 저항해 보았다.

* 아일랜드를 대표하는 더블린의 국립극장

"못 들었다고?" 한 노인이 거의 으스대는 말투로 말했다. 그는 관절염 때문에 계단 맨 위에 서서 휘청거리며 사람들이 몰려간 하얀 파도를 향해 소리쳤다. "이봐, 교차로 쪽으로 가봐! 거기가 사고가 가장 잦은 곳이니까!"

"교차로로 가자!" 먼 곳에서도 가까운 곳에서도 발소리가 울렸다.

"하지만 전 충돌 소리를 못 들었어요." 미국인이 다시 말했다.

노인은 경멸하듯 코웃음을 쳤다. "우린 원래 엄청난 소동도 커다란 충돌 소리도 잘 내지 않아. 하지만 저쪽에 가보면 자네도 충돌사고 현장을 볼 수 있을걸. 어서 가봐. 뛰지는 말고! 오늘 같은 밤은 악마가 판을 치니까. 앞도 보지 않고 달렸다간 켈리 녀석과 부딪칠지도 몰라. 켈리는 허파가 으스러지도록 잘 달리는 녀석이니까. 아니면 피니랑 부딪칠지도 모르지. 그 녀석은 너무 취해서 길도 잘 못 찾고, 눈앞에 뭐가 있는지 아예 신경을 쓰지 않으니까! 혹시 손전등이나 램프 가진 거 있소? 그거 없으면 아무것도 보이지 않을걸. 자, 어서 가봐. 뛰지 말고."

미국인은 더듬거리며 안개를 헤치고 자기 자동차 쪽으로 가 손전등을 찾아낸 다음 히버 핀 술집 너머 어둠 속으로 갔다. 앞쪽에서 들려오는 구둣발 소리와 떠들썩한 소리를 길잡이로 삼았다. 백 미터쯤 떨어진 곳에서 사람들이 모여 속삭이고 있었다. "조심해요!" "아, 차마 볼 수가 없군." "안 돼, 그 사람 몸을 흔들지 마시오!"

미국인은 찌부러든 뭔가를 들쳐메고 안개 속에서 불쑥 튀어나오며 뜨거운 김을 뿜어내는 한 무리의 사람들과 부딪치면서 옆으로 나동그라졌다. 업혀 가는 사람의 피투성이 납빛 얼굴이 언뜻 보였다. 누군가 치고 지나가는 바람에 손전등이 바닥으로 떨어졌다.

사람들은 본능적으로 머나먼 히버 핀 술집의 위스키 빛깔 조명을 찾아 마치 영구차가 익숙한 항구를 찾아가듯 그쪽으로 몰려갔다.

뒤쪽에서 어렴풋한 형체들이 나타나더니 소름 끼치는 곤충처럼 덜그럭 소리가 들렸다.

"거기 누구요?" 미국인이 외쳤다.

"우리요! 자전거를 가지고 왔소." 누군가 갈라진 목소리로 말했다. "소문을 들었겠지만, 충돌사고가 있었소."

손전등이 그들의 모습을 비추었다. 미국인은 깜짝 놀랐다. 순간 손전등의 전원이 나갔다.

그러나 곧 마을 젊은이 두 명이 아무 일도 아니라는 듯 느긋하게 터벅터벅 걸어오는 게 보였다. 그들은 전조등과 후미등이 빠져버린 오래된 검은 자전거 두 대를 끌고 있었다.

"뭐라고 했소…?" 미국인이 물었다.

그러나 두 젊은이는 사고가 난 자전거를 끌고 유유히 사라져버렸다. 안개가 두 사람의 모습을 감췄다. 미국인은 불 꺼진 손전등을 든 채 텅 빈 도로에 홀로 남았다.

히버 핀 술집 문을 열고 들어서자 이른바 두 구의 '시체'는 바 위에 눕혀져 있었다.

"바 위에 눕혀놓았지." 미국인이 들어서자 노인이 뒤를 돌아보며 설명했다.

사람들이 나란히 서 있었다. 술을 마시기 위해서가 아니었다. 사람들이 길을 막아서고 있어서 의사는 안개 자욱한 도로에서 앞도 보이지 않는 길을 내달린 두 시체 중 한 사람에서 또 한 사람으로 가려면 몸을 모로 하고 사람들 틈을 비집고 들어가야 했다.

"한 사람은 팻 놀란이야." 노인이 속삭였다. "지금은 딱히 하는 일이 없지. 또 한 사람은 메이누스에서 온 피비라는 사람인데, 주로 사탕과 담배를 팔았어." 그는 목소리를 높였다. "두 사람은 죽었소, 의사 선생?"

"아, 좀 조용히 해주시겠어요?" 의사는 등신대 대리석 조각상 두 개를 한꺼번에 완성하느라 분주한 조각가 같았다. "자, 부상자 한 사람은 바닥에 내려놓읍시다!"

"바닥은 무덤이오." 히버 핀이 말했다. "바닥에 닿는 순간 죽고 말 거요. 그나마 지금 위치는 우리 입김으로 공기라도 따뜻하잖소. 그냥 그 자리에 놔둡시다."

"저기요." 미국인은 혼란을 느끼며 조용히 말했다. "내 평생 이런 사고는 들어본 적이 없습니다. 자동차가 없었다는 게 확실합니까? 자전거를 타고 가다 이 지경이 되었다고요?"

"그렇소!" 노인이 소리쳤다. "이봐, 젊은이. 땀을 뻘뻘 흘리며 페달을 밟으면 시속 60킬로미터는 달릴 수 있어. 긴 내리막길이라면 90이나 95킬로미터도 낼 수 있을걸. 여기 두 사람도 아마 그랬겠지. 게다가 전조등도 없고 후미등도 없었으니…."

"이런 걸 금지하는 법이 없나요?"

"정부가 무슨 수로 간섭을 해? 여기 두 사람은 등도 켜지 않은 채 이 마을에서 저 마을로 날아가듯 내달렸겠지. 마치 죄악이라도 쫓아오는 것처럼 부리나케. 두 사람은 반대 방향에서 달려왔지만 아마 같은 차선에서 달리고 있었을 거야. 항상 반대 차선으로 달리는 게 더 안전하다고들 하거든. 하지만 여기 젊은이들을 좀 보라고. 관청에서 말하는 말도 안 되는 규칙에 완전히 넘어가고 말았잖아! 왜 그랬을까? 모르겠어? 한 사람은 규칙을 기억했지만 다른 사람은 기억하지 못했던 거지! 차라리 관청에서 아무 말도 하지 않았더라면 나았을 거야! 그래서 이 두 사람은 다 죽어가는 거라고!"

"죽어간다고요?" 미국인이 눈을 부릅떴다.

"이봐, 생각을 좀 해보라고, 젊은이! 킬코크에서 메이누스로 가는 길을 전속력으로 내달리는 혈기 왕성한 두 젊은이 사이에 무엇이 있었겠어? 안개! 온통 안개뿐이었지! 두개골이 충돌하는 것을 막아주는 유일한 것은 안개밖에 없었어. 그러니 저 두 사람이 교차로에서 부딪쳤을 때 어떤 모습이었을지 한번 상상해보라고. 볼링장에서 볼링핀이 튀어 올라 서로 부딪칠 때와 똑같았겠지! 쾅! 다정한 단짝 친구가 만나듯이 3미터 높이에서 요란하게 머리를 부딪치고 공기를 진동시킨 다음 두 대의 자전거가 수고양이 두 마리처럼 맞붙었을 거야."

"설마 이 두 사람이……."

"설마라고? 작년 한 해만 해도 아일랜드 자치구 전역에서 치명적인 충돌사고가 일어나지 않았던 날은 단 하룻밤도 없었어!"

"그렇다면 매년 아일랜드에서 3백 명이 넘는 사람들이 자전거 충돌사고로 목숨을 잃는다는 말인가요?"

"딱하지만 사실이야."

"나는 밤에는 절대로 자전거를 타지 않아." 히버 핀이 시체를 흘낏 보며 말했다. "걸어 다녀."

"하지만 걸어 다녀도 자전거에 치일 수는 있지!" 노인이 말했다. "자전거를 타고 가든 걸어서 가든 상대방에게 파멸을 안겨주는 얼간이들이 있기 마련이거든. 그들은 상대가 손을 흔들며 인사를 건네기도 전에 깔아뭉개버리지. 어쨌거나 멀쩡했던 사내들이 완전히 망가지거나 반쯤 망가지거나 평생 두통을 안고 살아가는 경우를 수없이 목격했어." 노인은 눈꺼풀을 부르르 떨며 눈을 질끈 감았다. "이런 생각 해본 적 없소? 인간이란 그토록 정교한 동력장치를 다룰 주제가 못 된다는 생각 말이오."

"매년 3백 명이나 죽다니." 미국인은 어리둥절해 보였다.

"그 숫자에는 보름마다 수천 명씩 생기는 '보행자 부상'은 포함되지도 않았어. 그런 사람들은 욕을 퍼부으며 자전거를 늪에 처박아버리고 정부 보조금을 받아 거의 반 주검 상태의 몸을 손보며 산다오."

"그런데 언제까지 여기 서서 이야기나 나누고 있어야 합니까?" 미국인은 부상자들을 무기력하게 바라보며 말했다. "병원은 없습니까?"

"달이 없는 밤이면 들판 한가운데를 가로질러 가는 게 가장 좋습니다. 빌어먹을 도로는 위험해서 안 돼요! 내가 50년 넘게 살아 있는 것도 다 그 덕분이랍니다." 히버 핀이 말했다.

"아아…." 사람들은 불안하게 몸을 뒤척였다.

의사는 사람들이 안절부절못하는 것을 보고 자기가 너무 오래 말을 아끼고 있었다는 것을 깨닫고, 몸을 바르게 펴고 숨을 토해낸 다음 사람들의 이목을 집중시켰다.

"자아, 여러분."

술집 안은 순식간에 조용해졌다.

"이쪽 분은…." 의사가 한쪽을 가리켰다. "타박상과 열상, 그리고 2주일 정도 고통스러운 두통이 계속될 거요. 하지만 이쪽 젊은이는…." 의사는 얼굴을 찌푸리며 훨씬 더 안색이 창백한 남자를 바라보았다. 피투성이 얼굴은 핏기가 하나도 없이 하얗게 질려 당장에라도 최후의 의식을 치를 준비가 된 것처럼 보였다. "뇌진탕입니다."

"뇌진탕!"

조용한 바람이 일었다가 침묵 속으로 가라앉았다.

"지금이라도 빨리 메이누스 병원으로 옮긴다면 목숨을 건질 수는 있을 겁니다. 혹시 누가 자동차를 내주시겠소?"

사람들이 일제히 미국인을 쳐다보았다. 그는 사건의 바깥쪽에서 서성이다가 가장 깊숙하고 내밀한 핵심으로 끌려 들어가면서 가벼운 현기증을 느꼈다. 그는 히버 핀 술집의 앞쪽을 떠올리고 얼굴을 붉혔다. 거기에는 열일곱 대의 자전거와 한 대의 자동차가 서 있었다. 그는 재빨리 고개를 끄덕였다.

"됐소! 자원자가 나섰소. 자, 서둘러 부상자를 옮깁시다. 가만히! 저 친절한 분의 자동차로 옮겨요!"

사내들은 부상자의 몸을 들어 올리려고 손을 뻗었다가 미국인의 기침 소리에 그 자리에 얼어붙었다. 미국인이 모두를 향해 손을 술잔 모양으로 구부려 입으로 가져가 기울이는 시늉을 해 보였다. 다들 깜짝 놀라 숨을 죽였다. 미국인의 몸짓이 끝나기도 전에 바 위로 술거품이 흘렀다.

"도로를 위해 건배!"

그러자 덜 다친 부상자까지 갑자기 살아나 치즈 같은 얼굴로 뭐라 뭐라 중얼거리며 술잔에 살짝 손을 댔다.

"이봐, 친구… 여기… 말 좀 해주게…."

"왜 그러나? 응? 뭐라고?"

그러자 부상자의 몸이 바에서 아래로 내려지면서 초상을 치를 가능성은 사라졌다. 이제 술집에는 미국인과 의사, 살아난 젊은이, 그리고 조용히 생각에 잠겨 있는 두 사람만 남았다. 바깥에서는 이 커다란 충돌사고로 중상을 입은 사람을 자원자의 자동차에 싣는 소리가 들려왔다.

의사가 말했다. "술잔을 비우시죠, 미스터… 누구시더라?"

"맥가이어입니다." 미국인이 말했다.

"오, 아일랜드 사람인 게로군!"

그렇지 않다고 미국인은 생각하며 무감각한 얼굴로 술집을 둘러보고 어느새 정신을 차린 부상자를 바라보았다. 부상자는 사람들이 돌아와 자기 곁에 둘러 서주기를 기다리며 피로 얼룩진 바닥을 내려다보고 있었다. 두 대의 자전거는 소극장 촌극의 소품처럼 문 가까운 곳에 기대어 서 있었다. 바깥의 어두운 밤은 도무지 믿어지지 않는 짙은 안개에 둘러싸여 사람들이 각자 목청과 분위기에 맞게 균형 잡힌 목소리로 억양과 울림을 이루며 주고받는 이야기에 귀를 기울이고 있었다. 아니, 그렇지 않아. 맥가이어라는 이름을 가진 미국인은 생각했다. 거의 아일랜드 사람일는지는 몰라도 확실히 아일랜드 사람은 아니야.

"의사 선생님." 미국인은 바에 돈을 올려놓으며 불쑥 물었다. "자동차끼리도 부딪치거나 부서지기도 합니까?"

"우리 마을에서는 볼 수 없습니다!" 의사가 코웃음을 치며 동쪽을 향해 고개를 끄덕였다. "그런 걸 좋아한다면 더블린이야말로 최고의 장소죠!"

함께 술집을 가로질러 나오면서 의사는 미국인의 팔을 붙들었다. 마치 운명을 바꿀 비밀을 알려준다는 듯한 태도였다. 의사가 팔을 붙잡고 그의 귀에 대고 부드럽게 속삭일 때, 미국인은 아까 마신 스타우트 맥주가 무게 추처럼 좌우로 흔들리는 것을 느꼈다.

"저기, 맥가이어 씨. 아일랜드에서는 자동차를 운전할 일이 거의 없었을 겁니다. 내 말을 잘 들으세요. 안개를 뚫고 메이누스를 향해 달릴 때는 그저 빨리 가는 게 좋습니다. 굉음을 울리면서 말이오! 그래야 자전거를 타고 가는 사람이든 소들이든 겁을 먹고 옆으로 길을 비켜줄 거요. 천천히 몰았다간 그것들이 기어가듯 갈 테고 그러다가 자기도 모르게 몇십 명을 죽이게 될지 모른단 말이오! 또 한 가지. 자동차가 다가오면 전조등을 꺼야 합니다. 등을 끈 채 조용히 스쳐 지나가는 게 안전합니다. 빌어먹을 등을 켜놓으면 눈이 부셔서 죄 없는 사람을 도저히 알아볼 수 없을 지경까지 뭉개버리게 될 겁니다. 알겠습니까? 두 가지를 명심하세요. 첫째 속도를 낼 것, 둘째 앞에 자동차가 어렴풋이 보이거든 등을 끌 것!"

문 앞에서 미국인은 고개를 끄덕였다. 뒤쪽에서 또 한 사람의 부상자가 의자에 편안하게 앉아 흑맥주를 마시며 이런저런 생각과 준비를 하면서 이야기를 나누는 소리가 들렸다.

"글쎄 말입니다, 집에 돌아오는 길에 신나게 내리막길을 내달려 교차로 근처까지 왔는데, 그때…."

바깥에서는 또 다른 충돌사건 부상자가 자동차 뒷좌석에 올라타 신음하고 있었다. 미국인이 운전석에 올라타자 의사가 마지막 충고를 건넸다.

"언제나 모자를 쓰세요, 젊은 양반. 밤길을 걷고 싶다면 도로에서는 꼭 모자를 써야 합니다. 모자를 쓰면 켈리든 모런이든 성격이 불같고 태생부터 머리가 단단한 녀석이 반대편에서 전속력으로 달려와 부딪친다고 해도 끔찍한 편두통은 피할 수 있어요. 걸어 다니더라도 이런 자들을 만나면 위험한 법이랍니다. 알겠지만, 아일랜드에는 보행자를 위한 법규도 있어요. 야간에는 반드시 모자를 쓸 것! 이게 규칙 제1조요!"

미국인은 아무 생각 없이 좌석 밑으로 손을 집어넣어 바로 그날 더블린에서 산 갈색 트위드 모자를 꺼내 머리에 썼다. 모자 매무새를 고치며 어둠 건너편에서 끓어오르는 듯 짙은 안개를 응시했다. 그는 앞에서 기다리는 빈 고속도로를 향해 귀를 기울였다. 고요하고, 고요하고, 또 고요했지만 어쩐지 고요하지만은 않았다. 수백 킬로미터가 넘는 아일랜드의 낯선 도로에서 수천 개의 교차로가 수천 개의 안개에 휩싸여 있는 것을 보았다. 그 안개 속을 트위드 모자를 쓰고 회색 머플러를 두른 수천 명의 유령이 기네스 흑맥주 냄새를 풍기며 노래를 부르고 고함을 지르며 공중을 나는 듯 달려가는 모습을 보았다.

그는 눈을 깜박였다. 유령들이 사라졌다. 도로는 텅 비고 어두컴컴한 모습으로 그를 기다리고 있었다.

깊은숨을 한번 들이마시고 눈을 질끈 감으며 맥가이어라는 이름의 미국인은 스위치에 열쇠를 넣고 돌린 다음 시동장치를 밟았다.

THE LITTLE MICE

작은 생쥐 부부

“정말 이상해.” 내가 말했다. “저 작은 멕시코 부부 말이야.”

“무슨 뜻이야?” 아내가 물었다.

“달그락 소리조차도 안 들리잖아.” 내가 말했다. “귀를 기울여보라고.”

우리 집은 아파트 사이에 깊이 묻힌 집으로 거기에 반쪽짜리 집이 덧붙여져 있었다. 아내와 내가 이 집을 샀을 때 우리는 거실 한쪽 바람벽에 붙여 지은 그 집을 세놓았다. 지금은 이 바람벽에 귀를 대고 엿들어봐도 우리 심장 뛰는 소리만 들렸다.

“부부가 집에 있는 건 알겠어.” 내가 속삭였다. “하지만 그 사람들이 여기 이사 오고 3년 동안 냄비 떨어지는 소리 한 번, 말소리 한 번, 심지어 전등 켜는 소리조차 들어본 적이 없어. 맙소사, 저 사람들은 대체 저기서 뭘 하는 거지?”

“그런 생각은 한 번도 해본 적이 없는데?” 아내가 말했다. “듣고 보니 특이하긴 하네.”

“전등을 딱 하나만 켜고 사나 봐. 그 집 거실에는 늘 똑같이 어둑어둑한 25와트짜리 전구만 켜져 있거든. 지나가면서 그 집 현관을 살짝 들여다보면 남자는 팔걸이의자에 앉아 무릎에 두 손을 올려놓고 말 한마디 하지 않고 있어. 여자도 다른 팔걸이의자에 앉아 아무 말 없이 남자를 보고 있고. 꼼짝도 하지 않아."

"언뜻 보면 아무도 없는 것 같긴 해." 아내가 말했다. "그 집 거실이 좀 어두워? 그런데 조금 더 자세히 들여다보면 눈이 어둠에 익숙해지면서 사람들이 앉아 있는 모습이 서서히 드러나더라."

"언젠가는 말이야." 내가 말했다. "그 집에 불쑥 뛰어 들어가 불을 켜고 소리를 질러야겠어. 세상에, 나도 저 사람들 침묵을 견딜 수가 없는데, 본인들은 어떻게 견디지? 그 사람들 설마, 말은 할 줄 알겠지?"

"매달 집세를 내러 오면서 '안녕하세요' 하고 인사를 해."

"또 다른 말은?"

"'안녕히 계세요'라고 하지."

나는 고개를 절레절레 흔들었다. "골목에서 만나면 빙그레 웃고는 그냥 가버리더라고."

아내와 나는 저녁 시간이면 자리에 앉아 책을 읽기도 하고 라디오를 듣거나 대화를 나누었다. "저 집에도 라디오가 있을까?"

"라디오도 텔레비전도 전화기도 없던걸. 책도 잡지도 신문도 없었어."

"말도 안 돼!"

"너무 흥분하지 마."

"알았어. 하지만 어두운 방에 앉아서 2년이고 3년이고 말 한마디 하지 않고 라디오도 듣지 않고 책을 읽거나 심지어 먹지도 않는다니, 어떻게 그래? 그 집에서 고기 굽는 냄새든 달걀프라이 냄새도 맡아본 적이 없어. 제길, 그 사람들 자러 가는 소리조차 들어본 적이 없다니, 나조차도 못 믿을 지경이야."

"어쩌면 우리를 속이려고 그러는 건지도 모르지."

"그렇다면 대성공이군!"

나는 동네를 한 바퀴 산책하러 나갔다. 멋진 여름 저녁이었다. 돌아오는 길에 그 집 현관문 안쪽을 슬쩍 들여다보았다. 캄캄한 침묵이 드리워져 있었고 묵직한 사람의 형체가 앉아 있는 게 보였으며, 작은 푸른빛 백열등이 켜져 있었다. 나는 담배 한 대를 다 피울 때까지 꽤 오래 서 있었다. 이제 그만 돌아서려는 찰나 남자가 문간에 서서 덤덤하고 포동포동한 얼굴로 밖을 내다보는 게 보였다. 그는 꼼짝도 하지 않고 그 자리에 서서 나를 보고 있었다.

"안녕하세요." 내가 말했다.

아무런 대답도 없었다. 잠시 후 그는 몸을 돌려 어두운 집 안으로 들어가 버렸다.

아침에 몸집이 작은 그 멕시코인은 7시에 혼자 집 밖으로 나와 집 안에서 보였던 것처럼 여전히 침묵을 지키며 서둘러 골목길을 빠져나갔다. 8시에는 여자가 나와 땅딸막한 몸에 검은 코트를 두르고 미장원에서 손질한 파마머리에 어울리는 검은 모자를 쓰고 조심스럽게 걸어갔다. 벌써 몇 년 동안 두 사람은 이런 식으로 말없이 따로 일하러 갔다.

"저 사람들 어디서 일하지?" 아침을 먹으며 아내에게 물었다.

"남자는 US 철강회사 용광로에서 일한대. 여자는 어느 양장점 2층에서 바느질을 한다는군."

"고된 일을 하고 있군."

나는 내가 쓴 소설 몇 페이지를 타자하고 한 번 읽어본 다음 잠깐 쉬었다가 조금 더 타자했다. 오후 5시에 작은 멕시코인 여자가 집으로 돌아와 현관문을 열고 서둘러 안으로 들어가더니 문을 단단히 잠그는 게 보였다.

남자는 정확히 6시에 서둘러 돌아왔다. 그러나 뒷문 앞에 이르자 속도가 갑자기 느려졌다. 그는 마치 통통한 생쥐처럼 방충망 문을 조용히 박박 긁으며 기다렸다. 마침내 여자가 나와 남자를 안으로 들였다. 그 사이 그들의 입이 움직이는 것을 보지 못했다.

저녁 식사 시간에도 소리 하나가 들리지 않았다. 지글지글 기름 끓는 소리도 없었다. 접시 달그락거리는 소리도 없었다. 아무 소리도 들리지 않았다.

작은 푸른색 등이 켜지는 게 보였다.

"늘 저렇더라고." 아내가 말했다. "남자가 집세를 내러 올 때도 너무 조용히 문을 두드려서 내 귀에는 잘 들리지도 않아. 어쩌다 창밖을 내다보면 거기 남자가 우두커니 서 있는 식이라니까. 문을 '갉아먹듯이' 서서 얼마나 오래 기다렸는지 난들 알겠어?"

이틀 밤이 지난 아름다운 7월의 저녁, 작은 멕시코인 남자가 뒤쪽 포치로 나오더니 정원을 손질하는 나를 향해 말했다. "당신은 미쳤어!" 그는 내 아내에게 돌아섰다. "당신도 미쳤어!" 그는 통통한 손을 조용히 내저으며 말했다. "나는 당신들이 싫어. 너무 시끄러워. 나는 당신들이 정말 싫어. 이 미치광이들!"

그러곤 작은 집으로 들어가 버렸다.

8월, 9월, 10월, 11월. 이제 우리가 '작은 생쥐 부부'라고 부르는 그들은 어두컴컴한 보금자리에서 조용히 살아갔다. 언젠가 아내가 집세 영수증과 함께 낡은 잡지 몇 권을 건넨 적이 있다. 그는 미소를 짓고 고개를 한 번 숙이며 잡지를 정중하게 받았다. 그러나 말은 한마디도 하지 않았다. 한 시간 후 아내는 남자가 마당의 소각로에 그 잡지들을 집어넣고 성냥을 긋는 것을 보았다.

다음 날 남자는 집세 석 달 치를 미리 냈다. 틀림없이 이렇게 하면 우리 얼굴을 12주에 한 번만 보면 된다고 생각했을 것이다. 거리에서 마주치기라도 하면 그는 있지도 않은 친구에게 인사를 하는 척 재빨리 반대편으로 건너갔다. 여자도 비슷하게 당황한 얼굴로 어색한 미소를 지으며 고개만 까딱하고 달아나버렸다. 여자와는 20미터 안쪽으로 가까이 가본 적이 없었다. 부부의 집 배관을 고쳐야 할 때가 왔을 때도 그들은 우리에게 아무 말도 하지 않고 조용히 배관공을 데려왔다. 배관공은 보아하니 손전등 하나만 들고 수리를 한 모양이었다.

"이런 엿같은 일이 있나." 골목에서 마주쳤을 때 배관공이 내게 말했다. "소켓마다 전등이 하나도 끼워져 있지 않은 집은 처음 봤어요. 전구가 다 어디 갔느냐고 물었더니, 세상에 날 보고 그저 씩 웃고 있지 않겠어요?"

나는 그날 밤 침대에 누워 작은 생쥐 부부에 대해 생각했다. 그들은 어디에서 왔을까? 아, 그래, 멕시코라고 했지. 멕시코 어디쯤일까? 농촌의 작은 마을, 강가 어디쯤일까? 틀림없이 대도시나 도시는 아닐 것이다. 밤이면 별이 뜨고 빛과 어둠이 정상적으로 찾아오는 곳, 언제 달이 뜨고 지고 해가 뜨고 지는지 알 수 있는 곳이었겠지. 그러나 그들은 지금 고향에서 멀리멀리 떨어진 도시에서 살면서 남자는 종일 용광로 앞에서 땀을 흘리고 여자는 구부정한 몸으로 불안하게 재봉틀을 밟고 있다. 그러다 요란한 도시를 지나 덜컹거리며 지나가는 전차와 붉은 앵무새처럼 소리를 질러대는 술집을 피해 이 집으로 돌아온다. 그 새된 소리들을 뚫고 서둘러 그들의 집 거실로, 그 푸른 불빛 아래로, 안락한 의자로, 침묵 속으로 돌아온다. 나는 종종 생각했다. 늦은 밤 어두운 내 집 침실에서 손을 뻗으면 흙벽돌로 만든 벽이 만져지고 귀뚜라미 울음소리와 달빛 아래 흘러가는 강물 소리와 누군가 희미한 기타 소리에 맞춰 나지막이 부르는 노랫소리가 들려올 것만 같다고.

12월 어느 날 저녁 늦게 옆 아파트에 불이 났다. 불꽃이 하늘 위로 훨훨 타오르고 벽돌이 산사태처럼 무너져내렸다. 불꽃이 그 조용한 생쥐 부부가 사는 집 지붕으로 마구 떨어졌다.

나는 그 집 문을 쾅쾅 두드렸다.

"불이야!" 나는 소리쳤다. "불이 났어요!"

그들은 푸르스름한 전등이 켜진 거실에 꼼짝도 하지 않고 앉아 있었다.

나는 세차게 문을 두드렸다. "안 들려요? 불이 났다고요!"

소방차가 도착해 아파트를 향해 마구 물을 뿜어댔다. 벽돌이 더 떨어졌다. 벽돌 네 개가 작은 집 지붕에 구멍을 냈다. 나는 지붕으로 올라가 작은 불길을 밟아 끄고 다시 기어 내려왔다. 얼굴에 검댕이 묻고 두 손에 상처가 났다. 작은 생쥐 부부의 집 문이 열렸다. 조용한 멕시코인 부부가 움직임 없이 꼿꼿한 자세로 문간에 서 있었다.

"안으로 좀 들어갈게요!" 나는 소리쳤다. "지붕에 구멍이 났어요. 불꽃이 댁네 침실에 떨어졌을지도 몰라요!"

나는 문을 활짝 열고 그들을 밀치며 들어갔다.

"안 돼!" 남자가 으르렁거렸다.

"아아!" 작은 여자는 고장 난 장난감처럼 빙글빙글 맴을 돌며 뛰었다.

나는 손전등을 들고 안으로 들어갔다. 작은 남자가 내 팔을 잡았다.

그의 입에서 어떤 냄새가 훅 끼쳐왔다.

그때 내 손전등이 집 안 전체를 훑어내렸다. 복도에 세워져 있는 수백 개의 포도주병과 부엌 선반에 늘어선 이백여 개의 술병, 거실 선반에 늘어선 수십 개의 술병, 그리고 침실 옷장과 선반까지 들어찬 수많은 술병에 빛이 부딪치며 반짝거렸다. 침실 천장에 뚫린 구멍과 셀 수 없이 늘어서서 반짝거리는 술병 중에서 어느 쪽이 더 놀라웠는지는 나도 잘 모르겠다. 몇 병이나 될는지 짐작조차 할 수 없었다. 마치 맞아 죽고, 버림받고, 먼 옛날 어떤 병에 걸려 죽은 거대한 딱정벌레 떼가 반짝이며 침공한 것 같은 모습이었다.

침실로 들어가자 작은 남자와 여자가 내 뒤쪽 문간에 서 있는 게 느껴졌다. 그들의 거친 숨결이 들려왔고 시선도 느껴졌다. 나는 손전등을 반짝이는 술병으로부터 거두고 이 집을 찾아온 진짜 목적에 맞게 조심스럽게 누런 천장에 뚫린 구멍을 비추었다.

작은 여자가 울기 시작했다. 그녀는 조용히 울었다. 한동안 아무도 움직이지 않았다.

다음 날 아침 그들은 떠났다.

그들이 가는 줄도 몰랐던 아침 6시에 부부는 벌써 거의 빈 것처럼 보이는 가벼운 짐가방을 들고 골목 중간쯤을 지나가고 있었다. 나는 그들을 불러세웠다. 말을 걸었다. 그들은 오랜 친구나 다름없다고도 했다. 아무것도 달라지지 않을 거라고 말했다. 그들은 화재와도, 구멍 뚫린 지붕과도 아무런 상관이 없다고 말했다. 그들은 죄 없는 구경꾼에 불과하다고 나는 주장했다! 지붕은 내가 직접 고칠 것이고 그들에겐 어떤 비용도 부담시키지 않겠다고 했다. 그러나 그들은 내 쪽을 쳐다보지도 않았다. 내가 말하는 동안 부부는 그 집과 눈앞의 골목 어귀만을 보고 있었다. 내가 말을 마치자 두 사람은 이제 가야 할 시간이라고 합의를 본 듯 골목을 향해 고개를 한 번 끄덕이고 다시 걸음을 옮겼다. 그러다 내게서 도망치듯 전차와 버스와 자동차가 오가는 시끄러운 길들이 미로처럼 뻗은 큰길 쪽으로 달리기 시작했다. 그들은 뒤 한 번 돌아보지 않고, 자랑스러운 듯 고개를 쳐들고 서둘러 가버렸다.

우연히 그들을 다시 만났다. 크리스마스 무렵의 어느 저녁, 노을 진 거리를 조용히 달리는 작은 남자를 보았다. 순전히 개인적인 호기심 때문에 남자의 뒤를 쫓아갔다. 그가 길을 꺾으면 나도 꺾었다. 마침내 우리가 한때 같이 살았던 동네에서 다섯 블록 떨어진 곳에서 그는 어느 작은 하얀 집 문을 조용히 긁었다. 문이 열렸다가 닫히고 자물쇠가 걸리는 모습이 보였다. 도시의 집들 위로 밤이 내려앉자 조그만 거실에 파란 안개 같은 전등이 켜지는 게 보였다. 보았다고 생각했지만, 아마 나의 상상이었을 것이다. 거기 두 개의 그림자가 있었다. 남자는 방 한구석의 그 특별한 의자에 앉았고 여자는 자기 의자에 앉았을 것이다. 어둠 속에 그렇게 앉아 의자 뒤쪽 바닥에 세워둔 술병을 집어 들었을 것이다. 소리 하나 내지 않고 둘 사이 한마디도 주고받지 않고, 오직 침묵만이 드리웠을 것이다.

나는 다가가 문을 두드리지 않았다. 그저 지나갔다. 거리를 따라 걸으며 앵무새처럼 시끄러운 소리를 질러대는 술집을 향해 귀를 기울였다. 나는 신문 한 부와 잡지 한 권, 그리고 25센트짜리 책을 한 권 샀다. 그리고 온 집 안에 불을 밝히고 식탁에 따뜻한 음식이 기다리는 내 집으로 돌아갔다.

THE SHORE LINE AT SUNSET

석양의 바닷가

톰은 파도에 무릎까지 잠겨서는 물에 떠내려온 나뭇조각을 하나 들고 귀를 기울였다.

늦은 오후 해안 고속도로에 면해 있는 집은 고요했다. 옷장을 뒤지던 소리도, 여행 가방 잠그는 소리도, 꽃병이 깨지던 소리도, 마지막으로 쾅 소리 나게 문을 닫던 소리도 전부 사라졌다.

치코는 하얀 모래밭에 서서 철망으로 만든 체를 흔들며 사람들이 잃어버리고 간 동전을 수확하고 있었다. 잠시 후 그는 톰 쪽을 보지도 않고 말했다. "그냥 가라고 해."

매년 있는 일이었다. 일주일이나 한 달쯤 그들의 집 창가에는 음악이 흘러나왔고, 현관 난간에는 새로 심은 제라늄 화분이 놓였으며, 문과 계단을 모조리 새로 페인트칠했다. 빨랫줄에 널린 옷들도 알록달록한 어릿광대 바지에서 시드 드레스나 집 뒤쪽에서 부서지는 하얀 파도 무늬가 그려진 수제 멕시코 드레스로 바뀌었다. 집 안쪽에 걸린 그림도 마티스 복제품에서 이탈리아 르네상스 시대 모조품으로 바뀌었다. 이따금 눈을 들어보면 여자 혼자 밝은 노란색 깃발 같은 머리카락을 바람에 말리는 모습이 보였다. 그 깃발이 검은색일 때도 있었고 빨간색일 때도 있었다. 하늘을 배경으로 보이는 여자의 키가 클 때도 있고 작을 때도 있었다. 그러나 여자가 한 번에 한 명 이상인 적은 단 한 번도 없었다. 그리고 끝내는 오늘 같은 날이 찾아왔다….

톰은 휴가를 즐기고 떠나버린 사람들이 남긴 수십억 개의 발자국을 체로 거르는 치코 옆 잡동사니 더미에 물에서 건져온 나뭇조각을 얹었다.

"치코. 우리 여기서 뭘 하는 거지?"

"라일리*처럼 살고 있잖아!"

"난 라일리처럼 살기 싫은데, 치코?"

"일이나 해!"

톰은 지금부터 한 달 후의 집 모양을 그려보았다. 화분에는 먼지가 내려앉을 것이고 벽에는 액자가 걸렸던 네모난 흔적이 생길 것이고, 바닥에는 모래가 카펫처럼 깔릴 것이다. 빈방마다 바람 속 조개껍데기처럼 메아리가 칠 것이다. 그리고 매일 밤 그와 치코는 각자 방에 떨어져 앉아 끝없이 펼쳐진 바닷가에 흔적도 남기지 않고 멀리 사라지는 파도 소리를 듣게 될 것이다.

톰은 알아차리기 힘들 정도로 살짝 고개를 끄덕였다. 그는 일 년에 한 번씩 드디어 천생연분을 찾았다고 생각하며, 결혼을 작정하고 근사한 여자를 집으로 데려왔다. 하지만 그가 데려온 여자들은 톰이 사람을 잘못 봤으며, 자신은 그가 원하는 역할을 해낼 수 없다면서 동이 트기도 전에 몰래 도망쳐버렸다. 그러나 치코가 데려온 여자들은 진공청소기처럼 끔찍한 소리를 내며 여기저기 돌아다니다가 마지막에는 보푸라기 하나 남기지 않고 집 안을 진주 빼낸 조개 꼴로 만들어 놓고 가방을 싸서 서둘러 달아나버렸다. 마치 치코가 무척 귀여워해 입을 벌리고 이빨 수를 하나하나 세어본 애완견들 같았다.

* 팻 루니의 1880년대 노래 'Is That Mr. Reilly'에 등장하는 부유한 인물

"올해는 여자가 모두 네 명이었어."

"알았어, 심판." 치코가 씩 웃었다. "샤워실 가는 길이나 알려줘."

"치코…." 톰은 아랫입술을 살짝 깨물었다가 계속 말했다. "생각해봤는데, 우리 그만 갈라서는 게 어떨까?"

치코는 그저 톰을 물끄러미 보기만 했다.

"내 말은 말이야." 톰이 재빨리 덧붙였다. "어쩌면 우린 각자 혼자 사는 편이 더 나을지도 몰라."

"놀랐잖아." 치코가 큼직한 손으로 철망을 붙들고 천천히 말했다. "아직도 모르겠어, 친구? 너랑 나는 서기 2000년이 와도 여기 살고 있을 거야. 아마 햇볕 아래 나란히 누워 뼈를 말리는 한 쌍의 미친 바보 늙은이가 되어 있을걸. 우리에겐 아무런 일도 일어나지 않아, 톰. 너무 늦어버렸어. 그러니까 앞으론 아무 말도 하지 마."

톰은 마른침을 꿀꺽 삼키고 치코를 물끄러미 바라보았다. "나는 여길 떠날까 생각 중이야. 다음 주쯤에."

"닥쳐! 닥치라고! 가서 일이나 해!"

치코는 화가 나서 모래를 마구 헤집었고 덕분에 43센트를 건졌다. 10센트짜리 은화와 1센트짜리 동전, 5센트짜리 니켈이었다. 슬롯머신에 불이 전부 켜진 것처럼 치코는 철망 안에서 반짝이는 동전들을 멍하니 들여다보았다.

톰은 전혀 움직이지 않고 숨을 죽이고 있었다.

두 사람 모두 뭔가를 기다리는 것 같았다.

그리고 그 뭔가가 정말로 일어났다.

"여기요… 여기요… 여기요…!"

저 멀리 바닷가 모래밭에서 어떤 목소리가 들려왔다.

두 사람은 천천히 고개를 돌렸다.

"여기요… 여기요… 여기요…!"

한 소년이 200미터 정도 떨어진 바닷가에서 손을 마구 흔들며 이쪽으로 달려오고 있었다. 목소리에 담긴 어떤 느낌 때문에 톰은 온몸이 오싹해졌다. 그는 팔짱을 끼고 기다렸다.

"여기요!"

소년은 숨을 헐떡이며 달려와 바닷가를 가리켰다.

"여자가, 어떤 이상한 여자가 북쪽 바위 옆에 누워 있어요!"

"여자라고!" 치코는 불쑥 말하고 웃음을 터뜨렸다. "말이 되는 소리를 해라!"

"이상한 여자라니, 그게 무슨 뜻이냐?" 톰이 물었다.

"모르겠어요." 소년이 눈을 크게 뜨고 외쳤다. "얼른 가보세요! 정말 굉장히 이상해요!"

"물에 빠졌다 나왔다는 말이냐?"

"어쩌면요! 물에서 나왔겠죠. 바닷가에 누워 있어요. 직접 가서 보세요. 정말… 이상해요…." 소년의 목소리가 잦아들었다. 그는 눈을 들어 다시 북쪽을 쳐다보았다. "물고기 꼬리 같은 게 달렸어요."

치코는 웃음을 터뜨렸다. "저녁 먹기 전에는 그런 소리 하지 마라."

"정말이에요!" 소년은 이제 펄쩍펄쩍 뛰며 소리쳤다. "거짓말 아니에요! 제발 부탁이에요. 빨리 가봐요!"

소년은 앞으로 내달렸다가 아무도 따라오지 않는 것을 알고 당황한 얼굴로 뒤를 돌아보았다.

톰은 자기도 모르게 입을 달싹였다. "녀석이 농담이나 하려고 이렇게 먼 곳까지 달려오진 않았을 거야. 그렇지, 치코?"

"더 시시한 일로, 더 먼 곳까지 달려가는 사람도 많아."

톰은 걷기 시작했다. "가보자, 꼬마야."

"고마워요, 아저씨. 정말 고마워요!"

소년은 앞서 달려갔다. 톰은 20미터 정도 바닷가로 올라가다 뒤를 돌아보았다. 치코가 눈을 비스듬히 뜨고 어깨를 으쓱하더니 진저리난다는 듯 손에 묻은 모래를 털어내고 뒤를 따라왔다.

그들은 해가 지는 바닷가를 따라 북쪽으로 걸어갔다. 두 사람 모두 비바람에 탈색된 피부와 햇볕에 색이 바랜 눈동자 주변에 자잘한 주름이 잡혀 있었고, 두피가 보이도록 바짝 깎은 머리 때문에 희끗희끗한 머리카락이 보이지 않아 나이보다 젊어 보였다. 부드러운 바람을 받은 바다가 느릿한 리듬으로 부풀어 올랐다 가라앉았다.

"만약에 말이야." 톰이 말했다. "만약에 북쪽 바위까지 갔는데 꼬마 말이 사실이면 어떡하지? 정말 뭔가가 파도에 떠밀려 온 거라면?"

그러나 치코가 뭐라고 대답하기도 전에 톰은 앞서서 가버렸다. 그의 마음은 투구게와 성게, 불가사리, 해초, 조약돌이 널려 있는 바닷가를 향해 내달리고 있었다. 그가 바다에 사는 것들을 입에 올릴 때마다 그것들의 이름은 숨을 쉬며 몰려오는 파도와 함께 돌아왔다. 파도는 속삭였다. 낙지, 대구, 돔발상어, 놀래기, 잉어, 바다코끼리…. 파도는 속삭였다. 가자미, 해마, 흰돌고래, 흰고래, 범고래, 물개…. 깊은 소리를 내는 이 이름들을 들을 때마다 이것들은 대체 어떻게 생겼을까 궁금했다. 어쩌면 죽기 전에 이것들이 소금기 가득한 초원에서 솟구쳐 올라 안전한 바닷가의 한계선을 넘어오는 모습을 결코 보지 못할지도 모르지만, 그것들은 엄연히 존재했다. 그 이름들은 수천 가지 다른 것들과 함께 그림으로 남았다. 그런 그림을 볼 때마다 1만 5천 킬로미터를 날아가는 군함새가 되어 두 눈으로 온전한 크기의 바다를 볼 수 있다면 얼마나 좋을까 생각했다.

"빨리 와요!" 소년이 다시 달려와 톰의 얼굴을 들여다보았다. "가버렸을지도 몰라요!"

"흥분하지 마라, 꼬마." 치코가 말했다.

그들은 북쪽 바위 가까이에 도착했다. 또 다른 남자아이가 서서 아래를 내려다보고 있었다.

톰은 모래 위에 있는 그것을 똑바로 보기가 어쩐지 두려웠다. 곁눈질로 벌써 그것을 보아버렸지만, 일부러 거기 서 있는 소년의 얼굴에 시선을 고정했다. 소년은 얼굴이 하얗게 질려 있었고 숨도 쉬지 않는 것처럼 보였다. 이따금 생각난 듯이 숨을 쉬기는 했지만, 시선은 꼼짝도 하지 않고 아래쪽을 향해 있었다. 그러나 소년의 눈동자는 모래 위의 그것을 너무 많이 봐서 초점을 잃고 텅 빈 시선이 되어버린 것 같았다. 소년은 어리둥절한 표정으로 운동화가 물에 잠겨도 움직이지 않고 그걸 알아채지도 못했다.

톰은 소년에게서 모래 위로 시선을 옮겼다.

곧 톰의 얼굴도 소년의 얼굴과 같아졌다. 양손이 몸 양쪽에서 똑같은 곡선을 그리며 움직였고, 입이 천천히 벌어지더니 반쯤 열린 채 닫힐 줄을 몰랐으며, 연한 빛깔의 눈은 너무 뚫어지게 보느라 색깔이 한층 더 연해진 것 같았다.

해가 지며 수평선 바로 위에 걸쳐 있었다.

"거대한 파도가 밀려왔다 갔거든요." 첫 번째 소년이 말했다. "그런데 이 여자가 나타났어요."

그들은 거기 누워 있는 여자를 내려다보았다.

여자의 머리카락은 아주 길었고 거대한 하프 줄처럼 모래밭에 펼쳐져 있었다. 파도가 몰려와 그 줄을 휩쓸고 지나가며 물 위로 띄웠다가 가라앉혔는데, 그때마다 다른 모양의 부채와 윤곽이 생겼다. 머리카락 길이는 1.5미터에서 2미터 정도 되었고, 지금은 라임 색깔이 되어 젖은 모래 위에 엉겨 붙어 있었다.

여자의 얼굴은….

남자들은 넋을 잃고 허리를 숙였다.

여자의 얼굴은 하얀 모래 조각 같았다. 크림색 장미꽃잎이 여름철 빗방울을 머금은 것처럼 여자의 하얀 얼굴에 물 몇 방울이 반짝이고 있었다. 여자의 얼굴은 푸른 하늘에 눈부신 흰빛으로 떠오른 낮달 같았다. 얼굴은 우윳빛 대리석 같았지만, 관자놀이께에 희미하게 보랏빛 핏줄이 비쳐 보였다. 두 눈을 덮은 눈꺼풀은 연한 물빛 가루를 발라놓은 것 같았는데 그 아래 숨은 눈이 눈꺼풀의 연한 조직을 뚫고 자신을 내려다보고 또 내려다보는 남자들을 뚫어지게 응시하고 있을 것만 같았다. 활짝 핀 바다 장미처럼 살짝 홍조를 띤 입술은 굳게 닫혀 있었다. 여자의 목은 가늘고 희었다. 역시 하얗고 작은 가슴은 밀물과 썰물과 또 밀물이 반복되는 동안 파도에 덮였다가 밖으로 드러나길 되풀이했다. 가슴 위 젖꼭지는 붉었고 온몸은 깜짝 놀랄 만큼 하애서 마치 모래 위에 희고 푸른 조명이 비치는 것 같았다. 물결에 쓸려 여자의 몸이 움직일 때마다 살결이 진주 표면처럼 반짝였다.

하반신은 흰색에서 연한 푸른색으로 바뀌었다가 다시 에메랄드 빛깔로, 그러다가 다시 이끼와 라임색으로, 다시 번득이는 섬광과 금 단추를 단 듯한 진한 초록색으로 바뀌며 빛과 어둠이 마구 섞여 샘물처럼 굽이쳐 흐르다가 끝부분에 이르러서는 모래 위에 거품과 보석이 쫙 펼쳐진 것처럼 하늘하늘한 부채 모양이 되었다. 상반신은 크림색 물과 맑은 하늘로 만들어진 새하얀 진주의 여인이었고 하반신은 물과 뭍이 만나는 경계선에 누워 끊임없이 몰려오는 물결을 맞으며 절반은 자신의 고향을 향해 늘어뜨리고 있었는데, 이 두 부분은 흠도 없고 이음매도 알아볼 수 없을 정도로 감쪽같이 연결되어 있었다. 여자는 바다였고 바다는 여자였다. 주름도 꿰맨 자국도 없었다. 마술이라는 게 존재한다면 이 마술은 두 부분을 완벽하게 이어서 한쪽의 피가 다른 쪽으로 흘러 반대편에 흘렀을 얼음 같은 물과 섞이게 했을 것이다.

"도움을 구하러 달려가려고 했거든요." 첫 번째 소년이 목소리를 억누르며 말했다. "그런데 친구가 여자는 이미 죽었으니까 도움을 구하러 가봐야 소용이 없다고 했어요. 정말로 죽었어요?"

"이 여자는 처음부터 살아 있었던 적이 없어. 확실해." 치코가 말했다. 모두의 눈이 갑자기 자신에게 쏠리자 치코는 계속 말했다. "영화 촬영하는 데서 쓰고 남은 거야. 강철 뼈대에 액체 고무로 살을 붙인 거라고. 소품이야, 소품. 인형."

"아니에요! 진짜예요!"

"찾아보면 어딘가 상표도 붙어 있을 거다." 치코가 말했다. "여길 좀 볼까?"

"하지 마요!" 첫 번째 소년이 외쳤다.

"괜찮아." 치코가 여자의 몸을 뒤집으려고 손을 댔다가 갑자기 멈추었다. 그는 안색이 확 바뀌며 그 자리에 무릎을 꿇었다.

"왜 그래?" 톰이 물었다.

치코는 앞으로 내밀었던 자신의 손을 바라보았다. "내 생각이 틀렸어." 그의 목소리가 점점 희미해졌다.

톰이 여자의 손목을 잡아보았다. "맥박이 뛰고 있어."

"네 심장 뛰는 소리를 잘못 들은 게 아니고?"

"아, 모르겠어… 어쩌면… 어쩌면…."

여자는 달빛 같은 진주, 파도 같은 크림색 상반신과 머나먼 고대의 거무튀튀한 녹색 동전이 바람과 물결의 변화에 따라 자르르 미끄러지는 것만 같은 하반신을 하고 거기 누워 있었다.

"분명히 속임수가 있을 거야!" 치코가 버럭 외쳤다.

"아니야, 아니라고!" 톰 역시 갑작스럽게 웃음을 터뜨리며 말했다. "속임수 같은 건 없어! 오, 맙소사. 정말 대단하지 않아? 이렇게 굉장한 느낌은 난생처음이야!"

그들은 천천히 여자 주위를 걸었다. 파도가 여자의 하얀 손에 닿자 손가락이 희미하고 부드럽게 물결쳤다. 마치 파도를 손짓해 부르는 것 같았다. 그 파도가 또 다른 파도를 부르고 또 다른 파도가 밀려와 손가락을 들어 올리고 손목과 팔과 머리와 이윽고 몸까지 들어 올려 이 모든 것을 다시 바다로 되돌려보내려고 애쓰는 것만 같았다.

"톰." 치코가 입을 열었다가 닫았다. "네가 가서 우리 트럭을 몰고 올래?"

톰은 움직이지 않았다.

"내 말 안 들려?" 치코가 말했다.

"들었어. 하지만…."

"하지만, 뭐? 이걸 가져다 어디에 팔아치울 수도 있잖아. 대학이든 해변 수족관이든… 아니면 우리가 직접 장소를 만들 수도 있지 않겠어? 이봐." 그는 톰의 팔을 잡아 흔들었다. "방파제까지 트럭을 몰고 와. 150킬로그램짜리 조각얼음도 사 오고. 뭐든 물에서 건져낸 건 얼음이 필요한 법이니까."

"그런 생각은 못 해봤는데."

"생각이란 걸 좀 해! 얼른 다녀와!"

"난 모르겠어, 치코."

"무슨 소리야? 이 여자는 진짜잖아." 그는 소년들을 보았다. "너희도 이 여자가 진짜라고 했지? 그럼 우리가 여기서 우물쭈물할 필요가 뭐가 있어?"

"치코." 톰이 말했다. "얼음은 네가 직접 사 오는 게 좋겠어."

"난 여기 서서 이 여자가 다시 파도에 휩쓸려 들어가지 않게 지켜봐야 하잖아."

"치코." 톰이 말했다. "어떻게 말해야 할지 모르겠는데, 난 널 위해 얼음을 사다 주고 싶지가 않아."

"그래? 그럼 내가 직접 다녀오지. 얘들아, 여기에 모래를 쌓아 올려서 파도를 좀 막고 있어라. 내가 5달러씩 줄게. 어서!"

수평선까지 닿은 저녁 햇빛에 소년들의 옆얼굴은 청동빛이 도는 분홍색으로 빛났다. 치코를 바라보는 아이들의 눈빛도 청동빛이었다.

"아, 정말!" 치코가 말했다. "용연향을 찾는 것보다 훨씬 나은 일이라고!" 치코는 가까운 모래 언덕 꼭대기로 달려가 외쳤다. "어서 시작해!" 그리고 가버렸다.

이제 북쪽 바위 옆의 외로운 여자 곁에는 톰과 두 소년만 남았다. 해는 서쪽 수평선 아래로 벌써 4분의 1이나 잠겨 있었다. 모래와 여자는 분홍빛이 감도는 황금색이 되었다.

"여기 작은 줄이 나 있어요." 두 번째 소년이 속삭였다. 소년은 손톱 끝으로 가만히 자기 턱밑에 줄을 긋는 시늉을 했다. 그리고 여자를 향해 고갯짓했다. 톰은 허리를 숙여 여자의 희고 단단한 턱밑 양쪽에 희미한 줄이 새겨져 있는 것을 보았다. 아가미 혹은 아가미가 있었던 자국으로 아주 작고 거의 보이지 않는 줄이었는데, 지금은 눈에 띄지 않을 만큼 굳게 닫혀 있었다.

톰은 여자의 얼굴과 하프 줄처럼 모래밭에 펼쳐진 거대한 머리채를 보았다.

"아름다워." 톰이 말했다.

소년들은 알지도 못하면서 고개를 끄덕였다.

뒤쪽 모래 언덕에서 갈매기 한 마리가 후드득 날아올랐다. 소년들은 깜짝 놀라 뒤를 돌아보았다.

톰은 자기도 모르게 떨고 있었다. 소년들도 떠는 게 보였다. 자동차 경적이 울렸다. 그들은 갑작스레 두려움을 느끼며 눈을 깜박였다. 그들은 고속도로 쪽을 올려다보았다.

파도가 몰려와 맑고 하얀 물결로 여자의 몸을 감쌌다.

톰은 고개를 까딱여 소년들을 옆으로 비키게 했다.

파도가 여자의 몸을 2센티미터 정도 해변 쪽으로 밀었다가 다시 5센티미터 바다 쪽으로 끌어당겼다. 다음 파도가 밀려와 여자의 몸을 5센티미터 밀었다가 15센티미터 바다 쪽으로 끌어당겼다.

"이러다가…." 첫 번째 소년이 말했다.

톰은 고개를 저었다.

세 번째 파도가 여자의 몸을 들어 올려 바다 쪽으로 60센티미터나 끌어당겼다. 다음 파도는 몸을 30센티미터 더 조약돌 위로 끌어내렸고 그 다음 파도는 2미터 아래로 끌고 갔다.

첫 번째 소년이 소리를 지르며 여자 뒤를 좇아 뛰었다.

톰이 달려가 소년의 팔을 붙잡았다. 소년의 얼굴에 무기력감과 두려움,

슬픔이 뒤섞였다.

한동안 파도가 밀려오지 않았다. 톰은 여자를 바라보며 생각했다. 여자는 실제다. 여자는 진짜다. 여자는 내 것이다. 그러나… 여자는 죽었다. 아니더라도 이대로 여기 머무르면 곧 죽을 것이다.

"그냥 내버려두면 안 돼요." 첫 번째 소년이 말했다. "안 된다고요. 이대로는 안 돼요!"

다른 소년이 여자와 바다 사이로 걸어 들어갔다. "여자를 어떻게 할 거죠?" 소년은 알고 싶다는 듯이 톰을 바라보았다. "여기 이대로 놔둘 거예요?"

첫 번째 소년은 생각을 해보려고 했다. "우리가 어떻게든… 우리가…." 그는 말을 멈추고 고개를 절레절레 흔들었다. "아, 진짜!"

두 번째 소년이 옆으로 비켜서서 여자가 바다로 향하는 길을 터주었다.

다음 파도는 컸다. 크게 밀려왔다가 밀려가자 모래만 남았다. 그 하얀 것은 가버렸다. 검은 다이아몬드도 커다란 하프 줄도.

그들은 바다 끄트머리에 서서 멍하니 바라보았다. 한 남자와 두 소년은 뒤쪽 모래 언덕 위로 트럭이 올라오는 소리가 들릴 때까지 그렇게 멍하니 앞만 보고 있었다.

태양도 완전히 가라앉았다.

모래 언덕을 달려오는 발소리와 누군가 외치는 소리가 들렸다.

그들은 큼직한 타이어가 달린 가벼운 트럭을 타고 조용히 어두워지는 바닷가를 따라 돌아갔다. 두 소년은 트럭 짐칸의 조각얼음 자루 위에 앉았다. 한참 후 치코가 창밖으로 침을 뱉으며 반쯤 혼잣말로 욕을 하기 시작했다. 그의 욕은 그칠 줄을 몰랐다.

"얼음이 150킬로그램이야. 자그마치 150킬로그램이라고! 이걸 다 어째? 게다가 나는 온몸이 흠뻑 젖어버렸어! 내가 물속에 뛰어들어 헤엄을 치며 찾아다니는 동안에도 넌 꼼짝도 하지 않았어! 이 바보! 멍청이! 넌 하나도 변하지 않았어! 맨날 아무것도 하지 않고 그저 가만히 서서, 정말이지 아무것도 하지 않고 멀뚱멀뚱 보고만 있지!"

"그러는 너는 뭘 했는데?" 톰이 지친 목소리로 앞을 보며 말했다. "너도 평소와 똑같았어. 하나도 달라지지 않았어. 전혀 달라지지 않았다고. 네 모습이나 똑바로 봐."

그들은 두 소년을 바닷가 집에 내려주었다. 나이가 어린 쪽이 바람에 날려 잘 들리지 않는 소리로 중얼거렸다. "제기랄, 아무도 믿어주지 않겠지."

두 남자는 다시 바닷가를 따라 트럭을 몰고 가다가 이윽고 멈추었다.

치코는 2, 3분 동안 두 주먹을 무릎 위에 올려놓고 가만히 앉아 기다리다가 이내 콧방귀를 뀌었다.

"빌어먹을. 차라리 잘됐어." 그는 깊은숨을 들이켰다. "지금부터 20년 혹은 30년이 지나서 어쩌면 이런 일이 생길지도 몰라. 재미있게도. 한밤중에 전화가 울리는 거야. 아까 두 녀석 중 한 놈이 어른이 되어서 어디 술집에서 건 장거리 전화겠지. 놈은 오밤중에 전화를 걸어서 묻는 거야. 그 일, 사실이었죠? 그렇죠? 녀석은 이렇게 묻겠지. 정말 있었던 일이죠? 1958년에, 정말로 일어난 일 맞죠? 그러면 우린 한밤중에 침대 가장자리에 걸터앉아 말하겠지. 그럼, 그렇고말고. 1958년에 우리에게 정말로 일어난 일이지. 그럼 녀석들은 말하겠지. 고마워요. 그러면 우린 말하지. 천만의 말씀. 오래전 일인걸. 그리고 우리는 잘 자라고 인사를 나누겠지. 그리고 녀석들은 한 2, 3년 동안은 전화를 걸지 않을 거야."

두 남자는 컴컴한 현관 계단에 앉아 있었다.

"톰."

"응?"

치코는 잠시 기다렸다가 말했다.

"톰, 다음 주에 떠나지 않을 거지?"

묻는 말이 아니었다. 조용한 명령이었다.

톰은 잠시 생각해보았다. 손가락 사이에서 담뱃불이 꺼졌다. 그리고 지금은 절대 떠날 수 없다는 것을 깨달았다. 내일도, 모레도, 그 사람 다음 날도 그는 바닷가에 내려가 온통 초록빛과 흰빛의 불 같은 물 속에서, 기이한 파도 아래 골짜기 속 어두컴컴한 굴에서 헤엄을 칠 것이다. 내일, 또 내일, 또 내일에도.

"응, 치코. 난 여기 머무를 거야."

이제 남북으로 수천 킬로미터나 뻗은 바닷가의 구불구불한 경계선에는 은빛 거울이 펼쳐져 있다. 그 거울은 건물 하나, 나무 한 그루, 고속도로 하나, 자동차 한 대, 심지어 그 자신조차도 비추지 않았다. 거울은 오직 조용한 달 하나만을 비추었다. 달빛이 순식간에 수십억 개의 유리 조각으로 산산이 부서지더니 바닷가에 고루 퍼져 반짝였다. 어느덧 바다는 어두컴컴한 암흑으로 돌아가 거기 앉아 있는 두 남자를 깜짝 놀라게 할 또 다른 거울을 준비하고 있었다. 두 사람은 기다리면서 눈 한 번을 깜박하지 않았다.

THE DAY IT RAINED FOREVER

영원히 비가 내린 날

호텔은 온종일 태양이 지붕을 불태우는 사막 하늘의 한가운데에 속이 비어 버린 마른 뼈처럼 서 있었다. 밤새 태양의 흔적이 먼 옛날 산불의 환영처럼 모든 객실을 휘젓고 다녔다. 땅거미가 지고 밤이 이슥해진 다음에는 빛도 열을 발했으므로 호텔 안은 전등도 모두 끈 상태였다. 투숙객들은 서늘한 공기를 찾아 눈앞이 보이지 않는 복도를 손으로 더듬어 걸어 다니는 쪽을 더 좋아했다.

어느 특별한 날 저녁, 호텔 주인 테를 씨와, 냄새도 외모도 오래되어 말라비틀어진 담뱃잎 같은 투숙객 스미스 씨와 프렘리 씨가 길쭉한 모양의 베란다에 나와 앉아 있었다. 그들은 삐걱거리는 철제 흔들의자에 앉아 바람이라도 불러오려는 듯 어둠 속에서 숨을 헐떡이며 의자를 앞뒤로 흔들고 있었다.

"테를 씨? 언젠가는… 에어컨을… 설치할 수 있다면… 정말 근사하겠지요?"

테를 씨는 한동안 눈을 질끈 감고 흔들의자를 타고 있었다.

"그런 데에 쓸 돈이 없답니다, 스미스 씨."

장기 투숙객 두 사람의 얼굴이 붉게 달아올랐다. 그들은 지난 21년간 단 한 푼도 내지 않았다.

한참 후 프렘리 씨가 땅이 꺼지라 한숨을 쉬었다. "아아, 어째서 우리는 모든 걸 그만두고 짐을 싸서 여기를 떠나 제대로 된 도시로 갈 생각을 하지 않는 걸까요? 찜통에 들어간 것처럼 땀을 줄줄 흘리고 기름에 튀겨지는 듯한 이 생활을 당장 그만두고 말입니다."

"유령 마을의 다 죽어가는 호텔을 누가 사겠소?" 테를 씨가 나직이 말했다. "아니, 아니요. 마음을 굳게 먹고 기다려야 합니다. 1월 29일, 그 위대한 날을 말이오."

세 사람은 천천히 의자 흔들기를 멈추었다.

1월 29일.

일 년 중에 단 하루, 봇물 터지듯이 비가 내리는 날.

"얼마 남지 않았소." 스미스 씨가 손바닥 위의 따뜻한 여름 달처럼 생긴 황금 회중시계를 들여다보았다. "이제 2시간 하고 9분만 더 있으면 1월 29일이오. 그런데 1만 킬로미터 이내에 구름 한 점 보이지 않는군요."

"내가 태어난 후로 1월 29일이면 어김없이 비가 내렸소!" 테를 씨는 자기 목소리가 너무 커서 깜짝 놀라 멈추었다. "올해는 하루 정도 늦어진대도 하느님 옷자락을 물고 늘어지지는 않을 거요."

프렘리 씨는 마른침을 삼키고 저 멀리 사막 너머 언덕을 좌우로 둘러보았다. "저기…, 이곳에 다시 금광 붐이 일어날까요?"

"금이 남아 있을 리가 없지." 스미스 씨가 말했다. "게다가, 내 장담컨대, 비도 안 올 거요. 내일도 모레도 글피도 비는 오지 않아요. 올해는 비가 안 옵니다."

세 노인은 꿈쩍도 하지 않고 앉아 불로 지져서 둥근 구멍을 내놓은 것 같은 커다란 노란 달을 응시했다.

한참 후 그들은 힘겹게 다시 의자를 흔들기 시작했다.

첫새벽의 열기를 머금은 뜨거운 바람이 바싹 마른 뱀의 허물처럼 불어와 달력을 마구 흔들어 호텔 프런트 사방으로 흩어버렸다.

세 남자는 모자걸이처럼 말라붙은 어깨 위로 멜빵을 추스르며 맨발로 아래층에 내려와 아무것도 없이 맹한 하늘을 올려다보았다.

"오늘은 1월 29일인데…."

"단 한 방울의 은혜도 베풀지 않으시는군."

"아직 시간이 이르지 않소."

"내 나이는 그렇게 이르지 않소."

프렘리 씨는 몸을 돌려 가버렸다.

그는 아직 잠에서 덜 깨어난 채 복도를 지나 갓 구운 빵처럼 뜨거운 침대로 돌아가는 데 5분이 걸렸다.

정오에 테를 씨가 방 안을 들여다보았다.

"프렘리 씨?"

"빌어먹을 사막의 선인장, 그게 바로 우리 꼴이요!" 프렘리 씨는 침대에 누워 헐떡거리며 말했다. 그의 얼굴은 당장에라도 칠하지 않은 널빤지 바닥의 번쩍거리는 먼지 속으로 떨어질 것만 같았다. "아무리 빌어먹을 선인장이라도 이 엿 같은 불구덩이에서 또 한 해를 보내려면 물 한 모금은 먹어야 할 것 아니요? 내 미리 말하는데, 다시는 움직이지 않을 거요. 들려오는 소리라곤 저 지붕 위를 돌아다니는 새들 소리밖에 없다면 나는 여기 꼼짝 않고 누워 죽겠소!"

"사설은 그만두고 어서 우산이나 준비해두시오." 테를 씨가 말하고 발끝으로 걸어 방을 나갔다.

땅거미가 질 무렵 우묵한 지붕에서 희미하게 후드득 소리가 들려왔다.

침대에서 프렘리 씨의 구슬픈 목소리가 들려왔다.

"테를 씨, 그건 비가 아니잖소! 당신이 호스로 지붕에 물을 뿌리는 소리요! 마음 써줘서 고맙지만 당장 그만두시오."

후드득 소리가 멈추었다. 아래쪽 정원에서 한숨 소리가 들렸다.

잠시 후 테를 씨는 호텔 옆에서 달력이 먼지 속을 위아래로 펄럭이며 날아다니는 것을 보았다.

"빌어먹을 1월 29일!" 어떤 목소리가 들려왔다. "열두 달을 더! 또 열두 달을 기다려야 한다니!"

스미스 씨가 문간에 서 있었다. 그는 안에서 못쓰게 되어버린 여행 가방 두 개를 들고나와 현관에 털썩 내려놓았다.

"스미스 씨!" 테를 씨가 외쳤다. "30년이나 있어 놓고 이제 와서 나간다니, 말이나 됩니까?"

"아일랜드는 한 달에 20일은 비가 온다지요." 스미스 씨가 말했다. "거기서 일자리를 구해서 비가 오면 모자를 벗고 입을 벌리고 뛰어다니고 싶소."

"못 갑니다!" 테를 씨는 미친 듯이 뭔가를 생각하다가 손가락을 튕겨 소리를 냈다. "당신은 내게 9천 달러를 빚졌잖소!"

스미스 씨는 움찔했다. 그의 눈에 뜻밖의 상처가 떠올랐다.

"미안합니다." 테를 씨는 시선을 돌렸다. "진심으로 한 소리는 아닙니다. 그런데 당신은 시애틀에 가는 편이 낫지 않소? 거기는 일주일에 비가 5센티미터는 내린답니다. 돈은 생기면 주세요. 안 줘도 상관없고요. 하지만 부탁 하나만 들어주십시오. 제발 오늘 자정까지만 기다려보세요. 그때는 어쨌든 서늘해질 겁니다. 도시를 향해 가려면 차라리 밤이 좋을 거요."

"자정까지 기다려봐야 아무 일도 일어나지 않을 거요."

"믿음을 가져요. 모든 게 끝장나도 뭔가는 일어날 거라고 믿어야 합니다. 나와 함께 여기 서서, 앉아 있지 않아도 좋아요. 그냥 여기 서서 비를 생각해봅시다. 이게 내 마지막 부탁이요."

사막에서 갑자기 작은 먼지 회오리바람이 불었다가 가라앉았다. 스미스 씨의 눈이 해가 지는 지평선을 훑어보았다.

"무엇을 생각하라고요? 아아, 비, 그래 비였지. 비야 어서 와라, 이렇게 하면 됩니까?"

"뭐든지요. 뭐든 좋아요!"

스미스 씨는 낡은 여행 가방 두 개를 양옆에 놓고 서서 한동안 움직이지 않았다. 5, 6분이 지나갔다. 어둠 속에서 두 사람의 숨소리 말고는 아무 소리도 들리지 않았다.

마침내 스미스 씨가 아주 단호하게 허리를 숙여 가방 손잡이를 잡았다.

바로 그때 테를 씨의 눈이 깜박였다. 그는 귓가에 손을 모으고 몸을 앞으로 내밀었다.

스미스 씨는 가방에 손을 댄 채 그대로 얼어붙었다.

저 멀리 언덕 사이에서 어떤 술렁임이, 희미하게 땅이 울리는 소리가 들려왔다.

"폭풍이 온다!" 테를 씨가 속삭였다.

소리는 점점 커졌다. 언덕에서 희끄무레한 구름이 피어올랐다.

스미스 씨는 까치발을 하고 섰다.

2층의 프렘리 씨는 부활한 나사로처럼 벌떡 일어나 앉았다.

무엇이 다가오는지 보려고 테를 씨의 눈이 점점 더 크게 벌어졌다. 그는 표류하던 배의 선장이 라임과 얼음처럼 차가운 흰색 코코넛 과육의 향기를 머금은 열대의 산들바람을 처음으로 느꼈을 때처럼 현관 난간을 향해 몸을 내밀었다. 희미한 바람이 뜨거운 흰 굴뚝의 연도 위를 스치듯이 아프도록 말라붙은 그의 콧구멍 위를 어루만지고 지나갔다.

"왔어요!" 테를 씨가 외쳤다. "저기 왔어요!"

구름이, 천둥이, 요란한 폭풍이 마지막 언덕을 넘어 불처럼 뜨거운 먼지바람을 일으키며 이쪽으로 몰려왔다.

20일 만에 처음으로 자동차 한 대가 날카롭게 울부짖으며, 덜컹거리며, 골짜기 아래로 달려오고 있었다.

테를 씨는 감히 스미스 씨의 얼굴을 볼 수가 없었다.

스미스 씨는 방 안에 있는 프렘리 씨를 생각하며 위를 올려다보았다.

프렘리 씨는 창가에 서서 자동차가 호텔 앞으로 달려와 그만 숨이 끊어지는 것을 내려다보았다.

자동차는 최후의 순간처럼 이상한 소리를 토해냈다. 자동차는 불타오르는 유황 길을 오래도록 달려 수천만 년 전 바닷물이 빠져나가고 소금밭만 남은 평원을 가로질러 왔다. 솔기마다 식인종의 머리카락처럼 엉킨 실이 풀려나온 캔버스 천 지붕이 큼직한 눈꺼풀처럼 뒤로 젖혀져 아예 박하 껌처럼 뒷좌석에 철썩 들러 붙어버린 1924년형 키셀 자동차는 하늘로 영혼을 올려보내려는 듯 최후의 몸부림을 쳤다.

운전석의 노부인은 호텔과 세 노인 쪽을 바라보며 참을성 있게 기다렸다. 마치 "미안합니다. 내 친구가 아파요. 오래 알고 지낸 사이라 저는 이 친구의 임종을 지켜야 한답니다."라고 말하는 것 같았다. 그렇게 그녀는 자동차 안에 앉아서 희미한 경련이 잦아들고 모든 뼈마디가 이완되며 최후의 과정이 끝났음을 알릴 때까지 기다리고 있었다. 그렇게 자동차에 귀를 기울이며 꼬박 30초를 앉아 있었다. 그 모습은 어딘가 몹시 평화로운 데가 있어서 테를 씨와 스미스 씨는 자기도 모르게 노부인을 향해 천천히 몸을 기울였다. 마침내 그녀는 그들을 보고 우아한 미소를 지으며 손을 들어 인사했다.

프렘리 씨는 자기도 모르게 창문 밖으로 손을 내밀어 부인을 향해 인사하다가, 스스로 깜짝 놀랐다.

현관에서 스미스 씨가 중얼거렸다. "이상하군. 폭풍이 아니었어. 그런데 실망스럽지가 않아. 이유가 뭘까?"

테를 씨는 진입로로 내려가 자동차를 향해 갔다.

"우린 착각하고 있었습니다. 당신이… 그러니까…." 그는 말꼬리를 흐렸다. "아, 저는 테를이라고 합니다. 조 테를입니다."

그녀는 그와 악수를 하고 수천 킬로미터 떨어진 곳의 눈이 녹아 해와 바람에 정화되어 먼 길을 흘러온 물처럼 티 없이 맑고 깨끗한 연푸른색 눈으로 그를 쳐다보았다.

"미스 블랑슈 힐굿이에요." 그녀는 나직이 말했다. "그린넬 대학을 졸업한 미혼의 음악 교사입니다. 아이오와주 그린시티에서 30년간 고등학교 합창부와 학생 오케스트라를 지휘했고, 20년간 피아노, 하프, 성악 개인지도를 했어요. 한 달 전 은퇴하고 지금은 연금으로 살아가고 있지요. 새 출발을 위해 캘리포니아로 가는 길이랍니다."

"미스 힐굿. 여기서 다른 곳으로 가시진 않겠지요?"

"어떻게 해야 할지 모르겠네요." 그녀는 두 남자가 호기심을 가지고 자동차를 훑어보는 모습을 보았다. 그녀는 류머티즘에 걸린 할아버지 무릎에 앉은 아이처럼 안절부절못하고 있었다.

"자동차 바퀴는 울타리를 만들고, 브레이크 드럼은 저녁 식사를 알리는 종으로 쓸 수 있습니다. 나머지 부품은 정원의 훌륭한 장식품이 되겠네요." 테를 씨가 말했다.

프렘리 씨가 2층에서 소리를 질렀다. "죽었습니까? 아, 자동차가 죽었느냐고요. 여기서 봐도 알겠군요. 그런데 저녁 식사 시간이 지나지 않았습니까?"

테를 씨가 노부인에게 손을 내밀었다. "미스 힐굿, 여기는 조 테를 사막 호텔로 하루 26시간 영업 중이랍니다. 사막 도마뱀도 로드러너 새도 2층으로 올라가기 전에 프런트에서 접수를 하지요. 당신은 하룻밤 무료로 푹 쉬세요. 아침이 오면 우리가 포드 자동차로 도시까지 모셔다드리겠습니다."

그녀는 테를 씨의 도움을 받아 자동차에서 내렸다. 주인이 가버리는 것에 항의라도 하듯 엔진이 부르릉거렸다. 그녀는 작은 소리를 내며 조심스럽게 문을 닫았다.

"친구 하나가 떠났지만, 아직 다른 친구가 저와 함께 있답니다. 테를 씨, 그녀도 데려다주지 않겠어요?"

"그녀라니요?"

"아, 미안해요. 전 사물을 사람으로 생각하는 버릇이 있답니다. 자동차는 남자예요. 저를 여기저기 데려다주니까요. 하지만, 하프라면 여자가 아닐까요?"

그녀는 자동차 뒷좌석을 향해 고개를 끄덕였다. 거기 하프 케이스가 바람을 헤치고 나가는 고대의 소용돌이 장식 배의 이물처럼 하늘을 향해 기울어져 있었다. 그것은 운전석에 허리를 세우고 앉아 혼잡한 도시나 고요한 사막으로 차를 몰고 가는 어떤 운전자보다 높이 솟아 있었다.

"스미스 씨." 테를 씨가 말했다. "도와주시오."

그들은 거대한 하프 케이스의 끈을 풀고 매우 조심스럽게 그것을 들어 올렸다.

"거기 뭐가 있소?" 위층에서 프렘리 씨가 외쳤다.

스미스 씨는 비틀거렸다. 미스 힐굿이 깜짝 놀랐다. 하프 케이스가 두 남자의 팔 아래서 기우뚱했다.

케이스 안에서 희미하게 음악 소리가 흘러나왔다.

그 소리는 위층의 프렘리 씨에게도 들렸다. 그가 물어본 것에 대한 대답이 거기 들어 있었다. 그는 입을 벌리고 노부인과 두 노인과 케이스 안에 든 친구가 비틀거리며 굴속 같은 1층 현관으로 사라지는 모습을 지켜보았다.

"조심해요!" 스미스 씨가 말했다. "어떤 바보 같은 놈이 여기 짐을 놔두었어!" 그는 문득 말을 멈추었다. "어떤 바보 같은 놈이냐고? 바로 나잖아!"

두 사람은 서로 마주 보았다. 그들은 더 이상 땀을 흘리고 있지 않았다. 어디선가 바람이 불어왔다. 부드러운 바람이 그들의 옷깃을 스치고 지나가 먼지 속에 흩어진 달력을 가만히 펄럭였다.

"내 짐이었어…." 스미스 씨가 말했다.

그리고 다 함께 안으로 들어갔다.

"포도주를 더 드시겠어요, 미스 힐굿? 지난 몇 년 동안 식탁에 포도주가 오른 적이 없었답니다."

"그럼 아주 조금만 주세요."

그들은 단 한 자루의 촛불 옆에 앉았다. 촛불 하나가 방 안을 오븐처럼 달구었고 근사한 은그릇과 금 가지 않은 접시를 반짝반짝 비추었다. 그들은 따뜻한 포도주를 마시고 음식을 먹으며 이야기를 나누었다.

"미스 힐굿, 어떻게 살았는지 이야기를 들려주세요."

"평생 베토벤부터 바흐와 브람스까지 섭렵하느라 무척 바쁜 삶이었어요. 정신을 차려보니 어느새 스물아홉 살이 되어 있더군요. 다시 정신을 차려보니 마흔 살이었고요. 어제는 일흔한 살이더군요. 예, 남자들도 있었어요. 남자들은 열 살이면 노래를 그만두고 열두 살이면 나는 것을 포기하죠. 저는 늘 생각했어요. 우리는 어떤 식으로든 하늘을 날려고 태어났다고요. 그래서 저는 남자들이 핏속에 지상의 무거운 쇳덩이를 품고 발을 질질 끌고 가는 것을 참을 수가 없었어요. 4백 킬로그램보다 덜 나가는 남자를 만난 적이 없어요. 그들은 검은 정장을 입고 장의차처럼 덜컥거리며 다닌답니다."

"그래서 당신은 날았습니까?"

"물론 제 마음속에서요, 테를 씨. 최후를 장식하는 데 60년이 걸렸죠. 그동안 내내 피콜로며, 플루트, 바이올린을 붙잡고 있었어요. 땅에 냇물과 강이 있듯이 악기들은 하늘에 흐름을 만드니까요. 저는 모든 지류를 타고 다녔고 헨델부터 슈트라우스에 이르기까지 모든 신선한 물의 숨결을 마셨답니다. 그렇게 먼 길을 돌고 돌아 여기까지 왔군요."

"어떻게 그것들과 헤어질 마음을 먹었습니까?" 스미스 씨가 물었다.

"지난주에 돌이켜보니 이런 생각이 들더군요. 이런, 넌 혼자서 날고 있구나. 네가 아무리 높이 날아올라도 그린시티 사람 누구도 신경 쓰지 않아. 고작 '멋지다, 블랑슈'나 '학부모 회의에서 연주회 고마웠어요, 미스 힐굿' 소리나 듣지. 아무도 너의 음악에 귀를 기울이지 않아. 오래전 내가 시카고나 뉴욕에 관해 이야기하면 사람들은 나를 놀리고 비웃었어요. '그린시티에 있으면 가장 커다란 개구리가 될 수 있는데 뭐 하러 더 큰 연못으로 가 작은 개구리가 되려고 해?' 그래서 저는 주저앉았죠. 그사이 내게 충고한 사람들은 그 도시를 떠나버렸거나 아니면 죽었어요. 죽어서 떠난 사람도 있었고요. 남은 이들은 여전히 귀를 틀어막았죠. 그러다 지난주 드디어 용기를 내서 자신에게 말했답니다. 잠깐! 언제부터 개구리에게 날개가 생겼지?"

"그래서 서쪽으로 여행을 떠나셨군요?" 테를 씨가 말했다.

"영화에 출연하거나 달빛 아래서 오케스트라 연주를 하려고요. 어디든 제 음악을 진심으로 들어줄 사람을 위해 연주하고 싶어요."

그들은 따뜻한 어둠 속에 앉아 있었다. 그녀는 말을 마쳤다. 바보 같은 짓이었는지는 모르지만 전부 말해버렸다. 그리고 다시 조용히 자기 의자에 몸을 기댔다.

위층에서 누군가 기침을 했다.

미스 힐굿은 그 소리를 듣고 일어났다.

잠시 후 프렘리 씨는 들러붙은 눈꺼풀을 떼어내고 흩어진 자신의 침대 옆에 쟁반을 놓으려고 허리를 굽힌 여인의 모습을 알아보았다.

"지금까지 아래층에서 무슨 이야기를 했습니까?"

"나중에 다시 와서 전부 말해줄게요." 미스 힐굿이 말했다. "지금은 드세요. 샐러드가 맛이 좋아요." 그녀는 방을 나가려고 몸을 돌렸다.

그가 재빨리 말했다. "여기 묵을 겁니까?"

그녀는 문간에 서서 어둠 속에서 땀에 젖은 그의 얼굴에 어떤 표정이 떠올랐는지 살펴보려고 했다. 프렘리 씨 쪽에서는 그녀의 입도 눈도 보이지 않았다. 그녀는 말없이 조금 더 서 있다가 계단 쪽으로 향했다.

"내 말이 잘 들리지 않았나 보군." 프렘리 씨가 말했다.

그러나 그는 그녀가 들었다는 것을 알고 있었다.

미스 힐굿은 아래층 로비를 가로질러 걸어가 가죽가방 위쪽의 자물쇠를 손으로 더듬어 찾았다.

"저녁 식삿값을 내야겠어요."

"무료입니다." 테를 씨가 말했다.

"아니, 내겠어요." 그녀는 그렇게 말하고 가방을 열었다.

가방에서 갑자기 황금빛이 흘러나왔다.

의자에 앉은 두 남자가 활기를 띠었다. 그들은 실눈을 뜨고 몸집이 작은 노부인이 거대한 하트 모양 물체 옆에 서 있는 것을 보았다. 그녀의 머리 위로 우뚝 솟은 하프는 반짝이는 매발톱꽃 모양 받침대 위에 서 있었고, 기둥에 새겨진 영양의 눈을 한 차분한 그리스풍 얼굴은 미스 힐굿처럼 그들을 차분히 바라보고 있었다.

두 남자는 재빨리 놀란 표정을 주고받았다. 곧 무슨 일이 벌어질지 아는 얼굴이었다. 그들은 힘겹게 숨을 쉬며 서둘러 로비를 가로질러 걸어가 뜨거운 벨벳을 씌운 긴 의자 양쪽 끝에 앉아 축축한 손수건으로 얼굴을 훔쳤다.

미스 힐굿은 의자를 끌어당겨 앉아 황금빛 하프를 부드럽게 어깨에 기대고는 줄에 손을 가져다 댔다.

테를 씨는 불처럼 뜨거운 공기를 한숨 들이마시고 기다렸다.

갑자기 사막의 바람이 바깥 현관으로 불어닥쳐 간밤의 그들처럼 철제 흔들의자를 밤 연못에 떠 있는 배처럼 흔들어댔다.

프렘리 씨의 못마땅한 목소리가 위층에서 들려왔다. "거기 아래층은 무슨 일이야?"

바로 그때 미스 힐굿이 손을 움직였다.

그녀의 손가락은 어깨 근처 활 모양 부분에서 시작해 기둥 위에 서 있는 그리스 여신의 보이지 않는 아름다운 시선 쪽으로 움직였다 되돌아왔다. 그녀는 잠시 손을 멈추고 하프 소리가 불로 구운 듯한 로비의 공기를 뚫고 빈방들로 울려 퍼지게 놔두었다.

행여 프렘리 씨가 소리를 질렀다고 해도 아무도 듣지 못했을 것이다. 테를 씨도 스미스 씨도 그늘 속에서 벌떡 일어나 온 마음을 빼앗긴 채 자신의 심장이 내달리는 소리와 충격을 받아 폐로 몰려오는 공기 소리 말고는 아무 소리도 들을 수가 없었다. 눈을 크게 뜨고 입을 크게 벌리고, 말하자면 완전히 정신을 잃은 채 그들은 두 여인을 물끄러미 쳐다보았다. 한 여인은 황금 기둥 위에 서 있는 앞이 보이지 않는 당당한 뮤즈이고, 또 한 여인은 가만히 눈을 감고 작은 손을 앞으로 내밀고 앉아 있는 노부인이었다.

소녀 같군. 두 사람은 아무 생각이나 떠올렸다. 작은 소녀가 창밖으로 손을 내민 것 같아. 왜 손을 내밀었을까? 당연히, 당연히 그것 때문이지!

비를 느끼려고.

소나기의 첫 울림이 저 멀리 둑길과 지붕의 홈통으로 사라졌다.

위층의 프렘리 씨는 누군가 귀를 잡아당기기라도 한 듯 침대에서 벌떡 일어났다.

미스 힐굿은 하프를 켰다.

그녀가 연주한 곡은 그들이 전혀 모르는 곡이었지만, 긴 생을 사는 동안 가사든 가락이든 수천 번은 들어본 곡이었다. 그녀의 손가락이 움직일 때마다 어두운 호텔 안에 비가 후드득 떨어졌다. 비는 열린 창을 통해 시원하게 쏟아져 들어왔고 바싹 구워진 뜨거운 현관 바닥을 씻어내렸다. 비는 지붕에도 떨어졌고 뜨거운 모래 위에도 쉭쉭 소리를 내며 떨어졌다. 녹슨 자동차에도 텅 빈 마구간에도 정원의 죽은 선인장에도 떨어졌다. 비는 창을 씻어내리고 먼지를 가라앉히고 빗물받이통을 채우고 문간에 빗방울을 엮어 만든 발을 쳤다. 사람이 지나갈 때마다 딸랑 소리가 날 것만 같았다. 그러나 무엇보다도 비는 경쾌한 감촉과 서늘한 기운을 테를 씨와 스미스 씨에게 퍼부었다. 두 노인은 비의 보드라운 무게와 압력에 짓눌린 듯 차츰 허리를 숙이더니 다시 의자에 앉았다. 빗줄기가 끊임없이 얼굴을 찌르고 솟구쳐 두 사람은 눈을 감고 입을 다물고 손을 들어 비를 막았다. 그들은 거기 앉아 천천히 머리를 뒤로 젖히고 빗줄기에 얼굴을 맡겼다.

한바탕 폭우가 잠시 이어졌다가, 손가락이 하프 줄에서 떨어지면 잦아들더니, 마지막으로 두어 차례 심하게 퍼부으며 휘몰아쳤다가 그쳤다.

수십억 개의 빗방울이 번갯불을 맞고 그대로 얼어붙은 사진처럼 마지막 화음이 공중에서 멈추었다. 그리고 번개가 사라지자 마지막 빗방울도 조용히 어둠 속으로 떨어졌다.

미스 힐굿이 하프 줄에서 손을 뗐다. 눈은 여전히 감은 채였다.

테를 씨와 스미스 씨는 눈을 뜨고 로비 건너편의 두 여인을 보았다. 기적과도 같이 둘 다 폭풍우를 전혀 맞지 않고 바싹 마른 모습이었다.

그들은 몸을 떨었다. 무슨 말을 하려는 듯 앞으로 몸을 기울였다. 그러나 뭘 어찌해야 좋을지 몰라 당황한 것 같았다.

그때 호텔 위층에서 무슨 소리가 들렸고, 그 소리 덕분에 뭘 어떻게 하면 좋을지 알게 되었다.

그 소리는 지친 새가 힘없이 날개를 퍼덕이는 것처럼 희미하게 아래층으로 내려앉았다.

두 남자는 고개를 들어 귀를 기울였다.

프렘리 씨의 소리였다.

프렘리 씨는 자기 방에서 박수갈채를 보내고 있었다.

5초 정도가 지나서야 테를 씨는 그 소리를 깨닫고 스미스 씨의 옆구리를 찌른 다음 먼저 손뼉을 치기 시작했다. 두 사람은 우레와 같은 박수를 보냈다. 메아리가 호텔의 빈방을 떠돌며 울려 퍼졌고 벽으로 거울로 창으로 부딪치며 밖으로 달아나려 했다.

이 새로운 폭우가 느닷없이 찾아왔다는 듯 미스 힐굿이 눈을 떴다.

이제 남자들이 연주할 차례였다. 그들은 열광적으로 손뼉을 쳤다. 마치 손 안에 폭죽을 가득 쥐고 터뜨리는 것 같았다. 프렘리 씨가 소리를 질렀지만 아무도 듣지 못했다. 손가락이 부어오르고 숨이 가빠질 때까지 계속해서 손뼉을 쳤다. 그들은 마침내 무릎 위에 손을 내려놓았다. 다들 가슴이 터질 듯이 뛰었다.

이윽고 스미스 씨가 아주 천천히 일어나 눈은 여전히 하프를 보면서 밖에 나가 하프 케이스를 가져왔다. 그는 로비 계단 발치에 서서 한동안 미스 힐굿을 바라보았다. 그리고 계단의 첫째 단 구석에 있는 그녀의 유일한 짐을 흘낏 보았다. 하프 케이스와 그녀를 번갈아 보다가 뭔가를 묻는 듯 눈썹을 추켜 올렸다.

미스 힐굿은 자신의 하프를 보았다가 하프 케이스를 보았다가 다시 테를 씨를 보고 마지막으로 스미스 씨를 보았다.

그녀는 고개를 한 번 끄덕였다.

스미스 씨는 허리를 굽혀 자신의 짐가방을 한쪽 겨드랑이에 끼고 어두운 계단을 느릿느릿 오르기 시작했다. 그 사이 미스 힐굿은 다시 어깨에 하프를 대고 연주를 시작했다. 그녀가 그의 움직임에 맞추어 연주했는지 그가 그녀의 연주에 맞추어 움직였는지는 두 사람 다 알지 못했다.

스미스 씨는 계단 중간에서 프렘리 씨를 만났다. 그는 빛바랜 가운을 입고 천천히 아래로 내려오고 있었다.

두 사람은 거기 서서 로비 구석에 있는 한 남자와 반대편 구석에 있는 두 여인을 바라보았다. 어렴풋한 빛과 움직임 말고는 아무것도 없었다. 두 사람 다 똑같은 생각을 했다.

이제 그들 생의 매일 밤, 하프 켜는 소리가, 시원하게 떨어지는 빗소리가 들리겠지. 더는 정원용 호스로 지붕에 물을 뿌리지 않아도 된다. 그저 포치에 앉아, 침대에 누워, 들으면 된다. 떨어지고, 떨어지고, 또 떨어지는 그 소리를.

스미스 씨가 계단을 올라갔다. 프렘리 씨는 계단을 내려갔다.

하프여, 하프여. 귀를 기울이고 들어라!

50년의 가뭄은 끝났다.

기나긴 비의 시대가 왔다.

CHRYSALIS

번데기가 된 사나이

록웰은 방에서 풍기는 냄새가 싫었다. 그것은 머피가 마시는 맥주 냄새도 아니었고 씻지 않은 하틀리의 몸에서 풍기는 피로의 냄새도 아니었다. 침대 위에 나체로 뻣뻣하게 누워 있는 스미스의 차가운 초록색 몸이 피우는 톡 쏘는 듯한 곤충의 냄새였다. 거기에 작은 방 한 귀퉁이에서 번들거리는 이름 모를 기계의 기름 냄새도 섞여 있었다.

스미스라는 사내는 시체였다. 록웰은 초조하게 의자에서 일어나 청진기를 챙겨 들었다. "난 병원으로 돌아갈 거야. 전쟁이 몰려오고 있어. 너도 이해하지, 하틀리? 스미스는 죽은 지 여덟 시간이나 되었잖아. 더 알고 싶은 게 있으면 차라리 검시관을 부르…."

하틀리가 앙상한 뼈만 남은 손을 덜덜 떨며 내밀자 록웰은 말을 멈추었다. 하틀리는 손을 들어 시체를 가리켰다. 시체의 살갗은 바삭거리는 딱딱한 초록색 껍질로 단단하게 굳어 있었다. "다시 청진기를 대봐, 록웰. 딱 한 번만, 제발."

록웰은 내키지 않았지만, 그저 한숨을 내쉬며 다시 자리에 앉아 청진기를 대보았다. 하틀리는 동료 의사이므로 예의를 갖춰 대해야 했다. 그러니 차가운 초록색 살갗에 청진기를 대고 듣는 시늉이라도 하는 수밖에.

조명이 어둑한 작은 방이 갑자기 폭발하는 것만 같았다. 차가운 초록색 맥박이 고동쳤다. 맥박 소리가 주먹질이라도 하듯이 록웰의 귀를 세게 쳤다. 가로누운 시체에 닿아 있는 자신의 손가락까지 움찔움찔하는 게 눈으로 보였다.

맥박 소리였다.

시체의 어둠 속 깊은 곳에서 심장이 한 번 뛰었다. 마치 심해에서 들려오는 메아리 같았다.

스미스는 숨을 쉬지 않았고 미라 상태로 죽어 있었다. 그런데 죽어버린 몸 한가운데에 심장이 살아 있었다. 살아서 아직 태어나지 않은 작은 아기처럼 움직이고 있었다!

록웰의 외과 의사다운 깡마른 손가락이 빠르게 움직였다. 그는 고개를 숙였다. 빛 아래 보이는 그의 검정 머리카락 사이사이 잿빛 머리칼이 보였다. 얼굴은 균형이 잘 잡히고 이목구비가 질서정연한 미남이었다. 나이는 약 서른다섯 정도. 그는 매끄러운 뺨 위로 흐른 땀이 차갑게 식을 때까지 몇 번이고 청진기로 심장 소리를 들었다. 맥박이라니, 믿을 수가 없었다.

35초에 한 번씩 심장이 뛰고 있었다.

스미스가 호흡을 한다니, 4분에 한 번씩 숨을 쉰다면 누가 믿을까? 폐의 움직임은 감지되지 않았다. 체온은 어떨까?

6도였다.

하틀리가 웃음을 터뜨렸다. 그러나 흡족해서 웃는 웃음은 아니었다. 그보다는 방향을 잃고 헤매는 메아리에 더 가까웠다. "역시 살아 있어." 그는 지친 기색으로 말했다. "정말로 살아 있어. 나도 여러 번 속아 넘어갈 뻔했지. 심장 박동을 빠르게 해보려고 아드레날린을 주사했지만, 효과가 없었어. 스미스는 이런 상태로 12주 동안 지냈어. 이러니 더 이상 이자를 비밀로 해둘 수가 없었어. 그래서 너한테 전화한 거야, 록웰. 정말이지 이자는 기괴해."

그 불가능성을 생각하고 록웰은 온몸으로 설명할 길 없는 흥분을 느꼈다. 스미스의 눈꺼풀을 들어 올려봤지만 할 수가 없었다. 눈꺼풀은 외피로 덮였다. 입술도 마찬가지였다. 콧구멍도 그랬다. 스미스가 숨을 쉴 방법은 없었다.

"하지만 숨을 쉬고 있어." 록웰의 목소리는 잔뜩 억눌려 있었다. 멍하니 있다가 청진기를 떨어뜨렸는데, 다시 주워 드는 손이 덜덜 떨고 있었다.

하틀리의 길쭉하고 여윈 몸이 초조하게 진료대 쪽으로 다가왔다. "스미스는 내가 널 부르는 걸 원치 않았어. 하지만 난 널 불렀지. 스미스가 그러지 말라고 경고까지 했는데 말이야. 불과 한 시간 전의 일이야."

록웰이 검은 눈을 부릅떴다. "스미스가 어떻게 너한테 경고를 해? 움직일 수도 없는데?"

하틀리의 면도날처럼 날카롭게 불거진 뼈, 단단한 턱, 갸름하게 뜬 회색 눈이 불안하게 씰룩거렸다. "스미스는 생각을 하거든. 나는 그가 무슨 생각을 하는지 알아. 그는 네가 자기를 이 세상에 노출할까 걱정해. 게다가 나를 몹시 미워하지. 왜냐고? 내가 그를 죽이고 싶어 하니까. 자, 이걸 봐." 하틀리는 얼룩이 묻은 구깃구깃한 외투 주머니를 뒤져 푸른색 권총을 꺼냈다. "머피, 이걸 가져가. 내가 불쾌하기 짝이 없는 스미스의 시신에 총을 쏴버리기 전에 이걸 가져가."

머피의 두툼하고 붉은 얼굴에 두려움이 왈칵 일어났다. 그는 뒷걸음질을 치며 말했다. "나는 권총 싫어. 록웰, 네가 가져가."

록웰은 수술용 메스처럼 날카롭게 외쳤다. "권총 치워, 하틀리. 석 달 내리 한 환자만 돌보니 심리상태가 정상일 리가 있겠어? 잠을 좀 자는 게 좋겠어." 그는 혀끝으로 입술을 축였다. "그런데 스미스는 어떤 병에 걸렸던 거지?"

하틀리의 몸이 휘청거렸다. 그는 천천히 입을 열었다. 선 채로 깜박

잠이 들었던 록웰이 정신을 차렸다. "병에 걸린 게 아니야." 하틀리가 가까스로 말했다. "어떻게 된 일인지는 나도 모르겠어. 스미스가 원망스러워. 새로 동생이 생긴 걸 원망하는 꼬마가 된 기분이야. 이 사람은 가망이 없어. 그러니 록웰 네가 나를 좀 도와줘야겠어. 도와줄 거지?"

"물론이지." 록웰은 웃었다. "내 연구실이 외딴곳에 있으니 그리로 데려가는 게 좋겠어. 스미스야말로 역사상 가장 믿을 수 없는 의학 현상이 아니겠어? 이런 식으로 활동하는 시신이 어디 있어!"

록웰은 더 이상 말할 수 없었다. 하틀리가 록웰의 복부 한복판을 향해 권총을 겨누었던 것이다. "잠깐, 잠깐. 설마 스미스를 숨겨주려는 건 아니겠지? 날 도와줄 거라고 했잖아. 스미스는 위생적이지 않아. 위험하기까지 하다고! 그를 죽여야 해! 나는 알아, 그가 얼마나 위험한 존재인지!"

록웰은 눈을 깜박였다. 하틀리는 정신신경증을 앓는 게 분명했다. 그가 도대체 무슨 말을 하는지 알 수가 없었다. 록웰은 어깨를 펴고 마음에 냉철함과 차분함을 되찾았다. "어디 한번 스미스를 쏴봐. 내가 살인죄로 신고할 테니까. 넌 정신적으로나 육체적으로나 과로했어. 그만 권총을 치워."

그들을 서로 노려보았다.

록웰은 조용히 앞으로 걸어가 권총을 붙잡고 다 이해한다는 듯 하틀리의 어깨를 다독이고는 무기를 머피에게 건넸다. 머피는 권총이 자기를 물어뜯기라도 할 것처럼 바라보았다. "머피, 병원에 전화해서 일주일 휴가를 내겠다고 알려. 어쩌면 더 길어질 수도 있다고 해. 내 연구실로 가서 연구할 게 있다고 전해줘."

머피의 살진 붉은 얼굴에 매서운 표정이 일었다. "이 총은 어쩌고?"

하틀리가 이를 악물고 대답했다. "총은 네가 가지고 있어. 언젠간 총을 쓰고 싶을 때가 올 거야."

록웰은 역사상 가장 기적적인 인간을 자신이 소유하고 있다고 온 세상을 향해 외치고 싶었다. 스미스는 햇빛이 밝게 비치는 사막의 연구실 진료대에 한마디 말도 없이 누워 있었다. 잘생긴 얼굴은 어떤 열띤 표정도 없이 초록색으로 굳어 있었다.

록웰은 조용히 방 안으로 들어가 초록색 가슴에 청진기를 댔다. 청진기의 금속이 닿으면서 딱정벌레 껍질에 부딪히는 소리가 났다.

머피가 옆에 서서 방금 마신 맥주 냄새를 풍기며 미심쩍은 얼굴로 시신을 내려다보았다.

록웰은 주의 깊게 귀를 기울였다. "구급차를 타고 오는 동안 시체가 난폭하게 흔들렸을 거야. 기회가 있었대도 별 소용 없었겠지만…."

록웰이 갑자기 비명을 질렀다.

머피가 묵직한 몸을 옆으로 움직였다. "무슨 일이야?"

"무슨 일이냐고?" 록웰은 황망한 표정으로 주위를 둘러보았다. 그는 한 손을 주먹으로 꽉 쥐었다. "스미스가 죽어가고 있어!"

"그걸 어떻게 알아? 하틀리는 스미스가 죽은 척한다고 했어. 이번에도 스미스는 널 속이고 있을지도 몰라."

록웰은 분주하게 움직이며 시신에 약물을 주사했다. 목소리를 한껏 높여 욕을 퍼부으며 아무 약이나 닥치는 대로 넣었다. 여기까지 오는 데 얼마나 큰 공을 들였는데, 이제 와서 스미스를 잃을 수는 없었다. 안 된다. 적어도 지금은 아니다.

스미스의 몸속 깊은 곳에서 뭔가 덜덜 떨며 삐걱거리고 비틀거리더니 액체가 미친 듯이 흐르는 소리가 들리다가 이내 희미하게 화산이 터지는 듯한 소리가 났다.

록웰은 침착하려고 애썼다. 스미스는 자신이 맡은 환자다. 그에게는 정상적인 처치가 아무런 효과가 없다. 이제 어쩌지? 뭘 하지?

록웰은 스미스를 뚫어지게 바라보았다. 딱딱해진 스미스의 살갗에 햇빛이 와 부딪쳤다. 뜨거운 햇빛이었다. 빛이 청진기 끝에서 튀어 올랐다. 태양이었다. 그가 지켜보는 사이 구름이 하늘을 가로지르며 해를 가렸다.

방 안이 어두워졌다. 스미스의 몸도 흔들림을 멈추었다. 화산 폭발도 사라졌다.

"머피, 블라인드를 쳐! 해가 나타나기 전에 어서!"

머피는 지시대로 따랐다.

스미스의 심장이 굼뜨게 움직이기 시작했다.

"스미스에겐 햇빛이 좋지 않은 모양이야. 뭔가를 방해하는 것 같아. 이유는 모르지만, 그런 것 같아." 록웰은 긴장을 풀었다. "아아, 나는 스미스를 잃고 싶지 않아. 누구에게도 뺏기고 싶지 않아. 그는 특별해. 뭔가가 있어. 사람들은 절대로 하지 못할 일을 하고 있어. 그게 뭘까, 머피?"

"글쎄, 뭘까?"

"스미스는 고통스러워하지 않아. 그렇다고 죽어가지도 않아. 하틀리가 뭐라고 하든 그는 죽지 않는 편이 더 좋겠어. 지난밤 여기 연구실로 데려오려고 스미스를 들것에 싣다가 문득 깨달았지. 스미스는 나를 좋아한다고 말이야."

"허! 처음엔 하틀리가 그러더니 이번엔 너까지! 스미스가 너한테 그렇게 말했어?"

"아니, 스미스는 아무 말도 하지 않았어. 하지만 저 딱딱한 피부 아래 의식이 전혀 없는 건 아니야. 그는 의식이 있어. 그래, 바로 그거야! 그는 의식이 있어."

"간단하게 사실만 말하자면 그는 돌처럼 굳어가고 있어. 그러다 곧 죽겠지. 음식 섭취를 하지 않은지도 몇 주일이나 되었어. 하틀리가 그렇게 말했잖아. 처음엔 정맥주사로 급식했는데 피부가 점점 딱딱해지는 바람에 주삿바늘이 들어가지 않았다고."

끼익 소리가 나며 작은 방의 문이 천천히 열렸다. 록웰은 화들짝 놀랐다. 몇 시간 자고 나서 날카로운 기운이 한껏 누그러진 하틀리였다. 그러나 회색 눈동자에는 여전히 적대적인 눈빛이 실려 있었다. "네가 방을 나가기만 하면 내가 곧바로 스미스를 파괴할 거야. 알겠어?" 하틀리가 문간에 서서 말했다.

"한 발짝도 다가오지 마." 록웰은 솟구치는 짜증을 억누르며 하틀리 옆으로 걸어갔다. "이제 넌 이 방에 올 때마다 무기가 있는지 없는지 검사를 받아야 해. 솔직히 난 널 믿을 수가 없거든." 무기는 없었다. "왜 처음부터 햇빛 이야기를 하지 않았지?"

"뭐?" 하틀리가 천천히 말했다. "아! 그렇지. 깜박 잊었어. 몇 주 전에 스미스를 다른 곳으로 옮기려고 했는데 햇빛을 받으니 정말로 죽어가기 시작하더군. 그래서 옮기려던 생각도 그만두었지. 스미스는 희미하게나마 자신에게 어떤 일이 생길지 알고 있었던 것 같아. 그래서 미리 계획을 세워둔 것 같아. 확신할 수는 없지만, 그는 몸이 완전히 굳어버리기 전에 게걸스럽게 먹었어. 아직 말할 수 있을 때도 12주 동안은 자신을 절대 옮기지 말라고 경고했지. 햇빛을 좋아하지 않고, 햇빛을 쐬면 일을 망칠 거라고 하더라고. 처음엔 농담이라고 생각했는데, 농담이 아니었어. 그는 짐승처럼 먹어댔어. 굶주린 들짐승처럼 먹더니 무의식 상태에 빠지고는 결국 이 상태가 되었지." 하틀리가 나지막하게 욕을 뱉었다. "차라리 햇볕에 오래 두어 죽게 놔두지 그랬어."

머피가 110킬로그램이나 되는 몸집을 움직였다. "저기, 우리도 스미스 병에 걸리면 어쩌지?"

하틀리는 시신을 내려다보았다. 그의 동공이 작아졌다. "스미스는 병에 걸린 게 아니야. 시신을 보면 퇴화하는 게 보이지 않아? 암 같은 거야. 다만 암에 걸린 건 아니고 그 경향성만 물려받은 거지. 일주일 전까지만 해도 스미스가 두렵거나 밉지 않았어. 그러다 그가 콧구멍과 입이 막힌 상태로도 호흡하고 존재하며 살아간다는 것을 깨달았지. 어떻게 그런 일이 있을 수 있을까? 절대로 있어서는 안 되는 일이잖아."

머피의 목소리가 떨렸다. "너도 나도 록웰도 전부 초록색으로 변하고 온 나라에 전염병이 창궐하면 어쩌지? 그러면 우린 어떡해?"

"그러면." 록웰이 대답했다. "만약 내 생각이 틀렸다면 나는 죽겠지. 그러나 나는 조금도 걱정되지 않아."

록웰은 다시 스미스를 향해 몸을 돌리고 하던 일을 계속했다.

종이 하나. 종이 하나. 종이 두 개. 종 두 개. 열두 개의 종. 백 개의 종. 만 개의 종. 백만 개의 종이 짤랑짤랑 금속 두드리는 소리를 낸다. 그 많은 종이 울부짖으며 비명을 지르며 귀를 때리고 고막을 찢으며 일시에 태어난다!

짤랑짤랑, 큰 소리 작은 소리, 높은 테너 낮은 베이스로 합창한다. 거대한 추가 종 몸체를 두드리며 격렬하게 공기를 찢는다!

그 모든 종이 한꺼번에 울려대도 스미스는 여기가 어디인지 곧바로 알 수가 없었다. 눈꺼풀이 단단히 붙어 있어서 보이지 않았고 입술이 한데 붙어버려서 말도 할 수 없다는 것을 알고 있었다. 귀도 꽉 막혀 있었지만, 종소리가 계속 귀를 때려댔다.

그는 볼 수 없었다. 그러나 사실은 볼 수 있었다. 눈이 안쪽의 두개골을 향해 있는 것처럼 작고 어두운 붉은 동굴 안에 와 있는 기분이었다. 스미스는 혀를 움직여보려고 했다. 혀를 움직여 소리를 지르려다가 혀가 없다는 것을 깨달았다. 혀가 있던 자리에는 혀이기를 원하는 가려운 자리만 남았다.

혀가 없었다. 이상하다. 왜지? 스미스는 종소리를 멈춰보려고 했다. 그러자 종소리가 멈추고 고요가 은총처럼 차가운 담요로 그의 몸을 감쌌다. 무슨 일이 벌어지고 있었다. 분명히 벌어지고 있었다.

스미스는 손가락을 움직여보려고 했지만 할 수 없었다. 발 하나도 다리 하나도 발가락 하나도 머리도, 모든 것이 그랬다. 어떤 것도 움직이지 않았다. 상반신도 팔다리도 콘크리트로 만든 관 속에 얼어붙어 있는 것처럼 꼼짝도 할 수가 없었다.

잠시 후 자신이 더 이상 숨을 쉬고 있지 않다는 사실을 깨달았다. 왈칵 공포가 몰려왔다. 어쨌든 폐로는 숨을 쉬지 않았다.

"나에겐 폐가 없으니까!" 그는 속으로 소리를 질렀다. 그 정신의 비명은 물속 깊이 가라앉아 거미줄로 뒤엉켜 단단히 굳더니 어두컴컴한 붉은 파도 속을 자울자울 떠다녔다. 어둡고도 붉은 파도는 깜박깜박 졸면서 비명을 감싸 안더니 먼 곳으로 떠내려갔다. 이제 스미스는 조금 더 편하게 쉴 수 있었다.

두렵지 않아. 스미스는 생각했다. 나는 적어도 내가 무엇을 알지 못하는지는 알고 있어. 그 이유까지는 몰라도 내가 두려워하지 않는다는 것을 알고 있어.

혀가 없고 코가 없고 폐가 없네.

그렇지만 곧 돌아오겠지. 그래, 돌아올 거야. 무슨 일인가가 벌어지고 있어.

딱딱한 껍질이 되어버린 몸의 숨구멍을 통해 공기가 스며들어왔다. 마치 빗줄기가 그의 몸 곳곳을 뚫고 들어와 생명을 불어넣는 것 같았다. 수십억 개의 아가미를 통해 호흡하면서 산소와 질소와 수소와 이산화탄소를 들이마시고 그것들을 모두 이용하고 있었다. 궁금하다. 그의 심장은 아직도 뛰고 있을까?

그렇다. 심장은 뛰고 있었다. 아주 천천히, 느리게, 느릿느릿. 붉고 희미하게 속삭이며 물결이, 강물이 그의 주변을 천천히, 느리게, 느릿느릿 흘러갔다. 그토록 멋지게.

아주 편안하게.

날이 가고 몇 주가 흐르면서 퍼즐 조각은 더 빨리 맞춰졌다. 머피가 거들었다. 은퇴한 외과 의사인 머피는 오랫동안 록웰의 조수로 일했다. 큰 도움은 못 되어도 좋은 동료였다.

록웰은 머피가 스미스를 두고 초조하게 퉁명스러운 농담을 많이 한다는 사실을 깨달았다. 아마 마음을 가라앉히려는 노력일 것이다. 그러던 어느 날 머피가 하던 일을 멈추고 잠시 뭔가를 곰곰이 생각해보더니 천천히 말했다. "이봐, 방금 깨달았어! 스미스는 살아 있어! 죽어야 하는데, 살아 있다고! 오오, 맙소사!"

록웰은 웃음을 터뜨렸다. "아니, 그걸 이제 알았어? 그동안 내가 뭘 연구하고 있다고 생각한 거야? 다음 주에는 엑스레이 기계를 가져와서 스미스의 딱딱한 껍질 안에 뭐가 있는지 살펴봐야겠어." 록웰은 피하주사 바늘을 찔렀다. 주삿바늘은 딱딱한 껍질에 막혀 부러지고 말았다.

록웰은 또 다른 바늘로 계속해보다가 마침내 성공했고, 피를 뽑아 현미경으로 관찰했다. 몇 시간 후 그는 혈청 검사자료를 머피의 붉은 코 아래 들이밀며 말했다.

"세상에, 말도 안 돼. 스미스의 피에는 살균력이 있어. 여기에 연쇄 구균 군집을 떨어뜨렸더니 8초 후 균이 전멸했어! 우리에게 알려진 모든 병균을 스미스의 몸에 주사하면 스미스는 그 병균을 모두 파괴하고 그걸 먹으며 살아갈 거야!"

몇 시간 안에 또 다른 발견들이 줄을 이었다. 록웰은 잠을 이룰 수가 없었다. 밤마다 뒤척이며 거창한 생각들을 이리저리 떠올리고 잇달아 가설을 세웠다. 예를 들면….

하틀리는 스미스가 앓는 동안 최근까지 매일 많은 양의 혈액과 음식을 주입했다. 그런데 그 음식 중 배설된 것은 하나도 없었다. 전량 몸속에 저장되었는데 다량의 지방으로 축적된 것이 아니라 완벽하게 비정상적인 용액 상태로 저장되었다. 이 의문의 액체가 스미스의 혈액에 고밀도로 포함되어 있었다. 용액 30밀리리터만 있으면 한 사람이 사흘 동안 충분히 먹을 수 있었다. 이 의문의 용액은 몸 안을 돌아다니다가 필요할 때가 되면 알아서 일했다. 지방보다 훨씬 요긴하게 쓰였다. 훨씬 더!

록웰은 자신의 발견에 흥분했다. 스미스는 몇 달 동안 활용할 수 있는 용액을 몸 안에 저장해두었다. 이른바 자급자족이었다.

록웰의 설명을 들은 머피가 서글프게 자신의 올챙이배를 쓰다듬었다. "나도 이런 식으로 먹을 것을 저장해둘 수 있으면 참 좋겠네."

그게 전부가 아니었다. 스미스는 공기도 거의 필요하지 않았다. 그나마 공기도 피부를 통한 삼투압 과정으로 얻었고 분자 하나까지 남김없이 사용했다. 낭비는 없었다.

"게다가 결국 스미스의 심장은 뛰지 않게 될 거야, 영원히!" 록웰이 말했다.

"그러면 그는 죽는 거잖아." 머피가 말했다.

"너나 나라면 그렇겠지. 하지만 스미스라면? 한번 생각해봐, 머피. 종합해서 말하자면 스미스의 몸에는 자기정화형 혈류가 있어. 몇 달 동안 영양을 자체 보충하고 쇠약 상태도 거의 일어나지 않아. 분자 하나까지 남김없이 사용하며 자가진화하니까 모든 미생물에 치명적인 폐기물도 전혀 생기지 않을 거야. 이걸 두고 하틀리는 퇴화라고 한 거야!"

그러나 하틀리는 록웰이 발견한 내용을 전해 듣고도 여전히 초조해했다. 그는 아직도 스미스가 퇴화하고 있으며 위험하다고 주장했다.

머피가 조심스럽게 자기 생각을 말했다. "그런데 이게 다른 모든 세균을 전멸시키는 초강력 전염병이 아니라고 어떻게 단정할 수 있지? 말라리아도 때론 매독을 치료하는 데 사용되잖아. 그렇다고 말라리아가 모든 균을 정복하는 새로운 간균은 아니지."

"좋은 지적이야." 록웰이 말했다. "그런데 우린 지금 아프지 않잖아."

"우리 몸에 잠복해 있을지도 모르지."

"구식 의사의 전형적인 답변이군. 사람에게 어떤 일이 벌어지든지 정상적인 기준에서 벗어나면 아프다고 말해. 의사들은 각 환자를 진단하고 꼬리표를 붙이지 않으면 만족하지 못하지. 나는 스미스가 건강하다고 생각해. 네가 두려워할 만큼 아주 건강하지." 록웰이 말했다.

"넌 미쳤어." 머피가 말했다.

"그럴지도 모르지. 하지만 나는 스미스에게 의학적인 처치가 필요하다고는 생각하지 않아. 그는 자가구제를 실행 중이야. 넌 스미스가 퇴화 중이라고 믿겠지만, 나는 그가 성장 중이라고 말하고 싶어."

"스미스의 피부를 좀 봐." 머피가 불평했다.

"늑대의 가죽을 쓴 양이지. 바깥은 딱딱하고 바삭거리는 표피지만 안쪽은 질서정연하게 재성장하며 변화하고 있어. 왜일까? 곧 알아낼 수 있을 거야. 스미스의 몸 안에서 벌어지는 변화가 너무도 격렬해 보호할 껍데기가 필요한 거지. 그런데 하틀리, 물어볼 게 있어. 솔직하게 대답해 줘. 혹시 어렸을 때 곤충이나 거미 같은 것들을 두려워했어?"

"그랬지."

"그랬군. 공포증이야. 넌 스미스를 상대로 곤충 공포증을 일으키고 있어. 이제야 왜 그렇게 스미스의 변화를 혐오하는지 이해가 되는군."

이어지는 몇 주 동안 록웰은 스미스가 어떻게 살아왔는지 자세히 알아보고 다녔다. 그는 스미스가 일하다가 '병'에 걸린 전자공학 연구소를 찾아갔다. 또 스미스가 '병'에 걸리고 처음 몇 주 동안 하틀리의 보살핌을 받았던 방도 면밀하게 조사했다. 그곳에 있는 기계류나 방사능과 관련한 것들을 죄다 살폈다.

록웰은 연구소를 떠나 있는 동안 스미스를 단단히 가둬두었고, 하틀리가 이상한 행동을 할지도 몰라 머피에게 문 앞을 지키게 했다.

스미스의 스물세 해의 삶은 단순했다. 전자공학 연구소에서 5년 동안 실험을 했고 살면서 심하게 아팠던 적도 없었다.

날이 지날수록 록웰은 연구소 근처의 메마른 강바닥을 혼자서 오래오래 산책했다. 그 시간 동안 머릿속을 떠도는 믿을 수 없는 가설을 조각조각 맞추고 구체화했다.

그러던 어느 날 오후 록웰은 연구소 밖에서 밤에만 피는 재스민꽃 옆에서 걸음을 멈추었다. 그는 빙그레 웃으며 손을 뻗어 높은 가지에서 어두운 빛으로 번들거리는 어떤 것을 집어냈다. 그는 그것을 주머니에 넣고 다시 연구소 안으로 들어갔다.

록웰은 베란다에 나가 있는 머피를 안으로 불러들였다. 머피가 방으로 들어오고 뒤이어 하틀리도 불만 가득한 얼굴로 따라왔다. 세 사람은 건물의 생활공간에 둘러앉았다.

록웰이 말했다.

"스미스는 병에 걸린 게 아니야. 세균은 그의 몸에 살 수 없어. 그렇다고 그의 몸에 죽음의 요정이 깃든 것도 아니고 괴상한 괴물에게 점령당한 것도 아니야. 내가 이런 말을 늘어놓는 것은 모든 가능성을 짚어보기 위해서야. 나는 스미스에 대한 모든 정상적인 진단을 거부하겠어. 그리고 가장 쉽게 받아들일 수 있는 중요한 가능성을 하나 제안할게. 그는 지연형 유전자 돌연변이야."

"돌연변이라고?" 머피가 어이없다는 듯 웃었다.

록웰이 검게 번들거리는 어떤 것을 주머니에서 꺼냈다.

"정원 덤불에서 이걸 발견했어. 내 가설의 완벽한 예시야." 그는 손 안에서 그것을 빙글빙글 돌렸다. "스미스의 증상을 연구하고 그가 다녔다는 연구소를 살펴보고 몇 가지를 고려하고 나서 나는 확신했어. 이건 변태야. 탄생 후 일어나는 퇴화와 변화와 돌연변이 과정이지. 이걸 만져봐. 이게 바로 스미스야."

그는 하틀리에게 그것을 건넸다.

"이건 애벌레의 번데기잖아." 하틀리의 말에 록웰이 고개를 끄덕였다.

"그래, 번데기야."

"설마 스미스가 지금, 번데기라는 말은 아니지?"

"확실히 번데기야." 록웰이 대답했다.

록웰은 저녁의 어둠 속에서 스미스의 시신을 내려다보았다. 하틀리와 머피는 한쪽 구석에서 귀를 세우고 조용히 앉아 있었다. 록웰이 스미스를 살짝 건드렸다. "태어나 70년 정도를 살다가 죽는 것 말고 우리 삶에 다른 게 있다고 생각해보자고. 인간이라는 존재에 한 번 이상의 커다란 단계가 있다고 생각해봐. 스미스는 인류 최초로 그 단계를 밟고 있어. 애벌레를 보면 그 자체로 정적인 상태 같지만, 언젠가는 나비로 변하지. 왜 일까? 어떤 이론으로도 그 이유를 확실히 설명할 수는 없어. 어쨌든 그 과정은 진보야. 변화할 수 없을 것으로 생각한 어떤 것이 스스로 움직여 중간단계, 즉 전혀 알아볼 수 없는 번데기 상태가 되었다가 나비로 변하지. 밖에서 보면 번데기는 꼭 죽은 것 같아. 엉뚱한 방향으로 보여. 스미스도 우리에게 엉뚱한 방향을 보여줬어. 밖에서 보면 죽은 사람이지. 하지만 안쪽은 용액이 회오리치며 분명한 목적을 가지고 왕성하게 돌아다니잖아. 유충은 모기가 되고 애벌레는 나비가 되는데 스미스는 무엇이 될까?"

"스미스가 번데기라고?" 머피가 큰 소리로 웃었다.

"그래."

"인간은 그런 식으로 변하지 않아."

"관두자. 이 진화단계는 머피 네가 이해하기엔 너무 거창하니까. 내 말에 반박하려거든 이 시신부터 살펴봐. 이 피부며 눈이며 호흡 상태며 혈류를 살펴보고 하라고. 스미스는 겉이 딱딱한 상태로 동면하기 위해 몇 주 동안 음식물을 섭취했어. 왜 그렇게 많이 먹었을까? 왜 몸 안에 의문의 용액이 필요했을까? 변태를 위해서가 아니라면 왜 그랬겠어? 그리고 이 모든 원인은 방사능이었어. 스미스가 일한 전자공학 연구소의 장비에서 다량의 방사능이 검출됐어. 계획적이었는지 우연이었는지는 몰라. 다만 방사능이 그의 핵심 유전자 구조를 건드렸어. 수천 년 동안 작동할 계획이 없었던 인간의 진화 구조를 일부 건드린 거야. 어쩌면."

"언젠가는 모든 인간이 그렇게 될 거라고 생각해?"

"구더기는 계속 썩은 연못에 머무르지 않아. 유충도 계속 흙 속에만 있지 않지. 애벌레도 배춧잎에 마냥 있지만은 않고. 다들 변화하며 파도를 타고 멀리멀리 번져 가잖아. 우리 인간의 다음 단계는 뭘까? 우리는 여기서 어디로 갈까? 이 질문에 대한 대답이 바로 스미스야. 우리는 우주의 텅 빈 벽을 마주하고 있어. 그 우주에서 살아갈 운명에 처해 있단 말이야. 그런데 지금 인간은 우주에 맞설 준비가 전혀 되어 있지 않잖아. 최소한의 노력만으로도 인간은 지쳐버리고 과로는 인간의 심장을 짓누르고 몸에 병을 안겨주지. 어쩌면 스미스는 '우리는 왜 사는가'라는 철학자들의 질문에 대답할 준비가 되어 있을지도 몰라. 그가 우리에게 새로운 목적을 줄 수도 있지. 아아, 우리는 간장 종지만 한 행성에서 서로 잡아먹을 듯이 싸우는 쩨쩨한 벌레에 불과해. 인간은 계속해서 미약하고 나약한 상태로 여기 머무를 생각이 없겠지만, 아직은 더욱 위대한 지식의 비밀까지 캐내지는 못했어. 하지만, 인간을 변화시킨다면? 완벽한 인간을 만들어낸다면? 쩨쩨한 정신을 제거하고 완벽한 심리, 신경, 생리 상태를 스스로 통제할 수 있는 초인이 된다면? 명백하고도 예리하고 사고할 수 있고 지칠 줄 모르는 혈류가 있고 외부 음식 없이도 몇 달은 살 수 있고 어떤 기후에도 적응할 수 있으며 어떤 질병도 없앨 수 있는 육체가 생긴다면? 육신의 고통이라는 굴레에서 벗어나 더는 자신의 육체가 부서질까 봐서 꿈꾸기를 두려워하는 가난하고 속 좁은 사람이 아니게 된다면? 그러면 인간은 비로소 전쟁을 벌일 준비를 하겠지. 유일하게 가치가 있는 전쟁, 바로 새롭게 태어난 인간과 완전히 혼란스러운 우주 사이의 전쟁 말이야!"

록웰은 잠깐 숨을 멈추고 거칠게 갈라진 목소리에 쿵쾅거리는 심장을 안고 긴장 상태로 스미스를 내려다보았다. 그는 번데기 위에 두 손을 대고 눈을 감았다. 스미스 안에 깃든 힘과 추동력, 어떤 믿음이 손을 통해 물결쳤다. 내 말이 옳다. 내 말이 옳아. 그는 자기 생각이 옳음을 알았다. 그는 눈을 뜨고 그늘 속의 그림자처럼 어른거리며 앉아 있는 머피와 하틀리를 쳐다보았다.

몇 초간의 정적을 깨뜨리며 하틀리가 킁킁 코담배를 피웠다. "나는 그 가설을 믿지 않아."

머피도 입을 열었다. "스미스의 몸속에 그저 젤리만 가득 차지 않았다는 걸 어떻게 알 수 있지? 엑스레이라도 찍어 봤어?"

"아니, 그런 위험한 짓은 할 수 없었어. 햇빛이 그랬던 것처럼 그의 변화를 방해할지도 모르잖아."

"그가 초인이 되고 있다면, 어떤 모습일까?"

"기다려봐야지."

"스미스는 지금 우리 이야기를 듣고 있을까?"

"들을 수 있는지 없는지 아직은 몰라도 한 가지는 분명해. 우린 어쩌다가 비밀을 공유하게 되었어. 스미스의 애초 계획에 나와 머피의 개입은 없었어. 초인은 사람들이 자기 정체를 아는 것을 좋아하지 않겠지. 인간은 비열하게 질투하고 시샘할 테니까. 스미스는 자기 정체가 드러나면 안전하지 않을 것까지 알고 있었어. 어쩌면 너도 그래서 스미스를 증오하는 건지도 모르고, 하틀리."

다들 귀를 세우고 침묵에 빠졌다. 아무 소리도 들리지 않았다. 록웰의 관자놀이에서 맥박 뛰는 소리만 들렸다. 더 이상 스미스가 아닌 스미스가, 스미스라고 표시되어 있을 뿐 그 안에 무엇이 들어 있는지는 아무도 모르는 그릇이 거기 있었다.

"네 말이 사실이라고 치자." 하틀리가 입을 열었다. "그렇다면 더더욱 그를 없애야 해. 그가 이 세상에 미칠 힘을 생각해보라고. 내가 생각한 대로 그 엄청난 힘이 그의 두뇌까지 영향을 미친다면 그는 탈출하자마자 우릴 죽이려 들 거야. 우린 그의 비밀을 아는 유일한 사람들이니까. 우리가 엿보았다는 사실을 싫어하겠지."

록웰은 느긋하게 받았다. "나는 조금도 두렵지 않아."

하틀리는 입을 다물었다. 방 안에는 그의 호흡 소리만 거칠고 크게 울렸다.

록웰이 진료대를 돌아 나오며 손짓했다.

"자, 다들 자러 가는 게 좋겠어."

하틀리가 탄 자동차가 가느다란 빗줄기 사이로 사라졌다. 록웰은 연구실 문을 닫고 머피에게 오늘 밤은 아래층에 있는 스미스 방 앞의 침대에서 자라고 지시했다. 그는 위층 침실로 올라갔다.

록웰은 옷을 벗고 잠시 지난 몇 주 사이에 벌어진 믿을 수 없는 일들을 모두 떠올렸다. 초인이라니. 확실하다. 그 효율성이며 힘이며….

그는 침대로 올라갔다.

언제일까? 스미스는 언제쯤 번데기에서 나올까? 도대체 언제?

비가 연구소 지붕 위로 조용히 떨어졌다.

머피는 빗소리와 지축을 흔드는 천둥소리 한가운데에 누워서 묵직한 숨을 쉬며 잠들어 있었다. 어디선가 삐걱하고 문 열리는 소리가 들렸지만, 머피는 계속 자고 있었다. 바람이 복도를 휩쓸고 지나갔다. 머피는 투덜거리며 몸을 뒤척였다. 문이 조용히 닫히고 바람이 멈추었다.

폭신한 카펫 위를 조용히 밟고 가는 발소리가 들렸다. 무언가를 의식하고 조심하며 준비된 느린 발걸음이었다. 발소리라고? 머피는 눈을 깜박이다 부릅떴다.

어슴푸레한 빛 속에서 어떤 형체가 자기를 내려다보고 있었다.

위층 복도에 하나만 켜놓은 전등이 머피의 침대 근처에 노란빛을 한 줄기 드리웠다.

짓뭉개진 곤충에서나 날 법한 냄새가 공중에 퍼졌다. 손 하나가 움직였다. 목소리가 말을 시작했다.

머피는 비명을 질렀다.

희미한 빛 아래서 움직인 손은 초록색이었다!

초록색.

"스미스!" 머피는 소리를 지르며 침대 아래로 묵직한 몸을 던졌다.

"스미스가 걷고 있어! 걸을 수 없는데 걷고 있어!"

머피의 몸집에 깔려 문이 벌컥 열렸다. 그 사이로 비바람이 정신없이

들이닥쳤다. 머피는 마구 지껄이며 폭풍우 속으로 뛰어갔다.

복도에 서 있던 형체는 움직이지 않았다. 위층에서 문 하나가 열리더니 록웰이 계단을 뛰어 내려왔다. 빛 아래 드러났던 초록색 손이 형체 뒤로 사라졌다.

"거기 누구야?" 록웰이 우뚝 멈춰 섰다.

형체가 빛 속으로 걸어 나왔다.

록웰이 눈을 갸름하게 뜨고 형체를 보았다.

"하틀리! 여기서 뭐 하는 거야?"

"무슨 일이 벌어지고 있어." 하틀리가 말했다. "넌 머피를 찾아와. 바보처럼 중얼거리며 빗속으로 뛰쳐나갔어."

록웰은 혼자 생각을 해보다가 재빨리 하틀리를 훑어보고 복도를 내달려 차가운 바람 속으로 나갔다.

"머피! 머피! 어서 돌아와, 이 바보야!"

달리는 록웰의 몸 위로 빗방울이 떨어졌다. 그는 연구소에서 100미터 정도 떨어진 곳에서 혼자 중얼거리는 머피를 발견했다.

"스미스가… 스미스가… 걷고 있어…."

"말도 안 되는 소리! 그건 하틀리였어."

"초록색 손을 봤어. 손이 움직였다고."

"꿈을 꾼 거야."

"아니야. 그렇지 않아." 빗물로 번들거리는 머피의 얼굴은 하얗게 질린 채 축 늘어져 있었다. "정말이야. 초록색 손을 봤어. 그런데 하틀리는 왜 돌아왔지?"

하틀리의 이름을 듣는 순간 록웰은 별안간 모든 게 이해되었다. 마음속에서 공포가 솟구쳤다. 무언가 미친 듯이 경고음을 발했고 도움을 요청하는 침묵의 비명이 뛰쳐나오려고 했다.

"하틀리!"

록웰은 머피를 옆으로 밀치고 고함을 지르며 연구소를 향해 뛰었다. 건물에 들어서서 복도를 내달렸다.

스미스가 있던 연구실 문이 부서진 채로 열려 있었다.

방 한가운데 하틀리가 권총을 들고 서 있었다. 그는 록웰이 달려오는 소리를 듣고 몸을 돌렸다. 두 사람이 동시에 움직였다. 하틀리는 권총을 발사했고 록웰은 전등 스위치를 내렸다.

암흑이었다. 방 안 가득 불꽃이 터지며 카메라 플래시처럼 스미스의 굳은 몸을 잠시 드러냈다. 록웰은 불꽃을 향해 몸을 날렸다. 그러는 동안에도 하틀리가 왜 돌아왔는지를 깨닫고 깊은 충격에 휩싸였다. 전등이 깜박거리며 꺼지는 순간 록웰은 하틀리의 손을 언뜻 보았다.

그의 손은 버석거리는 초록색 껍질로 덮여 있었다.

주먹질이 오갔다. 전등이 다시 켜졌을 때 하틀리는 바닥으로 쓰러져 있었고, 흠뻑 젖은 머피는 문간에 서서 떨리는 목소리로 물었다. "스미스는… 죽었어?"

스미스는 다치지 않았다. 총알은 그의 몸 바로 위로 스쳐 지나갔다.

"이런 어처구니없는 바보 같으니." 록웰이 쓰러진 하틀리를 향해 말했다. "넌 역사상 가장 위대한 연구를 망칠 뻔했어!"

하틀리가 천천히 몸을 돌렸다. "미리 알았어야 했어. 스미스가 너한테 텔레파시로 경고를 보냈지?"

"말도 안 되는 소리. 스미스는…." 그러나 록웰은 화들짝 놀라 말을 멈추었다. 그렇다. 좀 전에 갑자기 떠오른 예감은! 하틀리의 말이 옳았다. 그는 하틀리를 노려보며 말했다. "넌 위층에 가 있어야겠어. 밤새 가둬둘 거야. 머피, 너도. 네가 하틀리를 감시해."

머피가 꽉 잠긴 목소리로 말했다. "하틀리의 손을 좀 봐. 초록색이야. 아까 복도에 서 있던 사람은 스미스가 아니라 하틀리였어!"

하틀리는 자신의 손을 내려다보았다. "예쁘지 않아?" 하틀리는 씁쓸하게 말했다. "스미스가 병에 걸렸던 초기에 나 역시 한동안 같은 방사능에 노출되었어. 나도 곧 스미스처럼 될 거야. 며칠 동안 이런 식으로 변해가더라고. 내가 숨겼을 뿐이지. 아무 말도 하지 않으려고 했는데 오늘 밤은 도무지 참을 수가 없었어. 스미스가 내게 한 짓을 생각하면… 그래서 놈을 없애려고 다시 온 거야."

퍼석. 메마른 소리가 공기를 가르며 들려왔다. 세 사람은 그 자리에 얼어붙고 말았다.

스미스의 번데기 껍질 세 조각이 위로 튀어 오르더니 회오리치면서 바닥에 떨어졌다.

록웰은 곧바로 진료대로 다가갔다가 놀란 입을 다물 수가 없었다.

"번데기가 갈라지기 시작해. 빗장뼈부터 배꼽까지 미세한 틈이 생겼어! 곧 번데기 밖으로 나올 거야!"

머피의 두툼한 턱이 덜덜 떨렸다. "이제 우린 어떡하지?"

하틀리의 말투는 씁쓸하고도 날카로웠다. "우리에겐 초인이 생기겠지. 질문 하나 할까? 초인은 과연 어떻게 생겼을까? 대답해봐? 거야 아무도 모르지."

번데기 껍질이 또 한 번 쩍하고 갈라졌다.

머피가 흠칫 몸을 떨었다. "스미스하고 이야기라도 나눌 생각이야?"

"물론이지."

"언제부터 나비가 말을 했지?"

"아, 머피! 이 친구야!"

두 사람을 안전하게 위층에 가둬두고 록웰은 스미스가 있는 연구실로 돌아왔다. 연구실 문을 잠그고 침대에 누워 귀를 쫑긋 세우고 비에 젖은 기나긴 밤이 어서 지나가길 기원했다.

바깥은 조용했고 안에서는 바삭거리는 번데기 껍질이 연달아 작은 박편을 떨어뜨렸다.

서너 시간을 더 기다렸다. 건물 위로 비가 후두두 소리를 내며 떨어졌다. 스미스는 어떻게 생겼을까? 청력을 보강하기 위해 귓바퀴가 달라졌을지도 모르지. 눈이 추가로 생겨났을 수도 있고. 골격이나 얼굴 구성, 뼈, 장기 위치, 피부 질감 따위도 달라졌을지 모른다. 오만가지 변화가 있을 수 있었다.

록웰은 피곤했지만 두려움 때문에 잠을 이룰 수가 없었다. 눈꺼풀이 점점 무거워졌다. 만약 자기 생각이 틀렸다면? 자신의 가설이 완전히 어긋난 거라면? 스미스의 몸 안에는 그저 젤리만 가득 차 출렁이고 있다면? 아니면 스미스가 완전한 미치광이로 깨어나 세계를 위협할 존재가 된다면 어쩌지? 아니다. 그럴 리가 없다. 록웰은 고개를 무겁게 저었다. 스미스는 완벽하다. 그 안에 사악한 생각이 깃들 공간 따위는 없다. 완벽하니까.

연구소는 쥐 죽은 듯 고요했다. 유일한 소음이라곤 번데기 껍질이 단단한 바닥에 떨어질 때 나는 희미하게 버석거리는 소리였다.

어느새 록웰은 잠들었다. 방 안의 어둠 속으로 까무룩 가라앉으며 꿈속으로 미끄러져 들어갔다. 꿈속에서 스미스가 일어나 뻣뻣한 몸짓으로 걸어 다녔고 하틀리는 비명을 지르며 스미스의 초록색 갑옷을 향해 번쩍거리는 도끼를 휘둘렀다. 끔찍한 용액이 난무했다. 머피가 마구 중얼거리며 핏빛 빗속을 뛰어다녔다. 꿈속이었다.

햇볕이 뜨거웠다. 방 안 가득 뜨거운 햇볕이 쏟아졌다. 어느새 아침이었다. 록웰은 눈을 비비며 일어났다. 누가 블라인드를 걷었을까, 잠결에도 어렴풋이 짜증을 냈다. 누가 그랬을까…. 그는 벌떡 일어났다! 햇빛이라니! 블라인드를 걷을 사람은 없었다. 블라인드는 몇 주 동안 내려져 있었다. 그는 비명을 질렀다.

문이 활짝 열려 있었다. 연구소는 고요했다. 록웰은 겁이 나 고개를 돌리지도 못하고 진료대 쪽을 곁눈질로 보았다. 스미스는 거기 누워 있어야 마땅했다.

그러나 그는 없었다.

진료대 위에는 햇빛 말고는 아무것도 없었다. 산산이 부서진 번데기의 잔해가 몇 조각 떨어져 있었다. 잔해가.

딱딱한 껍질, 두 조각난 옆구리 껍질, 허벅지와 팔의 윤곽이 남아 있는 껍질, 가슴을 덮고 있던 널조각 등이 흩어져 있었다. 전부 스미스가 버리고 간 잔해였다!

스미스는 사라졌다. 록웰은 비틀거리며 진료대로 다가가 부딪쳤다. 바스락거리는 피부 껍질을 아이처럼 마구 헤집었다. 그는 곧 술에 취한 사람처럼 휘청거리며 연구실 밖으로 나와 고함을 지르며 계단을 올라갔다.

"하틀리! 스미스를 어떻게 한 거야! 하틀리! 스미스를 죽이고 껍질만 몇 조각 남겨놓고 나를 따돌릴 수 있다고 생각했어?"

머피와 하틀리가 자고 있던 방문은 그대로 잠겨 있었다. 록웰은 더듬거리며 자물쇠를 열었다. 머피와 하틀리 모두 방 안에 있었다.

"여기 그대로 있었군!" 록웰은 어리둥절하게 말했다. "그렇다면 아래층에는 내려오지 않았다는 말이군. 혹시 문을 열고 아래로 내려와 몰래 연구실로 들어와 스미스를 죽여놓고… 아니야, 그럴 리가 없어."

"무슨 일이야?"

"스미스가 사라졌어! 머피, 혹시 하틀리가 이 방을 나간 적이 있어?"

"아니, 밤새 나랑 같이 있었어."

"그렇다면, 가능한 설명은 단 하나뿐이군. 밤새 스미스가 번데기 밖으로 탈출했어! 아, 이제 다시는 스미스를 볼 수 없게 되었어. 망할! 고새 잠이 들다니, 이런 바보 같으니!"

"그것참 잘됐군!" 하틀리가 외쳤다. "그자는 위험해. 그렇지 않다면 여기 있다가 우리에게 본모습을 보여주었겠지! 이제 그의 정체는 아무도 모르게 되었어."

"그럴수록 우리가 반드시 스미스를 찾아내야 해. 아직 멀리 가지 못했을 거야. 얼른 가서 스미스를 찾아오자고. 얼른, 하틀리! 머피!"

머피는 무거운 몸으로 주저앉았다. "나는 꼼짝도 하지 않을 거야. 스미스고 뭐고 정체를 드러내고 싶으면 알아서 하라고 그래. 나는 더는 못해."

록웰은 더 이상 기다리지 않았다. 그는 하틀리를 데리고 아래층으로 내려갔다. 머피도 몇 분 후 헉헉대며 뒤를 따라갔다.

록웰은 복도를 마구 내달려 아침 빛이 반짝이는 사막과 산이 내다보이는 넓은 창 앞에 멈춰 섰다. 그는 창밖을 내다보며 스미스의 모습을 찾아보았다. 최초의 초인적인 존재를. 어쩌면 다른 인간들이 줄줄이 뒤를 이을지도 모르는 최초의 선구자를. 스미스는 떠났을 리가 없다. 하지만, 정말로 떠나버렸다면?

주방 문이 천천히 열렸다.

문을 지나 발 하나가 보였고 뒤이어 또 다른 발이 보였다. 벽을 배경으로 손이 하나 나타났다. 이어서 오므라든 입술 사이로 담배 연기가 흘러나왔다.

"나를 찾고 있습니까?"

록웰은 깜짝 놀라 몸을 돌렸다. 하틀리의 얼굴에 떠오른 표정이 보였고 머피가 헉 하고 놀라 숨을 들이켜는 소리도 들렸다. 세 사람은 신호라도 받은 것처럼 일제히 한 단어를 내뱉었다.

"스미스!"

스미스는 천천히 담배 연기를 내뿜었다. 얼굴은 햇볕에 그을려 붉은빛이 도는 분홍색이었고 눈은 파란색으로 번들거렸다. 맨발이었고 벗은 몸에 록웰의 낡은 가운을 걸치고 있었다.

"여기가 어딘가요? 지난 서너 달 동안 전 뭘 하며 지냈지요? 여긴, 병원인가요? 아니면?"

록웰의 마음에 당혹감이 스쳤다. 그는 마른침을 꿀꺽 삼켰다.

"안녕하십니까. 그렇다면, 당신은 정말 아무것도 기억이 나지 않는단 말입니까?"

스미스가 자신의 손끝을 보여주었다. "아, 예전 기억을 말하는 거라면, 손이 초록색으로 변해갔던 건 생각납니다. 그것 말고는 아무것도 모르겠어요." 그는 분홍색 손으로 아몬드 빛깔 머리칼을 쓸어 넘겼다. 새로 태어나 다시 숨을 쉬게 된 사실이 무척 기쁜 듯 활기찬 몸짓이었다.

록웰은 뒤로 물러나 벽에 기대섰다. 충격으로 이마에 손을 얹고 고개를 절레절레 흔들었다. 눈앞에서 본 것을 믿을 수가 없었다. "몇 시에 번데기 밖으로 나왔습니까?"

"무엇 밖으로 나왔다고요?"

록웰은 스미스를 데리고 복도를 지나 연구실로 들어가 진료대를 가리켰다.

"저기, 선생님이 무슨 말씀을 하는지 모르겠어요. 정신을 차려보니 30분 전쯤 제가 완전히 벗은 몸으로 이 방에 서 있더군요." 스미스의 말투는 솔직하고 진실했다.

"그게 전부인가요?" 머피가 희망에 차서 물었다. 그는 왠지 마음이 놓인 것 같았다.

록웰은 진료대 위에 흩어진 번데기 조각의 기원을 설명해주었다.

스미스는 얼굴을 찌푸렸다. "정말 어이가 없군요. 선생님은 누구입니까?"

록웰은 동료들을 소개했다.

스미스가 매서운 눈으로 하틀리를 쏘아보았다. "제가 처음 아프기 시작했을 때 선생님이 와주셨죠? 기억이 납니다. 방사능 공장에서요. 그런데 정말 이상하군요. 저는 무슨 병에 걸린 겁니까?"

하틀리의 뺨 근육이 팽팽하게 굳었다. "이건 병이 아닙니다. 정말 아무것도 모르겠어요?"

"어쩌다 보니 낯선 연구소에 낯선 사람들과 함께 있게 되었네요. 침대에서 자다가 알몸으로 깨어났고요. 배가 고파서 연구소 안을 좀 돌아다녔습니다. 주방에 가서 음식을 찾아 먹고 있는데 흥분한 목소리가 들리더군요. 그리고 지금은 번데기에서 나왔다는 비난을 듣고 있고요. 제가 여기

서 뭘 더 어떻게 생각해야 할까요? 우선 옷과 음식과 담배를 빌려주셔서 고맙군요. 처음엔 선생님을 깨우고 싶지 않았어요, 록웰 박사님. 당신이 누군지도 몰랐고 무엇보다 죽을 듯이 피곤해 보였거든요."

"아, 그건 괜찮아요." 그러나 록웰은 괜찮지 않았다. 모든 게 무너지고 있었다. 스미스가 말할 때마다 희망이 부서진 번데기 껍질처럼 산산조각이 나고 있었다. "몸은 좀 어떤가요?"

"좋습니다. 왠지 힘이 더 세진 것 같아요. 오래 앓았던 걸 생각하면 지금은 대단히 튼튼합니다."

"몰라볼 정도요." 하틀리가 말했다.

"달력을 보았을 때 제 기분이 어땠는지 아십니까? 맙소사! 벌써 몇 달이나 지나있더군요. 그동안 제가 뭘 하며 지냈는지 알고 싶어요."

"그건 우리도 마찬가지요." 하틀리가 말했다.

머피가 웃었다. "하틀리, 스미스를 이제 그만 내버려둬. 넌 스미스를 미워했잖아."

"미워했다고요?" 스미스가 눈썹을 추켜 올렸다. "나를요? 왜죠?"

"이게 바로 이유요!" 하틀리가 자기 손을 앞으로 내밀었다. "빌어먹을 당신의 방사능! 당신 연구소에서 며칠 밤을 함께 보냈다가 나도 이 꼴이 되고 말았어! 이제 나는 어쩌면 좋단 말이요?"

"하틀리." 록웰이 경고했다. "조용히 하고 자리에 앉아."

"아니! 난 조용히 하지도 않을 거고 자리에 앉지도 않을 거야! 너희 두 사람도 역사상 가장 위대한 사기극을 자행한 이 분홍색 친구에게 속아 넘어간 거야? 생각이 제대로 박혔다면 이자가 번데기에서 탈출하기 전에 없앴어야지!"

록웰이 하틀리 대신 사과했다.

스미스는 고개를 저었다. "아닙니다. 계속 말하게 놔두세요. 저 선생님 말씀이 전부 무슨 뜻인가요?"

"다 알고 있잖아!" 하틀리가 버럭 화를 냈다. "몇 달 동안 거기 누워 귀를 쫑긋 세우고 계획을 세우고 있었잖아! 나까지 속일 수는 없을걸? 당신은 록웰을 속이고 실망시켰어. 록웰은 당신이 초인일 거라고 기대했지. 어쩌면 초인일지도 몰라. 하지만 당신의 정체가 뭐든 더 이상 스미스는 아니야. 더는 아니라고. 당신은 엉뚱한 방향으로 변했어. 우린 당신에 대해 모든 걸 알아서는 안 되겠지. 세상도 당신의 정체를 알아서는 안 될 테고. 당신은 우릴 죽일 수도 있었어. 그런데 여기 남아 당신이 정상이라고 믿게끔 하기로 했지. 그게 최선이었을 거야. 몇 분 전에 여기서 도망칠 수도 있었지만 그랬다간 의심의 여지만 남겼을 테니까. 그래서 기다리고 있다가 우리를 만나 당신이 정상이라고 믿게 하는 쪽을 선택했지."

"누가 봐도 정상이잖아." 머피가 투덜거렸다.

"아니, 그렇지 않아. 저자의 마음은 달라. 몹시 영리한 자라고."

"그럼 단어 연상 퀴즈를 내보던가." 머피가 말했다.

"고작 그런 걸 하기엔 지나치게 영리하단 말이야."

"그렇다면, 간단히 혈액검사를 하고 심장 박동도 들어보고 혈청주사를 놓으면 되겠군."

스미스는 어딘가 미심쩍은 얼굴이었다. "정 원한다면 얼마든지 실험해 보십시오. 정말 우습기 짝이 없군요."

그 말에 하틀리는 깜짝 놀랐다. 그는 록웰을 보고 말했다. "주사기를 가져와."

록웰은 주사기를 가져오며 곰곰이 생각했다. 정말로 스미스는 초인일지도 모른다. 그의 혈액. 그 초인적인 혈액. 세균을 모조리 죽여버린 피의 능력. 게다가 그의 심장 박동. 그의 호흡. 어쩌면 스미스는 정말로 초인이지만 스스로 그 사실을 모를 수도 있다. 그래, 그거다. 어쩌면….

록웰은 스미스의 혈액을 채취해 현미경 밑에 놓았다. 그의 어깨가 축 늘어졌다. 정상적인 피였다. 세균을 떨어뜨렸더니 죽는 데 정상적인 시간이 걸렸다. 스미스의 피는 이제 엄청난 살균력을 보이지 않았다. 의문의 용액도 사라졌다. 록웰은 절망적으로 한숨을 내쉬었다. 스미스의 체온은 정상이었다. 맥박도 마찬가지였다. 감각체계도 신경체계도 규칙대로 반응했다.

"이제 다 끝났군." 록웰이 나지막하게 말했다.

하틀리는 의자 깊숙이 몸을 묻고 뼈가 툭 불거진 앙상한 손으로 머리를 움켜잡았다. 그는 두 눈을 부릅뜨고 긴 숨을 토해냈다. "미안해. 그저 내가 추측한 대로 말해본 거야. 그냥 내 상상이었어. 몇 달이라는 시간은 무척 길었잖아. 나는 괴롭고 또 두려웠어. 바보 같은 짓을 했어. 미안하군." 그는 자신의 초록색 손을 노려보았다. "하지만 나는 이제 어쩌면 좋지?"

스미스가 말했다. "저는 회복되었잖아요. 선생님도 아마 회복될 겁니다. 선생님 마음, 이해합니다. 하지만 앓는 동안 그렇게 나쁘지는 않았어요. 솔직히 아무것도 기억나지 않아요."

하틀리도 긴장을 풀고 말했다. "그래, 당신 말이 맞는 것 같군요. 내 몸이 딱딱해진다고 생각하면 싫지만, 어쩔 수 없죠. 나도 괜찮아질 겁니다."

록웰은 괴로웠다. 엄청난 실망감이 그를 짓눌렀다. 강렬했던 열망과 추진력, 호기심, 굶주림, 불기운이 순식간에 가라앉아 버렸다. 번데기에서 나온 사람이 고작 이자란 말인가? 들어갔을 때와 똑같은 사람이 나왔단 말인가? 그동안의 기다림과 궁금증이 헛된 짓이 되어버렸다.

그는 꿀꺽하고 숨을 들이마시며 가장 깊숙한 곳에서 날뛰는 생각을 억눌렀다. 혼란스러웠다. 지금 눈앞에 앉아 차분하게 담배를 피우는 분홍색 남자는 방사능 때문에 피부 석화증을 앓고 모든 분비샘이 거칠어진 사람에 불과했다. 지금 그는 아무것도 아니었다. 상상력을 부풀려 거창한 환상을 품었던 록웰의 마음은 스미스가 앓았던 병의 모든 면모를 포착해 희망적인 생각들로 완벽한 유기체를 건설했다. 지금 록웰은 깊이 충격을 받았고 크게 마음을 다쳤다.

스미스가 음식물 없이도 오래 생존했던 것, 순수했던 혈액, 낮은 체온,

기타 우월한 성질을 보여주었던 여러 증거는 이제 기이한 질병의 파편에 불과해졌다. 그저 하나의 특이한 병 이상도 이하도 아니었다. 뭔가가 끝나고 사라졌고 햇빛이 비치는 진료대 위에 흩어진 버석거리는 껍질 조각 말고는 아무것도 남지 않았다. 앞으로 하틀리의 병이 진행된다면 그를 지켜보고 의학계에 새로운 병을 보고할 기회는 있을 것이다.

그러나 록웰은 병에 관해서는 관심이 없었다. 그가 관심을 둔 것은 병이 보여준 완벽성이었다. 그 완벽성이 갈라지고 쪼개지고 찢어져 사라져 버렸다. 그의 꿈도 함께 사라졌다. 초월적인 존재도 사라졌다. 이제 온 세상이 딱딱한 초록색으로 변해 버석거린대도 상관없었다.

스미스가 세 사람을 향해 손을 흔들었다. "저는 이만 로스앤젤레스로 돌아가는 게 좋겠습니다. 공장에서 중요하게 할 일이 있거든요. 예전에 했던 일이 저를 기다리고 있답니다. 죄송하지만, 더는 이곳에 머무를 수 없겠어요. 이해하시죠?"

"적어도 며칠은 여기서 쉬어야 해요." 록웰이 말했다. 그는 마지막 남은 꿈의 한 가닥마저 사라지는 게 싫었다.

"고맙지만 사양하겠습니다. 일주일 정도 후에 제가 박사님 진료실에 들러 검진을 받겠습니다. 앞으로 일 년 동안 몇 주에 한 번씩 박사님을 찾아뵐게요."

"아, 그래요. 스미스 씨. 그래 주면 고맙겠군요. 당신 병에 대해 더 이야기를 나누고 싶습니다. 당신은 지금 살아 있는 게 기적이니까요."

머피가 기분 좋게 말했다. "내가 LA까지 태워다 드리지."

"아니요, 안 그러셔도 됩니다. 주택가까지 걸어가 택시를 잡겠습니다. 조금 걷고 싶거든요. 너무 오랜만이라 걷는 게 어떤 기분이었는지 다시 느껴보고 싶어요."

록웰이 낡은 신발과 양복 한 벌을 빌려주었다.

"고맙습니다, 박사님. 가능하면 빨리 신세를 갚겠습니다."

"당신은 내게 한 푼도 신세 지지 않았어요. 그동안 나도 재미있었으니까."

"그럼, 안녕히 계세요, 박사님. 머피 선생님, 하틀리 선생님도요."

"잘 가시요, 스미스 씨."

"안녕히."

스미스는 오솔길을 걸어 마른 강바닥까지 갔다. 늦은 오후의 햇살을 받아 강바닥은 이미 바싹 말라 있었다. 스미스는 행복하게 휘파람을 불며 느긋하게 걸었다. 나도 휘파람을 불 수 있다면 좋겠군. 록웰은 피로를 느끼며 생각했다.

스미스가 뒤로 돌아서더니 록웰 일행에게 손을 흔들고 다시 언덕을 씩씩하게 걸어 올라 머나먼 도시를 향해 계속 갔다.

록웰은 모래성이 파도에 허물어지며 완전히 사라지는 모습을 지켜보는 어린아이처럼 스미스의 뒷모습을 지켜보았다. "믿을 수가 없군." 그는 몇 번이고 되풀이해서 말했다. "모든 게 이토록 빨리, 이토록 갑작스럽게 끝나버리다니, 정말 믿을 수가 없어. 마음이 텅 비어 버린 기분이야."

"난 모든 게 장밋빛으로 보이는걸!" 머피가 흡족하게 껄껄 웃었다.

하틀리는 햇볕 아래 섰다. 그는 양옆으로 초록색 손을 편안하게 늘어뜨렸다. 그의 하얀 얼굴이 몇 달 사이 처음으로 느긋해 보인다고 록웰은 생각했다. 하틀리가 조용히 말했다.

"나도 괜찮아지겠지? 괜찮아질 거야. 아아, 신이여, 감사합니다. 나는 괴물이 되지 않을 거야. 나는 언제까지나 나 자신일 뿐 다른 게 되지 않아." 그는 록웰을 향해 돌아섰다. "꼭 기억해줘. 사람들이 실수로 날 땅에 묻어버리지 않게 해줘. 내가 죽은 줄 알고 실수로 나를 땅에 묻지 않게 해줘. 꼭."

스미스는 오솔길을 지나 마른 강바닥을 건너 언덕으로 올라갔다. 오후가 깊어 어느새 해가 푸른 언덕 너머로 기울기 시작했다. 별이 몇 개 떴다. 따뜻한 공기에 물과 먼지와 머나먼 오렌지꽃 냄새가 섞여 떠돌았다.

바람이 불었다. 스미스는 바람을 깊이 들이마셨다. 그는 계속 걸었다.

연구소가 보이지 않게 되자 그는 걸음을 멈추고 우뚝 섰다. 그는 하늘을 올려다보았다.

피우던 담배를 땅에 던지고 뒤꿈치로 지그시 눌러 껐다. 매끈한 몸을 쭉 펴고 갈색 머리를 뒤로 넘기더니 눈을 감고 마른침을 한번 꿀꺽 삼킨 다음 양옆으로 두 손을 편안하게 늘어뜨렸다.

전혀 힘들이지 않고 그저 작게 한 번 중얼거렸을 뿐인데 스미스의 몸이 부드럽게 땅에서 떨어져 따뜻한 공기 속으로 떠올랐다.

그는 빠르면서도 조용히 날아올라 금세 별들 사이로 사라지더니 머나먼 바깥 우주를 향해 날아갔다.

ZERO HOUR

침공 놀이

와, 너무 재밌어! 정말 신나는 놀이야! 이렇게 들뜨기는 몇 년 만에 처음이었다. 아이들은 초록색 잔디밭을 신나게 누비고 다니며 고함을 지르고 손을 맞잡고 빙글빙글 돌고 까르르 웃다가 나무 위로 올라갔다. 머리 위로 로켓이 날아다녔고 거리에는 딱정벌레 모양 자동차가 조용히 지나갔지만, 아이들은 계속 놀았다. 정말이지 재미있고 까무러칠 만큼 즐거웠으며 마음껏 구르고 실컷 소리를 질러댔다.

밍크는 흙과 땀투성이가 된 몸으로 집 안으로 뛰어 들어왔다. 아이는 일곱 살까지 자라는 동안 늘 요란하고 튼튼했으며 자기 뜻이 분명했다. 엄마인 모리스 부인이 뒤늦게 보았을 때 밍크는 부엌 서랍을 열고 커다란 가방에 프라이팬과 온갖 주방 도구를 쓸어 담고 있었다.

"맙소사, 밍크. 도대체 뭘 하는 거니?"

"최고로 신나는 놀이를 하고 있어요!" 밍크는 벌겋게 달아오른 얼굴로 씩씩거리며 말했다.

"잠깐 멈추고 숨 좀 돌리지 그러니."

"아뇨, 괜찮아요." 밍크는 계속 숨을 헐떡였다. "이것들 좀 가져가도 되죠, 엄마?"

"그래. 찌그러뜨리지만 마라."

"고맙습니다! 고마워요!" 밍크는 외치며 로켓처럼 쌩하고 달려 나갔다.

모리스 부인은 달아나는 어린 딸을 향해 물었다. "놀이 이름이 뭐니?"

"침공이요!" 밍크가 대답했다. 문이 쾅 하고 닫혔다.

집집마다 아이들이 칼과 포크와 부지깽이와 낡은 난로 연통과 깡통따개를 꺼내왔다.

흥미롭게도 이렇게 들떠서 부산스럽게 노는 아이들은 모두 나이가 어렸다. 열 살이 넘은 아이들은 이런 놀이를 무시하고 코웃음을 치면서 자기들끼리 하이킹을 가거나 자기들 딴에는 조금 더 점잖은 놀이라고 여기는 숨바꼭질을 했다.

그 사이 부모들은 크롬으로 만든 딱정벌레 차를 타고 오갔다. 수리공은 진공 엘리베이터를 고치러, 깜박이는 TV를 고치러, 혹은 말을 듣지 않는 음식 수송관을 두드리러 이 집 저 집을 드나들었다. 문명인이 되어버린 어른들은 노느라 바쁜 아이들 곁을 지나가고 또 지나가며 아이들의 맹렬한 에너지를 질투하거나 무럭무럭 자라는 모습을 흐뭇하게 바라보았고 자신들도 그럴 수 있기를 바랐다.

"이거랑 이거랑 이거!" 밍크가 이런저런 숟가락과 스패너를 든 다른 아이들에게 지시를 내렸다. "그렇게 해. 그건 이리로 가져오고. 아니야, 이쪽이라니까, 바보야! 그래. 이제 내가 이걸 고치는 동안 제 자리로 가 있어." 밍크는 이 사이로 혀를 내밀고 얼굴을 찡그리며 몰두했다. "이렇게 하는 거야. 알겠지?"

"와아!" 아이들이 소리쳤다.

열두 살인 조지프가 뛰어왔다.

"저리 가." 밍크가 대놓고 말했다.

"나도 놀고 싶어." 조지프가 말했다.

"안 돼!" 밍크가 말했다.

"왜 안 돼?"

"우릴 놀리려고 그러는 거잖아."

"아니야. 진짜로 안 그럴게."

"아니, 우리가 모를 줄 알아? 어서 가. 안 그러면 발로 차버릴 거야."

또 다른 열두 살 소년이 작은 모터 스케이트를 타고 왔다. "야, 조지프! 얼른 와! 계집애들끼리 놀라고 해!"

그러나 조지프는 함께 놀고 싶은 마음을 분명히 드러내며 머뭇거렸다. "나도 같이 놀고 싶어."

"넌 나이가 많잖아." 밍크가 확고하게 말했다.

"그렇게 많지 않아." 조지프가 영리하게 대답했다.

"너는 '침공'을 비웃으며 놀이를 망쳐놓을 거야."

모터 스케이트를 탄 소년이 입술로 '뿌우' 소리를 내며 비웃었다. "빨리 와, 조지프! 쟤들끼리 놀라고 해. 바보들!"

조지프는 꾸물거리며 멀어졌다. 길모퉁이까지 가는 동안에도 아쉬운 듯 계속 뒤를 돌아보았다.

밍크는 벌써 놀이에 몰두했다. 아이는 모아온 도구를 가지고 일종의 기구를 만드는 중이었다. 밍크는 연필과 수첩을 들고 있는 또 다른 어린 여자애한테 자신의 말을 받아적게 했다. 여자애는 땀을 뻘뻘 흘리며 느릿느릿 밍크의 말을 받아 적었다. 아이들의 목소리가 따뜻한 햇볕 속으로 울려 퍼졌다 내려앉았다.

아이들 주변에서 온 도시가 분주하게 움직였다. 거리에는 초록색 잔디밭과 가로수가 가지런히 늘어서 있었다. 오직 바람만이 도시를 가로지르고 나라를 가로지르고 대륙을 가로지르며 서로 충돌했다. 수천 곳의 다른 도시에도 나무와 아이들과 거리가 있었고 조용한 사무실에서 자기 목소리를 녹음하거나 전송 스크린을 들여다보는 직장인들이 있었다. 로켓은 바늘처럼 푸른 하늘을 누비고 다녔다. 다시는 세상이 고통스러워지는 날은 없을 거라고 확신하며 평화에 익숙해진 사람들의 은밀한 자부심과 느긋함이 곳곳에 깃들어 있었다. 지구의 모든 인간이 손에 손을 잡고 하나가 되었다. 모든 국가가 평등하게 서로를 신뢰하는 상태에서 완벽한 무기를 보유했다. 믿을 수 없을 정도로 아름다운 균형 상태가 찾아왔다. 반역자도 없고 불행한 사람도 없고 불만을 품은 자도 없어서 세상은 기본적으로 안정적인 기반을 닦았다. 햇빛이 지구의 절반을 밝혔고 나무는 따뜻한 바람결에 꾸벅꾸벅 졸았다.

위층 창가에서 밍크의 엄마가 아래를 내려다보았다.

그녀는 아이들을 내려다보며 고개를 절레절레 흔들었다. 정말이지 애들이란. 그래, 잘 먹고 잘 자고 월요일이면 학교에 가겠지. 저렇게 요란하게 놀다가 다치지만 말아다오. 그녀는 아래를 향해 귀를 기울였다.

밍크가 장미 덤불 옆의 누군가에게 열심히 말하고 있었는데, 아무리 봐도 거기엔 아무도 없었다.

애들은 정말 이상하기도 하지. 그런데 저 여자애. 이름이 뭐였더라? 애나였던가? 애나가 수첩에 밍크의 말을 받아적고 있었다. 밍크가 장미 덤불을 향해 질문하고 나서 애나에게 대답을 불러주었다.

"삼각형." 밍크가 말했다.

"삼각…형? 그게 뭐야?" 애나는 그 단어를 어려워했다.

"몰라도 돼." 밍크가 말했다.

"어떻게 쓰는 거야?" 애나가 물었다.

"삼… 가…." 밍크가 천천히 불러주다 딱 잘라 말했다. "에이, 그냥 네가 알아서 써!" 그리고 계속해서 다음 말을 불러줬다. "광선."

"아, 삼각… 형도 아직 다 못 썼단 말이야!"

"아이참, 빨리 좀 써!" 밍크가 소리쳤다.

밍크의 엄마가 창밖으로 몸을 내밀고 애나에게 천천히 철자를 불러줬다. "삼… 각… 형… 이야."

"아, 고맙습니다, 아줌마."

"천만에." 밍크 엄마는 웃으며 집 안으로 물러났고 전자석 먼지떨이로 복도 청소를 시작했다.

집 밖에서 아이들의 목소리가 아지랑이를 타고 올라갔다. "광선이라고 했지." 애나가 말했다. 목소리가 점점 희미해졌다.

"4, 9. 7. 에이(A). 그리고 비(B)하고 엑스(X)." 멀리서 밍크의 진지한 목소리가 들려왔다. "그리고 포크 하나, 줄 하나, 유… 육… 육각형 하나!"

점심시간에 밍크는 우유를 단숨에 벌컥벌컥 들이마시고 다시 현관문으로 뛰어갔다. 밍크 엄마가 식탁을 찰싹 내리치며 단호하게 말했다.

"어서 와서 자리에 앉아. 곧 뜨거운 수프를 먹을 차례야." 엄마가 음식 운송 장치의 빨간색 버튼을 누르자 10초 후 뭔가가 '쿵' 소리를 내며 고무 받침대 위로 떨어졌다. 모리스 부인은 운송 장치의 문을 열고 알루미늄 손잡이 한 쌍이 달린 깡통을 꺼내 뚜껑을 열고 그릇에 뜨거운 수프를 부었다.

그동안 밍크는 빨리 나가고 싶어 발을 동동 굴렀다. "빨리요, 엄마! 이건 사느냐 죽느냐의 문제라고요! 아이, 참."

"나도 너만 할 땐 그랬어. 뭐든 사느냐 죽느냐의 문제였지. 엄마도 알아."

밍크는 부지런히 수프를 먹었다.

"천천히 먹으렴." 엄마가 말했다.

"안 돼요. 드릴이 기다린단 말이에요." 밍크가 말했다.

"드릴은 누구니? 이름이 참 특이하구나."

"엄마는 모르는 애예요."

"동네에 새로 이사 온 남자애니?"

"새로 온 애예요." 밍크는 두 그릇째 먹기 시작했다.

"저 중에 누가 드릴이야?"

"이 근처 어딘가에 있어요." 밍크는 대충 둘러댔다. "엄마가 보면 놀릴 거잖아요. 다들 그 애를 보면 놀려요. 정말 짜증 나."

"드릴이 수줍음을 많이 타니?"

"예. 아니요. 어떻게 보면요. 아이, 참, 엄마. 침공 놀이를 하려면 빨리 뛰어가야 해요."

"누가 어딜 침공한다는 거니?"

"화성인들이 지구를 침공하죠. 아, 정확히 화성인은 아니에요. 걔들은… 모르겠어요. 저기 위에서 왔어요." 밍크는 숟가락으로 위를 가리켰다.

"그리고 이 안에서도 왔겠지." 엄마는 밍크의 들뜬 이마를 어루만지며 말했다.

밍크는 반항했다. "엄마, 지금 나 놀리는 거죠? 그러면 드릴과 친구들을 죽이고 말 거예요."

"그런 뜻은 아니었어. 드릴은 화성인이니?"

"아니요. 드릴은… 어쩌면 목성이나 토성이나 금성에서 왔을지도 몰라요. 어쨌든 그동안 많이 힘들었어요."

"그랬겠구나." 모리스 부인은 슬그머니 손으로 입을 가렸다.

"걔들은 그동안 지구를 어떻게 공격해야 할지 알 수가 없었대요."

"우리 지구는 난공불락이니까." 엄마는 진지한 척 말했다.

"드릴도 그렇게 말했어요! 난공… 어쩌고 했어요."

"어머, 드릴은 정말 똑똑한 아이로구나. 그렇게 어려운 말도 쓸 줄 알고."

"걔들은 지구를 공격할 방법을 찾을 수가 없었대요. 드릴이 그러는데요, 싸움에서 이기려면 사람들이 생각지도 못했던 새로운 방법을 찾아내 깜짝 놀라게 해야 한대요. 그래야 이길 수 있다고 했어요. 또 드릴은 적에게서 도움을 받아야 한다고도 했어요."

"제5열 말이구나." 엄마가 말했다.

"맞아요. 드릴이 그 말도 했어요. 그런데 어떻게 해야 지구인을 깜짝 놀라게 할지, 또 적으로부터 어떻게 도움을 받아야 할지 알 수가 없었대요."

"당연하지. 우린 어마어마하게 강하니까." 엄마는 식탁을 치우며 웃었다. 밍크는 자기 이야기에 골몰하느라 그대로 식탁을 노려보고 있었다.

"그러던 어느 날이었어요." 밍크가 연극배우 같은 말투로 속삭였다.

"걔들은 지구의 아이들을 떠올렸대요!"

"어머나!" 모리스 부인도 신나게 맞장구를 쳤다.

"지구 어른들은 너무 바빠서 장미 덤불 밑이나 잔디밭을 절대로 살펴보지 않는다는 것도 알게 되었대요!"

"달팽이를 잡을 때나 버섯을 딸 때나 살펴보지."

"그런데 뭐라더라, 차… 차… 온이라는 게 있대요."

"차… 차온?"

"차운이었나?"

"차원 말이니?"

"맞아요, 차원! 차원이 네 개 있다고 했어요! 또 아홉 살이 안 된 애들에게는 상상력이라는 게 있다고도 했어요. 드릴의 이야기를 듣고 있으면 정말 재미있어요."

모리스 부인은 피곤해졌다. "그래, 정말 재미있겠구나. 드릴이 기다리겠네. 시간이 늦어졌으니까 저녁 목욕 시간 전에 침공 놀이를 끝내려면 얼른 뛰어가야겠다."

"목욕을 꼭 해야 해요?" 밍크가 투덜거렸다.

"물론이지. 애들은 왜 이렇게 물을 싫어할까? 어느 시대나 아이들은 제 귀 뒤에 물이 닿는 걸 끔찍이도 싫어하지!"

"드릴이 그러는데, 저 목욕 안 해도 된대요."

"어머, 그래?"

"드릴이 애들한테 그랬어요. 다들 앞으로 목욕을 안 해도 된다고요. 또 10시 넘어서까지 안 자고 놀아도 되고요, 토요일에도 텔레비전 프로그램을 두 개나 볼 수 있다고 했어요!"

"흐음, 드릴 군이 제 앞가림이나 똑바로 했으면 좋겠구나. 걔네 엄마한테 전화를 걸어야겠…."

밍크는 벌써 문 쪽으로 뛰어가고 있었다. "피트 브리츠랑 데일 제릭 같은 애들이 자꾸 귀찮게 해요. 우리보다 나이도 많으면서 자꾸 우릴 놀려요. 걔들은 엄마 아빠들보다 더 나빠요. 드릴 말도 믿지 않아요. 나이가 좀 많다고 얼마나 건방지게 구는지. 엄마도 보면 한심하다고 생각할걸요. 몇 년 전에는 자기들도 꼬맹이였으면서. 난 걔들이 정말로 싫어요. 우린 걔들을 가장 먼저 해치울 거예요."

"아빠랑 엄마는 살려둘 거니?"

"드릴이 엄마는 위험하댔어요. 왜 그런지 알아요? 엄마는 화성인을 믿지 않아서요! 걔들은 우리가 지구를 지배하게 해준댔어요. 아, 우리가 전부 차지하는 건 아니고요, 옆 동네 애들이랑 같이 할 거예요. 저는 여왕이 될지도 몰라요." 밍크가 현관문을 열었다.

"엄마?"

"응?"

"놀리가 뭐예요?"

"논리? 음, 논리는 말이야, 어떤 게 사실이고 어떤 게 사실이 아닌지 알아내는 거란다."

"드릴이 그 말도 했어요. 또 '감수… 성이 예… 민하다'는 말은 무슨 뜻이에요?" 밍크는 한참 만에 그 말을 했다.

"그건 말이야." 엄마는 바닥을 내려다보며 몰래 웃었다. "아이답다는 뜻이란다."

"점심 잘 먹었습니다!" 밍크는 밖으로 달려 나갔다가 다시 돌아와 문틈으로 고개를 내밀었다. "엄마! 엄마는 너무 많이 아프게 하지는 않을게요. 약속해요!"

"그래, 고맙다."

문이 쾅 하고 닫혔다.

4시에 화상전화기가 울렸다. 모리스 부인이 손끝으로 화면을 열었다. "안녕, 헬렌!" 그녀는 친구에게 반갑게 인사했다.

"안녕, 메리. 뉴욕은 좀 어때?"

"좋아. 스크랜턴은 어때? 그런데 좀 피곤해 보인다."

"자기도 피곤해 보이는걸? 전부 애들한테 시달려서 그러는 거지, 뭐."

모리스 부인은 한숨을 내쉬었다. "우리 밍크도 그래. 대대적인 침공이라나."

헬렌이 웃었다. "거기 애들도 그 놀이 해?"

"어휴, 말도 말아. 그러다가 내일이면 기하 공기놀이에 모터 타고 사방치기 한다고 난리겠지. 우리도 그 나이 때 그렇게 요란하게 놀았나? 1948년에 말이야."

"우린 더 했지. 일본놈 놀이에 나치 놀이까지 했으니까. 우리 부모님이 나 같은 애를 어떻게 참고 키웠는지 몰라."

"부모가 되면 귀를 닫는 법을 배우니까."

잠시 침묵.

"왜 그래, 메리?" 헬렌이 물었다.

모리스 부인이 눈을 가름하게 뜨고 뭔가를 생각하며 혀로 아랫입술을 천천히 핥았다. "어?" 그녀는 움찔했다. "아, 아무것도 아니야. 그냥 귀를 닫는 법이 뭘까 생각했어. 신경 쓰지 마. 우리 무슨 이야기 하고 있었지?"

"우리 팀이 요즘 어떤 애한테 푹 빠져 있는데, 이름이 뭐라더라? 드릴이라고 했던가?"

"새로 유행하는 암호 같은 건가? 우리 밍크도 드릴을 무척 좋아해."

"뉴욕처럼 먼 곳까지 유행이 퍼진 줄은 몰랐네. 입소문 같은 건가? 무슨 고물상처럼 전국을 누비고 다니는군. 아까 조세핀하고 통화했는데, 그 집 애들도 이 새로운 놀이에 미쳐 있다지 뭐야. 거긴 보스턴인데 말이야. 그야말로 전국을 휩쓸고 있다고 봐야지."

그때 밍크가 부엌으로 깡충깡충 뛰어 들어와 물 한 잔을 벌컥벌컥 마셨다. 모리스 부인은 딸을 돌아보았다. "놀이는 잘되어 가니?"

"거의 끝났어요." 밍크가 말했다.

"잘됐구나. 그건 뭐니?"

"요요 시계요."

밍크는 줄을 풀어 요요를 아래로 던졌다. 요요가 줄 끝에 다다르자 갑자기 사라졌다.

"봤어요? 얍!" 밍크가 손가락으로 허공을 찌르자 요요가 다시 나타나 줄을 감으며 위로 올라왔다.

"다시 해봐." 엄마가 말했다.

"안 돼요. 공격 개시 시간이 5시예요! 안녕, 엄마." 밍크는 요요를 감으며 밖으로 나갔다.

화상전화기에서 헬렌이 웃음을 터뜨렸다. "우리 팀도 오늘 아침에 저렇게 생긴 요요를 가져왔더라고. 내가 궁금해하는데도 안 보여주기에 사정사정해서 한 번 해봤는데 내가 하면 안 되더라."

"자긴 감수성이 예민하지 않아서 그래." 모리스 부인이 말했다.

"뭐라고?"

"아무것도 아니야. 나 혼자 생각이야. 아, 내가 뭐 도와줄 거라도 있어, 헬렌?"

"그 초콜릿케이크 만드는 법 좀 알려줘."

시간이 느릿느릿 흘러갔다. 날이 기울었다. 평온했던 파란 하늘 밑으로 해가 기울며 초록색 잔디밭 위로 드리운 그림자가 길어졌다. 웃음소리와 환호는 계속되었다. 조그만 여자아이가 울면서 뛰어갔다. 모리스 부인이 현관문을 열고 밖으로 나왔다.

"밍크, 방금 울면서 뛰어간 애가 페기 앤이니?"

밍크는 장미 덤불 옆에서 몸을 숙이고 있었다. "예. 걔는 겁쟁이에 아기라서 그래요. 이제 걔는 안 끼워줄 거예요. 같이 놀기엔 나이가 너무 많아요. 갑자기 불쑥 나이를 먹은 것 같아요."

"그래서 울렸다고? 말도 안 돼. 이봐요, 꼬마 아가씨. 대답은 그럴듯하게 하시죠. 아니면 당장 집으로 들어오든지!"

밍크가 소스라치게 당황하며 짜증 섞인 얼굴로 돌아보았다. "지금은 놀이를 멈출 수가 없어요. 시간이 거의 다 됐단 말이에요. 착하게 굴게요. 잘못했어요."

"페기 앤을 때렸니?"

"아니에요! 정말이에요. 엄마가 직접 물어보세요. 그냥, 그 애가 순 겁쟁이에 바보라서 그런 거예요."

아이들은 밍크 주위에 둥그렇게 모여 있었고 한가운데서 밍크는 숟가락과 망치와 수도관을 마름모꼴로 늘어놓고 오만상을 찌푸린 매서운 얼굴로 제 일에 몰두하고 있었다. "저기랑 저기에 둬." 밍크가 중얼거렸다.

"뭘 하는 거니?" 모리스 부인이 물었다.

"드릴이 도중에 곤경에 빠졌어요. 우리가 길을 터주면 한결 편해질 거예요. 그러면 다른 애들도 드릴을 따라서 전부 같이 올 거예요."

"엄마가 도와줄까?"

"아뇨, 괜찮아요. 제가 해결할게요."

"그래. 30분 후에 부르면 목욕하러 오는 거야. 널 지켜보기만 해도 피곤하구나."

엄마는 집 안으로 들어가 전동안마의자에 앉아 반쯤 마신 맥주잔을 들었다. 의자가 등을 주물러주었다. 아, 아이들, 아이들. 아이들은 부모를 사랑하기도 하고 미워하기도 한다. 한순간 나를 사랑했다가 손바닥 뒤집듯 금세 나를 미워한다. 아이들은 참 이상하기도 하지. 매를 들고 때렸던 것, 모질고 혹독하게 말했던 것도 다 잊고 용서해줄까? 자기들보다 키만 컸지 어리석기 짝이 없는 어른 독재자들을 정말로 싹 잊고 용서해줄 수 있을까?

시간이 흘러갔다. 거리에 내려앉은 기이한 침묵도 때를 기다리며 점점 깊어졌다.

5시였다. 집 안 어딘가에서 시계가 나지막이 노래했다.

"정각 5시, 5시예요. 시간을 낭비하지 마세요. 5시예요." 시계 소리가 점점 가라앉더니 고요해졌다.

공격 개시 시간이었다.

모리스 부인은 혼자서 조용히 웃었다. 공격 개시 시간이라니.

딱정벌레 차 한 대가 진입로로 들어섰다. 모리스 씨였다. 모리스 부인은 빙그레 웃었다. 모리스 씨는 딱정벌레 차에서 내려 차 문을 잠그고 놀이에 몰두하고 있는 밍크에게 인사를 건넸다. 밍크는 아빠를 본 척도 하지 않았다. 모리스 씨는 그저 웃으며 잠시 그 자리에 선 채 아이들을 바라보았다. 그리고 다시 현관 계단을 올라갔다.

"나 왔어."

"어서 와, 헨리."

모리스 부인은 의자 끝에 걸터앉아 몸만 앞으로 숙이고 귀를 기울였다. 아이들이 조용했다. 너무나 조용했다.

모리스 씨는 파이프를 비우고 새 담배를 채웠다. "대단한 하루였어. 살아 있는 게 기쁠 정도로 말이야."

우우웅.

"무슨 소리지?" 모리스 씨가 물었다.

"모르겠어." 모리스 부인이 휘둥그레진 눈으로 벌떡 일어났다. 그녀는 무슨 말인가를 하려다가 입을 다물었다. 스스로 생각해도 우스꽝스러웠다. 그렇지만 왠지 불안하고 초조했다. "설마 애들이 밖에서 위험한 일을 하고 있는 건 아니겠지? 그렇지?"

"수도관이랑 망치 말고는 아무것도 없었어. 왜 그래?"

"전기용품은 없었지?"

"없었어. 내가 봤어."

그녀는 부엌으로 갔다. 우우웅 소리가 계속되었다. "소리가 계속 들리네. 당신이 나가서 이제 그만 놀라고 말하는 게 좋겠어. 벌써 5시가 넘었잖아. 애들한테 가서…." 그녀는 한순간 눈을 크게 떴다가 다시 가름하게 떴다. "침공은 내일로 미루라고 해줘." 그러고는 신경질적으로 웃음을 터뜨렸다.

웅웅 소리가 점점 더 커졌다.

“대체 뭘 하는 거지? 괜찮은지 내가 보고 와야겠어.”

펑!

둔중한 소리와 함께 집이 흔들렸다. 다른 동네 다른 마당에서도 폭발이 이어졌다.

모리스 부인은 자기도 모르게 비명을 질렀다. “이쪽으로 와!” 그녀는 아무 생각도 없이 어떤 이유도 없이 마구 외쳤다. 어쩌면 곁눈질로 뭔가를 살짝 본 것도 같았다. 어쩌면 낯선 냄새를 맡거나 낯선 소리를 들었을지도 모른다. 하지만 남편을 설득할 시간은 없었다. 남편이 자기를 보고 미쳤다고 생각해도 할 수 없었다. “그래, 나 미쳤어!” 그녀는 날카로운 비명을 지르며 위층으로 뛰어 올라갔다. 남편도 아내가 왜 그러는지 몰라 뒤를 좇아갔다. “다락방이야!” 그녀가 외쳤다. “거기 있을 거야!” 제시간에 남편을 다락방까지 데려가기에는 어딘가 모자라는 변명이었다. “오, 제발. 제시간에 가야 해!”

밖에서 또다시 폭발이 일어났다. 아이들이 일제히 기쁨의 환호성을 질렀다. 무슨 대규모 불꽃놀이라도 구경하는 것 같았다.

“다락방이 아니야! 폭발은 밖에서 일어났어!” 모리스 씨가 외쳤다.

“아니야, 아니라고!” 그녀는 헉헉거리며 다락방 문을 더듬었다. “내가 보여줄게. 빨리 와! 내가 보여줄 거야!”

두 사람은 다락방 안으로 뛰어 들어갔다. 모리스 부인은 문을 힘차게 닫고 자물쇠를 잠근 다음 열쇠를 잡동사니가 가득한 방구석으로 던져버렸다.

그녀는 아무 말이나 마구 쏟아내고 있었다. 그냥 말들이 입 밖으로 나왔다. 그날 오후 내내 무의식 속에 은밀히 쌓여 포도주처럼 부글부글 발효된 온갖 의심과 공포가 밖으로 쏟아져 나왔다. 온종일 그녀를 괴롭혔던 온갖 소소한 깨달음과 지식과 느낌들을 그녀는 논리적으로 조심스럽게 이성적으로 무시하고 검열해왔다. 이제 그것들이 안에서 폭발해 그녀를 산산조각 내고 있었다.

"괜찮아, 우린 괜찮아." 그녀는 문에 기대어 흐느껴 울었다. "오늘 밤까진 안전할 거야. 어쩌면 몰래 빠져나갈 수 있을지도 몰라. 잘하면 탈출할 수 있을 거야!"

헨리도 벌컥 화를 냈지만 이유는 달랐다. "당신 미쳤어? 어쩌자고 열쇠를 집어 던졌어? 빌어먹을!"

"그래, 그래, 나 미쳤어. 그래도 좋으니까 여기 있어. 나랑 같이 있어!"

"어떻게 해야 밖으로 나갈 수 있지?"

"쉿, 조용히 해. 걔들이 듣겠어. 오오, 맙소사. 걔들이 금방 우리를 찾아낼 거야."

아래쪽에서 밍크의 목소리가 들렸다. 남편이 동작을 멈추었다. 계속해서 웅웅거리는 소리, 지글거리는 소리, 비명 소리와 킥킥대는 웃음소리가 들려왔다. 아래층 화상전화기가 경고라도 하듯이 계속해서 시끄럽게 울렸다. 헬렌일까? 모리스 부인은 생각했다. 혹시 내가 생각하는 바로 그 이유로 전화한 걸까?

집 안으로 들어오는 발소리가 들렸다. 묵직한 소리였다.

"누가 집에 들어온 거지? 누가 맘대로 우리 집을 밟고 돌아다니는 거야?" 모리스 씨가 씩씩거리며 말했다.

묵직한 발소리. 스물, 서른, 마흔, 쉰 명 정도의 사람들이 떼를 지어 집 안으로 들어오고 있었다. 웅웅거리는 소리. 킥킥대는 아이들 웃음소리. "이쪽이야!" 아래에서 밍크의 소리가 들렸다.

"아래층에 누가 있지? 거기 누구야!" 모리스 씨가 외쳤다.

"쉿! 오오, 제발!" 아내가 남편을 붙잡고 힘없이 말했다. "제발 조용히 해. 그러면 그냥 돌아갈지도 몰라."

"엄마?" 밍크가 불렀다. "아빠?" 침묵. "어디 있어요?"

묵직한 발소리. 무겁고도 무거운, 몹시도 묵직한 발소리가 계단을 올라왔다. 밍크가 그 소리들을 끌고 왔다.

"엄마?" 망설임. "아빠?" 기다렸다가 다시 침묵.

웅웅거리는 소리. 발소리가 다락방을 향했다. 밍크가 앞장섰다.

모리스 부부는 다락방 안에서 함께 부둥켜안고 숨죽여 떨었다. 웬일인지 전기 장치 같은 웅웅 소리와 문틈으로 새어 들어오는 기묘하게 차가운 불빛, 낯선 냄새와 처음 들어보는 밍크의 달뜬 목소리가 마침내 모리스 씨의 뇌리를 때리고 지나갔다. 그는 어두운 침묵 속에서 흠칫 몸을 떨며 아내 옆에서 몸을 일으켰다.

"엄마! 아빠!"

발소리. 나직이 웅웅거리는 소리. 다락방 자물쇠가 녹아내렸다. 문이 열렸다. 밍크가 고개를 내밀고 안을 들여다보았다. 밍크 뒤로 길쭉한 푸른 그림자들이 어른거렸다.

"까꿍." 밍크가 말했다.

THE MAN

그분

하트 선장은 로켓 탑승구에 서 있었다. "왜 안 오는 거지?"

"그러게 말입니다. 저라고 알겠습니까, 선장님?" 부관 마틴이 말했다.

"그나저나 뭐 이런 데가 다 있어?" 선장은 시가에 불을 붙이고 성냥을 반짝이는 풀밭에 그대로 던져버렸다. 풀이 타기 시작했다.

마틴이 군홧발로 불을 밟아 끄려고 움직였다.

"그냥 타게 내버려 둬. 그래야 저 무식한 바보들이 무슨 일인가 싶어 나와볼 게 아닌가." 선장이 명령했다.

마틴은 어깨를 으쓱하고는 번져가는 불길에서 발을 거두었다.

하트 선장은 손목시계를 들여다보았다. "여기 착륙한 게 한 시간 전인데 환영단이 브라스밴드를 앞세우고 악수라도 하러 왔던가? 아니잖아! 우린 우주를 가로질러 수백만 킬로미터를 날아왔는데 이 듣도 보도 못한 행성의 코딱지만 한 도시 사람들은 우리를 깡그리 무시하고 있단 말이야!" 선장은 손목시계를 톡톡 두드리며 코웃음을 쳤다. "좋아, 딱 5분만 주겠어. 그때도 코빼기도 안 비친다면…."

"그러면 어떻게 하실 겁니까?" 마틴은 이를 악물고 부르르 떠는 선장을 쳐다보며 여느 때처럼 공손하게 물었다.

"이 빌어먹을 도시 위를 날아다니며 번쩍거리는 섬광을 쏘아 혼을 쏙 빼놓아야지." 선장의 목소리가 점점 낮게 가라앉았다. "마틴, 혹시 말이야. 저들이 우리가 착륙하는 모습을 못 본 것은 아닐까?"

"봤을 겁니다. 우리가 날아올 때 고개를 들고 쳐다보던걸요."

"그럼 당장 들판을 가로질러 이리로 달려왔어야지! 혹시 숨어 있나? 겁을 잔뜩 먹고서?"

마틴은 고개를 저었다. "아닙니다. 여기 망원경으로 직접 보십시오, 선장님. 다들 그냥 돌아다니고 있지 않습니까. 겁을 먹은 게 아닙니다. 그냥, 신경을 쓰지 않는 것 같습니다."

하트 선장은 피곤한 눈에 망원경을 갖다 댔다. 마틴은 위를 쳐다보는 척하면서 짜증과 피로와 불안감이 선장의 얼굴에 새겨놓은 주름살을 슬쩍 살폈다. 하트 선장은 족히 백만 살은 되어 보였다. 잠도 잘 자지 않고 새처럼 조금 먹으면서 늘 자신을 끝까지 밀어붙이는 성격이었다. 망원경 아래로 주름이 자글자글하지만 날카로운 입매가 움직이기 시작했다.

"솔직히 우리가 왜 이 고생을 하는지 모르겠어, 마틴. 우린 로켓을 만들어 머나먼 우주를 힘들게 날아와 저들을 찾아왔지 않나? 그런데 이 꼴이 뭔가? 완전히 무시당하고 있잖아. 저기 어슬렁거리는 바보들을 좀 보라고. 이게 얼마나 대단한 일인지 모르는 건가? 이 촌구석에 난생처음 우주선이 착륙했는데? 이런 일이 일생에 몇 번이나 찾아오겠나? 저들은 그저 매사에 심드렁해진 건가?"

마틴도 알 수 없었다.

하트 선장은 지친 기색으로 마틴에게 망원경을 넘겨주었다.

"우리가 도대체 무슨 부귀영화를 누리겠다고 우주여행이니 뭐니 이러고 다니는지 모르겠군. 늘 돌아다니며 탐사나 하고 말이야. 긴장감으로 바짝 졸아서 어디 제대로 쉴 수나 있나."

"우린 평화와 고요를 찾고 있을지도 모르겠습니다. 지구에는 확실히 없는 것들이니까요." 마틴이 말했다.

"없지. 있을 리가 없잖아." 하트 선장이 생각에 잠긴 사이 풀밭에 번져가던 불길이 잦아들었다. "다윈 이후로 없었을걸. 그때부터 우리가 믿었던 것들이 전부 사라져버렸으니까. 성령의 힘이랄지 뭐 그런 것들 말이네. 자네 생각은 어떤가? 우린 왜 다른 별을 찾아 지구를 떠나왔지? 잃어버린 영혼을 되찾으려고? 사악한 우리 행성을 떠나 착한 별을 찾으려고?"

"그럴지도 모르겠습니다. 아무튼 뭔가를 찾고 있는 것은 분명합니다."

하트 선장은 헛기침하고 원래의 날카로운 말투로 돌아갔다. "자, 지금부터 우리는 저 도시의 시장을 찾아간다. 구보로 도시에 진입한 다음 제3항성계 43호 행성에 최초로 로켓원정대가 착륙했음을 알린다. 시장에게 하트 선장이 정식 면담을 요청한다고 전할 것. 출동!"

"예." 마틴은 천천히 풀밭을 가로질렀다.

"서둘러!" 선장이 외쳤다.

"예, 선장님!" 마틴은 뛰어갔다가 다시 씩 웃으며 천천히 걸었다.

하트 선장이 시가 두 대를 다 피울 즈음 마틴이 돌아왔다.

마틴은 걸음을 멈추고 왠지 머뭇거리며 로켓의 탑승구를 올려다보았다. 눈빛이 흔들리고 뭔가를 망설이는 기색이었다.

"무슨 일인가? 그들이 우릴 환영하러 오고 있나?" 선장이 매섭게 물었다.

"아닙니다." 마틴은 어지러운 듯 로켓 선체에 몸을 기댔다.

"아니 왜?"

"지금 그게 중요한 게 아닙니다. 저, 담배 한 대만 주십시오, 선장님." 마틴은 선장이 내민 담뱃갑을 보지도 않고 손으로 더듬었다. 그의 눈은 황금빛으로 반짝이는 도시를 바라보며 깜박이느라 바빴다. 그는 담배 한 개비에 불을 붙이고 한동안 말없이 담배만 피웠다.

"무슨 말이라도 해보게! 저들은 우리 로켓에 관심이 없던가?" 선장이 버럭 소리를 질렀다.

"예? 아, 로켓 말이군요." 마틴은 담배를 슬쩍 살폈다. "예, 저들은 로켓에는 관심이 없습니다. 아무래도 우리가 때를 잘못 타서 온 것 같습니다."

"때를 잘못 타다니, 그게 무슨 소리야!"

마틴은 꾹 참고 말했다. "선장님, 제 말 좀 들어보십시오. 어제 저 도시에 큰일이 벌어졌습니다. 엄청나게 대단한 일이라서 우리 로켓은 비교가 안 될 정도로 사소한 일이 되어버린 겁니다. 우선 저 좀 앉아야겠습니다." 마틴은 균형을 잃고 자리에 털썩 주저앉아 허공에 한숨을 토해냈다.

선장은 씩씩거리며 시가를 질겅질겅 씹어댔다. "대체 무슨 일이 있었다던가?"

마틴은 고개를 들더니 손가락 사이에서 타는 담배를 한 모금 빨고는 바람에 훅하고 연기를 내뿜었다. "선장님, 어제 저 도시에 대단히 훌륭한 남자가 나타났다고 합니다. 선하고 똑똑하고 온정이 넘치면서 한없이 현명한 남자가 말입니다!"

선장은 마틴을 노려보았다. "그게 대체 우리랑 무슨 상관이야?"

"설명하기 어렵지만, 여기 사람들은 꽤 오랫동안 그 남자를 기다려왔다고 합니다. 족히 백만 년은 기다렸다나요. 그런데 어제 그 남자가 제 발로 도시를 찾아온 겁니다. 그러다 보니 우리 로켓은 아무것도 아니게 보인 거지요."

선장은 털썩 주저앉았다. "그자가 누군데? 혹시 애슐리 아냐? 설마 그 자식 로켓이 우리보다 먼저 착륙해 내 몫의 영광을 차지해버린 건 아니겠지?" 선장은 마틴의 팔을 움켜잡았다. 하얗게 질린 얼굴에 당황한 기색이 역력했다.

"애슐리는 아닙니다, 선장님."

"그럼 버튼이군! 내가 그럴 줄 알았어! 버튼 그놈이 우리보다 먼저 와서 다 된 밥에 재를 뿌린 거야! 세상에 믿을 놈 하나도 없다더니!"

"버튼도 아닙니다, 선장님." 마틴이 조용히 말했다.

그러나 선장은 마틴의 말을 믿지 않았다. "로켓은 단 석 대였고 우리가 선두였어. 누가 우리보다 먼저 왔다는 거야? 놈의 이름이 뭐야?"

"그 남자는 이름이 없습니다. 이름이 필요하지 않습니다. 행성마다 그 남자를 부르는 이름이 다를 테니까요."

선장은 매섭고도 냉소적인 눈빛으로 마틴을 노려보았다.

"그자가 얼마나 대단한 일을 했기에 다들 우리 로켓은 거들떠보지도 않는단 말인가?"

"우선." 마틴이 하나하나 짚어가며 말했다. "그 남자는 아픈 사람을 치료해주고 가난한 자를 위로해주었다고 합니다. 위선과 부패에 맞서 싸웠고 온종일 사람들 곁에 머물며 대화를 나눴다고 합니다."

"그게 그렇게 대단한 일이란 말인가?"

"그럼요, 선장님."

"당최 이해를 못 하겠군." 선장은 마틴 앞으로 바짝 다가가 그의 얼굴과 눈을 들여다보았다. "자네 혹시 술 마셨나?" 그는 의심을 풀지 못하고 뒤로 물러섰다. "도무지 이해가 안 돼."

마틴은 도시 쪽을 바라보며 말했다. "선장님이 이해를 못 하시겠다면 저로선 더 이상 드릴 말씀이 없습니다."

선장도 마틴의 시선을 따라갔다. 도시는 고요하고 아름다웠으며 평화가 가득 깃들어 있었다. 선장은 앞으로 걸어가 입술에 물고 있던 시가를 손으로 옮겨 들었다. 그는 마틴을 한 번 곁눈질하고 도시의 건물들 사이로 우뚝 솟은 황금빛 뾰족탑을 보았다.

"설마… 설마 자네가 말한 그 남자가… 정말로… 그 사람은 아니겠…."

마틴은 고개를 끄덕였다. "예, 그분 맞습니다, 선장님."

선장은 꼼짝도 하지 않고 그 자리에 서 있었다. 한참 후에 그는 자세를 바로 하고 입을 열었다. "믿을 수가 없군."

정오가 되자 하트 선장은 부관인 마틴과 전자기기를 나르는 조수를 데리고 도시를 향해 걸음을 서둘렀다. 선장은 간간이 큰 소리로 웃음을 터뜨렸다가 엉덩이에 손을 올려놓고 고개를 절레절레 흔들었다.

도시의 시장이 선장 일행을 맞이했다. 마틴은 삼각대를 설치하고 그 위에 기계 상자를 연결한 다음 전원을 켰다.

“당신이 시장이오?” 선장이 손가락을 펴서 시장을 가리켰다.

“그렇습니다.” 시장이 말했다.

마틴과 조수가 둘 사이에 설치한 기계를 조종했다. 어떤 언어든지 동시통역해주는 장치였다. 도시의 부드러운 공기 속으로 삑삑거리는 기계음이 퍼졌다.

“어제 발생했다는 사건 말인데, 진짜로 있었던 일이오?” 선장이 물었다.

“그렇습니다.”

“목격자가 있소?”

“있습니다.”

“목격자와 이야기를 나누고 싶소.”

“아무하고나 이야기하면 됩니다. 우리가 모두 목격자이니까요.”

선장은 마틴을 향해 몸을 숙이고 속삭였다. “집단 환각이군.” 그리고 시장에게 말했다. “그 남자, 그 낯선 사람 말인데, 어떻게 생겼소?”

“말로 설명하긴 좀 어렵습니다.” 시장이 살짝 웃으며 말했다.

“아니, 왜 어렵단 말이오?”

“사람마다 의견이 조금씩 다르니까요.”

“어쨌든 나는 당신의 의견이 듣고 싶소.” 선장이 말했다. “녹음하게.” 선장은 어깨너머로 마틴에게 지시했다. 마틴은 휴대용 녹음기의 버튼을 눌렀다.

“흐음. 그분은 무척 다정하고 친절한 분이었습니다. 굉장히 영리하고 지혜로운 분이기도 하고요.”

“아아, 압니다, 알아요.” 선장은 손을 내저었다. “그런 일반적인 말은 그만두고 구체적인 이야기를 듣고 싶소. 그 사람은 어떻게 생겼소?”

“그건 별로 중요하지 않은 것 같습니다.” 시장이 대답했다.

“아니, 몹시 중요한 일이오.” 선장은 단호하게 말했다. “그 남자가 어떻게 생겼는지 꼭 들어야겠소. 당신이 들려주지 않는다면 다른 사람에게 물어봐서라도 듣고 싶소." 그리고 마틴에게 말했다. "장난을 그럴싸하게 친 걸 보면 버튼이 틀림없어."

마틴은 선장의 얼굴을 쳐다보지도 않고 차갑게 침묵을 지킬 뿐이었다.

선장은 손가락을 튕겨 딱 소리를 내고 말했다. "그럼 다른 이야기를 해볼까요? 그 남자가 아픈 사람을 낫게 했다던데?"

"많은 사람을 치료했습니다." 시장이 말했다.

"그중 한 명이라도 만나볼 수 있겠소?"

"물론입니다." 시장이 말했다. "저기 제 아들을 보십시오." 시장은 앞으로 나서는 어린 소년을 고갯짓으로 가리켰다. "이 아이는 팔을 쓸 수 없었는데 이제 여길 보십시오."

선장은 웃음을 터뜨렸다. "이보시오. 이런 건 정황상 증거로 봐줄 수가 없지 않소. 내 눈으로 이 아이가 팔을 쓰지 못했을 때를 본 적이 없으니 말이오. 지금 내가 볼 수 있는 건 온전하고 건강하기만 한 모습뿐이잖소. 이런 건 증거가 못되오. 어제는 이 아이가 팔을 쓰지 못했는데 오늘은 괜찮아졌다는 증거가 있소?"

"제 말이 증거입니다." 시장은 간략하게 말했다.

"허, 이거 참! 나보고 그 말을 믿으란 말이오? 그럴 순 없지!"

"유감입니다." 시장은 딱하기도 궁금하기도 하다는 얼굴로 선장을 쳐다보았다.

"이 아이의 예전 사진이라도 있소?" 선장이 물었다.

잠시 후 유화로 그린 커다란 그림이 운반되어 왔는데, 팔이 비틀린 소년의 초상화였다.

"아니, 이 사람이! 그림은 누구나 그릴 수 있잖소. 그림은 얼마든지 거짓말을 할 수 있소. 내가 원하는 건 사진이란 말이오." 선장은 손을 내저으며 그림을 물렸다.

그러나 사진은 없었다. 이 행성에는 아직 사진 기술이 없었다.

"그렇다면 다른 사람들과 이야기를 나눌 수 있게 해주시오. 우린 당분간 여기 머물 테니 시간은 많소." 선장은 얼굴을 씰룩거리며 한숨을 내쉬었다. 선장이 한 여자를 가리켰다. "거기 당신." 여자가 머뭇거렸다. "그래요, 당신. 이리로 좀 와보시오. 어제 봤다는 그 대단한 남자에 관해 얘기 좀 들려주시오."

여자는 선장을 물끄러미 바라보다가 입을 열었다. "그분은 걸어서 우리를 향해 오셨어요. 몹시 다정하고 선한 분이셨죠."

"눈동자 색이 어땠소?"

"태양의 빛깔이자 바다의 빛깔이자 꽃의 빛깔이며 산의 빛깔, 밤의 빛깔이었지요."

"아아, 됐소." 선장은 양손을 들어 올렸다. "이봐 마틴. 자네도 봤지? 웬 사기꾼이 찾아와 순진한 사람들 귀에 대고 달콤한 말을 속닥거린 거야."

"그만하십시오." 마틴이 말했다.

선장은 깜짝 놀라 뒤로 한 걸음 물러났다. "뭐?"

"제가 말씀드렸잖습니까. 저는 이 사람들이 좋습니다. 이들이 하는 말을 믿습니다. 선장님에게도 의견이라는 게 있겠지만, 그냥 혼자만의 의견으로 남겨두십시오."

"나한테 이래라저래라 명령하는 건가?" 선장이 소리쳤다.

"저는 선장님의 독단에 질려버렸습니다. 이 사람들을 그냥 내버려두십시오. 이들 나름대로 착하게 잘살고 있는데 선장님이 와서 들쑤시고 비웃고 있지 않습니까. 저도 이 사람들과 이야기를 나눠봤습니다. 도시 곳곳에서 사람들 얼굴도 봤습니다. 이들에겐 선장님에게는 없는 어떤 것이 있습니다. 믿음만 있다면 산도 옮길 수 있다는 작고 소박한 믿음 말입니다. 선장님은 누군가 먼저 도착하는 바람에 영광을 빼앗기고 중요한 대접도 못 받고 있다고 화가 난 게 아닙니까!"

"딱 5초를 더 줄 테니 마무리를 하게." 선장이 말했다. "이해하네. 자네도 뭔가 쌓인 게 있겠지. 몇 달 동안 우주여행이니 뭐니 고향 생각도 나고 외로울 거야. 게다가 이런 일까지 벌어졌으니 내 자네 심정을 충분히 이해하네. 자네의 옹졸한 불복종 행위는 그냥 넘어가겠네."

"저는 선장님의 옹졸한 독단을 그냥 넘길 수 없습니다. 우주선에서 내리겠습니다. 그리고 앞으로 여기서 살겠습니다."

"안 되네!"

"왜 안 됩니까? 어디 한번 막아보십시오. 여기야말로 그동안 제가 찾아다녔던 곳입니다. 몰랐는데 와서 보니 알겠습니다. 여긴 저를 위한 곳입니다. 그러니 선장님은 더러운 로켓을 타고 가서 그 의심 많은 과학적 방법론으로 다른 행성이나 들쑤시고 다니십시오!" 마틴은 재빨리 주위를 둘러보았다. "이 사람들은 분명히 경험했습니다. 선장님만 그 일이 정말로 일어났다는 사실을 머리로 받아들이지 못할 뿐이죠. 우리 역시 운이 좋아서 거의 동시에 찾아온 덕분에 그분을 만날 수 있게 된 겁니다. 지구인들은 그분이 옛 세계를 떠난 후로 2천 년 동안 그분 이야기를 해왔습니다. 다들 그분을 직접 보고 말씀을 듣고 싶었지만, 그럴 기회가 없었습니다. 그런데 우리는 오늘 단 몇 시간 차이로 그분을 볼 기회를 놓치고 말았단 말입니다."

하트 선장은 마틴의 뺨을 보았다. "자네 어린애처럼 질질 짜고 있군. 당장 멈추지 못하겠나."

"상관 마십시오."

"아니, 상관 좀 해야겠네. 우린 이 원주민들에게 최대한 어엿한 모습을 보여야 해. 자넨 지금 너무 긴장했어. 아까도 말했지만, 이번에는 자넬 용서하고 넘어가겠네."

"선장님의 용서는 필요 없습니다."

"어리석기는. 자넨 이 사람들을 속이고 등쳐먹으려는 버튼의 속셈이 보이지 않나? 종교의 탈을 쓰고 석유와 광물을 가로채려는 수작이라고! 자넨 아직도 지구인이 어떤 자들인지 모르나? 그들은 어떤 짓도 서슴지 않네. 목적을 위해서라면 신성모독도 거짓말도 사기도 도둑질도 살인도 가리지 않아. 효과만 있다면 무슨 짓이든 저지를 놈들이라고. 진정한 실용주의자지. 그게 바로 버튼이야. 자네도 알잖아!"

선장은 코웃음을 치며 말을 이었다. "그러니 그만하게, 마틴. 이제 그만 인정하라고. 이거야말로 딱 버튼이 저지를만한 짓거리야. 순진한 사람들 귀에 대고 속닥거리다가 때가 되면 똑 따먹는 수법 말이야."

"그렇지 않습니다." 마틴은 잠시 생각해보더니 말했다.

선장이 한 손을 들어 올렸다. "틀림없이 버튼 짓이야. 그 자식의 더러운 사기 수법이라고. 앞으론 그 늙어빠진 용을 존경해야겠어. 난데없이 불을 뿜으며 여기에 나타나 머리 뒤로 후광을 두르고 달콤한 말을 속닥이면서 사랑 가득한 손길로 연고를 발라주고 치료용 광선을 쐬어주었겠지. 버튼이 틀림없다니까!"

"아닙니다." 마틴의 목소리가 멍해졌다. 그는 자기 눈을 가렸다. "아닙니다. 선장님 말을 믿지 않습니다."

"믿고 싶지 않은 거겠지." 하트 선장은 계속 말했다. "그만 인정하게. 인정하라고! 이건 그냥 버튼이 벌인 수작이야. 그만 꿈에서 깨어나, 마틴. 정신 차려! 아침이야. 이건 현실이고 우리는 현실을 살아가는 더러운 사람들이야. 버튼은 그중 가장 더러운 자식이고!"

마틴이 고개를 돌렸다.

"자, 자, 마틴." 하트 선장은 기계적으로 마틴의 등을 두드렸다. "내 이해하네. 자네에겐 꽤 충격이었겠지. 알아. 끔찍하도록 수치스러울 거야. 버튼 자식, 정말 악당 중의 악당이야. 자넨 가서 좀 쉬게나. 나머지는 내가 알아서 처리하겠네."

마틴은 천천히 로켓을 향해 걸어갔다.

하트 선장은 멀어지는 마틴의 모습을 바라보다가 깊은숨을 들이마시고 아까 질문했던 여자에게 돌아갔다. "저, 그 남자에 대해 조금 더 말해 보시오. 어디까지 말했더라?"

한참 후 로켓원정대 대원들은 우주선 바깥에 카드 테이블을 펴놓고 저녁을 먹었다. 마틴은 빨개진 눈으로 조용히 생각에 잠겨 있었다. 선장은 마틴에게 그날 모은 정보를 전해주었다.

"서른 명 정도를 만나봤는데 다들 하나 마나 한 소리만 늘어놓더군." 선장이 말했다. "버튼 짓이 틀림없어. 내일이나 다음 주쯤이면 녀석이 슬그머니 돌아와서 또 기적을 보여주고는 우리 대신 중요한 계약을 따낼 거야. 내가 지키고 있다가 녀석의 계략을 망쳐버릴 거야."

마틴이 음침한 눈빛으로 선장을 올려다보았다. "그게 사실이라면 제가 버튼 그놈을 죽여버리겠습니다."

"이런, 마틴! 진정하게!"

"제가 놈을 죽여버릴 테니 선장님이 좀 도와주십시오."

"우린 놈의 일을 망쳐놓기만 하면 되네. 녀석이 얼마나 똑똑한지는 자네도 인정해야 할 거야. 비열한 놈이지만 머리 하나는 확실히 똑똑하니까."

"파렴치한 놈."

"절대 폭력은 쓰지 않겠다고 약속하게." 하트 선장은 잠시 숫자를 헤아려보았다. "여기 자료에 의하면 병을 낫게 하고 장님을 눈뜨게 하고 문둥이를 깨끗이 낫게 한 사례가 서른 건 정도라는군. 버튼 이 자식, 열심히도 했군."

이때 종이 울렸다. 잠시 후 대원 한 명이 달려왔다. "선장님, 보고드립니다. 버튼의 로켓이 착륙 중이랍니다. 애슐리의 로켓도 오고 있습니다."

"아주 개떼처럼 몰려오는군!" 하트 선장이 카드 테이블을 내리치며 말했다. "하루라도 빨리 여길 집어삼키고 싶어 안달이 난 게지. 내가 환영해줄 테니 기다리라고. 이 잔치에 나를 빼면 섭섭하지, 암!"

마틴은 역겨운 얼굴로 선장을 노려보았다.

"이건 업무야, 이 친구야. 업무라고." 선장이 말했다.

다들 하늘을 올려다보았다. 로켓 두 대가 착륙하고 있었다. 로켓은 거의 충돌하듯이 내려앉았다.

"저 바보들, 왜 저러는 거야?" 하트 선장이 벌떡 일어나 외쳤다. 대원들은 연기가 피어오르는 우주선을 향해 풀밭을 가로질러 뛰어갔다. 선장도 도착했다. 버튼의 로켓 탑승구가 벌컥 열렸다.

대원 하나가 그들 앞으로 고꾸라지듯 뛰어내렸다.

"어떻게 된 일인가?" 하트 선장이 외쳤다.

대원은 땅에 쓰러졌다. 하트 선장의 부하들이 살펴보니 그는 온몸에 심각한 화상을 입고 있었다. 온몸에 상처와 흉터가 있었고 피부 조직은 그을려 연기를 피우고 있었다. 그는 부어오른 눈을 겨우 뜨고 위를 올려다보며 갈라진 입술 사이로 두툼한 혀를 움직여 겨우 말했다.

"선장님…." 죽어가는 남자가 속삭였다. "48시간 전, 본 항성계 제1행성 근처 79번 구간에서 저희 우주선과 애슐리 선장의 우주선이 우주폭풍을 만났습니다." 그의 입에서 피가 흘러나왔다. "완파되었습니다. 승무원 전원 사망에 버튼 선장도 죽었습니다. 애슐리 선장도 한 시간 전에 사망했습니다. 겨우 세 명만 살았습니다."

"이봐, 정신 차리게!" 하트 선장은 피 흘리는 남자를 향해 몸을 숙이고 소리쳤다. "그렇다면, 최근 이 행성에 온 적이 없다는 말인가?" 아무 소리도 들리지 않았다.

"대답해보게!" 하트 선장이 외쳤다.

죽어가는 남자가 말했다. "없습니다. 오는 길에 폭풍을 만났고 버튼 선장은 이틀 전에 죽었습니다. 지금이 6개월 만에 첫 착륙입니다."

"정말인가?" 하트 대장이 남자의 손을 꼭 쥐고 격하게 흔들며 외쳤다. "확실한가?"

"확실합니다." 죽어가는 남자가 말했다.

"버튼이 이틀 전에 죽었다고? 정말인가?"

"예, 그렇습…." 남자가 속삭였다. 그의 머리가 앞으로 푹 꺾였다. 그리고 숨을 거두었다.

선장은 말 없는 시체 옆에 무릎을 꿇었다. 선장의 얼굴이 씰룩거렸다.

근육이 저절로 움찔거렸다. 다른 대원들은 선장 뒤에서 내려다보고 있었다. 마틴은 기다렸다. 마침내 선장이 자신을 일으켜달라고 부탁하고 대원들의 부축을 받으며 일어났다. 전부 서서 도시를 바라보았다. "그렇다면, 그 말은…."

"무슨 뜻일까요?"

"우리가 지금껏 여기에 도착한 유일한 원정대라는 뜻이지." 하트 선장이 속삭였다. "그렇다면 과연 그 남자는…."

"그 남자는 누구일까요, 선장님?" 마틴이 물었다.

선장의 얼굴이 마구 씰룩거렸다. 그는 몹시 늙고 울적해 보였다. 눈빛만 번득였다. 그는 마른 풀밭을 밟으며 앞으로 걸어갔다.

"같이 가세, 마틴. 같이 가. 나를 좀 붙잡아주게. 쓰러질 것 같군. 서두르세. 시간이 없어."

그들은 불어오는 바람을 맞으며 훌쩍 자란 마른 풀밭을 걸어 휘청거리며 도시를 향해 갔다. 증인선서를 하고 이야기를 들려주는 이들의 얼굴에 빛이 흘러넘쳐 하트 선장은 그들을 똑바로 보기도 힘들었다. 증언을 듣는 내내 그는 양손을 가지런히 무릎 위에 올려놓았다가 허리띠 위로 옮겨 덜덜 떨다가 했다.

증언이 모두 끝나자 하트 선장은 미심쩍은 눈빛으로 시장을 보았다.

"그 남자가 어디로 갔는지 정말로 모른단 말이오?"

"어디로 가는지 아무 말 없이 떠나셨으니까요." 시장이 말했다.

"근처 다른 행성으로 간 건 아닐까요?" 선장이 물었다.

"저는 모릅니다."

"아실 텐데."

"혹시 이 중에서 그분을 보셨습니까?" 시장이 군중을 가리키며 물었다.

선장도 군중을 바라보며 대답했다. "못 봤소."

"그렇다면 그분은 아마도 어디론가 떠나셨다는 뜻이겠지요." 시장이 말했다.

"또 또 그 빌어먹을 아마도!" 선장은 무기력하게 외쳤다. "내가 끔찍한 실수를 저질렀소. 그러니 그 사람을 꼭 만나야겠소이다. 생각해보면 역사적으로도 매우 특별한 일이 아니겠소? 이런 일이 생기다니! 세상에, 우리가 수백만 개의 행성 중 어느 한 곳에 왔는데 바로 하루 전날 그 사람이 왔다 갔다니, 그럴 확률이 수십억분의 1이나 될까요? 그러니 그 사람이 어디로 가버렸는지 당신은 알아야 할 것 아니요!"

"다들 각자의 방식으로 그분을 만나게 됩니다." 시장은 온화하게 말했다.

"당신이 그 사람을 숨겨두었지?" 선장의 얼굴이 천천히 일그러지더니 단단하게 굳은 평소 표정이 되살아났다. 그는 자리에서 일어났다.

"그렇지 않습니다." 시장이 대답했다.

"그럼 어디 있는지 알 것 아니요!" 선장의 손이 오른쪽 허리춤에 찬 가죽 권총집 위에서 움찔거렸다.

"그분이 어디 계신지는 정확히 알 수가 없습니다."

"말하는 게 좋을걸." 선장은 조그만 강철 권총을 꺼냈다.

"정말로 드릴 말씀이 없습니다."

"거짓말하지 마!"

하트 선장을 바라보는 시장의 얼굴에 딱하다는 표정이 떠올랐다.

"당신은 몹시 지쳤군요. 장기간 여행을 했고 오랫동안 믿음 없이 살아온 사람들 사이에 있느라 지친 겁니다. 그러다가 지금은 믿음이 너무 절실해 자신을 망가뜨리고 있습니다. 살인을 했다간 일을 더 그르치기만 할 겁니다. 그런 식으로는 절대 그분을 찾을 수가 없어요."

"그 사람은 어디로 갔어? 당신한테는 말했을 거 아니야! 그러니 어서 말해!" 선장은 권총을 휘둘렀다.

시장은 고개를 저었다.

"말해! 어서 말하라고!"

권총이 한 번, 그리고 두 번 발사되었다. 시장은 팔에 총상을 입고 쓰러졌다.

마틴이 앞으로 뛰어나왔다. "선장님!"

권총이 마틴 쪽으로 움직였다. "방해하지 마."

바닥에 쓰러진 시장이 다친 팔을 감싸 쥐고 두 사람을 올려다보았다. 그리고 선장에게 말했다. "총을 내려놓으십시오. 안 그러면 당신만 다칩니다. 한 번도 믿음을 가져본 적 없는 당신은 이제 와 믿음에 마음을 뺏기고 사람들을 해치고 있군요."

"다 필요 없어." 하트 선장은 시장을 내려다보며 말했다. "하루 차이로 그 사람을 놓쳤다면 다른 별로 가면 돼. 거기서 또 다른 별로, 또 다른 별로 옮겨가면 되겠지. 그러면 다음 별에선 한나절 차이로, 그다음 별에선 반나절 차이로, 그다음은 두 시간 차이, 또 한 시간 차이, 30분 차이, 1분 차이로 그를 놓치겠지. 그러다간 언젠가는 그를 따라잡을 수 있을 거야! 무슨 말인지 알아듣겠어?" 하트 선장은 이제 바닥에 쓰러진 시장의 몸 위로 비스듬히 서서 외쳤다. 그는 기진맥진해 금방이라도 쓰러질 것처럼 휘청거렸다. "가자, 마틴." 선장은 총을 그대로 들고 있었다.

"아니요. 저는 여기 남겠습니다." 마틴이 말했다.

"이런 바보 같은 자식. 맘대로 해. 나는 대원들을 데리고 끝까지 가겠다."

시장이 마틴을 올려다보았다. "저는 괜찮습니다. 그냥 놔두십시오. 주민들이 와서 보살펴줄 겁니다."

"로켓까지만 갔다가 다시 오겠습니다." 마틴이 말했다.

그들은 무시무시한 속도로 도시를 빠져나갔다. 선장은 강철같이 단단한 평소 모습을 보여주고 위엄을 지키려고 모진 애를 쓰고 있었다. 로켓에 도착하자 그는 떨리는 손으로 선체 옆을 내리쳤다. 그는 권총을 집어넣고 마틴을 쳐다보았다.

"마틴?"

"예, 선장님."

하트 선장은 눈을 들어 하늘을 보았다. "정말로… 같이 가지 않을 생각인가?"

"예, 선장님."

"굉장한 모험이 될 거야. 나는 그 사람을 반드시 찾아낼 걸세."

"선장님은 오로지 그 생각에 사로잡혀 있으시군요?"

하트 선장은 얼굴을 움찔거리며 눈을 꼭 감았다. "그렇다네."

"알고 싶은 게 한 가지 있습니다."

"뭔가?"

"그분을 찾으면, 정말로 그분을 찾는다면, 뭘 부탁할 생각입니까?"

"글쎄…." 선장은 주춤거리다 눈을 떴다. 주먹을 쥐었다 풀었다 하다가 뭔가를 깊이 생각해보다가 야릇한 미소를 짓기도 했다. "난 그저, 평화와 고요를 바랄 뿐이라네." 그는 로켓 선체를 어루만졌다. "느긋하게 마음을 놓아본 게 정말 언제 일인지, 너무나 너무나 오래되었다네."

"느긋해지려고 노력해본 적은 있으시고요?"

"그게 무슨 말인가?"

"아무것도 아닙니다. 안녕히 가십시오, 선장님."

"잘 있게. 마틴."

대원들은 탑승구 옆에 서 있었다. 하트 선장과 함께 가기로 한 사람은 겨우 세 명이었다. 나머지 일곱 명은 마틴과 함께 남기로 했다.

하트 선장은 그들을 살펴보고 마지막으로 한마디를 내뱉었다. "멍청한 녀석들!"

마침내 그는 탑승구로 올라가 재빨리 경례하고 씩 웃었다. 문이 닫혔다. 로켓은 불기둥을 달고 하늘로 올라갔다.

마틴은 로켓이 점점 멀어지며 시야에서 사라질 때까지 쳐다보았다. 일행의 부축을 받으며 여기까지 온 시장이 풀밭 가장자리에서 마틴을 불렀다.

"선장님은 갔습니다." 마틴이 시장에게 다가가 말했다.

"그렇군요. 가엾은 분. 결국엔 갔군요." 시장이 말했다. "저분은 이 행성에서 저 행성으로 그분을 찾고 또 찾으며 언제나 한 시간, 혹은 반 시간, 혹은 10분, 1분이 늦었다고 생각할 겁니다. 그러다 마침내 몇 초 차이로 그분을 놓쳤다고 말하겠지요. 그렇게 3백 곳의 행성을 찾아 헤매다 일흔 여든 살이 되면 몇분의 1초나 몇십분의 1초 차이로 놓쳤다고 생각할 겁니다. 그렇게 계속 생각하면서 그분을 찾아다니겠지요. 바로 여기 남겨두고 간 그분을 말이지요."

마틴이 물끄러미 시장을 보았다.

시장이 손을 내밀었다. "빤하지 않습니까?" 그는 일행에게 손짓하며 돌아섰다. "자, 가세. 그분을 기다리게 해서는 안 되네."

그들은 도시를 향해 걸어갔다.

TIME IN THY FLIGHT

그대의 시간여행

뜨거운 바람이 그들의 얼굴에 불어닥치며 오랜 시간이 훅 지나갔다.

타임머신이 멈췄다.

"1928년이야." 재닛이 말했다. 두 소년이 소녀의 어깨너머를 보았다.

필즈 선생님이 당부했다. "잊지 마라. 너희는 고대인들의 행동을 관찰하려고 여기 온 거야. 탐구 정신을 가지고 열심히 관찰하거라."

"예." 선명한 카키색 교복을 입은 소녀와 두 소년이 대답했다. 아이들은 가족이나 친척이 아니었는데도, 똑같은 머리 모양에 똑같은 손목시계와 샌들을 신고 있었고 머리카락과 눈동자, 치아, 피부의 색깔도 똑같았다.

"쉿, 다들 조용히!" 필즈 선생님이 말했다.

그들은 1928년 봄, 일리노이주의 작은 마을에 와 있었다. 이른 새벽, 거리에는 서늘한 안개가 자욱했다.

저 멀리 어린 소년 하나가 크림색 달이 뿌리는 마지막 빛을 받으며 달려왔다. 어디선가 커다란 시계가 새벽 5시를 알렸다. 소년은 고요한 잔디밭에 테니스화로 발자국을 찍으며 보이지 않는 타임머신 근처를 걸어 어느 집의 높고 어두운 창문을 향해 소리쳤다.

창문이 열리더니 또 다른 소년이 지붕을 타고 땅으로 내려왔다. 두 소년은 입안 가득 바나나를 물고 어둡고 싸늘한 새벽 속을 달려갔다.

"저 뒤를 따라가라." 필즈 선생님이 속삭였다. "저들의 생활양식을 알아 와. 어서!"

재닛과 윌리엄과 로버트는 이제 남들 눈에도 보이는 상태가 되어 잠들어 있는 동네와 공원을 지나 봄날의 차가운 도로 위를 달려갔다. 가는 길 내내 전등이 켜졌다가 꺼졌고, 문이 덜컹 소리를 내며 열렸다 닫히며 아이들 수가 점점 늘어났다. 아이들은 혼자 혹은 짝을 지어 숨을 헐떡이며 언덕을 내달려 파랗게 번들거리는 철길로 향했다.

"저기 온다!" 동이 트기도 전에 아이들이 잔뜩 몰려왔다. 멀리 번들거리는 철길 아래쪽에 작은 빛 하나가 보이기 시작하더니 순식간에 증기를 뿜는 천둥으로 변했다.

"저게 뭐지?" 재닛이 외쳤다.

"기차잖아, 이 바보야. 예전에 사진으로 봤어!" 로버트가 소리쳤다.

타임머신을 타고 온 아이들이 지켜보는 가운데, 기차에서 거대한 회색 코끼리들이 내렸다. 코끼리들은 서늘한 새벽하늘을 향해 물음표처럼 생긴 코를 들어 올리며 포장도로에 김이 피어오를 만큼 엄청난 양의 오줌을 내갈겼다. 길쭉한 화물칸에서 붉은색과 황금색으로 장식한 거추장스러운 운반차가 굴러내렸다. 어두운 사각의 우리 안에서 사자들이 으르렁거리며 왔다 갔다 했다.

"앗! 이건… 서커스가 틀림없어!" 재닛은 부르르 몸을 떨었다.

"그래? 서커스는 어떻게 됐는데?"

"크리스마스처럼 오래전에 사라졌어." 재닛은 주위를 둘러보며 말했다. "정말 대단하지 않아?"

소년들은 멍하니 서 있었다. "정말 그러네."

서커스 사람들은 동틀 무렵의 희붐한 빛 속에서 고함을 질러댔다. 침대칸 열차가 서서히 멈추어 서자 잠을 채 떨치지 못한 멍한 얼굴들이 창밖의 아이들을 바라보았다. 말들이 포장도로에 돌멩이가 쏟아지는 것처럼 따그닥 따그닥 소리를 내며 움직였다.

아이들 뒤로 필즈 선생님이 불쑥 나타났다. "동물을 우리에 가두다니 역겹고도 야만적이군. 여기가 이런 곳인 줄 알았다면 너희에게 보여주지 않았을 거다. 정말 끔찍한 문화야."

"예, 정말 그렇네요." 그러나 재닛의 눈만은 휘둥그레졌다. "그런데 선생님. 여긴 정말 구더기 소굴 같아요. 조금 더 공부해보고 싶어요."

"저는 잘 모르겠어요." 로버트는 손을 덜덜 떨며 앞을 노려보았다. "정말 미친 세상이에요. 선생님이 괜찮다고 하시면 이 시대에 관해 논문을 쓰긴 하겠지만…."

필즈 선생님이 고개를 끄덕였다. "너희가 이 시대를 참고 견디면서 자발적으로 이곳의 공포를 연구한다면 나로선 기쁜 일이지. 암, 괜찮고말고. 오늘 오후 여기서 서커스를 보자꾸나."

"속이 울렁거릴 것 같아요." 재닛이 말했다.

타임머신이 웅웅 소리를 내며 움직였다.

"그러니까 서커스겠지." 재닛이 진지하게 말했다.

서커스의 트롬본 소리가 귓속에서 잦아들었다. 그들이 마지막으로 본 것은 하얀 분을 바른 어릿광대가 새된 소리를 지르며 튀어 오르는 동안 알록달록한 분홍색 공중그네를 탄 사람들이 빙글빙글 도는 모습이었다.

"너희에겐 가상현실 체험기가 있어서 다행이라는 걸 알겠지?"

"그러게요. 저 더러운 짐승 냄새며 흥분한 사람들이며…." 재닛이 눈을 깜박이며 말했다. "어린아이들에게는 정말 해로울 것 같아요. 그런데 저기 나이 든 사람들이 아이들과 함께 앉아 있어요. 아이들은 그들을 아버지, 어머니라고 불렀어요. 아, 정말 이상해요."

필즈 선생님이 채점지 몇 군데에 표시했다.

재닛은 멍하니 고개를 흔들었다. "처음부터 다시 보고 싶어요. 어디선가 주제를 놓치고 말았어요. 이른 새벽 마을을 가로질러 다시 달리고 싶어요. 얼굴에 차가운 바람도 느껴보고 발밑에 닿는 보도의 감촉도 느껴보고 서커스 열차가 들어오는 모습도 다시 보고 싶어요. 아이들이 꼭두새벽부터 일어나 서커스 열차를 보겠다고 달려 나갔던 건 이른 시간의 공기 때문이었을까요? 전체 과정을 처음부터 다시 밟아보고 싶어요. 사람들은 왜 그렇게 흥분했을까요? 아아, 어디선가 대답을 놓친 것 같아요."

"아이들이 무척 많이 웃었어요." 윌리엄이 말했다.

"조울증 때문이야." 로버트가 말했다.

"근데 여름방학이 뭐예요? 아까 아이들이 말하는 걸 들었어요." 재닛이 필즈 선생님에게 물었다.

"옛날 아이들은 여름 내내 바보 멍청이처럼 서로 때리고 달리기를 하며 보냈단다." 필즈 선생님이 엄숙하게 말했다.

"저는 나라에서 주관하는 어린이 여름 학습 대회에 참가할 거예요." 로버트가 허공을 보며 희미한 목소리로 말했다.

타임머신이 다시 멈추었다.

"7월 4일이구나." 필즈 선생님이 말했다. "1928년 7월 4일로 왔어. 사람들이 폭죽놀이를 한다고 손가락을 날려 먹던 먼 옛날의 기념일이란다."

아까와 같은 거리, 같은 집 앞에 서 있었지만 이번에는 따뜻한 여름 저녁이었다. 바퀴 모양 불꽃이 쉭쉭거리며 돌아가고 집 앞 포치에서 아이들이 까르르 웃으며 뭔가를 집어 던지니 펑 소리를 내며 터졌다!

"달아나지 마!" 필즈 선생님이 외쳤다. "전쟁이 난 게 아니니 겁먹지 마라!"

그러나 재닛과 로버트와 윌리엄의 볼그족족한 얼굴은 파랗게 질려버렸고, 이어서 부드럽게 쏟아져 내리는 불꽃 분수를 보고는 하얗게 질렸다.

"우린 괜찮을 거야." 재닛이 꼼짝도 하지 않고 서서 말했다.

"다행히도 백 년 전에 불꽃놀이가 금지되었단다. 이제 저런 지저분한 폭발은 깨끗이 사라졌어."

아이들은 요정처럼 춤을 추며 하얗게 일어나는 불꽃으로 어두운 여름 대기 위에 자신의 이름과 운명을 그렸다.

"나도 저거 하고 싶다." 재닛이 조용히 말했다. "공기에 내 이름을 쓰고 싶어. 저거, 나도 해보고 싶어."

"뭐라고 했니?" 필즈 선생님은 재닛의 말을 듣지 못했다.

"아무것도 아니에요." 재닛이 말했다.

"펑!" 윌리엄과 로버트는 보드라운 여름 나무 아래 서서 아름다운 여름밤 잔디밭에서 벌어지는 빨강 하양 초록의 불꽃놀이를 보고 또 보면서 나지막이 속삭였다. "펑!"

10월이었다.

타임머신은 한 시간 후 화려하게 불타오르는 단풍의 계절에 멈추었다. 사람들이 호박과 옥수수 노적가리를 들고 어두컴컴한 집들로 부산스럽게 들어갔다. 해골이 춤추고 박쥐가 날고 촛불이 불꽃을 피우고 빈 문간에 사과가 매달렸다.

"핼러윈이다." 필즈 선생님이 말했다. "공포의 절정이지. 여긴 미신의 시대잖니. 나중에는 그림 형제의 이야기도 유령도 해골도, 이 모든 허튼 짓도 전부 금지당했단다. 감사하게도 너희는 그림자도 유령도 없는 살균의 시대에 태어나고 자랐다. 너희에겐 이제 윌리엄 C. 채터턴* 탄생일이나 일의 날, 기계의 날 같은 점잖은 휴일이 있지."

그들은 텅 빈 10월의 밤, 아까와 같은 집 앞을 걸으며 세모 눈이 뚫린 호박과 검은 다락방과 축축한 지하실에서 무섭게 노려보는 가면들을 구경했다. 아이들은 집 안에 모여 앉아 깔깔 웃으며 이야기를 나누고 있었다.

"나도 저 애들과 함께 집 안에 들어가 있고 싶어." 이윽고 재닛이 말했다.

* 영국의 찬송가, 캐럴 작가

"물론, 사회학을 위해서지?" 소년들이 말했다.

"아니야." 소녀가 말했다.

"뭐라고?" 필즈 선생님이 깜짝 놀라 물었다.

"아니요, 저는 그냥 집 안에 들어가 저 모든 걸 보고 싶어요. 여기가 아니면 볼 수 없는 것들을 보고 싶어요. 불꽃놀이도 해보고 싶고 호박도 서커스도 보고 싶어요. 언젠가 봤던 크리스마스와 밸런타인과 7월 4일을 직접 겪어보고 싶다고요."

"일이 점점 커지는군…." 필즈 선생님이 말했다.

그때 재닛이 갑자기 사라졌다. "로버트! 윌리엄! 가자!" 소녀는 달리기 시작했다. 소년들도 뒤따라 달렸다.

"거기서!" 필즈 선생님이 외쳤다. "로버트! 윌리엄, 이 녀석! 잡았다!" 필즈 선생님은 마지막으로 달려가던 윌리엄을 붙잡았지만, 나머지 두 아이는 놓치고 말았다. "재닛! 로버트! 어서 돌아와! 너 이 녀석들! 7학년으로 진급 못 할 줄 알아라! 너흰 낙제야, 낙제! 로버트! 재닛!"

거친 10월의 바람이 불어와 나뭇잎 사이를 훑으며 지나가더니 달음박질치는 아이들과 함께 사라졌다.

필즈 선생님한테 붙들린 윌리엄이 몸을 뒤틀고 발길질을 했다.

"아니, 아니, 너는 안 돼, 윌리엄. 너는 나랑 같이 돌아가야 해. 저 두 녀석은 잊어서는 안 되는 교훈을 배울 것이다. 그러려고 과거에 살고 싶어 한 게 아니겠니?" 필즈 선생님은 다들 들을 수 있을 만큼 큰 소리로 외쳤다. "괜찮아, 재닛! 로버트! 이 공포와 혼돈 속에서 한번 살아보려무나! 몇 주일만 지나도 훌쩍훌쩍 울면서 내게 돌아올걸. 하지만 그때가 되면 나는 가고 없단다! 나는 이 미친 세상에 너희를 남겨두고 떠날 테니까!"

그는 윌리엄을 서둘러 타임머신에 태웠다. 소년은 흐느껴 울고 있었다. "다시는 이곳에 현장 체험학습을 오지 마세요, 제발요, 필즈 선생님. 제발요."

"닥쳐라!"

곧바로 타임머신은 미래를 향해, 지하동굴 도시와 금속 건물과 금속 꽃과 금속 잔디밭을 향해 떠났다.

"잘 있어라, 재닛! 로버트!"

쌀쌀한 10월의 바람이 물처럼 마을 전체를 휩쓸고 지나갔다. 이윽고 바람이 그쳤을 때, 초대받은 아이도 초대받지 않은 아이도, 가면을 쓴 아이도 가면을 쓰지 않은 아이도, 모두 닫혀 있는 집 문을 향해 몰려갔다. 어디에도 한밤중 거리를 내달리는 아이는 없었다. 바람이 벌거벗은 나무 우듬지에서 구슬프게 울었다.

촛불을 밝힌 커다란 집 안에서 누군가 둘러앉은 모두에게 차가운 사과 사이다를 부어주고 있었다. 그게 누구든 상관없이 골고루.

THE PEDESTRIAN

고독한 산책자

안개 낀 11월의 저녁 8시에 도시의 적막 속으로 걸어 들어가는 것, 콘크리트 보도에 발을 딛고 풀이 자란 틈새를 골라 밟으며 주머니에 손을 찔러넣고 적막을 뚫고 갈 길을 가는 것, 그것은 레너드가 몹시 사랑하는 일과였다. 그는 교차로 모퉁이에 서서 달빛을 안고 네 방향으로 쭉 뻗은 거리를 바라보며 어느 쪽으로 가볼까 가늠해보지만, 실상 어느 곳으로 가도 다르지 않았다. 그는 서기 2053년의 세계에 거의 홀로 있었고, 어느 길로 갈지 마지막 선택을 하고 나면 시가 연기처럼 눈앞에서 희미하게 피어오르는 저녁 안개를 뚫고 거리를 활보할 것이다.

때로 그는 몇 시간 동안 수 킬로미터를 걸었다가 자정이 되어서야 겨우 집으로 돌아오곤 했다. 산책길에 창문마다 불이 꺼진 집들과 오두막집을 지나가는 것은 유리창 뒤로 반딧불이 꽁무니만이 희미하게 깜박거리는 묘지를 지나가는 것과 같았다. 잠들기 전 아직 커튼을 치지 않은 거실벽에 잿빛 유령이 불쑥 나타날 것만 같았고 무덤처럼 생긴 건물 창문이 아직 열려 있는 곳에서는 유령이 속삭이고 중얼거리는 소리가 들려올 것 같았다.

레너드는 간혹 걸음을 멈추고 고개를 내밀고 귀를 쫑긋 세웠다가 다시 걷기 시작했다. 울퉁불퉁한 길 위에 닿은 그의 발은 어떤 소리도 내지 않았다. 현명하게도 그는 오래전부터 산책할 때는 운동화로 갈아신었다. 이 시간에 굽이 단단한 구두를 신고 나선다면 간혹 개떼가 마구 짖으며 그를 따라다닐 것이고 집집마다 전등이 켜지며 사람들이 창밖으로 고개를 내밀 것이며 온 동네 사람들이 11월 초에 저녁 길을 홀로 걷는 길쭉한 형체의 사람을 보고 화들짝 놀랄 것이다.

오늘같이 특별한 저녁에는 어딘가 숨겨진 바다를 향해 서쪽으로 길을 잡았다. 대기 중에 수정 같은 서리가 잔뜩 내리고 있어서 코가 벨 듯 시렸고 폐는 크리스마스트리가 통째로 들어간 것처럼 화끈거렸다. 가슴속에서 차가운 꼬마전구가 켜졌다 꺼졌다 하고 가지마다 보이지 않는 눈이 잔뜩 쌓여 있는 게 느껴질 정도였다. 그는 부드러운 신발 밑창이 가을 낙엽을 밟는 희미한 소리에 흡족하게 귀를 기울였고, 이 사이로 차갑고도 나직하게 휘파람을 불며 간간이 나뭇잎을 주워들어 어쩌다 하나씩 서 있는 가로등 불빛에 나뭇잎의 해골 무늬를 비춰보고 썩어가는 냄새를 맡아 보았다.

"안녕들 하십니까?" 그는 지나가는 길에 만난 모든 집을 향해 속삭였다. "오늘 밤 채널 4번은 어떤가요? 7번과 9번은요? 카우보이들은 어디로 달려가고 있죠? 다음 언덕에 도착하면 연방기병대가 출동하는 장면이 나올까요?"

거리는 고요했고 길은 비어 있었다. 평야 한가운데를 날아가는 매의 그림자처럼 오직 그의 그림자만 보였다. 눈을 감고 꼼짝도 하지 않고 서 있으면, 수천 킬로미터 안에 집 한 채 없이 오직 마른 강바닥과 거리만 뻗어 있는 바람 한 점 없는 겨울의 사막 평원 한복판에 홀로 서 있는 모습을 떠올릴 수 있을 것이다.

"지금은 어떤 프로그램이 나오나요?" 그는 손목시계를 들여다보며 집들을 향해 물었다. "오후 8시 30분이면 '살인자의 이모저모'를 할 시간인가? 퀴즈? 아니면 시사풍자극? 혹시 코미디언이 무대에서 떨어졌나요?"

달빛을 받아 하얗게 빛나는 저 집에서 흘러나오는 소리는 웃음인가? 그는 잠시 머뭇거렸지만 아무 일도 일어나지 않자 계속 갈 길을 갔다. 보도블록이 고르지 않은 곳에 발부리가 걸려 비틀거리기도 했다. 꽃과 풀이 무성히 자라 그 아래 깔린 시멘트가 보이지 않았다. 10년 동안 밤이나 낮이나 거리를 산책하며 수천 킬로미터를 걸었지만, 어느 때고 지나가는 사람을 만난 적은 단 한 번도 없었다.

그는 두 개의 고속도로가 마을을 관통하는 클로버잎 모양 교차로에 도착했다. 낮이면 자동차들이 천둥소리를 내며 지나갔고 주유소가 문을 열고 거대한 곤충 모양 자동차가 끊임없이 제자리를 찾아가며 분주하게 움직였다. 마치 지친 딱정벌레가 꾸무럭거리면서 희미한 냄새를 피우고 집을 향해 먼 길을 달려가는 것 같았다. 그러나 지금은 고속도로 역시 가뭄 때의 메마른 강바닥 같아서 보이는 거라곤 돌과 바닥과 달빛뿐이었다.

그는 길가에서 집을 향해 돌아섰다. 목적지가 있는 블록에 도착했을 때 자동차 한 대가 불쑥 모퉁이를 돌아 나오더니 그를 향해 눈부시게 하얀 전조등 불빛을 맹렬하게 비추었다. 그는 갑작스러운 빛에 놀라 어리둥절한 와중에도 흡사 불나방처럼 왠지 모를 황홀함을 느끼며 빛 쪽으로 다가갔다.

금속성 목소리가 그를 향해 외쳤다.

"꼼짝 마. 그 자리에 가만히 있어! 움직이지 마!"

그는 멈춰 섰다.

"손들어!"

"제가 뭘…." 그가 말했다.

"손들어! 안 그러면 쏜다!"

당연히 경찰이었지만, 여기서 경찰은 기적적으로 희귀한 존재였다. 인구 3백만 명인 도시에 경찰차가 단 한 대 남았다던데, 잘못 안 걸까?

1년 전인 2052년에 선거가 있었고 정부는 석 대 남긴 경찰차를 다시 한 대로 삭감했다. 범죄는 거의 사라졌고 이제 빈 거리를 돌고 도는 외로운 한 대의 경찰차를 제외하면 더 이상 경찰차는 필요하지 않았다.

"이름이 뭔가?" 경찰차에서 금속성 목소리가 날아왔다. 눈앞을 가로막은 눈부신 전조등 때문에 차 안에 탄 사람들은 보이지 않았다.

"레너드 메드요." 그가 말했다.

"큰 소리로!"

"레너드 메드요!"

"사업가인가? 직업이 있나?"

"작가라고 불러주시오."

"직업이 없군." 경찰차가 혼잣말하듯 중얼거렸다. 가슴에 바늘이 꽂힌 박물관 표본처럼 불빛이 그를 꼼짝 못 하게 붙들고 있었다.

"그렇게 말할 수도 있겠군요." 레너드가 말했다. 실제로 그는 지난 몇 년 동안 글을 한 편도 쓰지 못했다. 지금은 잡지도 책도 팔리지 않았다. 모든 게 한밤중 무덤 같은 집에서 일어나는 세상이었다. 조명이라곤 텔레비전에서 흘러나오는 빛이 전부인 그 무덤 속에서 사람들은 죽은 자처럼 앉아 오로지 텔레비전의 잿빛 혹은 총천연색 불빛만을 뺨에 맞고 있을 뿐, 실제로 그들을 건드리는 것은 아무것도 없었다.

"직업이 없군." 축음기 같은 목소리가 치칙거리며 말했다. "여기서 뭘 하고 있지?"

"산책이요." 레너드가 말했다.

"산책이라고!"

"그냥 걷고 있습니다." 레너드는 얼굴에서 추위를 느꼈다.

"걸었다… 그냥 걸었어… 걸었다고?"

"그렇습니다."

"어딜 걸었지? 무엇 때문에?"

"바람도 쐬고 또 구경도 하려고 걷지요."

"주소!"

"사우스 세인트 제임스 가 11번지."

"바람은 집에도 있지 않나? 에어컨도 있잖소, 레너드?"

"있죠."

"또 집에도 경치를 구경하는 화면이 있을 텐데?"

"없습니다."

"없어?" 그 자체로 비난처럼 들리는 침묵이 찾아왔다.

"결혼했소?"

"아니요."

"미혼이라." 맹렬한 빛 뒤에서 경찰의 목소리가 들렸다. 별들 가운데 밝은 달이 높이 떠 있고 잿빛으로 엎드린 집들은 고요했다.

"아무도 나를 원하지 않았거든요." 레너드는 웃으며 말했다.

"묻는 말에만 대답해!"

레너드는 추운 밤공기 속에서 기다렸다.

"그냥 걷고 있었다고요, 레너드?"

"그렇습니다."

"하지만 무슨 목적이었는지는 아직 설명하지 않았소."

"설명했습니다. 바람도 쐬고 구경도 하려고 그냥 걸었습니다."

"이런 일을 자주 하나?"

"지난 몇 년간 매일 밤 해왔습니다."

경찰차는 희미하게 웅웅거리는 전파 음을 내며 거리 한가운데 서 있었다. "자, 레너드." 경찰차가 말했다.

"끝났습니까?" 그는 예의 바르게 물었다.

"그렇소." 목소리가 말했다. "자." 한숨 소리, 그리고 펑 소리가 들렸다. 경찰차 뒷문이 벌컥 열렸다. "타시오."

"잠깐만요. 저는 아무 짓도 하지 않았습니다!"

"타시오."

"싫습니다!"

"레너드."

그는 취한 사람처럼 비틀거리며 앞으로 걸어갔다. 경찰차 앞을 지나가며 안을 들여다보았다. 예상대로 앞좌석에는 아무도 없었다. 자동차 안에 아무도 타고 있지 않았다.

"타시오."

그는 차 문에 손을 대고 철창이 있는 작은 감방 같은 뒷자리를 들여다보았다. 단단히 고정된 강철의 냄새가 풍겼다. 코끝을 찌르는 소독약 냄새도 났다. 지나치게 청결하고 지나치게 단단한 금속성의 냄새가 훅 끼쳤다. 여기 부드러운 것은 아무것도 없었다.

"알리바이를 대줄 아내가 있다면 모를까…." 금속성의 목소리가 말했다. "하지만…."

"나를 어디로 데려갈 생각입니까?"

경찰차가 머뭇거렸다. 희미하게 웅웅거리는 소리가 들렸다. 어디선가 전자식 눈이 구멍 뚫린 카드를 마구 넘기며 대답을 찾고 있을 것만 같았다. "퇴행 성향 연구를 위해 정신병원으로."

그는 경찰차에 탔다. 문이 부드럽게 닫혔다. 경찰차는 희미한 전조등을 켜고 밤거리를 내달렸다.

잠시 후 어느 거리의 어떤 집 앞을 지나갔다. 어두운 집들로 이루어진 전체 도시에서 단 하나의 집에 불과하지만, 방마다 훤히 전등이 켜져 있고 창마다 요란할 만큼 노란빛을 밝힌, 어둠 속에서 홀로 네모나고 따스한 빛을 발하는 특별한 집이었다.

"내 집이오." 레너드가 말했다.

아무도 대답하지 않았다.

자동차는 바싹 마른 강바닥 같은 거리를 지나 쌀쌀한 11월 밤의 남은 시간 내내 소리도 미동도 없는 빈 인도와 빈 거리를 남겨두고 멀어졌다.

HAIL AND FAREWELL

어서 와, 잘 가

물론 그는 떠날 것이다. 달리 어쩔 도리가 없었다. 때가 되었고 시계는 멈췄으니 이제 그는 먼 길을 떠나야 한다. 가방은 꾸렸고 구두는 광을 냈고 머리에 빗질도 하고 귀 뒤도 박박 닦았으니, 계단을 내려가 현관문을 나가고 거리를 지나 기차가 단 한 명의 승객을 태우려고 멈춰 설 마을의 간이역으로 가기만 하면 된다. 그렇게 일리노이주의 폭스힐 마을은 그의 과거로 사라질 것이다. 그는 계속 길을 가 어쩌면 아이오와나 캔자스나 혹은 캘리포니아로 갈지도 모른다. 43년 전 태어났음을 알려주는 출생증명서를 여행 가방에 고이 간직한 열두 살 소년의 모습으로.

"윌리!" 아래층에서 누가 불렀다.

"예!" 그는 짐가방을 들어 올렸다. 서랍장 거울에 6월의 민들레와 7월의 사과와 따뜻한 여름 아침의 우유로 빚어진 얼굴이 보였다. 거기에는 평생 절대로 변치 않을 천사처럼 순수한 표정이 떠올라 있었다.

"시간 다 됐다." 여자의 목소리가 들렸다.

"가요!" 그는 미소를 지으며 푸념도 하며 계단을 내려갔다. 거실에 애나와 스티브가 앉아 있었다. 두 사람의 옷차림은 고통스러울 정도로 말끔했다.

"자, 내려왔어요!" 월리는 거실 문 앞에 서서 말했다.

애나는 금방이라도 울음을 터뜨릴 것 같은 얼굴이었다. "오, 세상에. 정말로 우리 곁을 떠나려는 건 아니지, 월리?"

"사람들이 수군대기 시작했어요." 월리가 조용히 말했다. "여기 온 지도 3년이나 되었어요. 사람들이 수군대기 시작하면 신발을 신고 기차표를 끊을 때가 왔다는 신호예요."

"이해할 수가 없구나. 너무 갑작스럽잖니." 애나가 말했다. "월리, 우린 네가 몹시 보고 싶을 거야."

"크리스마스 때마다 편지를 쓸게요. 그러니 저를 도와주세요. 저한테 편지를 쓰지는 마세요."

"그동안 무척 즐겁고 행복했다." 스티브가 앉은 채로 말했다. 그는 입을 조금만 벌려 말했다. "너랑 헤어져야 한다니 애석하구나. 너의 본모습에 대한 말을 듣고 정말 안타까웠다. 네가 여기서 계속 우리랑 함께 살 수 없다는 사실이 끔찍하게 안타까워."

"지금껏 만난 분들 가운데 두 분이 가장 잘해주셨어요." 월리가 말했다. 120센티미터 키에 면도할 필요가 없는 보드라운 얼굴이 햇빛에 빛났다.

그러자 애나가 정말로 울음을 터뜨렸다. "오, 월리, 월리." 그녀는 자리에 주저앉고 말았다. 월리를 안고 싶지만, 이제는 안는 게 두려운 것처럼 보였다. 그녀는 충격과 경악의 표정으로 월리를 쳐다보았다. 그녀의 손이 그를 어떻게 대해야 할지 몰라 허공에서 버둥거렸다.

"저도 발걸음이 쉽게 떨어지지 않아요." 월리가 말했다. "환경에 익숙해지면 계속 머무르고 싶어지는 법이니까요. 하지만, 그래도 소용없어요. 언젠가 사람들이 의심하기 시작했는데도 계속 눌러앉았던 적이 있어요. '정말 무섭군.' 사람들은 수군거렸죠. '그동안 아무것도 모르는 순진한 우리 애들하고 함께 어울렸는데, 짐작조차 못 했어! 끔찍해!' 결국 저는 오밤중에 몰래 마을을 떠나야 했어요. 제게도 쉬운 일은 아니에요. 제가 두

분을 얼마나 사랑하는지 아시죠? 3년 동안 정말 감사했어요."

그들은 다 같이 현관문으로 갔다. "윌리, 어디로 갈 생각이니?"

"모르겠어요. 그냥 여행을 시작하는 거예요. 나무가 우거지고 근사한 마을이 보이면 거기 정착해야죠."

"돌아올 거니?"

"예." 그는 목소리를 높여 진심을 담아 말했다. "20년쯤 지나면 제 얼굴에 신호가 보이기 시작할 거예요. 그러면 지금껏 만난 모든 엄마 아빠를 찾아가는 대장정을 시작할 거예요."

그들은 시원한 바람이 부는 여름 포치에 서서 마지막 작별의 말을 망설이고 있었다. 스티브는 계속 마당의 느릅나무를 쳐다보고 있었다. "그동안 얼마나 많은 사람과 함께 지냈니? 입양이 몇 번이나 되었지?"

윌리는 흡족한 표정으로 헤아려보았다. "처음 여행을 떠난 후로 대략 다섯 군데 마을에서 다섯 부모와 20년을 넘게 살았어요."

"그럼 우리도 불평하면 안 되겠구나." 스티브가 말했다. "아무도 없는 것보다야 36개월 동안 아들을 키워본 게 나을 테니까."

"이만 가볼게요." 윌리는 애나에게 재빨리 입맞춤하고 짐가방을 들고 정오의 초록빛이 드리운 거리로 나갔다. 어린 소년들이 뒤도 돌아보지 않고 앞으로 달려가고 있었다.

그가 지나갈 때 아이들은 마름모꼴 초록색 공원에서 놀고 있었다. 그는 잠시 떡갈나무 그늘에 서서 아이들이 눈처럼 새하얀 야구공을 따뜻한 여름 하늘로 던지는 모습을 지켜봤다. 야구공의 그림자가 검은 새처럼 풀밭 위를 날아갔다. 아이들은 무엇보다 특별하고 중요한 일이라는 듯 입을 헤 벌리고 양손을 활짝 펴고 날쌔게 날아오는 이 여름의 조각을 잡으려고 골몰했다. 아이들이 고함을 질렀다. 윌리가 서 있는 곳 근처에서 야구공이 반짝거렸다.

윌리는 공을 가지고 그늘 밖으로 나가면서 남김없이 써버린 지난 3년을, 그전의 5년을 생각했다. 그가 진짜 열한 살이고, 열두 살이고, 열네 살이었던 시절도 생각했다. 그 목소리들을 떠올렸다. "아줌마, 윌리가 이상해요." "윌리는 성장이 더딘가 봐요, B 부인." "윌리 너 요즘 담배 피우니?" 여름의 빛과 색 속에서 메아리가 잦아들었다. 어머니의 목소리가 들렸다. "윌리는 오늘부터 스물한 살이에요!" 이어서 들려오는 수천 개의 목소리. "언제든 돌아와라, 아들아. 네가 열다섯 살이 되면 직업을 구해줄 수 있을 거야."

그는 떨리는 손으로 쥐고 있는 야구공을 물끄러미 바라보았다. 마치 그의 인생을 보는 것 같았다. 그의 삶은 공처럼 몇 년 동안 이리저리 여기저기 끊임없이 던져졌지만, 언제나 결국엔 열두 번째 생일로 돌아왔다. 아이들이 자신을 향해 다가오고 있었다. 아이들이 해를 가렸다. 개중 나이가 많은 아이들이 윌리의 주위에 둘러섰다.

"윌리! 너 어디 가냐?" 아이들이 그의 가방을 발로 툭툭 찼다.

태양을 향해 우뚝 선 아이들은 얼마나 키가 큰지. 지난 몇 달 사이 태양이 그들의 머리에서 한 뼘 떨어진 곳을 지나가며 손짓하는 것 같았고 그들은 태양 빛에 녹아 위로 쭉 늘어나는 따뜻한 쇳덩이 같았다. 아이들은 거대한 중력에 의해 하늘로 끌려가는 황금빛 엿가락 같았다. 열세 살, 열네 살 아이들이 윌리를 내려다보며 미소 지었지만, 벌써 그를 무시할 준비가 되어 있었다. 이런 일은 4개월 전부터 시작되었다.

"편을 가르자! 누가 윌리 편 할래?"

"아이, 참. 윌리는 너무 어려. 우리는 꼬맹이랑은 안 놀아."

그리고 아이들은 계절에 따른 해와 달과 나뭇잎과 바람의 변화에 이끌려 윌리를 남겨두고 가버렸다. 열두 살 윌리는 더 이상 아이들 사이에 끼지 못했다. 곧 또 다른 목소리가, 오래전의 익숙하고 냉혹한 후렴구가 반복되기 시작했다. "스티브, 저 아이에게 비타민이라도 먹이는 게 좋겠어요." "애나, 키가 작은 게 집안의 유전인가요?" 그러면 차가운 주먹이 심장을 쥐어짜는 듯한 아픔을 느끼며 '가족'과 함께 잘 살아온 시간을 뿌리째 뽑아 다른 곳으로 가야 한다는 사실을 자각했다.

"윌리, 너 어디 가냐?"

그는 고개를 들었다. 다시 허리를 숙여 샘물을 마시는 거인처럼 그의 주위에 떼를 지어 모여 서서 그늘을 드리운 소년들 사이에 돌아와 있었다.

"응, 며칠 사촌네에 다녀오려고."

"아." 하루나 일 년 전이었다면 아이들은 퍽 다정하게 굴었을 것이다. 그러나 지금은 오직 윌리의 짐에 대한 호기심이나 기차와 여행과 먼 곳이 주는 매혹에만 관심을 보였다.

"누가 누가 빨리 달리나, 어때?" 윌리가 말했다.

소년들은 어딘가 미심쩍은 눈치였지만 주위를 한 번 둘러보더니 고개를 끄덕였다. 그는 가방을 내려놓고 앞으로 달려 나갔다. 하얀색 야구공이 태양 아래 높은 곳까지 올라갔다가 저 아래 풀밭에서 이글거리는 하얀 형체들을 향해 떨어지고 다시 태양 바로 밑까지 올라가길 반복했다. 마치 왔다 갔다 하는 삶의 모습처럼. 여기로! 저기로! 1932년 첫 번째 부모였던 위스콘신 크리크 벤드의 로버트 핸런 부부에게! 여기로! 저기로! 1935년 아이오와 라임빌의 헨리와 앨리스 볼츠 부부에게! 야구공이 날아간다. 스미스 부부에게로, 이튼 부부에게로, 로빈슨 부부에게로! 1939년! 1945년! 남편과 아내에게! 남편과 아내에게! 남편과 아내에게! 아이가 없는 집! 아이가 없는 집! 아이가 없는 집! 이 집 문을 똑똑, 저 집 문을 똑똑.

"실례합니다. 제 이름은 윌리예요. 혹시…."

"샌드위치 줄까? 어서 들어와 앉으렴. 너는 어디서 왔니, 꼬마야?"

샌드위치, 큰 컵 가득 따른 차가운 우유, 미소, 끄덕임, 편안하고 느긋한 대화.

"여행 중이었던 모양이구나. 어디서 도망이라도 친 거니?"

"아니에요."

"얘야, 너는 고아니?"

우유 한 컵 더.

"우린 언제나 아이를 원했단다. 그 꿈은 한 번도 실현된 적이 없었지. 왜 그런지 알 수가 없었단다. 뭐, 여러 가지 이유 중 하나겠지. 어쨌든. 시간이 늦었구나. 이제 그만 집으로 가는 게 좋지 않을까?"

"집이 없어요."

"너 같은 아이가? 아직 귀 뒤도 채 마르지 않았는데? 엄마가 걱정하시겠다."

"하늘 아래 집도 없고 가족도 없어요. 혹시, 저기 혹시, 오늘 밤 여기서 자고 가도 될까요?"

"아, 모르겠구나. 우린 한 번도 이런 걸 생각해본 적이 없어서…." 남편 쪽이 말했다.

"우린 오늘 저녁으로 닭고기를 먹는단다." 아내 쪽이 말했다. "다 같이 먹을 만큼 충분히 만들었어."

그렇게 몇 년이 쏜살같이 흘러 그 목소리, 그 얼굴, 그 사람들, 그리고 언제나 똑같은 첫 대화가 이어졌다. 어두운 여름밤 흔들의자에 앉은 에밀리 로빈슨의 목소리. 그녀와 함께 머물렀던 마지막 밤. 그녀가 그의 비밀을 모두 알아버린 밤. 그녀는 이렇게 말했다.

"지나가는 아이들의 얼굴을 전부 들여다본단다. 그리고 가끔 생각하지. 아, 애석하다. 애석해. 꽃은 꺾여야 하고 밝은 불은 꺼져야 하는데. 네가 학교에 다니며 보는 사람들, 달려가며 스치는 아이들이 모두 키가 자라고 보기 흉해지고 주름이 생기고 머리칼도 희끗희끗해지거나 대머리가 되어 마침내 뼈와 헐떡이는 숨소리만 남아 죽어 땅에 묻혀 사라진다는 사실이 얼마나 안타까우냐. 나는 아이들이 웃는 소리를 들을 때마다 그들도 언젠가는 내가 가는 이 길을 따라갈 거라는 사실을 통 믿을 수가 없구나. 그런데 그들이 벌써 그 길에 섰다! 지금도 워즈워스의 그 시를 기억해. '문득 나는 보았네, 수없이 많은 황금빛 수선화가, 호숫가 나무 아래서, 미풍에 한들한들 춤추는 것을.' 나는 아이들도 이렇게 생각한

단다. 때론 잔인하고 비열해질 수 있지만 아직은 그 눈동자 주위에 혹은 그 눈동자 속에 비열한 기운이 보이지 않아. 피로로 가득 차 있지도 않지. 아이들은 매사에 열심이니까! 내가 나이 든 사람들에게서 가장 그리워하는 면이 바로 그거야. 십중팔구 열렬함은 사라지고, 신선함도 사라지고, 추진력도 생명력도 상당히 빠져나가고 말지. 나는 매일 학교가 파하는 모습을 지켜보는 게 좋더라. 누가 학교 정문 밖으로 꽃다발을 던지는 것 같아. 어떤 느낌이니, 윌리? 영원히 젊다는 건 어떤 느낌이야? 화폐 주조소에서 갓 찍어낸 반짝거리는 은화처럼 보이는 건 어떤 기분이니? 행복하니? 겉으로 보이는 것만큼 괜찮은 거니?"

푸른 하늘에서 야구공이 붕 날아와 큼직한 흰색 곤충처럼 그의 손을 쏘았다. 그는 공을 붙잡으며 기억 속의 목소리를 들었다.

"내가 가진 것을 써서 일했어요. 가족이 모두 죽고 어디서도 사내의 일을 구할 수 없다는 걸 깨달은 다음부터 카니발에서 일하려고 했지만, 그 사람들은 웃기만 했죠. '얘야. 넌 난쟁이가 아니잖니. 설사 난쟁이라고 해도 네 얼굴은 어린애처럼 보여! 우린 난쟁이 얼굴을 한 난쟁이를 원한다! 미안하다, 얘야. 미안해.' 그래서 나는 집을 떠났어요. 생각해봤죠. 나는 누구인가? 소년이지. 나는 소년처럼 보이고 소년의 목소리로 말하니 앞으로도 계속 소년으로 살아가는 게 좋겠다. 저항해봐야 소용이 없다. 외쳐봐야 아무 소용 없다. 그런데 나는 무슨 일을 할 수 있을까? 어떤 직업이 좋을까? 그러던 어느 날 식당에서 다른 사람의 아이들 사진을 보는 남자를 보았어요. '아, 나한테도 자식이 있다면 얼마나 좋을까.' 남자는 말했어요. '내게도 자식이 있다면.' 남자는 계속 고개를 흔들었어요. 나는 햄버거를 들고 몇 좌석 떨어진 곳에 앉아 있었죠. 나는 그대로 얼어붙고 말았어요! 바로 그 순간 평생 뭘 하고 살아야 할지 깨달은 거죠. 내게도 일이 있었어요. 외로운 사람들을 행복하게 해주는 일. 나 자신을 바쁘게 만드는 일. 영원히 노는 일. 나는 영원히 놀아야 한다는 걸 알았어요. 신문 배달을 조금 하고 심부름도 좀 하고 잔디밭을 조금 깎을 수도 있지만, 어쨌든요. 하지만 힘든 일이라면? 할 수 없겠죠. 내가 할 수 있는 일이라곤 엄마의 아들, 아빠의 자랑이 되는 것뿐이었어요. 그래서 카운터 바로 옆에 앉은 그 남자에게 다가갔어요. '실례합니다.' 나는 말했죠. 그리고 그를 향해 미소를 지었어요."

"그런데 윌리." 오래전 에밀리 부인이 말했다. "너는 외로웠던 적이 없니? 어른들이 원하는 그런 것들을 원한 적이 없었어?"

"저는 홀로 싸웠어요." 윌리가 말했다. "나는 소년이다. 스스로 말했죠. 나는 소년의 세계에서 살아야 한다. 소년의 책을 읽고 소년의 놀이를 하고 그 밖의 다른 것들은 멀리해야 한다. 오직 한 가지, 젊음만을 가져야 한다. 그래서 그렇게 놀았죠. 물론 쉽지는 않았어요. 그럴 때도 있었죠." 그는 말끝을 흐리다 침묵했다.

"전에 함께 살던 가족은 정말 아무것도 몰랐니?"

"몰랐어요. 알았다면 모든 게 엉망이 되어버렸을 거예요. 저는 그 사람들한테 도망치는 중이라고 말했어요. 그들에게 경찰을 통해 직접 확인해보라고 했죠. 그런데 아무런 기록이 없자 그들이 저를 입양했죠. 그들이 아무것도 의심하지 않을 때까지가 최고로 좋아요. 보통 3년이나 5년이 흐르면 대부분 눈치를 채요. 아니면 카니발에서 만났던 사람들이 우연히 지나가다 저를 발견하기도 하고요. 그러면 끝장이에요. 언제나 그런 식으로 끝이 났죠."

"40년이 넘도록 어린아이로 사는 건 행복하고 좋으니?"

"흔히 말하는 대로 그것도 그저 하나의 삶일 뿐이에요. 다른 사람을 행복하게 해줄 수 있다면 저 역시 행복하고요. 제가 할 수 있는 일을 찾아서 그 일을 하는 거죠. 어쨌든 몇 년이 더 흐르면 저도 두 번째 아동기에 접어들겠죠. 이 모든 열병이 빠져나갈 것이고 성취하지 못한 일들과 꿈도 대부분 사라질 거예요. 그러면 느긋하게 쉬면서 내내 그렇게 살아갈 수 있을지도 몰라요."

그는 마지막으로 야구공을 던지며 회상을 깨뜨렸다. 그리고 다시 짐가방을 놔둔 곳으로 달려갔다. 톰, 빌, 제이미, 밥, 샘, 입술을 달싹이며 아이들의 이름을 하나씩 말했다. 그가 악수를 청하자 아이들은 당황했다.

"윌리, 너 설마 중국이나 아프리카로 가는 건 아니지?"

"당연하지." 윌리는 움직이지 않았다.

"잘 가라, 윌리. 다음 주에 보자!"

"안녕! 안녕!"

그는 다시 가방을 들고 걷기 시작했다. 나무 사이로 걸어가며 소년들에게서, 그가 살았던 마을로부터 점점 멀어졌다. 모퉁이를 돌 때 기차 기적 소리가 들렸고 그는 달리기 시작했다.

그가 마지막으로 보고 들은 것은 높은 지붕을 향해 던져진 하얀 야구공이 앞으로 뒤로 왔다 갔다 하는 모습, 그리고 공이 하늘을 오르내릴 때마다 외치는 두 사람의 목소리였다. "애니, 애니, 받아! 애니, 애니, 받아!" 머나먼 남쪽을 향해 날아가는 새들의 울부짖음 같았다.

그는 이른 새벽 안개와 차가운 금속의 냄새, 기차가 내뿜는 쇠의 냄새, 그의 뼈마디를 흔들어대는 밤샘 여행의 냄새, 그리고 지평선 너머로 고개를 내민 태양의 냄새를 맡으며 잠에서 깨어나서, 그와 마찬가지로 막 잠에서 깨어나 기지개를 켜는 작은 마을을 내다보았다. 빛이 켜지고, 작은 목소리들이 웅얼거리고, 싸늘한 공기 속에서 붉은 신호가 앞으로 뒤로 왔다 갔다 움직였다. 졸음이 가득한 고요 속에서 메아리 혼자 분명하고도 날카롭게 울려 퍼졌다. 짐꾼이 그림자 속에 그림자를 드리우며 지나가고 있었다.

"아저씨." 윌리가 말했다.

짐꾼이 멈춰 섰다.

"여긴 어디예요?" 소년은 어둠 속에서 속삭였다.

"밸리빌이란다."

"사람들이 몇 명이나 사나요?"

"만 명 정도? 왜 그러니? 여기서 내리니?"

"나무가 많아 보여요." 윌리는 오래도록 서늘한 새벽 도시를 내다보았다. "근사하고 조용해 보이고요." 윌리가 말했다.

"얘야. 너 어디로 가는지는 아니?"

"여기요." 윌리는 고요하면서도 싸늘한 쇠 냄새가 풍기는 새벽, 여기저기 부스럭거리며 소란스러운 어두운 기차 안에서 조용히 일어났다.

"네가 지금 뭘 하고 있는지 알았으면 좋겠구나, 얘야." 짐꾼이 말했다.

"예, 아저씨." 윌리가 말했다. "저는 제가 뭘 하고 있는지 잘 알아요." 그리고 그의 짐을 나르는 짐꾼과 함께 어두운 통로를 지나 이제 막 동이 트려는 안개 자욱한 싸늘한 새벽 공기 속으로 나갔다. 그는 잔별이 뜬 어두운 하늘을 배경으로 서 있는 검은색 기차와 짐꾼을 쳐다보았다. 기차가 고막을 찢을 듯한 큰 소리로 기적을 울리자 철길을 따라 늘어서 있던 짐꾼들이 고함을 질러댔다. 열차가 덜컹거렸고 그의 짐을 날라주었던 짐꾼이 거기 서 있는 소년을 향해 웃으며 손을 흔들어주었다. 커다란 짐가방을 든 작은 소년이 그에게 뭐라고 소리를 쳤을 때 기적이 다시 울부짖었다.

"뭐라고?" 짐꾼이 귀에 손을 대고 외쳤다.

"행운을 빌어주세요!" 윌리가 외쳤다.

"행운을 빈다, 얘야." 짐꾼이 웃으며 손을 흔들었다. "행운을 빌어!"

"고맙습니다!" 기차가 큰 소리로 증기를 내뿜으며 떠났다.

그는 검은색 기차가 시야에서 완전히 벗어날 때까지 지켜보았다. 기차가 떠나는 내내 움직이지 않았다. 그는 조용히 서 있었다. 열두 살 된 작은 소년은 오래된 목재 플랫폼 위에 그렇게 서 있었다. 꼬박 3분을 서 있다가 마침내 텅 빈 거리를 향해 돌아섰다.

잠시 후 해가 솟자 그는 체온을 유지하려고 잰걸음으로 새로운 마을을 향해 떠났다.

INVISIBLE BOY

보이지 않는 소년

노파는 큼직한 쇠숟가락으로 바싹 말린 개구리를 한 대 쳐 으깬 다음, 돌 같은 주먹으로 재빨리 가루로 빻는 동안 가루에 대고 주문을 외웠다. 노파의 구슬 같은 잿빛 새눈이 오두막을 향해 반짝거렸다. 노파가 돌아볼 때마다 마치 엽총이라도 발사된 것처럼 작은 창문 너머 머리 하나가 아래로 홱 사라졌다.

"찰리!" 노파가 외쳤다. "당장 밖으로 나오지 못하겠니? 내가 지금 녹슨 문을 열기 위해 도마뱀 마법을 준비하고 있다! 당장 나오지 않으면 땅이 흔들리거나 불 속에서 나무가 솟구치거나 정오에도 태양이 나오지 않게 할 거야!"

그러나 들리는 소리라곤 키 큰 소나무 위로 쏟아지는 따사로운 빛, 초록색 이끼로 덮인 나무토막 위를 빙글빙글 돌며 찍찍거리는 다람쥐, 그리고 푸른 핏줄이 내비치는 노파의 맨발 가까이에서 미세하게 갈색 선을 그리며 움직이는 개미 떼뿐이었다.

"너 이 녀석, 거기서 이틀이나 굶고 있잖니!" 노파는 씩씩거리며 숟가락으로 납작한 바윗돌을 두드렸다. 그러자 허리춤에 매달아 놓은 불룩한 회색 마법 주머니가 달랑달랑 흔들렸다. 그녀는 시큼한 땀 냄새를 풍기며 가루로 빻은 개구리 살을 들고 오두막 쪽으로 갔다. "이제 그만 나와!" 그녀는 손끝으로 개구리 가루를 조금 집어 들고 자물쇠 구멍 안에 뿌렸다. "좋아. 내가 당장 나오게 해주지!" 그녀는 숨을 헐떡거렸다.

노파는 호두 색깔 손으로 문손잡이를 잡고 한 번은 이쪽으로 또 한 번은 저쪽으로 돌렸다. "오, 주여." 그녀는 주문을 외우기 시작했다. "이 문을 활짝 열어주소서!"

아무 일도 일어나지 않았다. 그녀는 마법 가루를 한 번 더 뿌리고 숨을 꼭 참았다. 그녀는 이런 일이 생길까 봐 몇 달 전 미리 말려놓은 개구리보다 더 좋은 마법의 재료가 있는지 보려고 어둠의 주머니 안을 들여다보았다. 그사이 너저분하게 흐트러진 치마가 버석거리며 움직였다.

문 반대편에서 찰리가 숨쉬는 소리가 들려왔다. 찰리의 가족은 이번 주초에 오자크 마을로 찾아와 찰리만 남겨놓고 가버렸다. 찰리는 노파와 함께 살려고 거의 10킬로미터를 달려왔다. 노파는 이모나 사촌이나 뭐, 그런 비슷한 존재였지만, 찰리는 노파가 어떤 사람인지 신경 쓰지 않았다.

그러다 이틀 전 노파는 소년과 함께 있는 것에 익숙해진 김에 찰리를 편리한 동행으로 삼기로 결심했다. 그녀는 자신의 가녀린 어깨뼈를 찔러 피 세 방울을 뽑아내 오른쪽 팔꿈치 위에 뱉어놓고 귀뚜라미 한 마리를 때려눕힘과 동시에 왼손으로 찰리를 와락 붙잡고 외쳤다. "너는 나의 아들! 너는 영원한 나의 아들이니라!"

찰리는 놀란 토끼처럼 풀쩍 뛰어오르더니 집 앞 덤불 속으로 들어가 버렸다.

그러나 노파는 도마뱀만큼이나 빠르게 몸을 날려 찰리를 막다른 길로 몰아넣었고, 찰리는 늙은 은둔자의 오두막 안에 숨어 기어코 밖에 나오지 않았다. 노파가 호박 색깔 주먹으로 문이나 창문, 널빤지 구멍을 아무리 두드려도, 의례용 모닥불을 호되게 내리치며 이제 찰리는 누가 뭐래도 노파의 아들이 되었다고 설명해도, 소용없었다.

"찰리, 너 거기 있니?" 그녀는 매끈하게 빛나는 작은 눈으로 문짝 위 구멍을 들여다보았다.

"나 여기 있어요." 마침내 찰리가 몹시 지친 목소리로 대꾸했다.

찰리는 금방이라도 바닥에 쓰러질지 모른다. 그녀는 희망을 품고 문 손잡이를 이리저리 돌려 보았다. 어쩌면 개구리 가루를 너무 많이 뿌려서 자물쇠가 열리지 않았는지도 모른다. 언제나 너무 지나치거나 살짝 모자라서 마법에 실패한다고 생각하니 화가 치밀었다. 이놈의 마법은 정확하게 성공한 적이 한 번도 없어! 망할!

"찰리, 나는 그저 밤이면 함께 불 앞에 앉아 도란도란 이야기를 나눌 사람이 필요할 뿐이야. 아침이면 불쏘시개를 가져다줄 사람, 철 이른 개구리들이 뱉어내는 원기와 맞서 싸워줄 사람이! 나 좋으라고 너한테 마법을 쓰는 일은 절대 없을 거야. 그냥 함께 있어 주기만 하면 된단다, 아들아." 그녀는 자신의 입술을 찰싹 때렸다. "뭐라고 말 좀 해보렴, 찰리. 밖으로만 나오면 내 이것들을 죄 가르쳐주마."

"뭘요?" 그가 미심쩍다는 듯 말했다.

"싸게 사서 비싸게 파는 법을 가르쳐줄게. 족제비를 잡아다 머리를 잘라내고 뒷주머니에 따뜻하게 넣어오는 법을 가르쳐줄게. 어서."

"웩."

노파는 마음이 급해졌다. "총알 막는 법을 가르쳐줄게. 그러면 누가 엽총으로 널 쏜다 해도 끄떡없단다."

찰리가 가만히 있자 노파는 조마조마한 목소리로 비밀을 속닥거렸다. "보름달이 뜬 금요일 밤 패랭이꽃을 꺾어다 하얀 비단으로 엮어서 목에 두르렴."

"아줌마는 미쳤어요." 찰리가 말했다.

"피를 멈추는 법, 짐승을 선 채로 얼리는 법, 눈먼 말들이 앞을 볼 수 있게 해주는 법을 가르쳐주마. 그 모든 걸 가르쳐줄게! 퉁퉁 부은 암소를 고치는 법, 마법에 걸린 염소의 저주를 푸는 법도 가르쳐줄게. 널 투명 인간으로 만드는 법도 알려주마!"

"아!" 찰리가 외쳤다.

노파의 심장이 구원의 탬버린처럼 마구 뛰었다.

손잡이가 반대쪽으로 돌아갔다.

"아줌마, 지금 나 놀리는 거죠?" 찰리가 말했다.

"아니야! 그렇지 않아!" 노파가 외쳤다. "찰리, 네 몸을 유리창처럼 건너편을 꿰뚫어 볼 수 있게 만들어줄게. 깜짝 놀랄 거다!"

"정말로 투명하게요?"

"정말로 투명하게!"

"내가 밖으로 나가도 덮치지 않을 거죠?"

"털끝 하나도 안 건드리마."

"그럼." 그는 머뭇거리며 말끝을 흐렸다. "좋아요."

문이 열렸다. 찰리는 턱 끝이 가슴팍에 닿도록 고개를 푹 숙이고 서 있었다. "날 투명 인간으로 만들어줘요."

"우선 박쥐를 잡아 와야 해." 노파가 말했다. "가서 찾아보자!"

노파는 찰리가 배고플까 봐 쇠고기 육포를 조금 주고 곧이어 찰리가 나무에 올라가는 것을 지켜보았다. 찰리는 높이 높이 올라갔다. 몇 년 동안 아침에 일어나면 새똥과 달팽이가 지나간 은빛 자국 말고는 인사를 건넬 대상 하나 없이 혼자 살다가 이렇게 찰리가 이리저리 움직이는 모습을 보니 좋았다.

곧 박쥐 한 마리가 날개가 부러진 채 퍼덕거리며 나무 밑으로 내려왔다. 노파는 박쥐를 움켜쥐었다. 박쥐는 날개를 열심히 퍼덕거리며 도자기처럼 하얀 이빨 사이로 새된 비명을 질렀다. 박쥐의 뒤를 이어 찰리가 양손을 꼭 깍지 낀 채 나무 기둥을 붙잡고 아래로 내려왔다.

그날 밤, 달이 알싸한 맛의 솔방울을 조금씩 갉아 먹는 가운데 노파는 폭이 넓은 파란색 치마 밑에서 길쭉한 은 바늘을 하나 꺼냈다. 그녀는 흥분과 은밀한 기대감을 곱씹으며 죽은 박쥐를 꺼내 놓고 차가운 바늘을 흔들림 없이 꼭 쥐었다.

그녀는 이미 오래전에 아무리 노력하고 소금과 유황을 쏟아부어도 자신의 마법이 듣지 않는다는 것을 깨달았다. 그러나 언젠가는 기적이 다시 일어날 거라고, 기적이 선홍빛 꽃과 은빛 별처럼 솟구쳐올라 신이 이미 젊은 시절 그녀의 분홍빛 몸과 분홍빛 생각과 따뜻한 몸과 따뜻한 생각을 용서했음을 증명할 날이 올 거라고 믿었다. 그러나 여태껏 신은 어떠한 말도 어떠한 징후도 보여주지 않았다. 마법이 듣지 않는다는 사실은 노파 말고는 아무도 몰랐다.

"준비됐니?" 노파는 무릎을 포갠 그 어여쁜 다리를 소름 돋은 길쭉한 팔로 감싸 안은 채 이를 딱딱 부딪치며 떨고 있는 찰리에게 물었다.

"준비됐어요." 그는 몸을 덜덜 떨며 속삭였다.

"그럼, 시작한다!" 노파는 박쥐의 오른쪽 눈에 바늘을 깊숙이 찔러넣었다. "됐다!"

"으악." 찰리는 얼굴을 찌푸리며 소리쳤다.

"이제 박쥐를 깅엄 천으로 쌀 거야. 자, 이걸 주머니에 넣으렴. 박쥐랑 천이랑 전부 넣어. 어서."

찰리는 마법의 약을 주머니에 넣었다.

"찰리!" 노파가 겁에 질린 듯 외쳤다. "찰리, 너 어디에 있니? 안 보여!"

"여기요!" 찰리가 제자리에서 깡충깡충 뛰었다. 아이의 몸 위로 붉은 불빛이 비쳤다. "저 여기 있어요, 아줌마!" 아이는 자기 팔과 다리, 가슴과 발가락을 샅샅이 살폈다. "저 여기 있다고요!"

노파의 눈은 밤 들판 위를 마구 엇갈리며 날아가는 반딧불이 수천 마리를 보는 듯 분주하게 움직였다.

"찰리, 너 정말 날쌔구나! 벌새처럼 빨라! 오, 찰리, 이제 그만 돌아오렴!"

"하지만 저는 여기 있는걸요!" 그가 외쳤다.

"어디 말이냐?"

"불 옆이요. 모닥불 옆이요! 그런데 전 제 모습이 보여요. 전혀 투명하지 않아요!"

노파는 깡마른 옆구리를 흔들었다. "당연히 네 눈엔 네가 보이지! 투명 인간은 원래 자기는 알아보는 법이야. 그렇지 않으면 어떻게 먹고 걷고 주변을 돌아다니겠니? 찰리, 날 건드려봐라. 내가 널 알아챌 수 있게 나를 한 번 건드려봐."

찰리는 마지못해 한 손을 내밀었다.

노파는 찰리의 손길이 닿자 몸을 홱 움직이며 화들짝 놀란 척했다. "아야!"

"정말로 내가 안 보여요? 정말이에요?" 찰리가 물었다.

"머리카락 한 올도 안 보인다!"

노파는 시선을 고정할 나무 한 그루를 찾아내 찰리 쪽을 보지 않으려고 조심하면서 반짝이는 눈으로 그 나무만 뚫어지게 보았다. "아아, 내가 마법에 성공했구나!" 그녀는 경탄의 한숨을 내쉬었다. "오오, 지금까지 부렸던 마법 중에서 가장 빨리 투명 인간을 만들었어! 찰리, 기분이 어떠니?"

"시냇물이 된 것 같아요. 계속 흔들려요."

"곧 괜찮아질 거다."

그리고 잠시 멈추었다가 덧붙였다. "저기, 찰리, 투명 인간이 되었으니 이제 뭘 할 거니?"

소년의 머리에 온갖 생각이 스쳐 가는 게 그녀의 눈에도 보였다. 그의 눈과 입에 온갖 모험이 들불처럼 일어나 춤을 추었고, 자신이 산들바람이라고 상상하는 소년이 된다는 게 무슨 의미인지 말해주었다. 소년은 차가운 꿈을 꾸며 말했다. "밀밭을 가로질러 뛰어다니고, 눈 덮인 산에 오르고, 농장에서 하얀 닭도 훔칠 거예요. 안 볼 때 분홍색 돼지들을 발로 찰 거예요. 교실마다 다니며 잠든 여자애들 다리를 꼬집고 양말대님을 잡아당길 거예요." 찰리는 노파를 보았다. 노파는 번들거리는 곁눈질로 소년의 얼굴에 짓궂은 표정이 떠오르는 것을 보았다. "또 다른 것들도 할 거예요. 하고 또 할 거예요."

"나한텐 아무 짓도 하지 마라." 노파가 경고했다. "나는 봄날 얼음처럼 덧없고 아무 힘도 없단다." 그러고 나서 덧붙였다. "네 가족은 어떻게 할 거니?"

"가족이라고요?"

"그런 모습을 하고 집에 갈 수는 없잖니. 다들 너무 놀라 심장이 밖으로 튀어나올 거다. 네 엄마는 도끼질에 쓰러지는 나무 기둥처럼 기절할걸. 식구들이 집 안 곳곳을 다닐 때마다 네 몸에 발이 걸려 넘어지고, 너희 엄마는 네가 바로 옆에 있는데도 3분에 한 번씩 너를 불러야 할 거다."

찰리는 그런 것까지는 미처 생각하지 못했다. 흥분이 조금 가라앉으며 조그맣게 속삭였다. "맙소사." 그리고 길쭉한 자기 뼈마디를 조심스럽게 만져보았다.

"너는 무척 외로울 거야. 사람들은 유리잔처럼 네 너머를 볼 거고 네가 발치에 있는 줄도 모르고 마구 부딪치겠지. 게다가 여자들을 생각해보렴, 찰리. 여자들 말이야."

찰리는 마른침을 꿀꺽 삼켰다. "여자들이 어떤데요?"

"어떤 여자가 너한테 눈길을 주겠니? 보이지도 않는 남자애와 키스하고 싶은 여자는 없을 거다!"

찰리는 맨발 끝으로 흙을 파내며 곰곰이 생각을 해보았다. 그는 입을 삐죽거렸다. "뭐, 마법 때문에 계속 보이지 않겠죠. 그래도 혼자 재미나게 보낼 거예요. 아주 조심할 거라고요. 짐마차나 말이나 아빠 앞에는 절대 안 가요. 아빠는 거의 들리지 않는 소리에도 총을 쏴대거든요." 찰리는 눈을 깜박였다. "아, 이제 내가 보이지 않으니까 언젠가는 아빠가 대형산탄으로 내 몸을 벌집으로 만들어 놓겠군요. 내가 앞뜰에 나타난 산다람쥐인 줄 알고요. 아아…."

노파는 나무를 향해 고개를 끄덕였다. "그렇겠구나."

"음." 소년은 천천히 마음을 먹었다. "오늘 밤만 투명으로 있을래요. 내일은 아줌마가 다시 원래 모습으로 되돌려주세요."

"아아, 그게 엉뚱한 것으로 변하면 안 될 텐데." 노파는 장작 위에 앉은 딱정벌레를 보고 말했다.

"그게 무슨 말이에요?" 찰리가 말했다.

"그게 말이다. 널 되돌리는 건 정말로 어려운 일이란다. 마법을 벗겨 내려면 시간이 조금 걸려. 페인트칠한 게 벗겨질 때처럼 말이야."

"아줌마가 이렇게 만들었잖아요! 그럼 아줌마가 다시 되돌려놔야죠! 날 다시 보이게 만들어요!"

"쉿." 노파가 말했다. "마법은 벗겨질 거다. 한 번에 손 하나씩, 발 하나씩 벗겨질 거야."

"손 하나만 보이는 채로 언덕을 돌아다니면 어떻게 보이겠어요?"

"날개가 다섯인 새가 바위와 들장미 덤불 위를 뛰어다니는 것처럼 보이겠지."

"발만 보이면요!"

"작은 분홍색 토끼가 숲을 뛰어다니는 것처럼 보이겠지."

"머리만 둥둥 떠다니면요!"

"카니발의 털 달린 풍선처럼 보이겠지."

"온몸이 다 보이려면 얼마나 걸려요?" 소년이 물었다.

노파는 곰곰이 생각해보는 척하더니 족히 1년은 걸릴 거라고 대답했다.

소년은 신음했다. 입술을 깨물며 흐느껴 울고 주먹을 불끈 쥐었다. "아줌마가 나한테 마법을 걸었어요. 아줌마가 나한테 이런 짓을 했어요. 나는 이제 집으로 뛰어갈 수도 없게 되었어요!"

노파는 한쪽 눈을 찡긋했다. "여기 있으면 되잖니. 여기서 나와 함께 정말로 편안하게 지낼 수 있어. 내가 너를 토실토실하고 쾌활한 아이로 만들어주마."

소년은 곧바로 따져 물었다. "일부러 그런 거죠? 이 사악한 늙은 마녀 같으니! 날 여기 붙잡아두려고 일부러 그랬어!"

소년은 곧장 덤불을 뚫고 달아났다.

"찰리, 돌아와!"

그러나 아무런 대꾸도 없이 소년의 발이 보드랍고 검은 풀밭을 토닥토닥 밟는 소리와 숨죽여 흐느끼는 소리만 재빨리 지나갔다.

노파는 불을 지피며 기다렸다. "돌아올 거야." 그녀는 속삭였다. 또 혼자 생각하며 말했다. "봄이 지나고 늦여름이 올 때까지 함께 지낼 수 있을 거야. 그러다 질리면 녀석을 집으로 보내버리고 나 혼자 조용히 지내야지."

첫 동이 틀 무렵 찰리는 소리도 없이 돌아와 노파가 하얗게 타버린 나무 장작처럼 벌러덩 누워 있는 서리 덮인 풀밭으로 올라왔다. 그는 조약돌 위에 앉아 노파를 바라보았다.

노파는 소년도 소년 너머도 감히 볼 수가 없었다. 찰리는 소리를 전혀 내지 않았기 때문에 그가 와 있는 걸 아는 척할 수가 없었다. 노파는 찰리가 돌아온 걸 몰라야 했다.

소년은 뺨에 눈물 자국을 달고 거기 앉아 있었다.

노파는 막 잠에서 깨는 척하면서 신음하고 하품하며 자리에서 일어나 뱅그르르 몸을 돌려 동이 트는 것을 보았다. 그러나 사실 그녀는 밤새 한숨도 잘 수 없었다.

"찰리?"

그녀의 눈이 소나무에서 땅바닥으로, 다시 하늘에서 먼 언덕으로 움직였다. 찰리의 이름을 몇 번이나 반복해서 불렀다. 찰리를 똑바로 보고 싶었지만 알아서 시선을 멈추었다. "찰리? 오, 찰리!" 그녀는 소년의 이름을 외치고, 똑같은 소리가 되어 돌아오는 메아리를 들었다.

소년은 자신이 이렇게 가까이 있는데도 노파가 틀림없이 혼자라고 느낀다고 생각하고 씩 웃기 시작했다. 아마 비밀의 힘이 점점 커진다고 느끼고 그만큼 세상으로부터 안전하다고 느꼈을 것이다. 그는 자신이 확실하게 안 보인다는 사실이 흡족했다.

노파가 큰 소리로 말했다. "이 녀석이 어디로 간 거지? 무슨 소리라도 내면 어디 있는지 단박에 알 텐데. 그럼 녀석을 튀겨서 아침으로 먹어버릴 테다."

노파는 찰리가 아무 소리도 내지 않는다고 투덜거리며 아침 식사를 준비했다. 히코리 나뭇가지 위에 베이컨을 구웠다. "베이컨 냄새가 나면 녀석이 냄새를 맡고 이리 오겠지." 노파가 중얼거렸다.

노파가 등을 돌린 사이 소년이 지글거리는 베이컨을 낚아채 맛나게 먹어 치웠다.

노파는 다시 몸을 돌리고 외쳤다. "에구머니나!"

그녀는 의심의 눈초리로 풀밭을 살폈다. "찰리, 너니?"

찰리는 손목으로 입가를 말끔하게 닦아냈다.

노파는 풀밭 주위를 총총 걸어 찰리를 찾는 척했다. 마침내 안 보이는 척 연기하다가 꾀를 하나 떠올리고 앞으로 손을 내밀어 더듬으면서 찰리를 향해 곧장 걸어갔다. "찰리, 너 어디 있니?"

소년은 번개처럼 몸을 숙이고 까딱거리며 노파를 피했다.

소년의 뒤를 쫓아가지 않으려면 의지가 필요했다. 그러나 보이지도 않는 소년을 쫓아갈 수는 없었으므로 오만상을 찌푸리며 자리에 주저앉아 베이컨이나 더 굽기로 했다. 그런데 새로 베이컨을 자를 때마다 찰리가 불 위에서 지글지글 익어가는 베이컨을 훔쳐 달아났다. 마침내 얼굴이 벌겋게 달아오른 노파가 소리쳤다. "네 녀석이 어디 있는지 다 알아! 바로 여기 있지! 뛰는 소리 다 들려." 노파는 너무 정확하지는 않게 소년이 있는 쪽을 가리켰다. 소년은 다시 뛰었다. "이제 저쪽에 있군!" 그녀가 고함쳤다. "저기! 이제 저기!" 노파는 소년이 5분에 한 번씩 옮기는 장소를 일일이 가리켰다. "네 녀석이 풀 밟는 소리, 꽃을 꺾는 소리, 나뭇가지를 부러뜨리는 소리가 다 들려. 내 귀는 아주 예민하거든. 장미처럼 섬세

하지. 내 귀는 별들이 움직이는 소리도 들을 수 있어!"

소년은 노파의 목소리를 등 뒤에 매달고 소나무 사이를 조용히 내달렸다. "바위 위에 앉으면 소리가 나지 않을 거야. 방금 바위에 앉았지롱."

소년은 온종일 맑은 바람을 맞으며 바위에 미동도 없이 앉아 입맛만 다시고 있었다.

노파는 깊은 숲속에서 나뭇가지를 줍다가 자신의 등 위를 미끄러지는 찰리의 시선을 느꼈다. 그녀는 속 시원하게 떠들고 싶었다. "오, 이제 네가 보이는구나. 네가 보여! 괜히 투명 인간과 시간만 낭비했네! 네가 바로 여기 있는데!" 그러나 쓴 침을 삼키고 입을 꾹 다물었다.

다음 날 아침에도 찰리는 짓궂은 장난을 쳤다. 나무 뒤에서 불쑥 튀어나와 노파를 향해 두꺼비 얼굴, 개구리 얼굴, 거미 얼굴을 해 보였고, 손가락으로 입술을 꾹 쥐고 잡아당기거나 눈을 희번덕거리거나 눈동자를 안으로 모아 뜨고 머릿속이 들여다보일 정도로 콧구멍을 크게 부풀렸다.

한 번은 노파도 깜짝 놀라 불쏘시개를 떨어뜨리고 말았다. 그녀는 얼른 큰어치새 때문에 놀란 척했다.

소년은 노파의 목을 조르는 시늉을 했다.

그녀는 조금 떨었다.

소년은 노파의 정강이를 때리고 그녀의 뺨에 침을 뱉는 시늉을 했다.

그녀는 이런 장난을 눈 하나 깜박이지 않고 입도 씰룩이지 않고 참아냈다.

소년은 혀를 내밀어 이상하게 기분 나쁜 소리를 냈다. 양쪽 귀를 잡아당기며 흔들어댔다. 노파는 참다 참다 결국 웃어버렸는데, 재빨리 이렇게 말해 위기를 넘겼다. "아이고, 도롱뇽을 깔고 앉았어! 엉덩이가 따끔해서 혼났네!"

정오가 되자 소년의 장난이 끔찍한 지경으로 치달았다.

실오라기 하나 걸치지 않는 벌거숭이가 되어 골짜기를 내달린 것이다!

노파는 너무 놀라 그대로 기절할 뻔했다!

“찰리!” 그녀는 하마터면 소리를 지를 뻔했다.

찰리는 알몸으로 언덕에 올라갔다가 알몸으로 반대쪽으로 내려왔다. 낮에도 벌거숭이, 달밤에도 벌거숭이, 해가 뜰 때도 갓 태어난 병아리처럼 벌거숭이가 되어 낮게 나는 벌새처럼 발을 퍼덕거리며 뛰어다녔다.

노파는 입을 꾹 다물었다. 뭐라고 말해야 좋을까? 찰리, 어서 옷을 입어라? 부끄러운 줄 알아라? 당장 그만둬? 그렇게 말할 수 있을까? 오, 맙소사! 그녀가 지금 그런 말을 할 수 있을까? 정말로?

노파는 소년이 커다란 바위 위에 서서 갓 태어난 날처럼 벌거벗은 몸으로 맨발을 쿵쿵거리고, 손으로 무릎을 때리고, 하얀 배를 서커스 풍선처럼 부풀렸다 줄였다 내밀었다 당겼다 하며 위아래로 깡충깡충 춤추는 모습을 보았다.

노파는 두 눈을 질끈 감고 기도했다.

그렇게 3시간을 보내고 노파는 애원했다. “찰리, 찰리! 이리 오렴! 할 말이 있단다!”

다행히 소년은 다시 옷을 입고 낙엽처럼 돌아왔다.

“찰리.” 노파는 소나무 사이를 보며 말했다. “네 오른발이 보이는구나. 거기 있네.”

“그래요?” 그가 말했다.

“응.” 노파가 몹시 슬픈 목소리로 말했다. “풀밭 위에 뿔 달린 두꺼비 같은 발이 있구나. 왼쪽 귀는 분홍색 나비처럼 공중에 떠 있고.”

찰리는 춤을 추었다. “와, 다시 생겨나고 있어. 다시 생기고 있어.”

노파는 고개를 끄덕였다. “그래, 네 발목이 생기고 있구나!”

“양쪽 발을 모두 줘요.” 찰리가 말했다.

“둘 다 있단다.”

“내 손은요?”

“길쭉한 아빠 다리처럼 네 무릎 위를 기어가네.”

“다른 손은요?”

"그것도 기어가고 있어."

"몸은 생겼나요?"

"제대로 생기고 있단다."

"집에 가려면 머리가 있어야 해요, 아줌마."

집으로 간다고? 노파는 지쳐버렸다. "안 돼!" 그녀는 고집스럽게 화를 냈다. "머리는 없구나. 머리는 조금도 보이지 않아." 그녀는 머리만은 끝까지 남겨두었다. "머리는 없다. 머리는 없어." 그녀는 고집했다.

"머리가 없다고요?" 그가 울부짖었다.

"그래, 그래! 오, 맙소사. 빌어먹을 머리도 생겼다!" 그녀는 포기하고 딱 잘라 말했다. "이제 눈에 바늘을 찔러넣은 나의 박쥐를 돌려다오."

소년은 박쥐를 노파에게 집어 던졌다. "야호!" 소년의 외침이 골짜기 전체에 울렸다. 그가 집을 향해 달려가고 한참 후에 노파는 소년의 메아리를 들었다.

잠시 후 노파는 앙상하고 지친 몸으로 불쏘시개를 집어 들고 한숨을 쉬며 중얼거리며 오두막으로 돌아갔다. 이제 정말로 보이지 않게 된 찰리는 내내 노파를 따라다녔다. 노파는 소년의 모습을 볼 수가 없어서 소리만 들었다. 솔방울이 떨어지거나 깊은 지하수가 졸졸 흐르거나 다람쥐가 큰 나뭇가지를 기어오르는 소리 같은 것들을. 해 질 녘이면 이제 보이지 않는 찰리와 나란히 앉아서, 베이컨을 먹이면 먹지 않으려고 해서 결국 그녀 혼자 먹고, 마법을 써서 아이를 재웠다. 나뭇가지와 누더기 천과 조약돌로 만들었지만, 여전히 따뜻한 그녀의 아들 찰리는 흔들리는 엄마 품에서 고이 잠들었다. 그들은 새벽이 올 때까지 졸린 목소리로 황금빛을 띤 것들에 관해 이야기를 나누었고 모닥불은 서서히, 아주 서서히 사위어갔다.

COME INTO MY CELLAR

나의 지하실로 오세요

포트넘은 토요일 아침의 분주한 소리를 들으며 잠에서 깨어나, 눈을 감고 누워 한동안 그 소요를 음미했다.

아래층 부엌에서 베이컨이 익어갔다. 아내는 소리를 지르는 대신 멋진 요리로 그의 잠을 깨웠다.

복도 건너편에서 아들 톰이 정말로 샤워를 하고 있었다.

저 멀리 호박벌과 잠자리가 날아다니는 빛 아래서 이른 시간부터 날씨와 시간과 세월에 대해 욕을 퍼붓는 사람은 누구인가? 굿바디 부인인가? 그렇다.

신발을 벗고도 키가 180센티미터나 되는 저 거구의 기독교도 부인은 80대의 영양사이자 마을의 철학자로 정원을 가꾸는 솜씨가 남달랐다.

포트넘은 자리에서 일어나 창문 가리개 고리를 풀고 창밖으로 몸을 내밀어 부인이 외치는 소리를 들었다.

"네 이놈! 이거나 먹어라! 너 이 녀석 아주 혼날 줄 알아! 하하!"

"행복한 토요일입니다, 굿바디 부인!"

노부인은 살충제 분무기가 뿜은 거대한 구름 속에서 동작을 멈추었다.

"헛소리!" 부인이 외쳤다. "이 악마와 해충을 상대해야 하는데 행복하긴, 개뿔!"

"이번에는 또 뭡니까?" 포트넘이 물었다.

"어치들이 들을까 무섭지만 말이야…." 부인은 미심쩍은 듯 주위를 한 번 둘러보았다. "내가 비행접시 사단을 막는 1차 방어벽이라고 하면, 자넨 믿겠나?"

"오오, 그것참 멋지군요. 우주 로켓이 등장하는 건 시간문제니까요."

"아니! 벌써 등장했다니까!" 부인은 산울타리 아래로 살충제 분무기를 조준하며 펌프질을 했다. "네 이놈! 이거나 받아라!"

그는 상쾌한 바깥공기에서 뒤로 물러났다. 처음 눈을 떴을 때 느꼈던 것만큼 활기찬 날은 아니었다. 굿바디 부인, 저 가엾은 양반. 언제나 합리적이고 칼 같았는데 어쩌다 저렇게 됐지? 늙어서 그런가?

현관 벨이 울렸다.

포트넘은 가운을 손에 들고 계단을 반쯤 내려오다가 목소리를 들었다. "특송 우편입니다. 포트넘 씨 댁인가요?" 아내 신시아가 현관문에서 작은 소포를 받아 들고 돌아서는 모습이 보였다.

그가 손을 내밀었지만, 아내는 고개를 저었다.

"당신 말고, 당신 아들 앞으로 온 특송 항공우편이야."

톰은 지네처럼 아래층으로 내려왔다.

"와! 베이유 습지 대온실에서 온 게 틀림없어요!"

"평소에 받는 우편물을 보고도 이렇게 흥분했으면 좋겠구나." 포트넘이 말했다.

"평소라고요?" 톰은 송장과 포장지를 거칠게 찢었다. "〈유명한 기계들〉 뒷부분 안 읽어보셨어요? 드디어 그게 왔어요!"

다들 열린 상자 속을 들여다보았다.

"여기 뭐가 있다는 거냐?" 포트넘이 물었다.

"점보 자이언트가 성장을 보증하는 '당신의 지하실에서 고수익 버섯을 기르세요' 세트잖아요!"

"아, 그래. 아빠는 바보같이 그것도 몰랐구나." 포트넘이 말했다.

신시아가 곁눈질로 상자 안을 보았다. "이렇게 조그만 것들이?"

"24시간만 지나도 어마어마하게 커진대요." 톰이 기억을 되살려가며 말했다. "지하실에 심어놓으면요…."

포트넘과 신시아는 서로 시선을 주고받았다.

"뭐, 개구리나 초록뱀보다는 낫네." 신시아는 결국 인정했다.

"당연하죠!" 톰이 지하실 쪽으로 달려갔다.

"톰." 포트넘이 불렀다.

톰은 지하실 문 앞에서 멈춰 섰다.

"톰. 다음에는 4등급 우편을 이용해도 괜찮을 거다."

"아, 그건 틀림없이 저쪽에서 실수한 거예요. 제가 부자인 줄 알았나 봐요. 특송 항공우편이라니, 그만한 돈을 선뜻 낼 수 있는 사람이 얼마나 되겠어요?"

지하실 문이 쾅 하고 닫혔다.

포트넘은 잠시 포장지를 살펴보다가 쓰레기통에 버렸다. 부엌으로 향하는 길에 지하실 문을 한 번 열어보았다.

톰은 벌써 지하실 뒤편 흙 위에 무릎을 꿇고 앉아 손 갈퀴로 땅을 파고 있었다.

어느새 아내가 다가와 부드럽게 숨을 내쉬며 차갑고 어둑한 지하실을 내려다보고 있었다.

"정말로 버섯이면 좋겠네. 설마 독버섯은 아니겠지?"

아내의 말에 포트넘은 웃음을 터뜨렸다. "풍년을 빈다, 농부!"

톰이 위를 올려다보고 손을 흔들었다.

포트넘은 지하실 문을 닫고 아내와 팔짱을 낀 채로 기분 좋게 부엌으로 걸어갔다.

정오가 가까운 시간, 포트넘은 차를 몰고 가까운 시장으로 가다가 같은 로터리클럽 회원이자 시내 고등학교에서 생물을 가르치는 로저가 길 건너 보도에서 다급하게 손을 흔드는 것을 보았다.

포트넘은 차를 세우고 창문을 내렸다.

"어이, 로저! 태워줄까?"

로저는 지나칠 정도로 열렬하게 대답하더니 얼른 차에 올라타고 문을 쾅 닫았다.

"안 그래도 자넬 만나고 싶었네. 며칠 동안 전화를 할까 망설였어. 자네 혹시 딱 5분만 내 상담사 노릇 좀 해주겠나?"

포트넘은 잠시 친구의 안색을 살피며 조용히 운전했다.

"자네 부탁이라면 얼마든지 들어주지. 어서 말해보게."

로저는 뒤로 기대앉아 자기 손톱을 들여다보았다. "잠시 운전하면서 내 말을 들어주게. 그래, 그쪽으로. 좋아. 내가 하고 싶은 말은 말이야. 이 세상에 문제가 생겼어."

포트넘은 느긋하게 웃었다. "문제야 늘 있었던 거 아닌가?"

"아니, 아니야. 정말로 이상하고, 한 번도 본 적 없는 문제가 생겼어."

"굿바디 부인도 그러더니." 포트넘은 절반은 혼잣말을 하다가 멈추었다.

"굿바디 부인이?"

"오늘 아침에 말이야. 나한테 비행접시가 어쩌고 그러더라고."

"아니야." 로저는 신경질적으로 집게손가락 위 불룩 튀어나온 곳을 때렸다. "비행접시가 아니야. 적어도 나는 그렇게 생각하지 않아. 이봐, 직관이란 게 뭔가?"

"오랫동안 잠재의식 속에 존재해온 의식적인 인식을 말하지. 하지만 아마추어 심리학자의 말이니 어디 가서 인용하지는 말게!" 그는 다시 껄껄 웃었다.

"그래, 그래." 로저는 다소 환해진 얼굴을 돌리더니 자세를 고쳐 앉았다. "바로 그거야! 오랫동안 사건이 서서히 모였단 말이지? 그러다 갑자기

침이 고여 있는 줄도 몰랐는데 침을 뱉어야만 하는 상황이 온단 말이야. 손이 더러운데 어쩌다가 이렇게 더러워졌는지 모르는 것과도 같지. 매일 내 몸에 먼지가 쌓이는데 그걸 못 느껴. 그런데 먼지가 충분히 모이면 그걸 보고 때라고 부르지. 그게 바로 내가 생각하는 직관이야. 그런데 나한테 어떤 종류의 먼지가 쌓여 왔는지 아는가? 밤하늘의 별똥별? 동트기 직전의 묘한 날씨? 모르겠네. 왜 새벽 3시에 특별한 색깔과 냄새가 존재하고 우리 집은 특이하게 삐걱거리지? 내 팔뚝에 털은 왜 꼿꼿하게 서 있지? 내가 아는 거라곤 어느새 먼지가 쌓였다는 거야. 어느 날 갑자기 그 사실을 깨닫게 되지."

"그래?" 포트넘은 불안감을 느끼며 말했다. "그런데 자네가 아는 게 뭐지?"

로저는 무릎 위에 얌전히 내려놓은 양손을 바라보았다.

"나는 두렵네. 아니, 두렵지 않아. 그러다가 갑자기 불쑥 두려워지지. 의사를 찾아가기도 했어. 나는 최고등급이네. 가족 문제도 전혀 없어. 우리 조우는 착한 아들, 근사한 아이라네. 아내 도로시? 대단한 여자지. 아내와 함께라면 두려움 없이 늙어 죽을 수 있어."

"자네 행운아로군."

"그런데 내 행운도 이제 바닥이 났네. 나도 가족도 심지어 지금은 자네마저도 걱정돼 죽을 지경이야."

"나까지?" 포트넘이 말했다.

그는 시장 근처 공터 옆에 차를 세웠다. 갑자기 어마어마한 고요가 찾아왔다. 포트넘은 몸을 돌려 친구를 자세히 살폈다. 로저의 말을 듣고 있으니 어딘가 오싹해졌다.

"난 모든 사람이 걱정돼." 로저가 말했다. "자네 친구들도, 내 친구들도, 그들의 친구들도 눈앞에 보이지 않으면 걱정이 된다네. 정말 어이없지 않나?"

로저는 차 문을 열고 밖으로 나가더니 차 안의 포트넘을 들여다보았다. 포트넘은 무슨 말이라도 해야 할 것 같았다.

"그래서 우린 이제 어떻게 하면 되는 건가?"

로저는 고개를 들어 광활한 하늘에서 맹렬하게 이글거리는 태양을 올려다보았다.

"조심하게." 로저가 천천히 말했다. "며칠 동안은 뭐든 조심해."

"뭐든?"

"우린 신이 준 것의 반도 쓰지 않는다네. 주어진 시간의 10퍼센트도 쓰지 않아. 우린 더 듣고 더 느끼고 더 냄새 맡고 더 맛봐야 하네. 어쩌면 저기 공터에서 자라는 잡초를 뒤흔드는 바람에도 뭔가 문제가 있을지도 몰라. 저 전선 너머로 보이는 태양도, 느릅나무 위에서 우는 매미 떼도. 단 며칠 동안이라도 밤이나 낮이나 가던 길을 멈추고 살펴보고 귀를 기울이면 뭔가 달라진 점이 느껴질지도 모르네. 그렇게 해보고 나서 나한테 입을 다물라면 다물겠네."

"아니, 괜찮아." 포트넘은 실제 느낌보다 가볍게 여기는 척하며 말했다. "열심히 살펴보겠네. 그런데 내가 찾는 게 그것인지 어떻게 알 수 있지?"

로저는 진지한 얼굴로 포트넘을 들여다보았다. "알게 될 거야. 그냥 저절로 알게 돼. 아니면 우린 모두 끝장이라네." 그는 조용히 말했다.

포트넘은 문을 닫았지만 뭐라고 말해야 할지 알 수 없었다. 당혹감으로 얼굴이 벌겋게 달아오르는 게 느껴졌다. 로저도 포트넘의 마음을 감지한 것 같았다.

"자네 내가 미쳤다고 생각하나?"

"말도 안 되는 소리!" 포트넘은 너무 빨리 대답했다. "자넨 그저 조금 불안해할 뿐이야. 몇 주 휴가를 내는 게 어떻겠나?"

로저는 고개를 끄덕였다. "월요일 저녁에 보겠나?"

"언제든지. 우리 집에 들르게."

"그럴 수 있으면 좋겠네. 나도 정말 그럴 수 있으면 좋겠어."

그리고 로저는 가버렸다. 그는 마른 잡초가 무성하게 자란 공터를 가로질러 서둘러 시장 옆쪽 입구로 갔다.

로저의 뒷모습을 지켜보며 포트넘은 갑자기 꼼짝도 하고 싶지 않아졌다. 자기도 모르게 깊은숨을 들이마시며 차 안의 침묵을 더욱 무겁게 하고 있다는 사실을 서서히 깨달았다. 입술을 핥았더니 짠맛이 났다. 그는 차창 틀에 얹은 자신의 팔과 햇빛을 받아 빛나는 황금빛 털을 바라보았다. 공터에는 바람 혼자 움직이고 있었다. 그는 창밖으로 고개를 내밀고 태양을 쳐다보았다. 태양이 가공할 만한 힘으로 그를 마주 보았고 그는 얼른 다시 차 안으로 돌아갔다.

그는 숨을 뱉어냈다. 그리고 큰 소리로 웃음을 터뜨렸다. 그는 다시 차를 몰고 떠났다.

차가운 레모네이드 잔이 먹음직스럽게 물방울을 매달고 있었다. 유리잔 안에서 얼음이 음악처럼 찰랑거렸고 혀끝에 닿은 레모네이드는 퍽 새콤하고 퍽 달콤했다. 그는 땅거미 지는 집 앞 포치에 나가 레모네이드를 홀짝이고 맛을 음미하며 고리버들 흔들의자에 깊숙이 몸을 묻었다. 잔디밭에서 귀뚜라미가 울었다. 맞은편에 앉아 뜨개질하던 신시아가 호기심 어린 눈으로 그를 보았다. 그는 아내가 골똘히 자신을 살피는 걸 알고 부담감을 느꼈다.

"무슨 일이야?" 마침내 아내가 물었다.

"신시아." 그가 말했다. "당신 직관은 제대로 굴러가고 있어? 혹시 지진이 일어날 날씨인가? 땅이 꺼지지는 않을까? 전쟁이 일어나면 어쩌지? 그런 거창한 게 아니라도, 우리 집 참제비고깔꽃은 결국 마름병에 걸려 죽고 말 것인가?"

"잠깐. 생각 좀 해볼게."

신시아는 무릎에 양손을 올려놓고 눈을 감고 조각상처럼 꼼짝도 하지 않고 앉아 있었다. 이윽고 그녀가 고개를 젓더니 빙그레 웃었다.

"아니. 전쟁은 일어나지 않아. 땅도 안 꺼져. 마름병도 없어. 그런데 왜 그런 생각을 한 거야?"

"오늘 종말에 대해 말하는 사람을 많이 만났거든. 아니, 사실은 두 명이야."

방충망 문이 벌컥 열렸다. 포트넘은 한 대 맞은 사람처럼 움찔했다. "뭐야?"

톰이 모종용 화분을 감싸 안고 포치로 나왔다.

"죄송해요. 그런데 왜 그러세요, 아빠?" 톰이 말했다.

"아무것도 아니다." 포트넘은 자리를 뜨게 되어 내심 기뻤다. "그게 버섯이냐?"

톰은 열심히 앞으로 움직였다. "일부예요. 와, 정말 대단해요. 겨우 일곱 시간 동안 물만 줬는데 얼마나 커졌는지 몰라요!" 톰은 화분을 엄마 아빠 사이에 있는 탁자에 올려놓았다.

버섯은 정말로 풍성했다. 회색빛이 도는 수백 개의 갈색 버섯이 축축한 흙을 뚫고 자라고 있었다.

"아…." 포트넘은 깜짝 놀랐다.

신시아가 화분을 만져보려고 손을 뻗었다가 불안한지 다시 거두어갔다.

"흥을 깨고 싶지는 않지만 말이야, 이게 버섯 말고 다른 것일 가능성은 전혀 없는 거니?"

톰은 모욕을 당한 표정을 지었다. "내가 엄마한테 독버섯이라도 먹일까 봐 그래요?"

"그래." 신시아가 재빨리 대답했다. "둘을 어떻게 구별하니?"

"먹어보면 되죠." 톰이 말했다. "먹고 살아나면 버섯, 죽으면, 짜잔!"

포트넘은 큰 소리로 웃었다. 그러나 신시아는 흠칫 놀라는 기색이었다. 그녀는 의자에 몸을 기대앉았다. "난 싫어."

"칫." 톰은 화가 나서 모종용 화분을 들었다. "언제 또 '남의 기분 망치기 대회'가 열리죠?"

톰은 언짢은 얼굴로 발을 질질 끌고 가버렸다.

"톰." 포트넘이 불렀다.

"신경 쓰지 마세요." 톰이 말했다. "어린애가 뭘 한다고 하면 다들 망할 거라고 생각하죠. 제기랄!"

톰은 버섯을 들고 지하실 계단을 내려갔고 포트넘도 뒤따라 집 안으로 들어갔다. 톰은 지하실 문을 쾅 소리 나게 닫고 씩씩거리며 뒷문 밖으로 뛰어갔다.

포트넘이 흘낏 보니 아내는 충격을 받은 얼굴로 시선을 돌리고 있었다.

"미안해." 아내가 말했다. "왜인지는 몰라도 그냥 톰에게 꼭 말해줘야 할 것 같았어."

전화벨이 울렸다. 포트넘은 선이 긴 전화기를 집 바깥으로 끌고 나왔다.

"포트넘?" 로저의 아내 도로시였다. 그녀는 갑자기 몹시 늙고 많이 놀란 것 같았다. "포트넘, 혹시 로저 거기 없어요?"

"도로시? 로저는 여기 없어요."

"그가 없어졌어요!" 도로시가 말했다. "옷장의 옷도 전부 사라졌어요!" 그녀는 숨죽여 흐느끼기 시작했다.

"도로시, 잠깐 기다려요. 내가 곧 그리로 갈게요."

"도와줘요. 꼭이요. 로저에게 무슨 일이 생겼어요. 나는 알아요." 그녀는 울부짖었다. "당신이라도 뭔가 해주지 않으면 우린 다시는 로저가 살아 있는 모습을 볼 수 없을지도 몰라요."

포트넘은 아주 천천히 수화기를 내려놓았다. 수화기 너머에서 훌쩍이는 도로시의 소리가 들렸다. 갑자기 밤 귀뚜라미가 몹시 요란하게 울었다. 뒷목의 머리털이 하나씩 하나씩 곤두서는 게 느껴졌다.

털이 혼자 그럴 수는 없다고 그는 생각했다. 바보 같기는. 실제로 털이 그럴 수는 없어. 절대로 불가능해!

그러나 머리털이 천천히 하나씩 하나씩 곤두섰다.

정말로 로저의 옷걸이는 전부 비어 있었다. 포트넘은 쨍강 소리를 내며 옷걸이들을 금속 봉 한쪽으로 전부 밀쳐버리고 옷장 밖에 있는 도로시와 그녀의 아들 조우를 보았다.

"지나가다 우연히 봤는데, 옷장이 텅 비어 있고 아빠 옷이 전부 사라져 있었어요!" 조우가 말했다.

"별일 없었어요. 우린 잘살고 있었다고요. 정말 이해할 수가 없어요. 도저히, 도저히 이해가 안 돼요!" 도로시는 다시 양손에 얼굴을 묻고 울기 시작했다.

포트넘은 옷장 밖으로 나왔다.

"로저가 집을 나서는 소리를 못 들었습니까?"

"아빠랑 앞뜰에서 술래잡기하고 있었어요. 그런데 아빠가 잠시 집에 들어가야 한다고 했어요. 저는 뒷문으로 돌아갔는데, 그때 아빠가 사라졌어요!"

"그사이 재빨리 짐을 싸서 어디론가 걸어간 게 틀림없어요. 그래서 집 앞에 택시 서는 소리가 안 들린 거예요."

그들은 현관을 지나 집 밖으로 나갔다.

"제가 기차역과 공항을 확인해보겠습니다." 포트넘은 잠시 머뭇거렸다. "도로시, 혹시 로저한테 무슨 사정이라도 생긴 건가요?"

"그는 미친 게 아니에요." 그녀는 잠시 망설였다. "아무래도 납치당한 것 같아요."

포트넘은 고개를 저었다. "제 손으로 짐을 싸고 제 발로 걸어 나가 납치범들에게 갔다는 게, 앞뒤가 맞는 것 같지는 않군요."

도로시는 밤바람이 들어올 수 있도록 현관문을 열어놓고 집 안을 한 차례 물끄러미 보았다. 그녀의 목소리가 불안하게 떨렸다.

"아뇨. 그들이 집에 들어온 거예요. 우리가 보는 데서 남편을 훔쳐 간 거예요."

그리고 잠시 후.

"…뭔가 끔찍한 일이 벌어지고 있어요."

포트넘은 귀뚜라미와 나뭇잎만 바스락거리는 밤을 향해 돌아섰다. 종말을 말한 사람들은 자신의 종말을 말한 것이었나? 그는 생각했다. 굿바디 부인도. 로저도. 이제 로저의 아내까지. 뭔가 끔찍한 일이 벌어지고 있다. 그러나 그게 대체 무슨 일이란 말인가? 그리고 어떻게 벌어지고 있다는 말인가?

그는 도로시에게서 눈을 들어 젖은 눈을 깜박이는 조우를 한참 보았다. 이윽고 밖을 향해 복도를 지나가다 걸음을 멈추고 지하실 문손잡이를 만지작거렸다.

순간 포트넘은 기억으로 남기고 싶은 어떤 것의 사진을 찍을 때처럼 눈꺼풀이 파르르 떨리고 홍채가 풀어지는 것을 느꼈다.

조우가 지하실 문을 활짝 열고 아래로 내려가 시야에서 사라졌다. 문이 소리를 내며 닫혔다.

포트넘이 뭔가 말하려고 했지만 도로시가 손을 뻗어 그를 붙잡는 바람에 그쪽으로 시선을 돌려야 했다.

"제발 그 사람을 꼭 찾아줘요."

그는 그녀의 뺨에 입을 맞추었다. "인간이 할 수 있는 일이라면요."

인간이 할 수 있는 일이라면. 오, 맙소사. 그는 어쩌자고 그런 말을 골랐을까?

그는 여름밤 속으로 걸어 나갔다.

숨을 한껏 참았다가 내쉬고, 또 숨을 참았다가 내쉬는, 천식 환자가 흡입기를 쓸 때 터질 법한 재채기 소리가 들렸다. 누군가 어둠 속에서 죽어가고 있나? 아니었다.

울타리 건너편에 있어서 잘 보이지는 않았지만, 굿바디 부인이 뼈만 앙상하게 남은 팔꿈치를 흔들며 살충제 분무기를 쏘아대며 밤늦도록 일하고 있었다. 집을 향해 가는 포트넘 주위로 속이 울렁거리는 살충제의 달큼한 냄새가 무겁게 감싸왔다.

"굿바디 부인? 아직도 거기 계세요?"

검정 울타리 너머로 그녀의 목소리가 튀어 올랐다.

"당연하지! 진딧물에 물방개에 나무좀에, 이제 하다 하다 선녀낙엽버섯까지! 어쩌나 빨리 자라는지, 원!"

"뭐라고요?"

"선녀낙엽버섯! 내 꼭 이기고 말겠어. 요놈! 요놈! 요놈!"

그는 울타리와 쌔근거리는 분무기 소리와 씩씩거리는 노부인의 목소리를 뒤로하고 아내가 기다리는 포치를 향해 돌아섰다. 아내는 불과 몇 분 전 도로시가 자기 집 앞에서 포트넘을 배웅하던 자리를 고스란히 이어받은 사람처럼 보였다.

포트넘이 무슨 말인가를 하려는데 집 안에서 그림자가 어른거렸다. 삐걱하는 소리도 들렸다. 문손잡이가 덜컹거렸다.

톰의 모습이 지하실로 사라졌다.

포트넘은 누가 얼굴에 폭발물이라도 설치한 것 같은 느낌이 들었다. 어지러웠다. 어떤 일은 실제로 벌어지기도 전에 멍한 상태의 백일몽으로 모든 움직임이 익숙하게 떠오르기도 한다. 마치 입 밖에 내기 전에 어떤 대화가 오갈지 다 알아버리는 것처럼.

그는 자기도 모르게 닫혀버린 지하실 문을 물끄러미 보고 있었다. 신시아가 어느새 기분이 좋아져서 그를 집 안으로 이끌었다.

"왜 그래? 톰 때문에? 나, 녀석을 봐주기로 했어. 빌어먹을 버섯이 녀석에겐 아주 중요한 거였나 봐. 게다가 지하실에 뿌려놓기만 했는데 아주 얌전히 잘 자라고 있더라고."

"그랬어?" 포트넘은 자신의 목소리가 낯설게 들렸다.

신시아가 남편의 팔을 붙잡았다. "로저는 어떻게 됐어?"

"사라졌어."

"이런, 남자들이란!"

"아니야. 당신 생각처럼 그런 게 아니야. 난 지난 10년 동안 로저를 매일 봤어. 그 정도로 사람을 잘 알면 그 집안이 어떻게 돌아가는지도 알 수 있어. 오븐에 뭐가 있는지 믹서기에 뭐가 있는지 알 정도라고. 아직 그는 죽음 직전까지 가지는 않았어. 남의 과수원에서 복숭아나 따면서 불멸의 청춘을 좇아 방랑하는 것도 아니야. 절대 아니야. 아니라는 데 내 전 재산을 걸 수도 있어. 로저는 말이야…."

등 뒤에서 현관벨이 울렸다. 배달부 소년이 조용히 포치 위로 올라와 손에 전보를 들고 서 있었다.

"포트넘 씨 댁인가요?"

신시아가 현관 전등을 켜자 포트넘은 봉투를 찢어 열고 전보를 꺼내 읽기 시작했다.

뉴올리언스 여행 중. 이 전보를 누가 볼 수도 있음. 모든 특송 우편물은 반드시 거절할 것. 계속 거절할 것. 로저.

신시아가 종이에서 눈을 들었다.

"이해가 안 되네. 대체 무슨 소리지?"

그러나 포트넘은 벌써 전화기를 붙잡고 서둘러 다이얼을 돌리고 있었다. "교환? 경찰서요! 빨리!"

그날 밤 10시 15분, 저녁 내내 여섯 번째로 전화기가 울렸다. 포트넘은 전화를 받고 즉시 놀란 숨을 들이켰다. "로저! 자네 어디 있나?"

"여기가 어디냐고?" 로저는 장난기 가득한 목소리로 가볍게 말했다. "여기가 어딘지는 자네가 잘 알잖아. 자네도 책임이 있어. 화는 내가 내야 한다고!"

포트넘이 고갯짓하자 신시아는 얼른 부엌으로 달려가 또 다른 수화기를 들었다. 부드럽게 딸각하는 소리가 들리자 포트넘은 계속 말했다.

"로저, 나는 자네가 어디 있는지 정말 몰라. 그 전보는 자네가 보냈잖아."

"전보? 무슨 전보?" 로저가 쾌활한 목소리로 말했다. "난 전보를 보낸 적이 없는걸? 남행 열차를 타고 가고 있는데 갑자기 경찰이 우르르 들이닥치더니 날 끌고 어느 작은 마을에 내리더군. 제발 내 목 좀 놔달라고 자네한테 전화를 건 거야. 포트넘, 이게 전부 농담이라면…."

"하지만, 로저! 자네가 먼저 사라졌잖아!"

"출장 중이었어. 그걸 사라졌다고 표현한다면야 할 말이 없네만. 도로시한테도 조우한테도 말하고 왔어."

"어떻게 된 일인지 도통 모르겠군. 그런데 로저. 자네 정말 위험한 건 아닌가? 누가 협박하는 건 아니야? 누가 강요해서 이렇게 말하는 건 아니고?"

"난 괜찮네. 건강하고 자유롭고 두렵지도 않아."

"하지만, 자네가 말한 그 불길한 예감은…."

"헛소리! 보게, 난 아주 잘하고 있지 않나?"

"그래, 로저."

"그럼 내가 착한 아버지 역할을 수행하고 돌아갈 수 있게 해주게. 도로시에게 연락해서 내가 5일 후에 돌아갈 거라고 전해줘. 아니, 도로시는 어떻게 그걸 잊어버릴 수가 있지?"

"알았네. 그럼 우리 5일 후에 보는 건가?"

"그럼. 5일 후야."

로저의 목소리는 의기양양하면서도 따뜻한 게 예전과 다르지 않았다. 포트넘은 전보다 더 당혹스러워 고개를 절레절레 흔들었다.

"로저." 그가 말했다. "오늘 하루는 정말 이상한 날이었어. 자네, 도로시한테서 달아난 건 아니지? 맙소사, 나한테는 솔직히 말할 수 있잖나."

"이봐, 난 아내를 진심으로 사랑하네. 아, 여기 리지타운 경찰국의 파커 서장님이 납셨군. 그럼, 잘 있게, 포트넘."

"그래, 잘…."

그러나 경찰서장이 전화기를 뺏어 들었는지 곧바로 화가 잔뜩 난 목소리가 쏟아졌다. 포트넘은 왜 경찰에 이런 수고를 안겨주었는가? 대체 어떻게 된 일인가? 어쩌자고 이런 일을 벌였는가? 소위 이 친구라는 작자를 붙잡아두길 바라는가, 풀어주기를 바라는가?

"풀어주십시오." 포트넘은 겨우 말하고 전화를 끊었다. 수화기 너머로 열차가 출발하니 모두 탑승하라고 외치는 소리와 점점 깊어가는 이 밤에 30킬로미터 떨어진 남쪽을 향해 역을 출발하는 기차의 거대한 천둥소리를 들은 것도 같았다.

신시아가 아주 천천히 거실로 들어왔다.

"나 바보가 된 것 같아." 그녀가 말했다.

"그러는 내 기분은 어떨 것 같아?"

"그 전보는 누가 보낸 거지? 왜 보낸 걸까?"

그는 스카치위스키를 조금 따라 들고 방 한가운데에 서 있었다.

"그래도 로저가 무사하다니 다행이야." 마침내 아내가 말했다.

"그는 무사하지 않아." 포트넘이 말했다.

"하지만, 당신도 방금 그렇게 말했잖아."

"나는 아무 말도 하지 않았어. 로저가 자신은 계속 무사하다고 주장하니 우리가 그를 기차에서 끌어 내려 포박한 다음 집으로 돌려보내달라고 할 수는 없잖아? 아니야. 그 전보는 그가 보낸 거야. 보낸 다음 마음이 바뀐 거지. 대체 왜 그랬을까? 도대체, 왜? 왜?" 포트넘은 술을 홀짝이며 방 안을 오락가락했다. "왜 특송 우편물을 조심하라고 경고했을까? 우리가 올해 받은 소포 중에서 특송이라면 오늘 아침 톰이 받은 것 하나뿐인데…." 그의 말끝이 흐려졌다.

그가 움직이기도 전에 신시아가 종이 쓰레기를 모아놓은 바구니로 가서 특송 도장이 찍힌 구겨진 포장지를 꺼냈다.

우편번호가 이렇게 찍혀 있었다. 뉴올리언스, LA.

신시아가 고개를 들었다. "뉴올리언스라면 지금 로저가 향하는 곳 아니야?"

포트넘의 마음속에서 문손잡이가 딸각거리고 문이 열렸다 닫혔다. 또 다른 문손잡이가 딸각거리고 또 다른 문이 벌컥 열렸다 닫혔다. 축축한 흙냄새가 훅 끼쳤다.

그는 어느새 전화 다이얼을 돌리고 있었다. 한참 후 도로시가 전화를 받았다. 그녀 혼자 집 안의 모든 전등을 환하게 밝혀놓고 우두커니 앉아 있는 모습이 그려졌다. 그는 조용히 도로시와 인사를 나누고 목청을 가다듬고 말했다. "도로시, 있잖아요. 멍청한 소리로 들릴 거 알아요. 혹시 지난 며칠 사이에 집에 특송 항공우편물이 온 적이 있나요?"

그녀의 목소리는 희미했다. "아니요." 그러다 잠시 후. "아니, 잠깐만요. 사흘 전이요. 당신도 알지 않아요? 이 동네 모든 소년이 거기 푹 빠져 있잖아요."

포트넘은 조심스럽게 말을 골랐다.

"무엇에 푹 빠져 있다고요?"

"그런데 그건 왜 물어요?" 도로시가 물었다. "버섯을 키우는 게 무슨 문제라도 되나요?"

포트넘은 두 눈을 질끈 감았다.

"포트넘? 여보세요?" 도로시가 말했다. "방금 버섯 키우기가 뭐가 문제냐고 물었어요."

"버섯 키우기라고요?" 마침내 포트넘이 말했다. "아니요. 아무 문제 없죠. 아무 문제 없어요."

그리고 그는 천천히 수화기를 내려놓았다.

달빛으로 만든 베일처럼 바람에 커튼이 천천히 부풀었다. 시계가 째깍거렸다. 자정을 넘긴 세계가 밀려 들어와 침실을 가득 채웠다. 아침 공기 속에서 굿바디 부인의 쨍한 목소리를 들었던 게 백만 년 전 일로 느껴졌다. 정오에는 로저를 만나 울적한 이야기를 들었다. 저녁에는 경찰이 먼 남쪽에서 전화를 걸어 그에게 욕을 퍼부었다. 그리고 로저의 목소리를 또 들었지. 기차가 천둥 같은 기적을 울리며 그를 태우고 멀리멀리 떠나버리는 소리도. 그리고 마지막으로 울타리 뒤에서 들려왔던 굿바디 부인의 목소리가 떠올랐다.

"어찌나 빨리 자라는지, 원!"

"뭐가요?"

"선녀낙엽버섯!"

그는 눈을 번쩍 떴다. 벌떡 일어나 앉았다.

잠시 후 그는 아래층으로 내려가 백과사전을 마구 넘겼다.

다음 구절을 집게손가락으로 더듬어가며 읽었다.

"선녀낙엽버섯: 여름철과 초가을 잔디밭에서 흔히 볼 수 있는 버섯."

그는 툭 소리 나게 책을 덮었다.

깊어진 여름밤, 그는 바깥에 나가 담뱃불을 붙이고 조용히 담배를 피웠다.

별똥별 하나가 밤하늘을 가로지르며 떨어졌다가 순식간에 불타버렸다. 나뭇잎이 부드럽게 바스락거렸다.

현관문이 탁 소리를 내며 닫혔다.

신시아가 가운 차림으로 다가왔다.

"잠이 안 와?"

"너무 더워서."

"더운 날씨는 아닌데?"

"아니지." 그는 팔을 쓸어보았다. "사실은 추워." 그는 담배를 두 번 빨고 아내 쪽을 보지도 않고 말했다. "신시아… 만약에 말이야…." 그는 코웃음을 치며 말을 멈추었다. "오늘 낮에 로저가 한 말이 사실이면 어쩌지? 굿바디 부인의 말이 사실이라면? 뭔가 끔찍한 일이 정말로 벌어지고 있다면 말이야. 일테면…." 그는 고갯짓으로 하늘에 떠 있는 수많은 별을 가리켰다. "다른 세계에서 온 것들이 지구를 침공해 왔다면 말이야."

"여보!"

"아니, 생각나는 대로 말하게 해줘."

“침공을 당했다면 벌써 알아챘겠지.”

“절반만 알아챘다면 어떨까? 막연히 불안감만 느끼면서 말이야. 뭘까? 우린 어떻게 침공을 당하게 될까? 어떤 생명체가 어떤 수단으로 쳐들어올까?”

신시아가 하늘을 바라보며 뭐라고 말하려고 하는데 그가 끼어들었다.

“아니, 별똥별이나 비행접시 같은 게 아니야. 우리 눈에 보이는 게 아니야. 박테리아라면 어떨까? 바깥 우주에서 온 박테리아라면?”

“책에서 읽은 적 있어.”

“포자며 씨앗이며 꽃가루, 바이러스가 1초에 수십억 개씩 지구 대기에 폭격처럼 떨어지고 있대. 자그마치 수백만 년 동안이나. 우린 지금도 보이지 않는 비를 맞고 있는 셈이야. 이 비는 온 나라, 온 도시, 온 마을에 지금도 내리고 있어. 지금 우리 집 잔디밭에도.”

“우리 집 잔디밭에도?”

“굿바디 부인 집에도. 그러나 부인 같은 사람은 늘 잡초를 뽑고 살충제를 뿌리고 독버섯을 뽑아내잖아. 어떤 낯선 생명체도 도시에서 생존하기는 어려울 거야. 날씨 문제도 있고. 가장 적합한 기후는 남쪽이겠지. 앨라배마, 조지아, 루이지애나 같은 곳. 축축한 습지대로 가야 적절한 크기로 자랄 수 있어.”

그러나 신시아는 웃기 시작했다.

“아, 당신 설마 톰에게 소포를 보낸 습지대 대온실 어쩌고가 외계 행성에서 온 180센티미터 버섯들이 소유하고 운영하는 곳이라고 믿는 건 아니지?”

“그런 식으로 말하면 우습게 들릴 수도 있을 거야.” 그도 인정했다.

“우습다고? 배꼽 빠지겠어!” 그녀는 유쾌하게 고개를 뒤로 젖히며 웃어댔다.

“제기랄!” 그는 갑자기 울화를 느끼며 소리쳤다. “정말로 무슨 일이 벌어지고 있다고! 굿바디 부인은 선녀낙엽버섯을 뽑아 죽이고 있어. 선녀낙엽버섯이 뭐지? 버섯의 한 종류야. 당신은 우연이라고 하겠지만, 같은 날 특송 우편으로 우리 집에 뭐가 도착했지? 톰에게 버섯이 왔어! 또 무슨 일이 생겼지? 로저는 곧 종말이 올 거라며 두려워했어! 몇 시간 후 그는 사라졌고 우리에게 전보를 보내 뭘 받지 말라고 경고했지? 톰이 받은 특송 버섯이었잖아! 로저의 아들도 며칠 전에 비슷한 소포를 받았대! 그 소포가 어디서 왔지? 뉴올리언스야! 신시아, 알겠어? 이 개별적인 일들이 하나로 엮이지 않는다면 나도 이렇게 동요하지 않아. 로저, 톰, 조우, 버섯, 굿바디 부인, 소포, 종착지, 모든 게 하나로 연결되어 있잖아!"

신시아는 이제 조용히 그의 얼굴을 바라보았지만, 여전히 이 상황을 즐거워했다. "화내지 마."

"화가 난 게 아니야!" 포트넘은 하마터면 소리를 지를 뻔했다. 잠시 후 그는 입을 다물었다. 자기도 모르게 신경질적인 웃음을 터뜨리며 비명을 지르게 될까 봐 두려웠다. 그러고 싶지는 않았다. 그는 같은 단지의 집들을 둘러보며 어두운 지하실과 〈유명한 기계들〉을 읽고 몰래 버섯을 기르려고 돈을 보냈을 이웃의 소년들을 생각했다. 그도 어렸을 때 화학물질이며 씨앗, 거북이, 수없이 다양한 연고와 역겨운 고약 따위를 배송받으려고 돈을 부친 적이 있었다. 오늘 밤 얼마나 많은 미국인 가정에서 순수한 아이들의 조력을 받으며 수십억 개의 버섯이 무럭무럭 자라고 있을까?

"포트넘?" 아내가 그의 팔을 건드렸다. "버섯은 아무리 크게 자라도 생각이라는 걸 할 수 없어. 버섯은 움직일 수도 없잖아. 팔다리가 없는걸. 그런데 어떻게 우편주문 서비스를 운영하고 세계를 '지배'할 수 있겠어? 자, 우리 당신이 생각하는 끔찍한 악마와 괴물들을 보러 가자!"

그녀는 그를 문 쪽으로 이끌었다. 집 안에 들어가 신시아는 지하실 쪽으로 내려갔지만, 그는 고개를 저으며 멈춰 섰다. 그의 입가에 바보 같은 미소가 떠올랐다. "싫어, 싫어. 뭐가 있을지 안 봐도 알아. 당신이 이겼어. 내가 어리석었어. 로저는 다음 주면 돌아올 거고 우리는 함께 진탕 마시고 취하겠지. 이제 침실로 돌아가자고. 나는 1분, 아니 2분 후에 갈게."

"그러자!" 그녀는 그의 양쪽 뺨에 입을 맞추고 한번 꼭 안아준 다음 위층으로 올라갔다.

그는 부엌에 가 유리잔을 하나 꺼내고 냉장고 문을 열어 우유를 따르다가 문득 멈추었다.

냉장고 맨 위쪽 선반에 작고 노란 접시가 있었다. 그러나 그의 눈길을 끈 것은 접시가 아니었다. 접시에 담긴 것이었다.

갓 자른 버섯들이었다.

한 30분 정도 그 자리에 서 있었던 모양이다. 그의 숨결이 냉장고의 냉기를 만나 하얗게 얼어붙고 있었다. 그는 손을 뻗어 접시를 집어 들고 코로 냄새를 맡아보고 만져보기도 하다가 결국 접시를 들고 현관으로 나갔다. 그는 계단을 올려다보며 위층 침실에서 신시아가 이리저리 움직이는 기척을 느끼며 이렇게 외치려고 했다. "신시아, 이 버섯 당신이 냉장고에 넣어두었어?"

그러나 그는 입을 다물었다. 어떤 대답이 올지 알았다. 신시아가 한 일이 아니었다.

그는 계단 맨 아래쪽 난간에 버섯 접시를 올려놓았다. 그는 혼자 상상했다. 이따가 침대에 누워 벽과 열린 창을 보면서, 천장에 그려진 달빛의 무늬가 서서히 바뀌는 것을 보면서 그는 생각할 것이다. 그러다 자기도 모르게 신시아? 하고 부를 것이다. 신시아는 응? 하고 대답하겠지. 그러면 그는 말할 것이다. 버섯한테도 팔다리가 자랄 방법이 있기는 있어. 그게 뭔데? 아내는 이렇게 물을 것이다. 이 바보 같은 남자야, 그게 뭐냐고? 그러면 그는 아내의 유쾌한 반응을 향해 용기를 그러모아 겨우 말할 것이다. 만약에 말이야, 사람이 습지대를 돌아다니다가 그 버섯을 따서 먹는다면 어떨까?

신시아는 아무 대답도 하지 않을 것이다.

일단 사람 몸에 들어간 버섯은 혈관을 타고 퍼져 모든 세포를 장악하고 그 사람을 다른 사람으로 바꿔버리는 게 아닐까? 그러니까, 말하자면, 화성인으로? 이 가설대로라면 버섯에게 굳이 팔다리가 있을 필요가 있겠어? 아니지. 사람 몸을 빌려서 그 안에 살면서 그 사람 자체가 될 수 있는데 굳이 팔다리가 왜 필요해. 로저는 아들이 준 버섯을 먹었어. 로저는 '다른 사람'이 된 거야. 그는 스스로를 납치했어. 그리고 마지막으로 정신이 들었을 때, 그러니까 최후로 '자신'이었던 순간에 우리에게 전보를 보내 특송 버섯을 받지 말라고 경고했던 거야. 나중에 전화한 '로저'는 진짜 로저가 아니야. 그가 먹었던 버섯의 포로지! 이해가 되지 않아, 신시아? 그렇지 않아? 응?

아니. 상상 속의 신시아가 말했다. 아니, 전혀 이해가 되지 않아. 전혀. 하나도. 조금도.

지하실에서 희미하게 속삭이는 소리, 버석거리는 소리, 움직이는 소리가 들려왔다. 포트넘은 버섯 접시에서 눈을 들어 지하실 문까지 걸어갔다. 그는 문에 귀를 대고 엿들었다.

"톰?"

대답이 없었다.

"톰, 너 거기 있니?"

대답이 없었다.

"톰?"

한참 만에 아래에서 톰의 목소리가 올라왔다.

"예, 아빠?"

"자정이 넘었구나." 포트넘이 말했다. 그는 높아지려는 목소리를 겨우 억눌렀다. "거기서 뭐 하니?"

대답이 없었다.

"아빠가 물었잖니."

"농사를 지어요." 마침내 아들이 차갑고 희미한 목소리로 말했다.

"그만 거기서 나와라! 내 말 들리니?"

침묵.

"톰? 아빠 말 들어봐! 네가 오늘 저녁 냉장고에 버섯을 넣어두었니? 왜 그랬니?"

10초 정도가 지나고 아들의 대답이 들려왔다. "물론 엄마랑 아빠랑 드시라고 그랬죠."

포트넘은 심장이 빠르게 뛰는 소리를 들었다. 심호흡을 세 번 한 다음에야 다시 말할 수 있었다.

"톰? 너 설마… 그러니까, 너… 버섯을 먹지는 않았지?"

"왜 그런 걸 물어보세요? 웃기게." 톰이 말했다. "당연히 먹었죠. 오늘 저녁에요. 샌드위치에 넣어 먹었어요. 그런데 왜요?"

포트넘은 문손잡이를 잡았다. 이번에는 그가 대답하지 않았다. 무릎이 풀리는 기분이었다. 그는 이 어리석고 무감각한 바보 같은 짓과 싸웠다. 무슨 말인가를 하려고 했지만 어쩐 일인지 입술이 움직이지 않았다.

"아빠?" 톰이 지하실에서 다정하게 불렀다. "아래로 내려오세요." 잠시 침묵. "아빠한테 수확물을 보여 드리고 싶어요."

땀에 젖은 손 안에서 손잡이가 자꾸 미끄러졌다. 문손잡이가 딸각 소리를 냈다. 그는 숨을 참았다.

"아빠?" 톰이 다정하게 불렀다.

포트넘은 문을 열었다.

지하실은 칠흑처럼 어두웠다.

그는 전등 스위치를 향해 손을 뻗었다. 이 침입을 감지한 듯 어디선가 톰이 말했다.

"켜지 마세요. 빛은 버섯에 안 좋아요."

포트넘은 스위치에서 손을 뗐다.

그는 마른침을 꿀꺽 삼켰다. 그는 아내를 향해 가는 오르막 계단을 돌아보았다. 신시아에게 작별 인사를 해야 할 것 같았다. 그런데 왜 이런 생각을 하는 거지? 어쩌자고 이런 생각을 하는 거야? 아무 이유도 없이?

없다.

"톰?" 그는 짐짓 쾌활하게 말했다. "꼭꼭 숨어라, 머리카락 보일라."

그는 어둠을 향해 내려가며 문을 닫았다.

THE MILLION-YEAR PICNIC

백만 년 동안의 소풍

웬일로 온 가족이 낚시 여행을 가자는 말이 엄마 입에서 나왔다. 그러나 티모시는 엄마 생각이 아니라는 것을 알았다. 아빠 생각을 엄마가 대신 말했을 뿐이었다.

아빠는 어지럽게 흩어져 있는 화성의 조약돌들을 발로 밀치며 그러자고 했다. 곧바로 떠들썩한 함성이 이어졌고 다들 부리나케 야영 도구를 캡슐과 용기에 집어넣었다. 엄마는 여행용 점퍼와 블라우스로 갈아입었고 아빠는 떨리는 손으로 파이프에 담배를 가득 채우며 계속 화성의 하늘을 살펴보았고 세 아들은 소리를 지르며 모터보트에 올라탔다. 티모시 말고 다른 두 아들은 엄마와 아빠를 눈여겨보지 않았다.

아빠가 버튼을 누르자 부릉부릉 모터보트 시동 걸리는 소리가 하늘 높이 솟구쳤다. 물이 뒤쪽으로 출렁거리더니 보트가 앞으로 쑥 나갔다. 가족은 일제히 소리를 질렀다. “야호!”

티모시는 보트 뒤쪽에 아빠랑 나란히 앉아 조그만 손을 아빠의 털북숭이 손에 올린 채 구불구불 펼쳐진 운하를 바라보았다. 보트는 가족이 지구에서 가족용 소형로켓을 타고 날아와 정착했던 마을을 떠났다. 지금 그 마을은 산산이 부서져 버렸다. 티모시는 지구를 떠나기 전날 밤을 떠올렸다. 정신없이 서둘러 짐을 꾸렸던 일, 어디서 어떻게 구했는지 알 수 없는 로켓을 아빠가 가지고 왔던 일, 그리고 화성으로 휴가를 떠나자고 했던 이야기까지. 화성이라니, 휴가를 떠나기엔 꽤 먼 길이었지만 티모시는 동생들을 생각해 아무 말도 하지 않았다. 어쨌든 가족은 화성에 도착했고 이제야 처음 말했던 대로 낚시 여행을 떠나고 있었다.

보트가 운하를 거슬러 올라가는 동안 아빠의 눈가엔 어쩐지 기묘한 표정이 서려 있었다. 티모시로선 어떤 뜻인지 이해할 수 없는 표정이었다. 눈빛은 강렬하게 빛났고 안도감 같은 게 비쳤다. 깊게 팬 주름살도 걱정할 때나 울 때가 아니라 웃을 때의 표정으로 보였다.

그렇게 굽이를 돌아가자 열을 식히고 있던 로켓이 시야에서 벗어났다.

"얼마나 멀리 가야 해요?" 로버트가 한 손으로 물을 튀기며 물었다. 그 모습이 보랏빛 물 속에서 작은 게 한 마리가 팔딱거리는 것처럼 보였다.

아빠는 한숨을 내뱉으며 대답했다. "백만 년은 가야지."

"와아." 로버트가 말했다.

"애들아, 저길 좀 봐." 엄마가 부드럽고 길쭉한 팔을 뻗어 어딘가를 가리켰다. "죽은 도시가 있구나."

아이들은 열띤 기대감을 품고 엄마가 가리킨 곳을 보았다. 화성의 날씨 전문가가 만들어 놓은 여름의 뜨거운 적막 속에 누워 죽은 도시가 꾸벅꾸벅 졸고 있었다.

아빠는 도시가 죽은 것이 흡족하다는 듯한 표정을 짓고 있었다.

도시는 모래 언덕 위에 분홍색 바위들이 아무렇게나 흩어진 채 쌔근쌔근 자는 것처럼 보였다. 무너진 기둥 몇 개와 쓸쓸하게 홀로 서 있는 신전 하나, 그리고 다시 모래가 펼쳐져 있었다. 몇 킬로미터를 더 가도 모래 외엔 아무것도 보이지 않았다. 운하 주변에는 하얀 사막이, 운하 너머에는 푸른 사막이 펼쳐졌다.

그때 새 한 마리가 푸드덕 날아올랐다. 마치 푸른 연못에 내던져져 수

면을 때리고 가라앉아 물속 깊이 사라져버리는 돌멩이 같았다.

아빠는 새를 보고 화들짝 놀란 표정을 지었다. "로켓인 줄 알았잖아."

티모시는 깊은 바닷속 같은 하늘을 올려다보며 지구와 전쟁과 폐허가 되어버린 도시와 자신이 태어난 이후로 늘 서로를 죽여온 인간들을 찾아보았다. 그러나 아무것도 보이지 않았다. 전쟁은 아득하게 높고 고요한 대성당의 아치형 천장에서 죽을 때까지 싸우는 두 마리 파리처럼 멀게만 느껴졌다. 그리고 그만큼이나 무의미해 보였다.

윌리엄 토머스는 이마의 땀을 훔쳤다. 자신의 팔에 올라와 있는 아들의 손이 마치 어린 독거미가 기어가는 것처럼 아슬아슬한 긴장감을 주었다. 그는 아들을 향해 활짝 웃었다. "기분이 어때, 티모시?"

"좋아요, 아빠."

티모시는 옆에 앉은 커다란 어른의 마음속에 어떤 것들이 흘러가고 있는지 헤아릴 수조차 없었다. 햇볕에 그을려 살갗이 벗겨진 큼직한 매부리코, 지구에 살 때 여름철 학교가 파한 후 갖고 놀던 마노 공깃돌처럼 뜨겁고 파란 눈, 헐렁한 승마바지 밖으로 뻗어 나온 길고 굵직한 기둥 같은 다리를 가진 이 남자를.

"뭘 그렇게 열심히 보고 있어요, 아빠?"

"지구의 논리와 상식, 훌륭한 정부, 평화, 책임감을 찾고 있지."

"지구에는 그런 것들이 다 있었어요?"

"아니. 지구에서는 못 찾았단다. 이제 지구에는 그런 것들이 아예 없고 앞으로도 영원히 나타나지 않을 거다. 어쩌면 예전에 있었다는 것도 그저 우리가 속아서 그렇게 믿었던 걸지도 모르지."

"정말요?"

"저기 물고기를 보렴!" 아빠가 손짓하며 말했다.

세 아이는 소프라노처럼 높은 소리를 지르며 물고기를 보겠다고 출렁이는 보트 밖으로 가느다란 목을 쑥 내밀었다. 아이들은 와아, 우우, 함성을 질렀다. 고리 모양을 한 은빛 물고기가 물결을 일으키며 보트 옆을 지나가다가 음식물 부스러기를 보고 바싹 다가와 쑥 집어삼켰다.

아빠는 물고기를 바라보다가 깊고 나직한 목소리로 말했다.

"꼭 전쟁 같구나. 전쟁도 헤엄을 치며 지나가다 먹이를 보면 몸을 바짝 웅크리지. 그리고 순식간에 지구를 집어삼키고 가버린단다."

"윌리엄." 엄마가 아빠를 불렀다.

"미안해."

그들은 조용히 앉아 운하의 물이 차가운 유리처럼 빠르게 흘러가는 모양을 바라보았다. 들리는 소리라고는 웅웅대는 모터 소리와 보트가 물 위를 미끄러지는 소리, 그리고 태양이 공기를 부풀리는 소리뿐이었다.

"화성인은 언제 만나요?" 마이클이 물었다.

"곧 만날 수 있을 거야. 어쩌면 오늘 밤에 만날지도 모르지." 아빠가 말했다.

"하지만, 화성인은 멸종했잖아." 엄마가 말했다.

"아니, 그렇지 않아. 내가 화성인을 보여줄게, 꼭." 아빠가 곧바로 대꾸했다.

티모시는 아빠의 말을 듣고 얼굴을 찌푸렸지만 아무 말도 하지 않았다. 지금 생각해보니 모든 게 이상했다. 휴가며 낚시며 아빠 엄마가 주고받는 표정이며 전부.

동생들은 벌써 손으로 차양을 만들어 이마에 대고 화성인을 찾는답시고 2미터가 넘게 쌓아 올린 운하의 돌둑 방향을 골똘히 바라보고 있었다.

"화성인은 어떻게 생겼어요?" 마이클이 물었다.

"보면 알 거야." 아빠가 웃으며 말했다. 아빠의 뺨에서 맥박이 뛰는 모습이 티모시의 눈에 들어왔다.

엄마는 날씬하고 상냥한 사람으로 황금 실타래 같은 머리를 땋아 왕관처럼 머리 위로 감아올렸고 눈동자는 그늘진 곳을 흘러가는 깊고 차가운 운하처럼 보랏빛에 가까웠으며 그 안에 호박빛 점이 흩뿌려진 듯 박혀 있었다. 엄마의 눈을 들여다보면 어떤 생각들이 오가는지 헤엄치는 물고기처럼 훤히 보였다. 밝은 생각도 어두운 생각도 있었고 빠르고 급한 생각도 느리고 느긋한 생각도 보였으며 가끔 지구 쪽을 올려다볼 때처럼 보랏빛 말고는 아무것도 보이지 않을 때도 있었다. 엄마는 보트 앞쪽에 앉아 한 손을 입가에 대고 다른 한 손은 짙푸른 색 승마바지의 무릎에 올려놓고 있었다. 하얀 꽃처럼 벌어진 블라우스 사이로 햇볕에 그을린 부드러운 목선이 드러났다.

엄마는 뭐가 있나 계속해서 앞을 살피고 있었지만 뚜렷하게 보이는 게 없자 뒤로 돌아 남편을 보았다. 그리고 남편의 눈에 비친 것들을 통해 앞에 무엇이 있는지를 알아챘다. 더욱이 남편의 눈에는 어떤 굳은 결심 같은 것이 서려 있어서 그녀는 마음을 놓고 다시 앞쪽으로 고개를 돌렸다. 이제 무엇을 찾아야 할지 확실히 깨달았다.

티모시도 열심히 앞을 보았다. 그러나 티모시의 눈에 들어온 것이라곤 낮게 침식된 언덕들로 둘러싸인 넓고 얕은 계곡을 통과해 흐르는, 연필로 그린 선처럼 곧게 흐르는 보랏빛 운하뿐이었다. 그 선은 저 멀리 하늘 끝까지 뻗어 있었다. 운하는 손으로 잡고 흔들면 마른 해골 속에 든 딱정벌레처럼 딸깍딸깍 소리를 낼 것 같은 도시들을 지나 끝없이 흘러갔다. 백 개 혹은 이백 개쯤 되는 도시들이 뜨거운 여름 낮의 꿈과 서늘한 여름밤의 꿈을 꾸고 있었다.

티모시 가족은 이번 여행을 위해, 그러니까 낚시를 하려고 수백만 킬로미터를 날아왔다. 그러나 로켓에는 대포가 실려 있었다. 분명히 휴가를 간다고 하고 떠나온 길이었다. 그런데 왜 로켓 근처에 몇 년은 거뜬히 먹을 수 있는 엄청난 양의 식량을 숨겨두고 왔을까? 휴가인데 말이다. 휴가라는 말의 장막 뒤에는 부드럽게 미소 짓는 얼굴이 아니라 뼈가 툭 불거지고 무시무시한 얼굴이 숨어 있을 것만 같았다. 그러나 티모시는 그 장막을 들춰볼 수가 없었고 각각 열 살과 여덟 살인 동생들은 나이에 맞게 노느라 바빴다.

"아무리 찾아도 화성인이 안 보여. 시시해." 로버트는 뾰족한 턱에 양손을 괴고 운하를 노려보았다.

아빠는 손목에 차는 원자라디오를 가져왔다. 이 라디오는 예전 방식으로 작동하는 것으로 귀 옆 뼈에 대고 누르면 진동하면서 노래와 말이 흘러나왔다. 아빠는 지금 라디오를 듣고 있었다. 아빠의 얼굴은 무너진 화성의 도시처럼 푹 꺼지고 까칠하게 마른 게 꼭 죽어가는 사람 같았다.

잠시 후 아빠가 엄마에게 한번 들어보라며 라디오를 건넸다. 엄마가 깜짝 놀라 입을 쩍 벌렸다.

"무슨 일이…?" 그러나 티모시는 하려던 말을 다 마치지 못했다.

그 순간 뼛속까지 흔드는 거대한 폭발이 두 번 일어났고 대여섯 차례의 소규모 진동이 잇따랐다.

아빠는 고개를 홱 쳐들고 곧바로 보트의 속도를 높였다. 보트는 뛰어오를 듯 덜컹거리며 앞으로 내달렸다. 보트의 진동 때문에 움츠려 있던 로버트가 화들짝 깨어났고 마이클은 엄마 다리를 꼭 붙들고 겁을 조금 먹기는 했지만, 여전히 신나는 함성을 질러대며 눈앞으로 쏟아지는 물보라를 지켜보았다.

아빠는 보트의 방향을 바꾸고 속도를 늦추더니 운하의 작은 지류로 들어서 게살 냄새를 풍기고 돌들이 허물어져 가는 먼 옛날의 부둣가로 갔다. 보트가 선창에 격하게 부딪히는 바람에 모두 앞쪽으로 몸이 쏠렸지만, 다행히 다친 사람은 없었다. 아빠는 벌써 몸을 돌려 혹시 운하에 물결이 이는 바람에 가족의 은신 경로가 들키지는 않을지 살펴보았다. 잔물결이 돌들을 감싸고 퍼져 나갔다가 이내 뒤로 물러나며 다시 하나로 합쳐지고 햇빛 아래 얼룩을 그리다가 점차 잠잠해졌다. 곧 물결이 모두 사라졌다.

아빠는 귀를 기울였다. 다른 가족도 귀를 쫑긋 세웠다.

아빠의 숨소리가 차갑게 젖은 부둣가의 돌들을 주먹으로 두드리는 것처럼 메아리쳤다. 그늘 속에서 엄마가 고양이 같은 눈으로 아빠를 쳐다보며 앞으로 어떤 일이 벌어질지 실마리를 찾았다.

잠시 후 아빠는 긴장을 풀고 길게 숨을 내쉬더니 혼자 웃음을 터뜨렸다.

"당연히 로켓이지. 아무래도 내가 지나치게 예민하게 굴었나 봐. 로켓이었는데."

"무슨 일이에요, 아빠? 무슨 일이에요?" 마이클이 물었다.

"아, 방금 우리가 타고 온 로켓을 우리가 폭파한 거야. 별일 아니야." 티모시는 정말로 별일 아니라는 듯이 말했다. "나 전에도 로켓이 폭발하는 소리를 들어본 적이 있어. 우리 로켓도 그냥 터진 거야."

"왜 우리 손으로 우리 로켓을 폭파해요? 네, 아빠?" 마이클이 또 물었다.

"그냥 게임이야, 바보야!" 티모시가 말했다.

"게임이라고?" 마이클과 로버트는 게임이라는 말에 신이 났다.

"아빠가 로켓에 폭파 장치를 해놓았어. 그래야 우리가 어디에 착륙했고 어디로 갔는지 아무도 모를 것 아니야! 누가 우릴 찾으러 오면 안 되니까. 알았어?"

"아아, 그러니까 비밀이구나?"

"내 로켓 소리에 내가 겁을 먹다니." 아빠가 엄마에게 말했다. "내가 정말 과민해진 모양이야. 여기 우리 로켓 말고 다른 로켓이 또 있을 거라고 생각하다니, 정말 바보 같지? 아, 한 대는 있을 수도 있겠다. 에드워즈 부부가 자기네 로켓을 타고 여기 무사히 도착했다면 말이야."

아빠는 다시 작은 라디오를 귀에 갖다 댔다. 약 2분 후 그는 누더기 천이라도 떨어뜨리듯 손을 내렸다.

"결국 끝나버렸군." 아빠가 엄마에게 말했다. "라디오가 원자 광선을 수신하지 못하네. 다른 곳의 기지국들도 전부 사라졌어. 몇 년 사이 두 개로 줄어들었는데, 이제 아예 전파가 잡히질 않아. 아무래도 당분간은 아무 소리도 안 들릴 것 같아."

"얼마나 오래요?" 로버트가 물었다.

"글쎄다. 네 증손자 때나 되면 다시 들을 수 있으려나?" 아빠가 말했다. 아빠는 그 자리에 그대로 앉아 있었고 세 아이는 아빠가 자아내는 두려움과 절망과 체념과 포기의 분위기 한가운데에 빠져 있었다.

마침내 아빠는 보트를 다시 운하로 끌고 갔고 가족은 처음 출발할 때 계획했던 방향으로 계속 보트를 몰고 갔다.

시간이 많이 흘렀다. 벌써 해가 넘어가고 있었고 죽은 도시들이 잇따라 눈앞에 나타났다.

아빠는 아주 나직하고 다정한 말투로 아들들에게 말했다. 예전에는 무뚝뚝하고 어렵고 멀게만 느껴졌던 아빠가 지금은 아이들 머리를 쓰다듬으며 대화를 나누었다.

"마이클, 도시를 하나 골라보렴."

"예?"

"도시 하나를 골라봐. 우리가 지나가는 도시 중에서 아무 데나."

"좋아요." 마이클이 말했다. "그런데 어떻게 골라요?"

"가장 마음에 드는 곳으로 고르면 되지. 로버트하고 티모시 너희도 가장 마음에 드는 도시를 하나씩 골라 보렴."

"저는 화성인이 사는 도시가 좋아요." 마이클이 말했다.

"그럼 너는 그런 도시로 가게 될 거야. 아빠가 약속할게." 아빠의 입은 아이들을 향하고 있었지만, 눈은 엄마를 보고 있었다.

20분 동안 가족은 여섯 개의 도시를 지나갔다. 아빠는 로켓 폭발에 대해서는 아무 말도 하지 않았다. 아들들과 재미있게 놀고 아이들을 행복하게 해주는 게 그 어떤 일보다 더 중요해 보였다.

마이클은 처음 지나쳤던 도시가 마음에 들었지만 다들 너무 성급하게 정하면 좋지 않다고 해서 마음을 접었다. 두 번째 도시는 다들 마음에 들어 하지 않았다. 나무로 지은 지구인의 정착지였는데 목재가 썩어 톱밥처럼 무너지고 있었다. 티모시는 세 번째 도시가 커서 마음에 들었다. 네 번째와 다섯 번째 도시는 너무 작았고 여섯 번째 도시는 모두의 환호를 자아냈다. 엄마도 어머나, 세상에, 저길 봐, 등등 감탄사를 보탰다.

그 도시에는 50~60개의 거대한 건축물이 여전히 서 있었고 거리는 먼지가 잔뜩 쌓여 있었지만 포장이 잘 되어 있었고 광장에는 아직도 간간이 물을 뿜어내는 오래된 분수가 있었다. 분수에 담긴 물이 저녁 햇살을 받아 출렁이고 있었는데, 그 물이 도시의 유일한 생명체였다.

"바로 여기예요!" 다들 한목소리로 말했다.

아빠는 보트를 부두에 대고 훌쩍 뛰어내렸다.

"다 왔다. 이제 여기가 우리의 도시다. 오늘부터 우리가 살 곳이야!"

"오늘부터 쭉 살아요?" 마이클은 어리둥절했다. 그는 일어서서 주위를 둘러보고 다시 로켓이 있던 방향으로 돌아서서 눈을 깜빡였다. "우리 로켓은 어쩌고요? 미네소타 집은 어쩌고요?"

"자." 아빠가 말했다.

아빠는 마이클의 금발머리에 작은 라디오를 대주었다. "들어보렴."

마이클은 귀를 기울였다.

"아무 소리도 안 들려요."

"그래. 아무 소리도 안 들리지. 이제 더 이상 아무 소리도 들리지 않을 거다. 이젠 미니애폴리스도 없고 로켓도 없고 지구도 없단다."

마이클은 아빠의 엄청난 말들을 잠시 생각해보더니 훌쩍훌쩍 울기 시작했다.

"잠깐만. 대신 아빠가 훨씬 더 많은 걸 줄게, 마이클."

"그게 뭔데요?" 마이클은 호기심에 울음을 그쳤지만, 아빠가 또 아까처럼 당혹스러운 말을 한다면 당장에라도 울음을 터뜨릴 작정이었다.

"이 도시를 너에게 줄게, 마이클. 이제부터 이 도시는 네 거야."

"제 거라고요?"

"너랑 로버트랑 티모시 거야. 너희 셋이서 이 도시를 가지렴."

티모시는 보트에서 풀쩍 뛰어내렸다. "얘들아, 이제 여긴 우리 모두의 도시야! 여기 전부가 우리 거야!" 티모시는 지금 아빠와 함께 게임을 하고 있었다. 적극적이고도 능수능란하게 아빠를 거들고 있었다. 나중에 이 상황이 모두 끝나고 안정이 되면 그는 혼자서 잠깐 어디론가 사라져 10분쯤 울다 올지도 모른다. 그러나 지금 당장은 게임을 계속해야 했다. 여전히 가족 소풍을 즐겨야 했다. 동생들이 계속 놀 수 있게 해주어야 했다.

마이클은 로버트와 함께 보트에서 뛰어내렸고 이어서 엄마를 도와주었다.

"여동생을 조심해라." 아빠가 말했지만, 그때는 아무도 아빠 말이 무슨 뜻인지 이해하지 못했다.

가족은 서로 속삭이며 분홍빛 돌로 지은 거대한 도시로 서둘러 들어갔다. 죽은 도시에는 이상한 분위기가 깃들어 있어서 자꾸 서로 목소리를 낮추어 속삭이고 지는 해를 바라보고 싶어졌다.

"한 닷새쯤 지나면 말이다. 아빠가 우리 로켓이 있던 자리로 가서 로켓 잔해 속에 숨겨둔 식량을 가지고 올 거야. 또 에드워즈 부부와 딸들도 찾아볼게."

"딸들이라고요? 몇 명인데요?" 티모시가 물었다.

"네 명."

"나중에 문제가 생길 수도 있겠네." 엄마가 천천히 고개를 끄덕이며 말했다.

"으악, 여자애들이라니." 마이클이 고대 화성인의 석상 같은 얼굴을 하고 말했다. "여자애들이래."

"그들도 로켓을 타고 오나요?"

"그래. 성공한다면 그렇겠지. 하지만 가족용 로켓은 화성이 아니라 달 여행용으로 만든 거란다. 우리가 여기까지 온 것도 굉장한 행운이었지."

"아빠는 로켓을 어디서 구했어요?" 동생들이 앞서 달려가는 것을 보고 티모시가 나직이 속삭였다.

"20년 전에 미리 마련해두었단다. 로켓을 쓸 필요가 전혀 없기를 바라면서도 숨겨두었어. 전쟁 때 정부에게 줘야 하나 싶었지만, 아빠는 늘 화성을 생각해왔거든."

"그리고 소풍도요!"

"그래. 이건 너랑 나만 아는 비밀이야. 아빠는 지난달 지구에서 모든 것이 끝장나는 것을 보고 결국 짐을 쌌단다. 에드워즈도 숨겨둔 우주선이 있었지만 우린 따로 출발하는 편이 더 안전할 거라고 판단했어. 혹시 누구라도 우리를 격추하려고 할지도 모르니까."

"그런데 우리 로켓은 왜 폭발시켰어요, 아빠?"

"그래야 지구로 영원히 돌아갈 수 없잖니. 또 그래야 나쁜 사람들이 화성에 오더라도 우리가 여기 있다는 사실을 모를 테니까."

"그래서 계속 하늘을 올려다본 거예요?"

"그래. 바보 같지? 사실 그들은 영원히 우리를 쫓아올 수 없는데 말이다. 우릴 쫓아올 로켓도 남아 있지 않으니까. 아빠가 너무 지나치게 조심한 거야."

마이클이 뒤돌아 이쪽으로 다시 뛰어왔다. "정말 여기가 우리 도시예요, 아빠?"

"이 행성 전체가 우리 거란다, 얘들아. 이 행성 전체가."

가족은 그 자리에 서서 '언덕의 왕'이나 '둔덕 꼭대기', '탐사한 모든 곳의 지배자', '침범할 수 없는 군주와 대통령' 같은 지명이 붙은 곳을 바라보며 이 세상을 소유하는 게 어떤 뜻인지, 이 세상은 실제로 얼마나 큰지 헤아려보았다.

희박한 대기에 밤이 일찍 찾아왔다. 아빠는 물이 뿜어져 나오는 분수 옆 광장에 가족을 남겨두고 보트로 돌아가 큼직한 두 손 가득 서류 더미를 들고 돌아왔다.

그는 오래된 안뜰의 폐허 위에 종이 더미를 놓고 불을 붙였다. 가족은 불꽃 둘레에 모여 앉아 따뜻한 온기를 쬐었다. 티모시는 불길이 종이를 집어삼킬 때 작은 글자들이 겁먹은 짐승처럼 튀어 오르는 모양을 바라보았다. 종잇장은 늙은이의 피부처럼 쪼그라들었고 불길은 이내 무수히 많은 단어를 에워쌌다.

“정부 채권, 1999년 사업 도표, 종교적 편견에 관한 에세이, 병참학, 범아메리카연합의 문제점, 1998년 7월 3일 주식시황, 전쟁편람….”

아빠가 처음부터 서류 더미를 가져오자고 고집했던 것도 이렇게 불쏘시개로 쓰려고 했던 것이었다. 그는 자리에 앉아 불길에 종이를 한 장 한 장 흡족하게 집어넣으며 아이들에게 서류의 의미를 설명해주었다.

“이제 너희에게 몇 가지 이야기를 들려줄 때가 온 것 같구나. 지금껏 이렇게 많은 일을 비밀로 해서 정말 미안하게 생각해. 너희가 이해할지 모르겠지만, 아주 일부분만 알아듣는다고 해도 이제는 너희에게 말해야겠어.”

그는 불 속에 종이 한 장을 집어 던졌다.

“아빠는 지금 하나의 생활방식을 태우고 있단다. 지금 지구에서 불타 사라지려는 생활방식 말이야. 아빠 말이 정치인처럼 들리더라도 이해해다오. 사실 아빠는 한때 주지사였으니까. 아빠는 정직했고 그 정직함 때문에 사람들의 미움을 샀단다. 지구에서의 삶은 어떤 일을 잘할 수 있게 안정되지 않았어. 과학은 너무 빨리 우리를 앞질러 가버렸지. 사람들은 기계의 황무지에서 길을 잃고 말았다. 마치 예쁘고 신기한 장난감, 헬리콥터, 로켓 같은 것에 푹 빠져버린 어린애들 같았어. 기계를 어떻게 운영할지는 관심도 없고 오직 기계 자체를 중시했단다. 엉뚱한 것에 잘못 집중한 셈이지. 전쟁은 점점 번져서 마침내 지구를 죽이기에 이르렀단다. 그래서 라디오에서 아무 소리도 들리지 않게 된 거야. 우리도 전쟁을 피해 여기로 도망쳐 온 거고.

우린 운이 좋았단다. 이제 로켓은 더 이상 남아 있지 않았거든. 우리가 한가롭게 낚시나 하려고 여기까지 온 게 아니라는 건 이제 너희도 눈치챘을 거야. 아빠는 너희에게 사실대로 말할 때를 계속해서 미뤄왔어. 이제 지구는 없어졌다. 수백 년 동안은 행성 간 여행이 없을 거야. 어쩌면 영영 없을 수도 있고. 그 생활방식은 스스로 틀렸음을 입증했고 제 손으로 자기 목을 졸라버렸다. 너희는 아직 어려. 너희가 완전히 이해할 수 있을 때까지 아빠가 앞으로 매일 이 이야기를 되풀이해줄 거야."

아빠는 잠시 말을 멈추고, 불 속에 종이를 몇 장 더 집어넣었다.

"이제 우리뿐이야. 우리하고 며칠 후 도착할 사람들 몇 명이 전부야. 그 정도면 새로 시작할 수 있단다. 지구에 있던 모든 것에서 등을 돌리고 새로 선을 긋기에 충분할 거야."

아빠의 말이 옳다는 듯 불길이 갑자기 솟구쳤다. 이제 단 한 장만 남기고 종이는 모두 타버렸다. 지구의 모든 법과 신념이 불타 한 줌의 뜨거운 재로 변했고 그나마도 곧바로 바람에 실려 어디론가 날아가버렸다.

티모시는 아빠가 불 속에 던져넣은 마지막 종잇장을 보았다. 세계지도였다. 지도는 불길에 닿자마자 쪼그라들고 구부러지더니 화르르 타올라 따뜻한 검은 나비처럼 휙 날아가 버렸다. 티모시는 고개를 돌렸다.

"자, 이제 아빠가 화성인을 보여줄게. 다들 가보자. 앨리스, 당신도 어서." 아빠는 엄마의 손을 잡았다.

마이클이 큰 소리로 울음을 터뜨리자 아빠가 마이클을 안아 올렸다. 가족은 폐허를 지나 운하 쪽으로 걸어갔다.

운하. 내일이나 모레면 장차 아이들의 신부가 될 아이들이 보트를 타고 올 것이다. 제 엄마 아빠와 함께 깔깔거리며 올 것이다.

가족 주위로 밤이 내려앉았다. 어느새 별이 떴다. 그러나 티모시는 지구를 찾을 수 없었다. 벌써 진 걸까? 생각해볼 일이었다.

가족이 걷는 동안 폐허 사이에서 밤새 한 마리가 울었다. 아빠가 말했다. "엄마랑 아빠는 너희를 가르쳐줄 거야. 어쩌면 실패할지도 모르지만 그러지 않으려고 노력할게. 우린 너희에게 보여주고 가르쳐줄 게 아주 많단다. 우린 오래전부터 이 여행을 준비해왔어. 너희가 태어나기도 전에 말이야. 전쟁이 일어나지 않았더라도 아마 우리는 화성에 왔을 거다. 여기서 우리만의 방식으로 살아갔을 거야. 화성이 지구 문명에 오염되려면 최소한 백 년은 더 있어야 할 거야. 지금은 당연히….”

가족은 운하에 도착했다. 길고 곧게 뻗은 운하가 차갑고 촉촉한 모습으로 밤빛을 반사하고 있었다.

“나는 늘 화성인이 보고 싶었어요. 화성인은 어디 있어요, 아빠? 보여준다고 약속했잖아요.” 마이클이 말했다.

“저기 있네.” 아빠는 마이클을 목말을 태우고 곧바로 아래쪽을 가리켰다.

거기 화성인들이 있었다. 티모시는 부르르 몸을 떨었다.

거기 운하의 물에 화성인들이 비쳤다. 티모시와 마이클과 로버트와 엄마와 아빠가.

화성인들이 가족을 빤히 올려다보았다. 출렁이는 물결 속에서 아주 오랫동안 고요하게….

THE SCREAMING WOMAN

비명 지르는 여자

내 이름은 마거릿 리어리, 나이는 열한 살, 센트럴학교 5학년이다. 나는 외동이고 나에게 별 관심이 없는 걸 빼면 나름대로 괜찮은 엄마 아빠와 함께 산다. 뭐, 어쨌든 우리는 살해당한 여자와는 아무 상관 없이 산다고 생각했었다. 혹은 거의 상관이 없다고.

우리 동네와 비슷한 곳에 사는 사람이라면 총기 사고나 흉기 사용, 암매장, 조금 더 구체적으로 말하면 자기 집 뒷마당에 사람을 묻는 일 같은 끔찍한 사건이 벌어질 수 있다는 생각은 거의 하지 않을 것이다. 아마 그런 일이 실제로 벌어진다 해도 믿지 못할 것이다. 그저 계속해서 토스트에 버터를 바르거나 케이크를 굽겠지.

지금부터 내가 겪은 일을 들려주겠다. 7월 중순의 한낮이었다. 날씨가 더워서 엄마가 심부름을 시켰다. "마거릿, 가게에 가서 아이스크림을 사 오렴. 토요일이라 아빠가 집에 와서 점심을 먹을 거야. 우리 특별히 맛있는 걸 먹자."

나는 집 뒤 공터를 가로질러 달렸다. 깨진 유리병 따위가 나뒹구는 널찍한 공터는 동네 아이들이 야구를 하는 곳이기도 했다. 아이스크림을 사 가지고 돌아가는 길에 아무 생각 없이 걷고 있는데, 갑자기 그 일이 벌어졌다.

웬 여자의 비명이 들려왔다.

나는 걸음을 멈추고 귀를 기울였다.

비명은 땅속에서 들려왔다.

돌멩이와 흙, 유리 조각 아래 한 여자가 묻혀서 누가 와서 자기를 좀 꺼내달라고 끔찍한 비명을 지르고 있었다.

나는 잔뜩 겁을 먹고 그 자리에 그대로 서 있었다. 여자는 목이 졸린 듯한 소리로 계속 비명을 질러댔다.

나는 달리기 시작했다. 넘어졌다가 다시 일어나 또 달렸다. 우리 집 방충망 문으로 들어섰는데, 엄마는 기분 좋게 차분한 모습을 하고 있었다. 우리 집 뒷마당에서 백 미터밖에 떨어지지 않은 곳에서 살아 있는 여자가 땅에 묻혀 죽어가고 있다는 사실을 전혀 모르는 상태였다.

"엄마."

"아이스크림을 들고 서 있으면 어떡하니." 엄마가 말했다.

"하지만, 엄마."

"아이스박스에 넣으렴."

"있잖아요, 엄마. 공터에 비명을 지르는 여자가 있어요."

"손도 씻으렴."

"여자가 계속해서 비명을 지르고 있어요."

"어디 보자, 소금하고 후추가 있어야겠군." 엄마는 가버렸다.

"제 말 좀 들어보세요." 나는 큰 소리로 말했다. "우리가 여자를 파내야 해요. 여자는 어마어마한 흙더미 아래에 묻혀 있어요. 우리가 파내주지 않으면 여자는 숨이 막혀 죽을 거예요."

"그 여자도 점심 식사가 끝날 때까지는 기다려줄 수 있을 거야." 엄마가 말했다.

"엄마, 내 말 못 믿어요?"

"물론 믿지. 이제 가서 손을 씻고 이 고기 접시를 아빠에게 가져다주렴."

"여자가 누구인지 어쩌다 거기 들어가게 됐는지는 몰라요." 내가 말했다. "하지만 너무 늦기 전에 우리가 여자를 도와주어야 해요."

"얘가 왜 이래?" 엄마가 말했다. "아이스크림을 좀 봐. 햇볕 아래 가만히 서서 뭐 하는 거야? 일부러 녹으라고 그러는 거니?"

"하지만 공터에…."

"어서 가. 빨리 뛰어."

나는 식당으로 들어갔다.

"아빠, 안녕하세요. 공터에 비명을 지르는 여자가 있어요."

"비명 안 지르는 여자를 본 적이 없다." 아빠가 말했다.

"농담 아니에요."

"알아, 너 되게 진지해 보여."

"빨리 삽이랑 곡괭이를 가지고 가서 파내야 해요. 이집트 미라를 발굴할 때처럼요."

"고고학자 놀이는 하고 싶지 않다, 마거릿." 아빠가 말했다. "그런 건 선선한 10월에 하자꾸나. 그때는 아빠가 같이 가줄게."

"그때까지 기다릴 수는 없어요." 하마터면 버럭 소리를 지를 뻔했다. 심장이 터질 것만 같았다. 나는 흥분했고 두려웠고 겁이 났는데, 아빠는 접시의 고기를 자르고 입에 넣고 씹으며 내 말에는 조금도 관심을 두지 않았다.

"아빠?"

"응?" 아빠가 고기를 씹으며 대꾸했다.

"점심 다 드시면 밖에 나가서 저를 도와주세요." 내가 말했다. "제 돼지저금통에 있는 돈 다 드릴게요!"

"흐음." 아빠가 말했다. "그러니까 일종의 사업 제안인 거야? 전 재산을 주겠다고 하는 걸 보면 꽤 중요한 일인 모양이구나. 시간당 얼마를 줄래?"

"1년 동안 5달러를 모았어요. 그거 다 줄게요."

아빠가 내 팔을 쓰다듬었다. “아빠, 감동했어. 정말 감동했어. 아빠랑 놀고 싶어서 네 전 재산을 주고 아빠의 시간을 사겠다는 말이잖아. 솔직히 아빠가 그동안 쩨쩨하게 굴었나 싶은데? 하긴 충분히 놀아주지 못한 건 사실이지. 그래, 점심 다 먹으면 밖에 나가서 비명 지르는 여자가 있는지 없는지 들어보자꾸나. 완전 공짜로 해줄게.”

“정말요? 정말이죠?”

“그럼, 진짜고말고.” 아빠가 말했다. “대신 한 가지만 약속해주겠니?”

“뭔데요?”

“밖에 나가기 전에 접시를 깨끗이 비우기로 하자.”

“약속해요.”

“좋아.”

엄마가 들어와 자리에 앉았고 우리는 식사를 시작했다.

“그렇게 허겁지겁 먹으면 어떡하니.” 엄마가 말했다.

나는 먹는 속도를 늦췄다. 그러다가 다시 빨리 먹기 시작했다.

“엄마 말 들었지?” 아빠가 말했다.

“비명 지르는 여자가 있어요. 서둘러야 한다고요.” 내가 말했다.

“아빠는 여기 조용히 앉아서 맑은 정신으로 가장 먼저 스테이크에 다음은 감자에, 그리고 당연히 샐러드에, 그러고 나서 아이스크림에 집중하고 싶구나. 그러고 나면 오래오래 아이스커피를 마실 거야. 물론 네가 괜찮다면. 나는 족히 한 시간은 점심에 쏟고 싶어. 아, 또 한 가지. 식사 도중에 한 번만 더 그 여자, 그러니까 ‘비명 지르는 여자 씨’를 입에 올리면 아빠는 그녀의 공연을 들으려고 너랑 같이 밖에 나가지 않을 거야.”

“알았어요.”

“이해됐니?”

“예.”

점심은 백만 년 정도 걸렸다. 모두 영화 속 느린 동작처럼 움직였다. 엄마는 천천히 일어났다가 천천히 앉았고 포크와 나이프, 숟가락도 천천히 움직였다. 심지어 방 안의 파리들도 천천히 날았다. 아빠의 볼 근육도 천천히 움직였다. 너무 느렸다. 나는 소리를 지르고 싶었다. "서둘러요! 제발! 빨리! 얼른 일어나 밖으로 나가자고요. 달려요, 달려!"

하지만 그럴 수가 없어서 자리를 지키고 앉아 천천히, 아주 천천히 점심을 먹었다. 아무것도 없는 공터에 비명 지르는 여자만 놔두고 온 세상이 점심을 먹고 있었다. 머릿속에 여자의 비명이 들리는 것만 같았다. 으아아아악! 태양은 뜨거웠고 공터는 하늘처럼 텅 비어 있었다.

"자, 다 먹었다." 마침내 아빠가 말했다.

"이제 나가서 비명 지르는 여자를 볼 거죠?" 내가 말했다.

"우선 아이스커피를 마시고." 아빠가 말했다.

"아, 비명 지르는 여자 이야기가 나와서 말인데." 엄마가 불쑥 말했다. "찰리하고 헬렌 부부가 어젯밤 또 싸웠대."

"새로울 게 없는 소식인데?" 아빠가 말했다. "그 사람들 맨날 싸우잖아."

"찰리 그 사람 정말 형편없는 것 같아." 엄마가 말했다. "뭐, 여자도 마찬가지지만."

"아, 나는 여자는 꽤 괜찮아 보이던데?" 아빠가 말했다.

"그거야 당신 편견이지. 당신이랑 그 여자랑 결혼할 뻔했으니까."

"그 이야기가 왜 또 나와? 그 여자랑 딱 6주 약혼했었어."

"그 여자랑 헤어진 걸 보면 당신도 분별력이란 게 있었던 모양이야."

"오, 당신도 헬렌을 좀 아는군. 그녀는 늘 배우가 되고 싶어 안달이었지. 트렁크에 갇혀 여행하는 꿈을 꾸지 않나. 난 그 꼴을 봐줄 수가 없었어. 그래서 헤어졌지. 하지만 다정한 사람이었어. 다정하고 친절했지."

"어쩌자고 찰리 같은 끔찍한 짐승하고 결혼했을까?"

"아빠." 내가 말했다.

"찰리는 욱하는 성질이 있어. 헬렌이 우리 고등학교 졸업연극에서 주인공을 맡았던 거 생각나? 정말 영화배우처럼 예뻤는데. 그녀는 연극에 쓸 노래도 직접 만들었어. 아, 그 여름 나를 위해서도 노래를 만들었지."

"얼씨구!" 엄마가 말했다.

"비웃지 마. 좋은 노래였으니까."

"노래 이야기는 한 번도 하지 않았어."

"헬렌과 나만 아는 노래야. 아, 어떻게 부르는 거였더라?"

"아빠." 내가 말했다.

"당신 딸이나 데리고 공터에나 가보시지." 엄마가 말했다. "저러다가 당신 딸 뒤로 넘어가겠어. 그 환상적인 노래는 나중에 들려주고 말이야."

"그래, 가자." 아빠의 말이 떨어지기 무섭게 나는 집 밖으로 달려 나갔다.

공터는 여전히 비어 있었고, 뜨거웠고, 깨진 초록색, 갈색, 흰색 유리 조각만 여기저기 흩어져 있었다.

"자, 비명 지르는 여자는 어디 있지?" 아빠가 웃으며 말했다.

"깜박 잊고 삽을 놓고 왔어요!" 내가 외쳤다.

"삽은 나중에 가져오면 되지. 일단 솔로 가수의 노래부터 들어보자."

나는 아빠를 현장으로 데려갔다. "들어보세요." 내가 말했다. 우리는 귀를 기울였다.

"아무 소리도 안 들리는데." 마침내 아빠가 말했다.

"쉿." 내가 말했다. "기다려봐요."

우리는 귀를 기울이며 조금 더 기다렸다. "이봐요! 비명 지르는 여자분!"

하늘에 뜬 태양의 소리도 들을 수 있을 것 같았다. 너무나 고요해 나무를 건드리고 지나가는 바람 소리가 들릴 정도였다. 멀리서 버스가 달리는 소리가 들려왔다. 자동차 소리도 들렸다.

그게 전부였다.

"마거릿." 아빠가 말했다. "너 이마에 젖은 수건 좀 얹고 침대에 누워 있어야겠다."

"아깐 분명히 들렸어요!" 내가 외쳤다. "여자가 비명을 지르고, 지르고, 또 지르는 걸 들었어요. 저기 땅을 파낸 흔적도 있잖아요!" 나는 발작하듯 땅바닥을 가리켰다. "저기 아래를 보세요!"

"마거릿. 저긴 어제 켈리 씨가 파낸 자리야. 쓰레기랑 잡동사니를 묻으려고 커다란 구덩이를 팠단다."

"하지만 한밤중에 누군가 켈리 씨의 구덩이를 이용해 여자를 묻었어요. 그리고 다시 그 위를 흙으로 덮었고요."

"흐음. 우리 그만 집에 가서 시원한 물로 샤워나 하자꾸나."

"땅 파는 거 안 도와주실 거예요?"

"여긴 너무 더워서 오래 서 있는 게 안 좋아."

아빠는 집 쪽으로 걸어갔다. 잠시 후 뒷문이 쾅 하고 닫히는 소리가 들렸다.

나는 발로 땅을 굴렀다. "제길."

다시 비명이 시작되었다.

여자는 비명을 지르고 또 질렀다. 어쩌면 여자는 피곤해서 좀 쉬다가 이제야 비명을 지르기 시작했을지도 모른다.

나는 뜨거운 햇살이 내리쬐는 공터에 서서 울고 싶어졌다. 나는 다시 집으로 뛰어가 문을 세게 두드렸다.

"아빠, 다시 여자가 비명을 지르고 있어요!"

"알았다, 알았어." 아빠가 말했다. "제발." 아빠는 나를 위층의 내 방으로 데려갔다. "자." 아빠는 나를 눕게 하고 머리에 차가운 수건을 올렸다. "좀 쉬어라."

나는 울기 시작했다. "아빠, 이러다 여자가 죽으면 어떡해요? 여자는 에드거 앨런 포의 이야기 속 인물처럼 묻혀 있어요. 비명을 계속 지르는데 아무도 들어주지 않는다면 얼마나 무섭겠어요."

"집 밖으로 나가지 마라." 아빠가 걱정스러운 얼굴로 말했다. "오후 내내 여기 누워 있어." 아빠는 나가서 문을 잠가버렸다. 옆방에서 엄마와 아빠가 이야기를 나누는 소리가 들렸다. 잠시 후 나는 울음을 그쳤다. 침대에서 일어나 발끝으로 창가까지 걸어갔다. 내 방은 2층에 있었다. 아래를 보니 까마득히 높아 보였다.

나는 시트를 벗겨 내 침대 기둥에 묶고 창밖으로 늘어뜨렸다. 그리고 발이 땅에 닿을 때까지 창밖으로 기어 내려갔다. 그리고 조용히 차고로 가 삽 두 개를 들고 공터까지 달려갔다. 그 어느 때보다 날이 뜨거웠다. 나는 땅을 파기 시작했다. 그동안에도 여자는 계속 비명을 질렀다.

고된 일이었다. 삽으로 흙을 퍼내고 돌멩이와 유리 조각을 주웠다. 오후 내내 땅을 파도 제시간에 일을 마치지 못할 것 같았다. 어떻게 하지? 달려가서 다른 사람들한테 도와달라고 해야 하나? 하지만 그들도 엄마 아빠처럼 관심을 보이지 않을 것이다. 나는 그냥 혼자서 계속 땅을 팠다.

약 10분 후에 디피가 공터 앞을 지나갔다. 같은 학교에 다니는 내 또래 아이였다.

"안녕, 마거릿."

"안녕, 디피." 나는 숨을 헐떡이며 인사했다.

"뭐 해?"

"땅 파."

"왜?"

"땅속에서 비명 지르는 여자 소리가 들려서 여자를 구하려고."

"내 귀에는 비명이 안 들려." 디피가 말했다.

"앉아서 기다려보면 들릴 거야. 아니면 그냥 나를 도와서 땅을 파든지."

"비명이 안 들리면 땅도 파지 않을 거야."

우리는 기다렸다.

"들어봐!" 내가 외쳤다. "방금 들었어?"

"우와." 디피가 천천히 이해가 된 듯 눈을 빛냈다. "잘한다. 다시 해봐."

"다시 뭘 하라고?"

"비명."

"기다렸다가 같이 들었잖아." 나는 어리둥절해서 말했다.

"다시 해봐." 그는 내 팔을 붙잡고 흔들면서 고집했다. "얼른." 그는 주머니를 뒤져 갈색 유리구슬을 하나 꺼냈다. "다시 하면 이 구슬을 줄게."

이때 땅에서 비명이 흘러나왔다.

"와, 묘기다!" 디피가 말했다. "어떻게 하는지 가르쳐줘." 그는 내가 기적이라도 보여줬다는 듯이 마구 춤을 추었다.

"내가 한 게 아니야." 나는 말했다.

"너 댈러스 마술상점에서 '복화술' 책을 산 거야? 복화술사들이 입속에 넣는다는 주석으로 만든 기구를 단 거야?"

"으… 응." 나는 디피의 도움을 받고 싶어서 거짓말을 했다. "네가 땅 파는 걸 도와주면 나중에 알려줄게."

"와, 대단하다!" 디피가 말했다. "삽 줘."

우리는 함께 땅을 팠다. 간간이 여자가 비명을 질렀다.

"와." 디피가 말했다. "너 발아래에 여자가 정말로 있다고 생각하는 거야? 대단하다, 마거릿." 그리고 말했다. "여자 이름이 뭐야?"

"누구?"

"비명 지르는 여자. 그 여자도 이름이 있을 거 아냐."

"아, 그렇지." 나는 잠깐 생각했다. "이름은 윌마 슈바이거고 아주 부자 할머니야. 아흔여섯 살. 10달러 위조지폐를 만든 스파이크라는 남자가 땅에 묻었어."

"아, 그렇구나!" 디피가 말했다.

"그리고 노파 옆에는 보물도 숨겨져 있어. 나는 무덤 도굴꾼이니까 노파를 파내고 보물을 차지할 거야." 나는 땅을 파느라 숨을 헐떡이며 말했다.

디피는 눈을 갸름하게 뜨고 야릇한 눈빛을 보냈다. "나도 무덤 도굴꾼 하면 안 될까?" 그리고 더 좋은 생각을 떠올렸다. "비명 지르는 여자가 다이아몬드로 덮인 이집트의 옴마나트라 여왕이라고 하자!"

우리는 계속 땅을 파 내려갔다. 나는 반드시 여자를 구출해낼 거라고 생각했다. 계속 파 내려갈 수만 있다면!

"야, 나 좋은 생각이 떠올랐어." 디피가 달려가더니 어디선가 판지 조각

하나를 가져왔다. 그리고 크레용으로 그 위에 뭐라고 썼다.

"계속 파! 여기서 멈추면 안 돼!"

"나 표지판 만들잖아. 보여? 잠의 나라 묘지! 여기에 성냥갑에 넣은 새랑 딱정벌레를 묻을 수 있어. 나는 나비를 찾으러 가야겠다."

"안 돼, 디피!"

"그래야 더 재미있지. 죽은 고양이도 구할 수 있을지 몰라."

"디피, 얼른 삽을 들어! 제발!"

"윽." 디피가 말했다. "나 지쳤어. 집에 가서 낮잠을 좀 자야겠어."

"그러면 안 돼."

"누가 그래?"

"디피, 할 말이 있어."

"뭔데?"

그는 발로 삽을 툭툭 찼다.

나는 그의 귀에 대고 속삭였다. "여기 정말로 여자가 묻혀 있어."

"그야 그렇지." 그가 말했다. "네가 말했잖아, 마거릿."

"넌 내 말을 진짜로 믿지 않잖아."

"어떻게 복화술을 하면서 동시에 땅을 팔 수 있는지 알려줘."

"알려줄 수 없어. 내가 그런 게 아니니까." 내가 말했다. "디피, 봐. 나는 그냥 여기 서 있는데, 네가 듣는 비명은 저기서 나잖아."

비명 지르는 여자가 다시 비명을 질렀다.

"야!" 디피가 말했다. "여기 정말로 여자가 있어!"

"그게 바로 내가 하려던 말이야."

"얼른 땅을 파자." 디피가 말했다.

우리는 20분 동안 땅을 팠다.

"여자는 누구일까?"

"모르겠어."

"넬슨 부인 아니면 터너 부인 아니면 브래들리 부인 같아. 예쁠 것 같아. 머리카락은 무슨 색일까? 서른 살일까, 아흔 살일까, 예순 살일까?"

"땅이나 파!" 내가 말했다.

흙더미가 점점 높아졌다.

"우리가 구해주면 보답을 할까?"

"물론이지."

"1쿼터 정도는 줄까?"

"그보다 더 줄 거야. 1달러는 줄 거다."

디피는 땅을 파면서 말했다. "어떤 마법 책에서 본 적이 있어. 한 인도 사람이 옷도 입지 않고 무덤 속으로 기어들어갔대. 아무것도 먹지 않고 술도 없고 껌도 사탕도 없고 공기도 없는 데서 자그마치 60일 동안이나 잠을 잤대." 디피가 고개를 숙였다. "야, 여기 혹시 라디오가 묻혀 있어서 계속 우릴 땀 빼게 하는 거라면 오싹하지 않아?"

"라디오면 좋지. 우리 것이 될 테니까."

그때 우리 위로 그림자 하나가 덮쳐 왔다.

"이 녀석들! 여기서 뭘 하는 거냐?"

돌아서 보니 공터의 주인 켈리 씨가 서 있었다. "아, 안녕하세요, 켈리 씨."

"이제 너희가 뭘 해야 하는지 알려주마. 당장 저 삽들을 들고 너희가 파낸 흙더미를 다시 구덩이에 되돌려놓아라. 그게 바로 너희가 할 일이다." 켈리 씨가 말했다.

심장이 빠르게 뛰기 시작했다. 나도 비명을 지르고 싶었다.

"하지만, 켈리 씨. 여기 비명 지르는 여자가…."

"관심 없다. 내 귀엔 아무 소리도 안 들린다."

"들어보세요!" 나는 외쳤다.

비명이 들렸다.

켈리 씨는 귀를 기울여보더니 고개를 흔들었다. "아무 소리도 들리지 않아. 얼른 구덩이를 다시 메우고 집으로 돌아가! 발로 차버리기 전에!"

우리는 다시 구덩이를 메웠다. 그동안 켈리 씨는 팔짱을 끼고 서서 우리를 지켜보았다. 여자가 계속 비명을 질렀지만, 켈리 씨는 못 들은 척했다.

일을 다 끝내자 켈리 씨가 발을 쿵 구르며 말했다. "얼른 집으로 돌아가. 여기서 또 내 눈에 띄었다간 혼꾸멍이 날 줄 알아라."

나는 디피에게 돌아섰다. "저 사람이야." 나는 속삭였다.

"뭐가?" 디피가 물었다.

"저 사람이 켈리 부인을 죽였다고. 부인 목을 조른 다음 상자에 넣어서 여기 묻었어. 그런데 부인이 살아난 거야. 그러니까 비명이 들리는데도 그 자리에 서서 못 들은 척하지."

"야, 정말 그러네. 바로 그 자리에 서서 감쪽같이 거짓말을 하고 있어."

"남은 일은 단 하나야." 내가 말했다. "경찰에 연락해서 켈리 씨를 체포하게 하자."

우리는 모퉁이에 있는 가게 전화기로 달려갔다.

5분 후 경찰이 켈리 씨의 집 문을 두드렸다. 디피와 나는 수풀에 숨어 귀를 쫑긋 세웠다.

"켈리 씨?" 경찰관이 말했다.

"예, 무슨 일이시죠?"

"켈리 부인이 집에 있습니까?"

"물론이죠."

"부인을 좀 볼 수 있을까요?"

"물론이죠. 이봐, 애나!"

켈리 부인이 문밖으로 얼굴을 내밀었다. "무슨 일이죠?"

"죄송합니다." 경찰관이 사과했다. "공터에 부인이 묻혀 있다는 신고가 들어왔습니다. 아이가 전화한 거 같았는데, 저희로선 확인을 해봐야 하니까요. 성가시게 해 드려서 죄송합니다."

"이런 못된 놈들." 켈리 씨가 화를 냈다. "녀석들을 잡으면 팔다리를 갈기갈기 찢어놓겠어!"

"으악." 디피가 말했다. 우리는 얼른 달아났다.

"이제 어떡하지?" 내가 말했다.

"나, 집에 갈래." 디피가 말했다. "이제 큰일 났어. 이번 일로 호되게 혼날 거야."

"비명 지르는 여자는 어쩌고?"

"제기랄." 디피가 말했다. "다시는 공터 가까이 가서는 안 돼. 켈리 아저씨가 면도날 가는 가죽끈을 들고 기다리고 있다가 우리를 후려칠 거야. 아, 방금 기억났어, 마거릿. 켈리 아저씨는 귀가 아주 어둡지 않아?"

"오, 맙소사." 내가 말했다. "그러니 당연히 비명이 들리지 않았던 거야."

"나는 간다." 디피가 말했다. "너의 빌어먹을 복화술 때문에 우린 곤란한 지경에 빠지고 말았어. 나중에 보자."

나는 세상에 홀로 남았다. 아무도 나를 도와주지 않았고 내 말을 믿어주지도 않았다. 비명 지르는 여자와 함께 상자 속으로 기어들어가 죽고 싶은 심정이었다. 이제 거짓말을 했다고 경찰까지 나를 쫓고 있었다. 거짓말이라곤 생각지도 않았는데, 아마 아빠도 나를 찾고 있을 것이다. 지금쯤은 내 침대가 비어 있는 걸 발견했을 테니. 이제 내가 할 수 있는 일은 하나뿐이었고 나는 그것을 했다.

나는 공터 근처 집들을 전부 찾아다녔다. 집집마다 벨을 누르고 문이 열리면 말했다. "실례합니다. 그리스월드 부인, 혹시 집에 사라진 사람이 있나요?" 혹은 "안녕하세요, 파이크스 부인. 오늘 근사해 보이시네요. 아주머니가 집에 있는 걸 보니 기뻐요." 일단 그 집의 부인이 있는 걸 보면 예의 바르게 잠시 대화를 나누고 다음 집으로 건너갔다.

착착 진행되었다. 시간이 점점 늦어졌다. 나는 계속 생각했다. 제발 저 땅속 상자에 공기가 충분하기를! 서두르지 않으면 여자는 질식할 것이다! 그래서 벨을 누르고 문을 두드리느라 시간은 더 늦어졌다. 그냥 포기하고 집에 가려다가 마지막으로 우리 집 바로 옆에 있는 찰리 네스빗 씨가 사는 집 문을 두드렸다. 나는 계속 두드리고 또 두드렸다.

아빠가 말했던 헬렌 네스빗 부인 대신 문을 열어준 사람은 찰리 네스빗이었다.

"오. 마거릿이구나." 그가 말했다.

"예, 안녕하세요."

"그래, 무슨 일이니, 꼬마야?"

"저, 네스빗 부인을 좀 만나보고 싶어서요."

"이런."

"부인을 볼 수 있을까요?"

"아, 가게에 갔단다."

"기다릴게요." 나는 말하고 그를 지나쳐 집 안으로 들어갔다.

"얘야."

나는 의자에 앉았다. "오, 정말 더운 날이에요." 나는 공터 아래 상자 속에서 점점 빠져나갈 공기와 점점 약해질 비명을 생각하며 침착하려고 노력했다.

"얘야, 내 말을 좀 들어봐." 찰리가 내 쪽으로 다가오며 말했다. "기다리지 않는 게 좋을 것 같구나."

"왜요?"

"아내는 돌아오지 않을 거야."

"그래요?"

"오늘은 돌아오지 않는다는 말이지. 내가 말한 대로 가게에 가기는 했지만, 가게에서 곧바로 어머니 집에 가기로 했거든. 슈넥터디에 있는 어머니 집에 갔다가 이틀이나 사흘 뒤에야 돌아올 거다. 일주일 후에 올 수도 있고."

"아, 유감이네요."

"왜?"

"제가 아주머니한테 꼭 하고 싶은 말이 있었거든요. 저기 공터에 어떤 여자가 어마어마한 흙더미 밑에 깔려서 계속 비명을 지르고 있다고요."

찰리는 피우던 담배를 떨어뜨렸다.

"담배를 떨어뜨리셨네요, 아저씨?" 나는 구두 끝으로 담배를 가리켰다.

"아, 그랬니? 아, 그랬구나." 그는 중얼거렸다. "헬렌이 집에 오면 네 이야기를 전해주마. 아마 좋아할 거다."

"고맙습니다. 근데 진짜 여자예요."

"그걸 어떻게 아니?"

"제가 비명을 들었거든요."

"내 말은 거기 묻힌 게 맨드레이크 뿌리가 아닌 줄 어떻게 아느냔 말이야."

"그게 뭔데요?"

"아, 맨드레이크는 식물인데, 비명을 지른단다. 아저씨도 언젠가 책에서 읽었어. 그런데 너는 그게 맨드레이크 뿌리가 아닌 줄 어떻게 알지?"

"그 생각은 한 번도 못 해봤는걸요."

"그럼 한번 생각해보는 게 좋겠다." 그는 아무렇지 않은 척 보이려고 애쓰며 또 다른 담배에 불을 붙였다. "꼬마야. 혹시 이 이야기를 누구한테라도 했니?"

"그럼요. 많은 사람한테 했죠."

찰리는 성냥불에 손가락을 데었다.

"그래서 누가 나서기라도 했니?" 찰리가 물었다.

"아니요. 아무도 제 말을 믿지 않아요."

그가 웃었다. "당연하지. 물론 그럴 거야. 누가 한낱 꼬마의 말에 귀를 기울이겠니?"

"저는 이제 그만 공터에 가서 삽으로 여자를 파내야겠어요."

"잠깐 기다려라."

"그만 가야겠어요."

"조금만 더 있다가 가렴."

"고맙지만, 가야겠어요." 나는 미친 듯이 말했다.

그는 내 팔을 붙잡았다. "카드놀이 할 줄 아니, 꼬마야? 블랙잭 말이야."

"예."

그는 책상에서 카드 다발을 꺼냈다. "우리 게임 하자."

"저 가서 땅 파야 해요."

"시간은 많단다." 그는 조용히 말했다. "어쨌든 내 아내는 집에 돌아올 거야. 확실해. 그러니 너도 아내를 기다리렴. 잠깐만 기다리면 된다."

"부인이 돌아올 거라고요?"

"물론이지. 그런데 그 비명 말이다, 그렇게 컸니?"

"점점 작아지고 있어요."

찰리는 한숨을 내쉬고 빙그레 웃었다. "우리 게임을 하자. 블랙잭 게임을 하자. 비명 지르는 여자보다 훨씬 재밌을 거다."

"그만 갈래요. 늦었어요."

"여기 있으렴. 할 일도 없잖니."

나는 그가 무슨 수작을 벌이려는지 알 수 있었다. 비명 지르는 여자가 죽을 때까지 나를 자기 집에 붙잡아두려는 생각이었다. 내가 여자를 돕지 못하게 막을 심산이었다. "10분 후면 아내가 돌아올 거야." 그가 말했다. "틀림없어. 10분이면 된다. 여기 가만히 앉아서 기다리렴."

우리는 카드놀이를 했다. 시계가 째깍째깍 소리를 내며 돌아갔다. 하늘 너머로 해가 졌다. 시간이 늦어지고 있었다. 마음속에서 비명이 점점 작아졌다. "저 갈래요." 내가 말했다.

"한 판만 더 하자." 찰리가 말했다. "한 시간만 더 기다리렴, 꼬마야. 아내가 올 거야. 기다려."

한 시간이 지나자 그는 손목시계를 들여다보았다. "자, 이제 집에 가도 될 것 같다, 꼬마야." 그래서 나는 그의 계획이 뭔지 알았다. 한밤중에 몰래 집 밖으로 나가 아직 살아 있을지도 모르는 아내를 파내서 다른 곳에 옮겨 묻으려는 수작이었다. "잘 가라, 꼬마야. 잘 가." 그는 나를 놓아주었다. 아마 지금쯤은 상자 안에서 공기도 다 빠져나갔을 거라고 생각했을 것이다.

얼굴 바로 앞에서 문이 닫혔다.

나는 공터 근처로 돌아가 수풀에 숨었다. 이제 어떡하지? 가족에게 말할까? 하지만 엄마 아빠는 내 말을 믿어주지 않았다. 경찰에 전화해서 찰리 네스빗 씨를 신고할까? 그는 아내가 다른 곳에 갔다고 말할 테고, 아무도 내 말을 믿어주지 않을 것이다!

켈리 씨 집을 보았다. 그는 보이지 않았다. 나는 비명 지르는 여자가 있던 자리로 달려가 그 위에 섰다.

비명은 멈춰 있었다. 너무 조용해 다시는 비명이 들리지 않을 것 같았다. 모든 게 끝났다. 너무 늦어버렸다.

나는 허리를 숙이고 땅에 귀를 갖다 댔다.

그리고 들었다. 저 멀리 깊은 곳에서, 너무나 희미해 거의 들리지 않는 것 같은 가느다란 소리를.

"어여쁜 당신을 사랑했네, 살가운 당신을 사랑했어." 이런 노래였다.

구슬픈 노래였다. 노래는 아주 희미하게 이어지다 곧 끊겼다. 땅속 상자 안에서 몇 시간을 보내고 나서 여자는 미쳐버린 게 틀림없었다. 여자에겐 공기와 음식이 필요했다. 그런데도 더는 비명을 지르지도 않고, 신경 쓰지도 않고, 계속 노래를 할 뿐이었다.

나는 노래에 귀를 기울였다.

그리고 몸을 돌려 곧바로 공터를 가로질러 우리 집으로 갔다.

"아빠." 내가 말했다.

"너 왔구나!" 아빠가 외쳤다.

"아빠."

"너 이 녀석 혼날 줄 알아."

"여자가 더 이상 비명을 지르지 않아요."

"아직도 그 이야기냐?"

"이제 노래를 부르고 있어요." 내가 외쳤다.

"거짓말 그만해!"

"아빠." 내가 말했다. "여자는 거기 있어요. 아빠가 내 말을 들어주지 않으면 여자는 곧 죽을 거예요. 여자는 거기서 노래를 부르고 있어요. 이런 노래를요." 나는 곡조를 흥얼거렸다. 가사도 몇 줄 불렀다. "어여쁜 당신을 사랑했네, 살가운 당신을 사랑했어."

아빠의 얼굴이 하얗게 질려갔다. 아빠가 다가와 내 팔을 붙잡았다.

"너 방금 뭐라고 했냐?"

나는 다시 그 노래를 불렀다. "어여쁜 당신을 사랑했네, 살가운 당신을 사랑했어."

"그 노래 어디서 들었어?" 아빠가 고함쳤다.

"방금 공터에서요."

"그건 헬렌 노래야. 오래전 나를 위해 직접 만든 노래라고!" 아빠가 외쳤다. "네가 그 노래를 알 리가 없어! 헬렌하고 나 말고는 아무도 몰라. 지금껏 아무한테도 그 노래를 들려준 적이 없다."

"물론이죠."

"맙소사!" 아빠가 집 밖으로 달려 나가 삽을 챙겨 들었다. 내가 목격한 마지막 모습은 아빠가 다른 사람들과 함께 공터에 가 열심히 땅을 파는 모습이었다.

나는 너무 행복해 울고 싶어졌다.

디피에게 전화를 걸었다. "디피, 안녕. 다 잘됐어. 모든 일이 잘 해결됐어. 비명 지르는 여자는 더는 비명을 지르지 않아."

"잘됐다." 디피가 말했다.

"2분 후에 삽을 들고 공터에서 만나자." 내가 말했다.

"좋아. 늦게 온 사람 원숭이! 이따 봐." 디피가 외쳤다.

"이따 봐, 디피!" 나는 말하고 달려 나갔다.

THE SMILE

미소

서리 내린 시골 마을, 멀리서 수탉이 울고 있지만 아직 아궁이에 불기는 없는 이른 새벽 5시에 마을 광장에는 일찍부터 사람들이 모여 줄을 서고 있었다. 주변의 황폐한 건물 사이로 안개가 자욱했지만, 아침 7시 새로 해가 돋아나면서 안개가 걷히기 시작했다. 길을 따라 사람들이 둘씩 셋씩 짝을 지어 점점 더 많이 모여들고 있었다. 오늘은 장이 서는 날, 축제의 날이었다.

맑은 아침 공기 속에서 큰 소리로 대화를 나누는 두 사내 뒤쪽으로 작은 소년이 하나 서 있었다. 추위 때문인지 사내들의 목소리는 곱절은 더 크게 들리는 것 같았다. 작은 소년은 발을 구르고 발갛게 터진 두 손에 입김을 불어 넣으며 더러운 마대자루로 만든 옷을 입은 사내들을 올려다보았다가 앞쪽에 긴 줄을 서 있는 남자들과 여자들을 바라보았다.

"이봐, 꼬마야. 이렇게 이른 시간에 뭐 하는 거냐?" 소년 뒤에 서 있던 남자가 물었다.

"자리를 맡아 놓으려고요. 제 자리요." 소년이 말했다.

"그냥 좀 빠져서 다른 사람에게 자리를 양보하면 좀 좋으냐?"

"내버려 둬." 앞에 서 있던 사내가 불쑥 뒤돌아보며 말했다.

"농담이야." 뒤쪽의 남자가 소년의 머리에 손을 얹었다. 소년은 차갑게 그 손을 뿌리쳤다. "어린애가 이렇게 일찍부터 밖에 나와 있는 게 이상해서 그랬어."

"이 아이는 예술품의 진가를 아는 게지. 어디 한번 보라고." 소년을 지켜주었던 사내가 말했다. 그의 이름은 그릭스비였다. "이름이 뭐냐, 꼬마야?"

"톰이요."

"톰, 이렇게 일찍부터 나와 줄을 서 있는 건 아주 정확하고 깔끔하게 침을 뱉기 위해서가 아니냐?"

"물론이죠!"

웃음이 줄을 타고 멀리 퍼졌다.

앞쪽에는 이가 빠진 컵에 뜨거운 커피를 담아 파는 남자가 있었다. 톰은 녹슨 냄비 속에서 부글부글 끓는 커피와 작고 뜨거운 불꽃을 보았다. 그것은 진짜 커피가 아니었다. 마을을 지나면 나오는 목초지에서 자라는 나무 열매로 만든 것이었다. 배 속이나 따뜻하게 하라고 한 잔에 1페니씩 받고 팔았지만 사 마시는 사람이 많지 않았다. 돈 있는 사람이 별로 없었기 때문이다.

톰은 고개를 쭉 빼고 줄 앞쪽을 바라보았다. 줄은 폭격으로 무너진 돌담 너머까지 이어져 있었다.

"여자가 웃고 있다면서요?" 소년이 물었다.

"그럼, 웃고 있지." 그릭스비가 말했다.

"캔버스에 유화로 그려졌다면서요?"

"그래. 하지만, 그래서 진품이 아니라는 생각도 든단다. 진품은 아주 오래전 나무 위에 그렸다고 들었거든."

"4백 년이나 되었다면서요?"

"아마 더 됐을 거야. 사실 올해가 몇 년인지 정확히 아는 사람도 없단다."

"2061년이에요!"

"흔히들 그렇게 말하지. 다 거짓말이야. 내가 알기론 3000년일 수도 있고 5000년일 수도 있어. 이곳은 한동안 끔찍할 정도로 엉망이었거든. 지금 남은 거라곤 부스러기 조각들뿐이야."

사람들은 거리의 차가운 돌무더기를 따라 발을 질질 끌며 갔다.

"여자를 보려면 얼마나 더 기다려야 해요?" 톰이 불안한 기색으로 물었다.

"금방이면 돼. 사람들이 네 개의 놋쇠 기둥과 벨벳 끈으로 옛날 사람들이 하듯이 깔끔하게 세워놓았다는구나. 아, 돌멩이는 안 된다, 톰. 여자에게 돌멩이를 던지면 안 돼."

"예."

해가 하늘 높이 떠올라 열기를 뿌려대자 남자들은 더러운 외투며 기름때 묻은 모자를 벗었다.

"그런데 왜 다들 줄을 서 있는 거죠? 왜 침을 뱉으려고 온 거예요?" 마침내 톰이 물었다.

그릭스비는 소년을 내려다보지도 않고 태양을 가늠해보았다. "그야 여러 가지 이유가 있겠지." 그는 자기도 모르게 오래전에 떨어져 버린 주머니를 뒤지며 있지도 않은 담배를 찾았다. 톰은 벌써 여러 차례 그릭스비의 그런 몸짓을 보았다. "톰, 그건 미움과 관계가 있단다. 과거의 모든 것을 향한 미움이지. 어쩌다가 우리가 이 꼴이 되어버렸는지, 왜 도시는 쓰레기 더미가 되었고 도로는 폭격을 맞아 울퉁불퉁해졌는지, 왜 옥수수밭은 밤마다 방사능으로 번들거리는지. 모든 게 엉망진창 쓰레기 더미가 되어버리지 않았니?"

"그래요."

"그래서 여기 모였단다. 우리를 무너뜨리고 망쳐버린 모든 것을 미워하려고. 그게 사람의 본성이야. 별로 깊이는 없지만 그게 인간의 본성인 게지."

"우리가 미워하지 않는 것은 거의 없어요." 톰이 말했다.

"맞아! 이 세상을 움직이며 과거에 번창하던 모든 이들을 미워하지. 우리는 뱃가죽이 등에 들러붙을 정도로 굶주린 채 동굴 속에서 추위에 떨며 담배도 못 피우고 술도 못 마시고 살다가 목요일 아침에야 여기 모였잖니. 바로 우리의 축제, 우리들의 축제를 위해서 말이다, 톰."

톰은 지난 몇 년간의 축제를 생각했다. 광장에 모여 모든 책을 찢어발기고 불에 태우고 다들 웃고 떠들며 술을 마셨던 해를. 한 달 전 과학 축제 때는 마지막으로 남은 자동차를 끌고 와서 제비뽑기로 당첨된 행운의 사나이가 대형쇠망치로 자동차를 실컷 때려부쉈다.

"그때 일을 기억하니? 기억해? 나는 자동차 앞유리를 때려 부쉈단다. 오오, 정말 멋졌어! 와장창 소리가 났거든!"

톰은 반짝이는 유리 파편이 수북하게 떨어지는 소리를 들었었다.

"빌 헨더슨은 엔진을 부쉈단다. 오, 그는 정말 그 일을 말끔하게 해치웠지. 대단히 효율적으로 말이야. 와장창! 하지만 뭣보다 최고는 말이다…." 그릭스비는 그때를 회상하며 말했다. "비행기를 만들고 있던 공장을 부숴버렸을 때야. 오오, 공장을 깨끗이 날려버렸을 때의 그 기분이라니! 그리고 신문사와 탄약고를 찾아내 함께 폭파해버렸단다. 이해가 되니, 톰?"

톰은 어리둥절했다. "그런 것 같아요."

정오가 되었다. 뜨거운 열기 속에서 황폐한 도시의 악취가 코를 찔렀고 무너진 건물 사이로 온갖 잡동사니가 널려 있었다.

"과거로 되돌아갈 수는 없을까요?"

"뭐가? 문명 말이냐? 그건 아무도 원하지 않아. 나도 원하지 않고!"

"나는 조금은 참을 수 있을 것 같아." 뒤쪽에 서 있던 또 다른 남자가 말했다. "문명에도 아름다운 면이 조금은 있었다고."

"바보 같은 소리 집어치워." 그릭스비가 소리쳤다. "그럴 여유가 어딨어."

"아아." 그 남자 뒤의 또 다른 남자가 말했다. "언젠가는 상상력이 풍부한 사람이 나타나 다시 문명을 완성할 거야. 틀림없어. 따뜻한 마음을 가진 어떤 사람이 나타날 거라고."

"아니야." 그릭스비가 말했다.

"맞아. 예쁜 것들을 볼 수 있는 영혼을 가진 자가 나타날 거야. 어느 정도는 우리에게 되돌려줄 거야. 평화롭게 살 수 있는 그런 문명 말이지."

"무엇보다 문명에는 전쟁이 있다는 걸 알아둬!"

"하지만 다음 문명은 다를지도 몰라."

마침내 그들은 광장 가운데에 섰다. 말을 탄 남자가 저 멀리서 마을로 들어서고 있었다. 그는 손에 종이 한 장을 쥐고 있었다. 광장 한가운데에 밧줄로 막아놓은 구역이 있었다. 톰과 그릭스비를 비롯한 사람들은 입속에 침을 모으며 앞으로 나갔다. 마음의 준비를 하고 눈을 부릅뜨고 앞으로 움직였다. 톰은 심장이 갑자기 세게 뛰는 것을 느꼈다. 맨발에 땅의 열기가 느껴졌다.

"자, 톰, 뱉자꾸나!"

밧줄로 쳐놓은 네 귀퉁이마다 경찰관이 한 명씩 서 있었다. 군중에게 위엄을 보이려는 듯 손목에 노란색 매듭 장식이 달렸다. 경찰은 돌멩이를 던지지 못하게 하려고 서 있었다.

"자, 이렇게 하는 거야." 마지막 순간에 그릭스비가 말했다. "누구나 기회가 있는 법이다. 자, 톰, 지금이야!"

톰은 그림 앞에 서서 한동안 그것을 바라보았다.

"톰, 침을 뱉어!"

소년의 입은 바짝 말라 있었다.

"자아, 톰, 어서!"

"하지만." 톰이 천천히 말했다. "저 여자는 아름다워요!"

"그럼, 내가 대신 뱉어주마." 그릭스비가 침을 뱉자 침이 미사일처럼 햇빛 속을 날아갔다. 초상화 속의 여자는 고요하게, 은밀하게, 톰을 향해 미소를 짓고 있었다. 여자를 바라보는 소년의 심장이 뛰었고 귓가에는 음악이 들려오는 것만 같았다.

"저 여자는 정말 아름다워요." 소년이 말했다.

"자, 경찰이 오기 전에 어서…."

"주목!"

줄 선 사람들이 조용해졌다. 얼른 앞으로 움직이지 않는다고 톰을 꾸짖던 사람들도 모두 말 탄 남자를 돌아보았다.

"저걸 뭐라고 부르나요, 아저씨?" 톰이 조용히 물었다.

"저 그림 말이냐? 아마 〈모나리자〉일 거다. 그래, 〈모나리자〉야."

"여러분!" 말 탄 남자가 말했다. "당국은 오늘 정오를 기해 이 광장에 있는 그림을 시민 여러분 손에 넘기기로 했소. 따라서 여러분은 이 그림을 파괴하는데 나서…."

톰이 소리를 지를 틈도 없이 군중이 그를 밀치고 마구 소리를 지르고 주먹을 휘두르며 그림 쪽으로 우르르 몰려갔다. 날카롭게 찢어지는 소리가 들렸다. 경찰은 달아나버렸다. 군중은 마구 고함을 지르면서 굶주린 새 떼처럼 손으로 그림을 쪼아댔다. 톰은 자기도 모르게 부서진 그림을 향해 손을 뻗었다. 아무 생각 없이 다른 사람들처럼 손을 뻗었다가 기름이 묻은 캔버스 조각을 확 낚아채고 캔버스의 질감을 느끼자마자 바닥에 쓰러졌다. 성난 군중은 소년을 걷어차고 무리 바깥으로 몰아냈다. 옷이 찢어지고 피투성이가 된 소년은 나이 든 여인들이 캔버스 조각을 이로 물어뜯고 사내들이 액자를 부수고 누더기가 된 천 조각을 발로 차며 색종이 조각처럼 잘게 찢는 것을 보았다.

오직 톰만이 들썩이는 광장에 조용히 떨어져 서 있었다. 그는 제 손을 내려다보았다. 손은 캔버스 조각을 꼭 움켜쥐고 가슴에 대고 있었다.

"톰, 여기 있었구나!" 그릭스비가 외쳤다.

톰은 아무 말도 하지 않고 흐느껴 울며 달려갔다. 광장 밖으로 달려나가 폭탄으로 구덩이가 파인 도로를 달려 들판으로 갔다. 얕은 개울을 건너 뒤 한 번 돌아보지 않고 주먹 쥔 손을 외투 아래에 숨기고 달렸다.

해 질 무렵 소년은 작은 마을에 도착했는데, 그 마을도 그대로 지나쳤다. 9시에 그는 황폐한 농가로 들어섰다. 집 뒤쪽의 절반은 사료 창고였고 그곳엔 아직도 사료가 남아 쌓여 있었다. 소년은 아버지, 어머니, 형제들이 자는 소리를 들었다. 소년은 재빨리 작은 문을 열고 조용히 안으로 들어가 숨을 헐떡이며 자리에 누웠다.

"톰이냐?" 어둠 속에서 어머니의 목소리가 들렸다.

"네."

"어딜 다녀온 거냐?" 아버지가 잘라 말했다. "아침에 일어나면 맞을 줄 알아라."

누군가 소년을 발로 찼다. 잠자리가 좁아 구석으로 몰린 동생이었다.

"자라." 어머니가 희미한 목소리로 말했다.

또 누군가 소년을 걷어찼다.

톰은 숨을 고르며 누워 있었다. 사위가 고요했다. 그는 주먹을 가슴에 굳게 가져다 댔다. 이렇게 반 시간쯤 눈을 감고 누워 있었다.

이윽고 뭔가가 느껴졌다. 차갑고 희끄무레한 빛이었다. 달이 아주 높이 떠올라 사료 창고를 지나 네모난 빛 조각을 톰의 몸에 천천히 부려놓았다. 옆에서 자는 사람들의 숨소리에 귀를 기울이며 소년은 아주 천천히 조심스럽게 손을 앞으로 내밀었다. 그는 머뭇거리며 숨을 한 번 들이마시고 잠시 기다렸다가 주먹 쥔 손을 펴서 조그만 캔버스 그림 조각을 펼쳤다.

달빛 아래 온 세상이 잠들어 있었다.

소년의 손에는 '미소'가 있었다.

그는 한밤중 하늘에서 내려온 하얀 빛 속에서 그것을 보았다. 그리고 여러 차례 조용히 속으로 말했다. 미소야, 사랑스러운 미소.

한 시간 후 그림 조각을 조심스럽게 접어 숨긴 후에도 그는 여전히 그것을 볼 수 있었다. 눈을 감아도 어둠 속에 미소가 그대로 떠올랐다. 소년이 잠들어 세상이 고요하게 가라앉고 달이 아침을 향해 차가운 하늘을 천천히 가로지르는 동안에도 그것은 여전히 거기 머물렀다. 따뜻하고 다정하게.

DARK THEY WERE, AND GOLDEN-EYED

검은 얼굴, 금빛 눈동자

로켓의 쇳덩이가 초원의 바람을 맞아 차갑게 식었다. 뚜껑이 펑 소리를 내며 불쑥 열렸다. 시계처럼 생긴 곳에서 남자 한 사람과 여자 한 사람, 아이들 셋이 걸어 나왔다. 다른 승객들은 남자와 가족을 거기 남겨두고 화성의 풀밭 위를 사각사각 걸어 사라졌다.

남자는 머리카락이 펄럭이고 신체 조직이 진공 속에 서 있을 때처럼 바짝 긴장하는 게 느껴졌다. 앞에 선 아내는 거의 연기처럼 하늘로 피어올라 사라질 것만 같았다. 작은 씨앗 같은 아이들은 언제라도 화성의 풍토에 뿌려질 수 있을 것 같았다.

아이들은 마치 지금이 몇 시쯤인가 하고 태양을 올려다볼 때처럼 남자를 올려다보았다. 남자의 얼굴은 냉랭했다.

"왜 그래?" 아내가 물었다.

"로켓을 타고 돌아가자."

"지구로 돌아가잔 말이야?"

"그래! 저 소리를 들어봐!"

바람이 그들을 가루로 만들어버릴 기세로 불고 있었다. 화성의 공기는 언제라도 그의 영혼을 앗아갈 수 있었다. 마치 하얀 뼈에서 골수를 뽑아가듯이. 그는 지성을 녹이고 과거를 태워버릴 수 있는 화학약품 속에 푹 잠겨 있는 기분이었다.

그들은 세월의 압력에 짓눌리고 시간에 닳고 닳은 화성의 언덕을 둘러보았다. 초원에 사라져버린 옛 도시들을 보았다. 폐허는 어린아이의 가냘픈 뼈처럼 바람 부는 풀밭 사이에 누워 있었다.

"가슴을 펴, 해리." 아내가 말했다. "너무 늦었잖아. 우린 이미 9천6백만 킬로미터를 날아왔어."

노랑머리 아이들은 깊은 돔 같은 화성의 하늘을 향해 소리를 질렀다. 그러나 돌아오는 대답은 없고 빳빳한 풀을 헤치고 지나가는 새된 바람 소리만 들렸다.

그는 차가워진 손으로 짐을 들어 올렸다. "가자." 그는 마치 물에 뛰어들어 죽을 작정으로 바닷가에 서 있는 사람 같았다.

그들은 마을을 향해 걸었다.

가족의 성은 비터링이었다. 해리 비터링과 아내 코라 비터링, 아이들은 댄과 로라, 데이비드였다. 그들은 작고 하얀 오두막을 짓고 거기서 아침을 먹었지만, 불안은 조금도 가시지 않았다. 불안은 늘 비터링 부부 곁에 머물렀고, 한밤중 대화를 나눌 때나 매일 새벽 잠에서 깨어날 때 불청객처럼 불쑥 찾아왔다.

"산속에 있다가 바다까지 씻겨 내려온 소금 결정이 된 기분이야. 우린 여기 사람이 아니야. 우리는 지구인이고 여긴 화성이야. 여긴 화성인이나 살기 좋은 곳이지. 제발, 코라, 우리 집으로 돌아갈 표를 사자!"

그러나 코라는 고개만 저을 뿐이었다. "언젠가 지구에는 원자폭탄이 떨어질 거야. 그러면 여기가 더 안전해."

"안전하게 있다가 미쳐버리겠지!"

시계가 노래했다. '째깍째깍 일곱 시예요, 일어날 시간이에요.' 가족은 일어났다.

무엇 때문인지 그는 매일 아침 따뜻한 난로며 화분에 심어놓은 핏빛 제라늄 따위를 마치 뭔가 잘못되길 기대하는 듯 꼼꼼하게 살폈다. 오전 6시, 지구 로켓이 가져다주는 아침 신문은 갓 구운 토스트처럼 따뜻했다. 그는 신문 포장을 뜯고 아침 식탁에 비스듬하게 세워놓았다. 그는 억지로 쾌활한 척했다.

"여기저기서 식민지 시대가 다시 시작되고 있어." 그는 말했다. "10년만 지나면 화성에 사는 지구인도 백만 명은 되겠군. 대도시가 생겨나고 온갖 것들이 생길 거야! 사람들은 우리 보고 실패할 거라고 했지. 우리가 침공하면 화성인이 분개할 거라고. 하지만 화성인을 한 명이라도 본 적 있어? 한 명도 없었지! 텅 빈 도시는 발견했지만, 거긴 아무도 없었어. 그렇지?"

바람이 강물처럼 집을 집어삼켰다. 창문 덜컹거리는 소리가 멈추자 해리는 음식을 삼키고 아이들을 바라보았다.

"난 모르겠어요." 아들 데이비드가 말했다. "어쩌면 우리가 보지 못하는 곳 어딘가에 화성인들이 있을지도 모르죠. 가끔 밤이면 발소리가 들리는 것만 같거든요. 바람 소리가 들리고 모래가 내 방 창을 두드리면 오싹 겁이 나요. 오래전 화성인들이 살았던 산속 마을들을 보면 거기 뭔가 움직이는 것만 같아요, 아빠. 화성인들은 우리가 여기 사는 걸 싫어할지도 몰라요. 우리가 여기 왔다고 우릴 향해 무슨 짓을 하려 들지도 모르죠."

"말도 안 되는 소리!" 해리는 창밖을 내다보았다. "우린 깨끗하고 점잖은 사람들이야." 그는 아이들을 보았다. "죽은 도시에는 유령 같은 게 있단다. 다시 말해 기억이지." 그는 물끄러미 언덕 쪽을 보았다. "계단이 보이면 화성인들은 어떻게 저 계단을 올랐을까 생각하게 되지. 화성인의 그림을 보면 화가는 어떤 모습을 하고 있었을까 떠올리게 되고. 그렇게 우리 마음에 작은 유령을 만든단다. 기억 말이지. 그건 꽤 자연스러운 일이야. 그게 바로 상상력이란다." 그는 잠시 말을 멈추었다. "너흰 아직 저

폐허를 돌아 다녀본 적이 없지?"

"없어요, 아빠." 데이비드가 제 구두를 내려다보며 말했다.

"거긴 절대로 가서는 안 된다. 잼 좀 주겠니?"

"하지만." 어린 데이비드가 말했다. "전 무슨 일이 생길 것 같은 기분이 들어요."

바로 그날 오후 무슨 일이 생겼다.

로라가 울부짖으며 정착지로 달려왔다. 아이는 앞도 보지 않고 포치로 뛰어올랐다.

"엄마! 아빠! 전쟁이 났대요! 지구에요!" 로라는 흐느껴 울었다. "방금 라디오 속보를 들었어요. 뉴욕에 원자폭탄이 떨어졌대요! 우주 로켓이 전부 폭파되었대요. 이제 화성으로 올 수 있는 로켓이 없대요!"

"오, 해리!" 코라는 남편과 딸을 붙잡았다.

"정말이니, 로라?" 해리가 조용히 물었다.

로라는 흐느껴 울었다. "우린 영영 화성에 갇혀버렸어요, 영원히!"

한동안 늦은 오후의 바람 소리만 들려왔다.

외톨이가 됐군. 해리는 생각했다. 여기엔 지구인이 딱 천 명뿐이었다. 이제 돌아갈 길이 없다. 전혀 없다. 전혀 없어. 얼굴과 손과 몸에서 땀이 비 오듯 쏟아졌다. 그는 두려움의 열기에 흠뻑 빠졌다. 그는 로라를 때리며 외치고 싶었다. "거짓말하지 마! 로켓은 돌아올 거야!" 그러나 대신 로라의 머리를 끌어안고 쓰다듬으며 말했다. "언젠가는 로켓이 돌아올 거다."

"아빠, 이제 우린 어떡해요?"

"물론 하던 일을 계속해야지. 농사를 짓고 아이들을 길러야지. 기다려야지. 전쟁이 끝나고 로켓이 돌아올 때까지 하던 일을 계속해야지."

두 아들이 포치로 뛰어나왔다.

"애들아." 그는 포치에 앉아 아이들 어깨너머 어딘가를 보며 말했다. "너희에게 할 말이 있다."

"알아요." 아이들이 말했다.

이후 며칠간 해리는 가끔 뜰을 거닐며 혼자서 두려움을 삭였다. 로켓이 우주 전체에 은빛 거미줄을 자아놓았기 때문에 그 역시 화성에 오기로 마음을 먹을 수 있었다. 그는 늘 자신에게 말했었다. 원한다면 내일이라도 당장 표를 사서 지구로 돌아갈 수 있다고.

하지만 지금 그 거미줄은 사라졌고 로켓은 녹아버린 대들보며 풀린 철사 더미가 되어 쌓여 있었다. 지구인들은 화성의 계피색 흙과 포도주빛 공기 속에 남아 여름이면 생강빵처럼 바싹 구워지고 겨울이면 수확되어 창고에 저장될 것이다. 그에게, 또 다른 사람들에게 어떤 일이 벌어질까? 이야말로 화성이 기다리고 기다리던 순간일 것이다. 화성은 그들을 덥석 먹어 치울 것이다.

그는 억센 손에 삽을 쥔 채로 꽃밭에 무릎을 꿇었다. 일을 하자고 그는 생각했다. 일을 하면서 잊어버리자.

그는 뜰에서 눈을 들어 화성의 산들을 쳐다보았다. 한때 산봉우리마다 자랑스럽게 붙여졌던 옛날 화성의 이름들을 생각했다. 지구인들은 하늘에서 내려오면서 언덕과 강과 바다를 바라보았다. 한때는 이름이 있었지만 지금은 사라진 곳들이었다. 옛날 화성인들은 도시를 건설하고 도시에 이름을 붙였다. 산에 올라 이름을 붙였다. 바다를 건너며 이름을 붙였다. 그러나 산은 녹아내렸고 바다는 말라붙었고 도시는 무너졌다. 그럼에도 지구인들은 이 고대의 언덕과 계곡에 새로운 이름을 붙이는 것을 남몰래 죄스러워했다.

그러나 인간은 원래 상징과 꼬리표에 의지해 살아가는 존재. 이름은 붙여지고 만다.

해리는 화성의 태양 아래 있는 자기 집 정원에서 허리를 숙이고 뭔가 시대착오적으로 화성의 거친 토양에 지구의 꽃을 심으며 몹시 외로움을 느꼈다.

생각하자. 계속 생각하자. 온갖 것들을 생각하자. 지구며 핵전쟁이며 잃어버린 로켓 생각은 미뤄두자.

그는 땀을 흘렸다. 주위를 흘낏 보았다. 아무도 보고 있지 않았다. 그는 넥타이를 풀었다. 꽤 대담하군. 그는 생각했다. 처음에는 외투를 벗었고 이어 넥타이를 풀었다. 그리고 매사추세츠에서 묘목을 가져다가 심은 복숭아나무에 넥타이를 가지런히 걸어놓았다.

그는 이름과 산에 대한 생각으로 돌아갔다. 지구인들은 이름을 바꾸었다. 이제 화성에는 호멜 계곡이 있고 루스벨트 바다, 포드 언덕, 밴더빌트 고원, 록펠러 강이 있다. 이건 옳지 않았다. 미국의 이민자들은 옛 인디언 대초원의 이름을 써서 지혜를 보여주었더랬다. 위스콘신이며 미네소타, 아이다호, 오하이오, 유타, 밀워키, 워키건, 오세오. 옛 이름과 옛 의미들.

그는 산들을 노려보며 생각했다. 당신들 거기 있어? 다 죽어버린 화성인들? 우린 여기 있어. 완전히 고립된 채로! 자, 어서 내려와 우리를 데려가 줘. 우린 뭘 어떡하면 좋을지 모르겠어!

바람이 불어와 복숭아 꽃잎을 비처럼 뿌렸다.

그는 햇볕에 그을린 손을 내밀며 작게 비명을 질렀다. 그는 꽃잎을 만져보다 주워들었다. 뒤집어도 보고 계속해서 만져보았다. 그리고 큰 소리로 아내를 불렀다.

"코라!"

아내가 창가에 나타났다. 그는 아내에게 달려갔다.

"코라, 이 꽃을 좀 봐!"

그녀는 꽃을 만져보았다.

"보여? 꽃이 달라졌어. 변했다고! 이것들은 더는 복숭아꽃이 아니야!"

"내 눈에는 괜찮아 보이는데." 그녀가 말했다.

"그렇지 않아. 달라졌어! 어떻게 된 일인지는 모르겠어. 꽃잎이 한 장 더 있는 것도 있고 잎이 그런 것도 있고, 또, 색깔도, 냄새도 달라!"

아이들이 곧바로 뛰어나와 아빠가 다급히 뜰을 돌아다니며 무와 양파와 당근을 뽑는 것을 보았다.

"코라, 이리 와 봐!"

그들은 양파며 무며 당근을 만져보았다.

"이게 당근으로 보여?"

"응… 아니." 그녀는 망설였다. "잘 모르겠어."

"달라졌어."

"어쩜 그럴 수도 있겠지."

"당신도 알잖아! 양파인데 양파가 아니야, 당근인데 당근이 아니고. 맛을 봐. 같지만 다르지. 냄새를 맡아보라고. 예전과는 다르잖아." 그는 심장이 마구 뛰는 것을 느끼고 두려워졌다. 그는 흙 속에 손가락을 찔러보았다. "코라, 이게 어떻게 된 일이지? 도대체 뭐지? 여기서 도망쳐야겠어." 그는 뜰 안을 이리저리 뛰어다니며 모든 나무를 하나씩 만져보았다. "세상에 장미가, 장미가 초록색으로 변하고 있어!"

그들은 서서 초록색 장미를 바라보았다.

이틀 뒤 아들 댄이 집 안으로 뛰어 들어왔다. "와서 암소를 좀 보세요. 젖을 짜다 발견했어요. 얼른요!"

그들은 외양간으로 가서 한 마리뿐인 암소를 바라보았다.

세 번째 뿔이 돋아나고 있었다.

그리고 집 앞 잔디밭이 아주 서서히, 조용히, 봄날 제비꽃 색깔로 변하고 있었다. 분명히 지구에서 가져온 씨앗을 뿌렸는데 연한 보랏빛으로 변하고 있었다.

"도망쳐야 해." 해리가 말했다. "이것들을 먹으면 우리도 변할 거야. 무엇으로 변할지 어떻게 알아? 가만히 앉아서 당할 수는 없어. 방법은 하나뿐이야. 이 음식들을 다 태워버리자!"

"독이 들어 있는 건 아니잖아."

"아니, 들어 있어. 아주 조금, 아주 미량으로 들어 있지만 그래도 손을 대서는 안 돼." 그는 당혹스러운 얼굴로 집을 보았다. "집도 마찬가지야. 바람 때문에 어긋났어. 공기 때문이기도 하고. 밤에는 안개 때문이고. 판자가 죄다 틀어져 버렸어. 더 이상 지구인이 살 만한 집이 아니야."

"당신 상상일 뿐이야!"

그는 외투를 입고 넥타이를 맸다. "마을에 좀 가봐야겠어. 무슨 수를 쓰든지 해야지. 다녀올게."

"해리, 잠깐만!" 아내가 외쳤다.

그러나 그는 가버렸다.

식료품 가게의 그늘진 계단에 남자들이 무릎에 손을 올려놓고 앉아서 퍽 한가롭고 느긋하게 대화를 나누고 있었다.

해리는 공중에 대고 권총이라도 한 발 쏘고 싶은 심정이었다.

지금 뭘 하는 거야, 이 바보들아! 그는 생각했다. 거기 앉아서 뭘 하는 거냐고! 너희도 소식을 들었을 거 아냐. 우린 이 행성에 갇혀버렸다고. 어서 움직여! 무섭지도 않아? 겁나지 않아? 이제 어떻게 할 거야?

"안녕, 해리." 다들 말했다.

"이봐." 그는 모두에게 말했다. "다들 소식 들었지? 그저께 말이야."

그들은 고개를 끄덕이며 웃었다. "그럼, 그럼, 해리, 들었지."

"이제 어떻게 할 참이야?"

"어떻게 하다니, 해리? 우리가 뭘 할 수 있겠어?"

"로켓을 만들어야지! 그게 할 일이라고!"

"로켓을 만든다고, 해리? 그 지옥으로 돌아가려고? 오, 맙소사."

"자네들도 돌아가고 싶지? 복숭아꽃이며 양파며 잔디밭이 어떻게 변했는지 자네들도 봤지?"

"그럼 봤지, 해리. 우리도 봤어." 그중 한 사람이 말했다.

"그런데도 겁이 안 난단 말이야?"

"생각해보니 별로 겁이 나지는 않았어, 해리."

"이 멍청이들."

"이런, 해리."

해리는 고함을 지르고 싶었다. "자네들도 나를 좀 도와줘야겠어. 여기 계속 있다간 우리까지 변해버릴 거야. 공기를 좀 봐. 무슨 냄새 안 나? 공중에 뭔가 떠다니고 있어. 어쩌면 화성 바이러스일지도 모르지. 씨앗이나 꽃가루일 수도 있고. 내 말을 좀 들어봐!"

그들은 해리를 물끄러미 쳐다보았다.

"샘." 해리가 그중 한 명에게 말했다.

"왜 그래, 해리?"

"로켓 만드는 일 좀 도와줄 수 있어?"

"해리, 나한테는 금속 부품도 전부 있고 설계도도 있어. 우리 공장에서 로켓을 만들고 싶다면 나야 대환영이야. 전부 5백 달러에 넘길게. 자네 혼자서 만든다면 꽤 어엿한 로켓을 만들 수 있을 거야. 한 30년 후에 말이지."

다들 웃음을 터뜨렸다.

"웃지 마."

샘은 소리 없이 빙글빙글 웃으며 해리를 보았다.

"샘." 해리가 말했다. "자네 눈이…."

"내 눈이 왜, 해리?"

"원래 회색 아니었어?"

"음, 기억이 안 나는데."

"회색이었지?"

"왜 그러는데?"

"지금 자네 눈이 노란색이라서."

"그래?" 샘은 아무렇지 않게 말했다.

"키도 더 커졌고 몸은 더 말랐어."

"자네 말이 맞을지도 몰라, 해리."

"샘, 노란색 눈이 있으면 안 되잖아."

"해리, 그러는 자네 눈은 무슨 색이야?" 샘이 물었다.

"내 눈? 그야 파란색이지."

"여기 이걸 좀 봐, 해리." 샘이 작은 거울을 건넸다. "자네 얼굴을 좀 보라고."

해리는 머뭇거리다 거울을 받아 들고 얼굴을 보았다. 파란색 눈동자에 아주 희미하게 금빛 반점이 보였다.

"아니, 이게 무슨 짓이야." 잠시 후 샘이 말했다. "내 거울을 깨뜨렸잖아."

해리는 공장으로 들어가 로켓을 만들기 시작했다. 열린 문 앞에 남자들이 서서 목소리를 높이지 않고 대화를 나누고 농담을 주고받았다. 가끔은 무거운 것을 들어 올릴 때 해리를 도와주기는 했지만, 대부분은 그저 빈둥거리며 노랗게 변해가는 눈으로 그를 지켜보기만 했다.

"저녁 먹을 시간이야, 해리." 남자들이 말했다.

그의 아내가 버드나무 바구니에 저녁을 담아 가지고 왔다.

"그런 건 손도 대지 않을 거야." 그는 말했다. "냉동기에 있는 음식만 먹을 거야. 지구에서 가져온 음식만 먹겠단 말이지. 우리 집 뜰에서 난 건 안 먹어."

아내가 서서 그를 바라보았다. "당신이 무슨 수로 로켓을 만들어?"

"예전에 공장에서 일한 적이 있어. 스무 살 때. 금속은 잘 알아. 일단 시작하면 다른 사람들이 도와줄 거야." 그는 아내 쪽은 보지도 않고 설계도를 펼치며 말했다.

"해리, 제발 해리." 아내는 무기력하게 말했다.

"우린 여길 빠져나가야 해, 코라. 반드시!"

밤이면 달빛이 가득 고이는 빈 바다의 초원에 바람이 불어와 1만 2천 년 동안 얕은 바다에 누워 있는 조그만 흰색 체스판 같은 도시를 휩쓸고 지나갔다. 지구인 정착지의 해리의 집은 뭔가 달라지고 있다는 느낌으로 흔들리고 있었다.

침대에 누운 해리는 자신의 뼈마디가 금처럼 녹아 다른 모양이 되어 간다고 느꼈다. 옆에 누운 아내는 오후의 태양을 수없이 만나더니 검게 그을려 있었다. 아내의 얼굴은 거무스름했고 눈은 금빛으로 변했으며 태양 빛에 그을려 거의 까맣게 타버린 피부를 하고 자고 있었다. 침대에 누운 아이들은 금속처럼 반짝거렸다. 바람이 쓸쓸하게 울부짖으며 오래된 복숭아나무와 제비꽃 색깔로 변해버린 풀밭을 헤치고 지나가더니 초록빛으로 변한 장미꽃잎을 흔들었다.

두려움을 떨칠 수가 없었다. 두려움이 그의 목을 조르고 심장을 쥐어짰다. 두려움은 팔과 관자놀이와 덜덜 떨리는 손바닥을 땀으로 적셨다.

동쪽 하늘에 초록빛 별 하나가 떠올랐다.

해리의 입에서 이상한 말이 흘러나왔다.

"이오르트. 이오르트." 그는 그 말을 되풀이했다.

그것은 화성의 말이었다. 그는 원래 화성어를 전혀 알지 못했다.

한밤중에 일어나 고고학자 심슨에게 전화를 걸었다.

"심슨, 이오르트가 무슨 뜻이지?"

"옛날 화성인들이 우리 지구를 부르던 말이네. 왜 그러나?"

"아니, 그냥."

그의 손에서 수화기가 떨어졌다.

"여보세요. 여보세요. 여보세요!" 그가 멍하니 앉아 초록별을 뚫어지게 쳐다보는 동안에도 수화기에서 계속 심슨의 말이 들렸다. "해리? 해리, 거기 있나?"

낮에는 금속 두드리는 소리로 가득 찼다. 그는 별로 내켜 하지 않는 무심한 세 남자의 도움을 받아가며 로켓의 뼈대를 세웠다. 그러나 한 시간만 지나도 몹시 지쳐 앉아서 쉬어야 했다.

"고도가 문제야." 한 남자가 웃었다.

"밥은 먹고 다니나, 해리?" 다른 남자가 물었다.

"먹어." 그는 화를 내며 말했다.

"냉동기에서 나온 것만?"

"그래!"

"자네 자꾸 여위어 가, 해리."

"그럴 리가 없어!"

"게다가 키도 더 커지고."

"거짓말하지 마!"

며칠 뒤 아내가 그를 한쪽 구석으로 끌고 갔다. "해리, 냉동기 속 음식도 바닥이 났어. 남은 게 하나도 없어. 이제 화성에서 키운 음식으로 샌드위치를 만들어야 해."

그는 바닥에 털썩 주저앉았다.

"그래도 당신 먹어야지. 몸이 쇠약해졌어." 아내가 말했다.

"그래." 해리가 말했다.

그는 샌드위치를 집어 들고 펼쳐서 들여다보더니 조금씩 뜯어 먹기 시작했다.

"오늘은 그만 쉬어." 아내가 말했다. "날씨도 덥고 애들도 강에 나가 헤엄도 치고 등산도 가고 싶대. 당신도 같이 가줘."

"시간을 낭비할 수 없어. 지금은 위기 상황이야!"

"한 시간만 다녀오자." 아내가 재촉했다. "헤엄을 치고 나오면 당신 기분도 한결 나아질 거야."

그는 땀을 흘리며 일어났다. "알았어, 알았다고. 날 좀 내버려 둬. 이따가 갈게."

"고마워, 해리."

햇볕이 뜨겁고 날은 조용했다. 태양이 맹렬하게 땅을 노려보고 있었다. 가족은 운하를 따라 걸었다. 아빠와 엄마와 수영복을 입은 아이들이 달려갔다. 가족은 잠시 걸음을 멈추고 고기 샌드위치를 먹었다. 해리는 식구들의 피부가 갈색으로 그을린 것을 보았다. 아내와 아이들의 눈동자가 노란색으로 변한 것도 보았다. 아이들의 눈은 전에는 노랗지 않았다. 몸이 조금 떨렸지만, 햇볕 아래 잠깐 누워 있었더니 떨림도 기분 좋은 열기에 씻겨 내려갔다. 그는 두려움을 느끼기에도 너무 지쳐 있었다.

"코라, 당신 눈이 언제부터 노래졌어?"

그녀는 당황했다. "원래 그랬겠지."

"지난 석 달 동안 갈색에서 노란색으로 변한 게 아니고?"

그녀는 입술을 깨물었다. "아니야. 왜 그런 걸 물어봐?"

"아무것도 아니야."

가족은 그 자리에 그대로 앉아 있었다.

"애들 눈도 역시 노란색이야." 그가 말했다.

"애들 눈은 크면서 색이 변하기도 해."

"그럼 우리도 어린애들인가 봐. 적어도 화성에서는 말이야. 아마 그럴 거야." 그는 웃음을 터뜨렸다. "헤엄이나 쳐야겠어."

가족은 운하의 물속에 뛰어들었다. 해리는 몸이 황금 조각상처럼 점점 아래로 가라앉게 내버려두었다가 강바닥의 초록색 침묵 속에 가만히 누웠다. 물속은 고요하고 깊었다. 평화롭기 그지없었다. 부드럽고 느릿한 물의 흐름 덕분에 그의 몸은 쉽게 떠올랐다.

이대로 오래오래 누워 있으면 물의 작용으로 내 살은 사라지고 산호처럼 뼈만 남겠지. 그는 생각했다. 해골만 남을 거야. 그러면 물은 그 해골 위에 초록빛을, 깊은 물 속의 검은빛을, 빨간빛을 노란빛을 쌓아 올리겠지. 바뀌어라. 바뀌어. 천천히, 깊게, 조용히 바뀌어라. 그것이야말로 저 위에 있는 그것이 아니겠어?

그는 머리 위로 내려앉은 하늘을 보았다. 대기와 시간과 공간에 의해 화성의 것이 되어버린 태양을 보았다.

저 위는 커다란 강이다. 그는 생각했다. 화성의 강이지. 우리 모두 그 안의 깊숙한 곳에 누워 있다. 조약돌로 지은 집에 가재처럼 숨어 있으면 물이 우리 몸을 씻어내리고 언젠가는 뼈만 남기겠지.

그는 부드러운 빛 속을 가만히 떠다녔다.

운하 가장자리에 앉아 있던 아들 댄이 해리를 진지하게 바라보았다.

"유타." 댄이 말했다.

"뭐라고?" 해리가 물었다.

아이는 빙그레 웃었다. "알잖아요. 유타는 화성어로 '아버지'라는 뜻이에요."

"어디서 배웠니?"

"몰라요. 그냥 배웠어요. 유타!"

"왜 그러니?"

소년은 머뭇거렸다. "저, 이름을 바꾸고 싶어요."

"이름을 바꿔?"

"예."

아내가 헤엄쳐왔다. "댄이라는 이름이 어때서 그래?"

댄은 불안하게 몸을 뒤척였다. "얼마 전 엄마가 댄, 댄, 댄, 이렇게 불렀잖아요. 그런데 제 귀에 들리지 않았어요. 그래서 생각했죠. 저건 내 이름이 아니다. 쓰고 싶은 새 이름이 생겼어요."

해리는 운하 가장자리로 올라갔다. 몸은 차가웠고 심장은 느리게 뛰었다. "그 새 이름이 뭐냐?"

"린늘이요. 좋은 이름이죠? 그 이름을 써도 돼요? 쓰게 해주세요."

해리는 이마에 손을 얹었다. 그리고 혼자서 만드는 바보 같은 로켓을 떠올렸다. 가족 사이에 있는데도 외로웠다. 너무 외로웠다.

아내가 말하는 게 들렸다. "쓰렴."

"야호!" 소년은 소리를 질렀다. "나는 린늘이야, 린늘!"

아이는 초원을 내달리며 춤을 추고 소리를 질렀다.

해리는 아내를 보며 말했다. "우리가 왜 그랬을까?"

"모르겠어." 아내가 말했다. "그냥 좋은 생각 같았어."

그들은 언덕으로 걸어 올라갔다. 지금도 물이 솟아오르는 샘물 옆으로 뻗은 오래된 모자이크 모양 오솔길로 접어들었다. 오솔길은 여름 내내 찬물이 얕게 고여 있어서 마치 개울을 건널 때처럼 찰박찰박 물을 튀기며 맨발을 시원하게 식힐 수 있었다.

그들은 계곡이 한눈에 내려다보이는, 지금은 버려진 화성인의 조그만 별장에 다다랐다. 별장은 언덕 꼭대기에 있었다. 홀에는 푸른 대리석이 깔렸고 커다란 벽화가 그려져 있었으며 수영장도 딸렸다. 이곳은 무더운 한여름에도 선선했다. 화성인들은 아마도 대도시를 별로 좋아하지 않았던 모양이다.

"정말 멋지다." 아내가 말했다. "여름철에는 이 별장에 들어와 살면 좋겠어."

"그만 가자." 해리가 말했다. "얼른 마을로 돌아가 로켓을 만들어야 해."

그러나 그날 밤, 일하면서도 해리는 자꾸만 푸른 대리석을 깔아놓은 서늘한 그 별장을 떠올렸다. 시간이 지날수록 로켓은 별로 대수롭지 않게 느껴졌다.

날이 가고 달이 가는 동안 로켓 생각은 점점 뒤로 물러나 사라졌다. 오래전의 열정은 간 곳 없이 사라져버렸다. 로켓 생각이 깨끗이 빠져나간 걸 깨닫고 해리는 깜짝 놀랐다. 하지만 이 더위며 공기며 노동 조건을 어찌한단 말인가.

그는 남자들이 공장 앞 포치에서 중얼거리는 소리를 들었다.

"다들 떠나고 있어. 저 소리 들리지?"

"정말 모두 떠나고 있군."

해리가 밖으로 나왔다. "어디로 떠난다는 말이지?" 그는 아이들과 가구를 실은 트럭 두 대가 먼지를 일으키며 달려가는 것을 보았다.

"별장으로 떠난다네." 남자가 말했다.

"그래 해리. 나도 갈 거야. 샘도 가고. 그렇지, 샘?"

"그럼. 해리, 자네는 어떡할 셈이야?"

"난 여기서 할 일이 있어."

"일이라고? 로켓은 가을에 날씨가 선선해지면 마무리해도 되잖아."

그는 숨을 들이마셨다. "뼈대를 모두 완성했어."

"가을에 하는 편이 더 좋을 거야." 열기에 남자들의 목소리가 축축 늘어졌다.

"난 일하러 가야겠어." 해리가 말했다.

"가을에 해." 남자들은 해리를 설득했다. 그들의 말은 몹시 타당하고 올바르게 들렸다.

"그래, 가을이 가장 적기일지도 몰라." 해리는 생각했다. "그때라면 시간도 충분할 테고."

안 돼! 마음속에서 어떤 목소리가 외쳤다. 마음 깊숙한 곳에 웅크린 채 단단히 자물쇠를 채워놓은 목소리가 숨이 막힌다는 듯이 외쳤다. 안 돼! 안 된다고!

"가을이 오면 해야겠어." 해리가 말했다.

"그래, 어서 가자고, 해리." 남자들이 모두 말했다.

"그래." 무더운 공기 속에서 자신의 살이 녹아내리는 게 느껴졌다. "그래, 가을이 오면. 그때 다시 일을 시작하면 되겠지."

"나는 티라 강 근처에 별장을 구했어." 누군가 말했다.

"루스벨트강을 말하는 거야?"

"티라 강. 옛날 화성인들이 부른 이름이야."

"하지만 지도를 보면…."

"지도 따위 잊어버려. 지금은 티라 강이야. 필란 산맥에서 좋은 자리를 발견했어."

"록펠러 산맥을 말하는 거지?" 해리가 말했다.

"필란 산맥이라니까." 샘이 말했다.

"그래." 해리가 뜨겁고 답답한 공기에 몸을 묻으며 말했다. "필란 산맥이라고 하지."

다음 날, 바람 한 점 불지 않는 무더운 오후에 가족 모두가 트럭에 짐을 실었다.

로라, 댄, 데이비드도 짐을 날랐다. 그들이 불리기를 바라는 이름으로 하면 트틸, 린늘, 웨르였다.

가구는 작은 하얀 오두막에 버리고 갔다.

“보스턴 집에 살 때는 저 가구들도 괜찮아 보였는데.” 코라가 말했다. “이 오두막에서도 괜찮았어. 하지만 저 별장에 가져갈 수는 없지. 가을에 여기로 돌아오면 그때 다시 써야겠어.”

해리는 아무 말도 하지 않았다.

“별장에서 쓸 가구는 내가 생각해둔 게 있어.” 잠시 후 해리가 말했다. “크고 굵뜬 가구 말이야.”

“당신 백과사전은 어떻게 할 거야? 가져갈 거지?”

해리는 시선을 돌렸다. “다음 주에 다시 와서 가져갈 거야.”

부부는 딸에게 향했다. “뉴욕에서 산 드레스는 어떻게 할 거니?”

당황한 소녀는 부모를 멀뚱멀뚱 쳐다보았다. “아아, 드레스는 이제 필요 없어요.”

그들은 가스와 수도를 잠그고 문을 잠그고 나섰다. 해리는 트럭 안을 들여다보았다.

“이런, 짐이 별로 없군.” 그가 말했다. “지구에서 화성으로 가져온 것들과 비교하면 지금 짐은 한 줌도 되지 않아.”

해리는 트럭에 시동을 걸었다.

잠시 작고 하얀 오두막을 바라보고 있으려니 다시 집으로 달려가 이곳저곳 어루만지며 작별 인사라도 나누고 싶은 충동이 일었다. 다시는 돌아올 수 없고 이해할 수도 없는 어떤 것을 남기고 기나긴 여행을 떠나는 기분이었다.

그때 샘의 가족이 트럭을 타고 지나갔다.

“어이, 해리! 우리도 가네!”

트럭은 오래된 고속도로를 타고 마을을 빠져나갔다. 같은 방향으로 달리는 트럭이 60대나 되었다. 기나긴 트럭 행렬이 일으키는 묵직하고도 고요한 먼지가 마을에 자욱하게 깔렸다. 햇빛을 받은 강물이 퍼렇게 빛났고 부드러운 바람이 낯설게 변한 나무 사이를 지나갔다.

"잘 있어라, 마을아." 해리가 말했다.

"안녕, 안녕." 가족도 손을 흔들며 말했다.

그들은 두 번 다시 뒤를 돌아보지 않았다.

여름 열기에 강물이 말라붙었다. 여름은 불꽃처럼 목초지를 태우고 지나갔다. 텅 빈 지구인 정착지는 집집마다 페인트칠이 갈라지고 벗겨졌다. 뒤뜰에서 아이들이 타고 놀던 고무 타이어 그네는 타는 듯한 공기 속에서 멈춰버린 시계추처럼 축 늘어져 있었다.

공장에 세워둔 로켓의 뼈대가 녹슬기 시작했다.

고요한 가을이 찾아오자 해리는 까맣게 그은 피부에 진한 황금빛 눈을 하고 별장 위 비탈에 서서 계곡을 내려다보고 있었다.

"이제 돌아갈 시간이네." 코라가 말했다.

"응. 하지만 우린 돌아가지 않을 거야." 해리가 나직이 말했다. "가봐야 남아 있는 것도 없을걸."

"당신 책을 두고 왔잖아. 좋은 옷도 있고." 아내가 말했다.

"당신 일레스와 좋은 이오르 우엘레 르에가 있어." 아내가 다시 말했다.

"마을은 텅 비었어. 아무도 돌아가지 않을 거야." 그가 말했다. "돌아갈 이유가 전혀 없으니까."

딸은 벽걸이용 비단을 짰고 아들들은 고대의 플루트와 피리로 노래를 연주했다. 푸른 대리석 별장 안에 그들의 웃음소리가 메아리쳤다.

해리는 저 멀리 얕은 계곡에 펼쳐진 지구인 정착지를 물끄러미 바라보았다. "지구인들은 정말이지 너무 이상하고 우스꽝스러운 집을 지었군."

"무식한 사람들이잖아." 아내도 생각에 잠겨 말했다. "정말이지 추한 사람들이야. 그들이 전부 사라져서 얼마나 다행인지 몰라."

두 사람은 서로를 바라보며 자기들이 방금 한 말에 화들짝 놀랐다. 그리고 그만 웃음을 터뜨렸다.

"다들 어디로 갔을까?" 해리는 궁금했다. 그는 아내를 흘낏 쳐다보았다. 아내는 딸처럼 금발에 몸매가 호리호리했다. 아내도 해리를 보았다. 그는 큰아들만큼 젊어 보였다.

"모르겠어." 그녀가 말했다.

"어쩌면 내년이나 내후년쯤이면 마을로 돌아갈지도 모르지. 그다음 해에 갈 수도 있고." 그가 차분하게 말했다. "음, 날이 덥군. 가서 헤엄이나 칠까?"

그들은 골짜기 쪽으로 등을 돌렸다. 두 사람은 팔짱을 끼고 말없이 맑은 샘물이 흐르는 오솔길을 걸어갔다.

5년 뒤 하늘에서 로켓 한 대가 떨어졌다. 골짜기에서 연기가 피어올랐다. 남자들이 소리를 지르며 로켓 밖으로 뛰어나왔다.

"우리는 지구 전쟁에서 이겼소! 당신들을 구하러 왔소! 이봐요!"

그러나 미국인들이 건설한 오두막이며 복숭아나무, 극장이 있던 마을은 고요하기만 했다. 그들은 빈 공장에서 녹이 슬어버린 조잡한 형태의 로켓 뼈대를 발견했다.

로켓에서 내린 남자들은 언덕을 수색했다. 선장은 버려진 술집에 본부를 설치했다. 부관이 보고하려고 돌아왔다.

"마을은 비어 있었지만, 언덕에서 원주민을 발견했습니다, 선장님. 피부가 검고 눈빛은 노란색입니다. 화성인으로 보입니다. 아주 우호적이었습니다. 이야기를 조금 주고받았는데, 많이는 아니지만, 그들은 영어를 참 빨리 배우더군요. 아마도 그들과 사이좋게 지낼 수 있을 것 같습니다."

"피부가 검다고?" 선장은 잠시 생각에 잠겼다. "몇 명이나 되지?"

"6백에서 8백 명 정도였습니다. 언덕에 대리석으로 지은 폐허에 살고 있습니다. 키가 크고 건강해 보였습니다. 여자들은 아름답고요."

"혹시 여기 살던 지구인 정착지 사람들이 어떻게 되었는지는 알려주지 않던가?"

"이 마을이나 여기 사람들이 어떻게 되었는지는 전혀 모르는 눈치였습니다."

"이상하군. 혹시 그 화성인들이 지구인을 죽인 것 같지는 않던가?"

"화성인들은 대단히 평화적으로 보입니다. 어쩌면 이 마을에 전염병이 돌았을지도 모르죠."

"그럴 수도 있겠지. 여하튼 결코 풀 수 없는 수수께끼 같군. 책에 나오는 수수께끼 말일세."

선장은 방 안을 둘러보았다. 먼지 낀 창문이며 창문 너머로 솟아오른 푸른 산들이며 빛 속에서 움직이는 강물을 바라보다 공중에 불어오는 부드러운 바람 소리를 들었다. 몸이 후드득 떨려왔다. 그는 몸을 추스르고 빈 탁자 위에 압정으로 꽂아놓은 커다란 새 지도를 톡톡 건드렸다.

"할 일이 많군, 부관." 푸른 언덕 뒤로 태양이 넘어간 시간, 선장의 목소리는 나른하게 늘어졌다. "새로 개척지를 만들어야 하고 광산도 광석도 찾아야 하네. 세균 표본도 채취해야 하고. 모두 일, 일이야. 옛날 기록이 모두 없어졌어. 지도도 새로 만들어야겠군. 산과 강에도 새 이름을 붙여야지. 상상력이 약간 필요한 일이지. 저 산맥은 링컨산맥, 이 강은 워싱턴 강이라고 부르면 어떨까? 저 언덕에는 자네 이름을 붙일 수도 있겠지, 부관. 일종의 외교랄까. 그리고 부탁인데 어느 마을에는 내 이름을 붙이는 게 어떻겠나? 아첨 한번 해보라고. 여긴 아인슈타인 계곡이라고 할까? 그리고 저 멀리는… 부관, 내 말 듣고 있나?"

부관은 마을 너머 머나먼 언덕의 푸른 빛과 고요한 안개에서 재빨리 눈길을 돌렸다.

"예? 아, 예, 듣고 있습니다, 선장님!"

THE TROLLEY

마지막 전차 여행

지붕에 첫 햇살이 내려앉는다. 아주 이른 새벽이다. 새벽이 안겨주는 산들바람에 나무 이파리들이 모두 부드럽게 흔들리며 잠에서 깨어난다. 그러면 잠시 후 멀리서 은빛 철로를 돌아 전차가 달려온다. 전차는 네 개의 푸른색 강철 바퀴가 받치고 있다. 전차는 귤빛으로 칠해져 있다. 번쩍이는 구리 견장을 달고 금빛 파이프를 두르고 늙은 기관사가 주름진 구두로 건드리면 짤랑 울리는 크롬 종도 달렸다. 전차 앞면과 옆면에 달린 숫자는 밝은 레몬색이다. 전차 안쪽은 시원한 초록색 이끼가 돋은 듯한 천으로 덮였다. 지붕에 이륜마차 채찍처럼 생긴 게 달려서 나무 사이를 지나갈 때면 높이 매달린 거미줄을 걷어낸다. 창마다 향을 내뿜어 여름철 폭풍우와 번개의 푸르고 은밀한 냄새를 곳곳에 퍼뜨린다.

기관사가 회색 장갑 낀 손으로 부드럽게 운전대를 잡고 있는 동안 전차는 느릅나무 그늘이 우거진 거리를 따라 움직인다.

정오에 기관사가 마을 한가운데 전차를 멈추고 밖으로 몸을 내밀었다.

"얘들아!"

더글러스와 찰리와 톰과 동네 아이들 모두가 회색 장갑을 끼고 손을 흔드는 기관사를 보았다. 아이들은 나무에서 내려오고 흰색 뱀처럼 생긴 줄넘기 줄을 잔디밭에 내려놓고 달려와 초록색 벨벳 의자에 앉았다. 요금은 없었다. 차장 트리든 씨는 장갑 낀 손을 요금함 입구에 올려놓고 전차를 움직여 그늘진 거리를 달렸다.

"안녕하세요?" 찰리가 말했다. "어디로 가는 거예요?"

"마지막 여행이란다." 트리든 씨가 눈앞의 높다란 전선을 쳐다보며 말했다. "앞으론 더 이상 전차가 다니지 않아. 내일부터 버스가 다닐 거야. 나는 은퇴하고 연금을 받아 살게 될 거야. 그러니 오늘은 모두 공짜란다! 조심해!"

차장이 놋쇠 손잡이를 움직이자 전차는 신음하며 초록색 나무가 끝없이 이어진 굽잇길을 덜컹덜컹 돌아갔다. 아이들과 트리든 씨와 기적과도 같은 전차만이 끝없이 펼쳐진 강을 타고 떠내려가는 듯 세상은 내내 고요했다.

"마지막 날이라고요?" 더글러스가 깜짝 놀라 물었다. "말도 안 돼요! 전차를 없앨 수는 없어요! 버스는 전차가 아니잖아요. 소리도 다르고 철길도 없고 전선도 없어요. 불꽃을 튀기지도 않고 철로에 모래를 뿌리지도 않아요. 색깔도 다르고 종도 없고요. 전차처럼 계단을 내려주지도 않아요!"

"맞아." 찰리가 말했다. "전차가 아코디언처럼 계단을 펼치는 모습을 보면 신이 난단 말이야."

"그렇지!" 더글러스가 말했다.

이윽고 그들은 30년 동안 버려졌던 철로의 끝에 다다랐다. 철로는 거기서부터 울퉁불퉁한 시골길로 이어졌다. 1910년만 해도 사람들은 커다란 소풍 바구니를 들고 전차를 타고 체스먼 공원까지 나왔다. 버려진 철로는 녹이 슨 채로 여전히 언덕 사이에 있었다.

"여기서 돌아가야겠지요?" 찰리가 말했다.

"아니다!" 트리든 씨가 비상 발전기 스위치를 켜며 잘라 말했다. "자,

가자!"

전차가 쿵 소리를 내며 흔들리더니 도시 경계를 넘어 매끄럽게 활강하기 시작했다. 거리를 벗어나 언덕 아래로 급격히 내려서더니 간간이 펼쳐지는 향기로운 햇빛과 버섯 냄새를 풍기는 드넓은 그늘을 지나갔다. 철로 여기저기 개울물이 넘쳐흘렀고 초록색 유리 같은 나뭇잎 사이로 햇빛이 비쳐 들었다. 그들은 야생 해바라기가 가득 핀 초원을 속삭이듯 미끄러져서 구멍 뚫린 색색의 기차표만이 나뒹구는 버려진 간이역을 지나 여름 시골로 흘러가는 숲속의 시냇물을 따라 달렸다. 그사이 더글러스가 말했다. "와, 전차 냄새는 정말 달라. 시카고에서 버스를 탄 적이 있는데, 그 냄새가 얼마나 구리던지."

"전차는 너무 느리단다." 트리든 씨가 말했다. "앞으로는 버스를 타게 될 거야. 사람들도 버스를 탈 거고 학교에 갈 때도 버스를 탈 거야."

전차가 애처롭게 울부짖더니 멈추었다. 트리든 씨가 머리 위에서 어마어마하게 커다란 소풍 바구니를 꺼냈다. 아이들은 함성을 지르며 트리든 씨를 도와 바구니를 날랐다. 고요한 호수로 흘러드는 개울 옆이었다. 그곳에 흰개미가 갉아먹어 허물어진 먼 옛날의 야외음악당이 있었다.

그들은 자리에 앉아 햄샌드위치와 신선한 딸기와 왁스 칠한 오렌지를 먹었고 트리든 씨는 40년 전에 이곳이 어땠는지 이야기를 들려주었다. 밤이면 저 화려한 야외음악당에서 밴드가 연주했다. 남자들은 황동 호른을 힘껏 불었고 뚱뚱한 지휘자는 지휘봉에서 땀이 떨어질 만큼 열심히 팔을 휘저었다. 아이들과 반딧불이는 깊은 풀밭을 뛰어다녔고 긴 드레스를 입고 머리를 높이 틀어 올린 숙녀들은 숨이 막히도록 바짝 졸라맨 깃을 세운 남자들과 실로폰처럼 통나무가 깔린 산책로를 걸었다. 산책로는 지금도 남아 있지만, 나무는 세월이 지나면서 모두 부서지고 갈라졌다. 호수는 고요하고 푸르고 잔잔했으며 물고기가 밝은 암초 사이를 평화롭게 누비고 다녔다. 기관사는 계속 중얼거렸고 아이들은 딴 세상에 와 있는 기분이었다. 그곳에서 트리든 씨는 놀랍도록 젊어 보였고 눈은 작은 전구처럼 파랗게 빛났다. 아무도 서두르지 않았다. 주위는 온통 숲이 펼쳐져 있었고 해도 한 곳에 멈춰버린 편안하고 느긋한 날이었다. 오직 트리든 씨의 목소리만 높아졌다 낮아졌다 했고 바늘이 공기를 바느질하듯 이곳저곳을 누비며 보이지 않는 금빛 무늬를 수놓았다. 벌 한 마리가 붕붕거리며 꽃 위에 앉았다. 전차는 마법에 걸린 증기 오르간처럼 서서 쏟아지는 햇빛을 받아 반짝이고 있었다. 전차가 놋쇠 냄새를 풍기는 동안 아이들은 잘 익은 체리를 먹었다. 아이들 옷에 스민 밝은 전차의 향기가 여름 바람을 타고 멀리 퍼졌다.

새 한 마리가 울면서 하늘 위를 날았다.

누군가 몸을 떨었다.

트리든 씨가 장갑을 꼈다. "자, 이제 갈 시간이다. 부모님들이 내가 너희를 영영 훔쳐 간 줄 알겠구나."

전차는 아이스크림 가게 안처럼 고요하고 시원하고 어두웠다. 아이들은 연한 초록색 벨벳 천이 바스락대도록 조용히 의자를 돌렸다. 그리고 고요한 호수와 버려진 야외음악당과 해변을 따라 걸을 때면 다른 세계로 안내하는 실로폰 같은 산책로를 등지고 자리에 앉았다.

쨍! 트리든 씨의 발 아래서 종소리가 부드럽게 울렸다. 아이들은 햇빛을 받지 못해 시든 꽃이 가득한 초원과 숲을 지나 도시로 향했다. 트리든 씨가 아이들을 내려주려고 전차를 세웠을 때 벽돌과 아스팔트와 나무가 전차를 둘러싸는 것만 같았다.

찰리와 더글러스는 마지막까지 전차의 벌어진 입 앞에 서서 접히는 계단과 숨결 같은 전기와 트리든 씨가 장갑 낀 손으로 놋쇠 운전대를 만지는 모습을 지켜보았다.

더글러스가 손끝으로 초록색 이끼 같은 벨벳 천을 쓸어보고 은색, 황동색, 포도주색이 섞인 천장을 쳐다보았다.

"저… 안녕히 가세요, 트리든 씨."

"잘 가라, 얘들아."

"또 만나요, 트리든 씨."

"또 만나자."

공기 중으로 부드러운 한숨이 흘러나왔다. 주름진 혀를 다시 집어넣으며 전차 문이 가만히 닫혔다. 태양보다 더 밝은 귤색 전차가 황금색과 레몬색을 반짝이며 늦은 오후를 통과해 천천히 모퉁이를 돌더니 덜컹거리며 사라졌다.

"스쿨버스라니!" 찰리는 길가로 걸어갔다. "스쿨버스를 타면 학교에 지각할 수도 없을 거야. 버스가 집 앞까지 와서 우릴 태워 갈 테니까. 평생 다시는 지각할 수 없을 거야. 아, 악몽이 따로 없네. 더글러스, 너도 생각해봐."

그러나 더글러스는 여전히 잔디밭에 서서 내일은 어떤 모습일까 그려보고 있었다. 사람들은 은빛 철로 위에 뜨거운 타르를 쏟아부을 것이고 아무도 이 길로 전차가 다녔다는 사실을 알지 못하겠지. 그러나 아무리 깊이 묻어도 철길을 잊으려면 꽤 많은 시간이 필요하리라. 가을, 봄, 혹은 겨울의 어느 날 아침, 잠에서 깨어나 창가로 가지 않고 따뜻한 침대 속에 편안하게 누워 있어도 희미하게 멀어지는 전차 소리를 듣게 되리라.

그리고 아침, 거리 모퉁이에서, 혹은 거리를 지나가면서, 줄지어 서 있는 플라타너스와 느릅나무, 단풍나무 사이에서, 삶을 시작하기 전의 고요함 속에서, 혹은 집 앞에서 익숙한 그 소리를 듣게 될 것이다. 째깍거리는 시계 소리처럼, 십여 개의 쇠 통이 굴러가는 우당탕 소리처럼, 새벽녘 홀로 나는 거대한 잠자리의 붕붕 소리처럼, 회전목마처럼, 작은 전기 폭풍처럼, 푸른 번개처럼, 훽 다가왔다 훅 사라질 것이다. 아아, 전차의 종소리. 계단을 펼치고 다시 접을 때 들리는 소다수 통 주둥이의 쉭쉭 소리. 다시 꿈이 시작되면서 전차는 땅속 깊이 숨겨진 철로를 따라 어딘가 묻혀 있는 목적지를 향해 길을 떠나리라.

"저녁 먹고 깡통차기 할래?" 찰리가 물었다.

"좋아." 더글러스가 말했다. "깡통차기 하자."

ICARUS
MONTGOLFIER
WRIGHT

이카로스 몽골피에 라이트

그는 침대에 누워 있었다. 바람이 창을 통해 그의 귓가로, 반쯤 벌어진 입으로 불어와 꿈결을 향해 속삭였다. 마치 델포이의 동굴로 파고들어 어제도 오늘도 내일도 했을 게 분명한 말을 들려주던 시절의 바람 같았다. 때로는 하나의 목소리가 멀리서 외마디 비명을 지를 때도 있었고, 때로는 두 번, 혹은 열댓 번 외칠 때도 있었다. 그 입을 통해 온 인류가 외칠 때도 있었지만 하는 말은 늘 똑같았다.

"보아라! 보아라! 마침내 해내고 말았다!"

갑자기 그는, 그들은, 혼자서 혹은 여럿이 꿈속을 날아올랐다. 그가 허우적거리는 하늘에는 대기가 부드럽고 따뜻한 바다처럼 펼쳐져 있었다.

"보아라! 보아라! 마침내 해내고 말았다!"

그러나 그는 이 세상을 향해 자신을 봐달라고 부탁하지 않았다. 그저 감각을 흔들어 깨워 대기와 바람과 떠오르는 달을 바라보고, 맛보고, 냄새 맡고, 만져볼 뿐이었다. 그는 하늘을 헤엄쳤다. 무거운 대지는 사라졌다.

잠깐 기다려! 그는 생각했다. 기다려줘!

오늘 밤은, 대체 어떤 밤인가?

물론 전날 밤이었다. 최초로 달을 향해 가는 로켓의 비행 전야. 이 방을 나가면 백 미터쯤 떨어진 뜨거운 사막 위에서 로켓이 나를 기다린다.

그런데 정말일까? 정말로 로켓이 있을까?

잠깐! 그는 생각했다. 그는 몸을 뒤채며 땀을 흘리며 눈을 꼭 감고 벽쪽으로 돌아누워 잇새로 맹렬한 속삭임을 내뱉었다. 솔직하게 말해! 도대체 너는 누구냐?

나? 그는 생각했다. 내 이름 말인가?

제디다이어 프렌티스, 1938년생, 1959년 대학졸업, 1971년 로켓 조종사 자격증 취득. 제디다이어 프렌티스… 제디다이어 프렌티스….

바람이 피리 소리를 내며 불어와 그의 이름을 날려버렸다! 그는 비명을 지르며 손을 허우적거리며 이름을 붙잡으려고 몸부림쳤다.

이름이 날아가고 조용해지자 그는 바람이 다시 불어 그의 이름을 되돌려주길 기다렸다. 한참을 기다렸지만, 오직 고요뿐이었다. 심장 고동소리를 천 번쯤 들은 후에 그는 어떤 움직임을 느꼈다.

하늘이 보드라운 파란 꽃처럼 활짝 열렸다. 에게해가 부드럽고 하얀 부채를 휘저으며 머나먼 곳에서 밀려오는 포도주 빛깔 파도를 일으켰다.

바닷가에 파도가 밀려왔다 몰려가는 동안 그는 자신의 이름을 들었다.

이카로스.

다시 한숨 같은 속삭임이 들렸다.

이카로스.

누군가 그의 팔을 흔들었다. 아버지 다이달로스가 그의 이름을 부르며 그를 흔들어 깨우고 있었다. 그는 몸을 웅크리고 누워 창문과 저 아래 바닷가와 깊은 하늘을 향해 몸을 반쯤 돌리고서 새벽의 첫 바람이 침대 옆에 놓인 황금 깃털 날개를 흔들고 지나가는 것을 느꼈다. 호박색 밀랍으로 붙인 황금 깃털 날개가 아버지 다이달로스의 팔에서 반쯤 살아 움직였다. 그러나 그가 어깨에 날개를 걸치고 저 멀리 낭떠러지를 바라보자 날개에 붙은 가냘픈 솜털이 파르르 떨렸다.

"아버지, 바람이 어떤가요?"

"내겐 충분하지만, 너한테는 충분하지 않구나…."

"아버지, 걱정하지 마세요. 지금은 이 날개가 허술해 보이겠지만 깃털 속의 제 뼈가 날개를 강하게 만들고 밀랍 속의 제 피가 날개에 생명을 줄 거예요!"

"그 안에 나의 피와 뼈도 있음을 잊지 마라. 사람은 자식에게 자기 살을 내주고 잘 키우길 바라는 법이다. 너무 높이 날지는 마라, 이카로스. 태양의 열기나 네 몸의 열이 날개를 녹일 수도 있단다, 아들아. 조심해라!"

두 사람은 찬란한 황금 날개를 지고 아침을 향해 나갔다. 각자 팔에서 날개가 속삭이는 소리가 들렸다. 그의 이름을, 어떤 이름을, 누군가의 이름을 날개가 속삭였다. 이름은 부드러운 대기 속의 깃털처럼 위로 날아올랐다가 빙글빙글 돌아 아래로 떨어졌다.

몽골피에.*

그의 손이 불같은 밧줄과 반짝이는 아마포와 여름처럼 뜨겁게 달아오른 실에 닿았다. 그의 손은 양털과 짚을 활활 타오르는 불꽃으로 만들었다.

몽골피에.

그는 눈을 들어 불길에서 솟아나는 빛나는 공기가 파도처럼 밀려와 자루 속을 가득 채워 엄청나게 큰 모양으로 부풀어 올라 흔들리며, 거대하게 당기고 미는 힘으로 공중에 떠오른 은빛 배를 쳐다보았다. 고요는 비스듬히 누워 잠든 신처럼 프랑스의 시골 위를 덮고 있었다. 이 섬세한 아마포 자루가, 뜨거운 공기로 잔뜩 부풀어 오른 이 자루가, 곧 자유롭게 날아오를 것이다. 침묵의 푸른 세계로 두둥실 떠올라 그의 마음과 형제의 마음과 함께 여행할 것이다. 야만의 번개조차 잠든 구름 섬 사이를 아무 소리도 내지 않고 떠돌 것이다. 새소리도 사람의 외침도 닿지 않고 지도

* 프랑스의 열기구 발명가. 1782년 아마포 자루에 짚불로 가열한 공기를 넣어 모형기구를 띄우는 데 성공하였고, 1783년 동물을 싣고 3킬로미터 정도 자유항행을 했다.

에도 없는 만과 해구 속으로 기구가 조용히 사라진다. 그는, 몽골피에는, 모든 인간은 그렇게 떠다니며 신의 무한한 숨결과 신전에 울리는 영원한 발소리를 들을 것이다.

"아아…." 그는 움직였다. 군중도 움직였다. 따뜻한 기구 아래로 그림자가 생겼다. "모든 준비가 끝났다. 아무 문제도 없다…."

문제없다. 꿈속에서 그의 입술이 실룩거렸다. 문제없다. 쉿, 조용히. 속삭이며 퍼덕거리며 출발. 됐어!

아버지의 손에서 장난감이 천장으로 날아올랐다가 회오리바람을 일으키며 공중에 그대로 떠 있었다. 그와 동생이 물끄러미 쳐다보는 사이 장난감은 날개를 퍼덕이며 파사삭 휙휙 소리를 내며 그들의 이름을 중얼거렸다.

라이트.

속삭임이 들렸다. 바람, 하늘, 구름, 우주, 날개, 비행….

"윌버, 오빌? 저길 봐, 어때?"

아아. 그는 꿈속에서 탄식했다.

장난감 헬리콥터는 붕붕거리며 천장에 부딪혔다. 중얼거리는 독수리, 까마귀, 참새, 울새, 매, 중얼거리는 독수리, 까마귀, 참새, 울새, 매. 속삭이는 독수리. 속삭이는 까마귀. 그리고 마침내 속삭이며, 형제의 손을 향해 날개를 퍼덕이며, 아직 오지 않은 여름의 질풍처럼 최후의 신음을 토하며, 속수무책으로 떨어지며 속삭이는 매.

꿈을 꾸며 그는 빙긋 웃었다.

그는 에게 해의 하늘로 몰려오는 구름 떼를 보았다.

그는 투명하게 달리는 바람을 기다려 기구가 몸피를 크게 부풀리며 술에 취한 듯 까딱거리는 모습을 느꼈다.

그는 새끼 새와도 같은 자신이 떨어진다면 대서양에 면한 벼랑 밑에서 사뿐히 받아줄 부드러운 모래밭의 속삭임을 들었다. 기체의 뼈대를 버텨주는 버팀목이 하프 줄처럼 소리를 내고 가락을 내어 자신이 그 음을 타고 날아오르는 소리를 들었다.

방 밖의 사막 한복판 발사대에 준비된 로켓이 불의 날개를 접고 불의 숨결을 내뿜으며 30억의 사람들에게 말을 건네려 하는 것을 느꼈다. 이윽고 그는 일어나 로켓을 향해 천천히 걷기 시작했다.

그리고 벼랑 끝에 선다.

따뜻한 기구의 그림자 아래 서늘하게 선다.

키티호크* 위로 부딪쳐오는 바닷모래를 맞으며 선다.

그리고 아들의 손목에, 팔에, 손에, 손가락에 황금 밀랍으로 황금 날개를 붙인다.

그리고 자신의 꿈을 높이 쏘아 올리고자 경탄과 경외의 따뜻한 숨결을 모아 관에 불어넣고 최후의 손길로 마무리한다.

그리고 가솔린 엔진에 불꽃이 인다.

그리고 아버지의 손을 잡고 자신의 날개에 소원을 빈 다음 날개를 구부리고 벼랑에서 날아오를 자세를 취한다.

그리고 풀쩍 뛰어오른다.

그리고 밧줄을 끊고 거대한 기구를 하늘에 풀어놓는다.

그리고 모터를 켜고 공중에 비행기를 띄운다.

그리고 스위치를 켜고 로켓을 점화한다.

그리고 단 한 번의 도약으로 다 함께 공중을 헤엄치고, 돌진하고, 공중제비를 돌고, 뛰어오르고, 항해하고, 미끄러지고, 태양과 달과 별을 향해 곤두선다. 대서양을, 지중해를, 시골 위를, 황무지를, 도시를, 마을 위를 날 것이다. 공허한 침묵 속에서 퍼덕거리는 날개로, 딸깍딸깍 소리를 내는 뼈대로, 화산 같은 폭발로, 미세하게 떨리는 외침 소리로, 처음에는 삐걱거리며 머뭇거리다가 이내 꾸준히 상승하여 그럴듯하게 자세를 잡고 아름답게 순항하며, 그들은 웃으며 각자의 이름을 자신에게 외

* 라이트 형제가 최초의 비행에 성공한 미국 노스캐롤라이나주의 지명

친다. 아직 태어나지 않은 사람이나 오래전에 죽은 사람의 이름도 큰 소리로 외친다. 이름은 포도주빛 바람에, 짭짤한 바람에, 조용히 속삭이는 기구의 바람에, 화학적인 불의 바람에 날아간다. 반짝이는 날개가 하나하나 회오리치며 깊숙이 묻힌 뿌리를 보이고 어깻죽지를 드러내는 게 느껴진다. 각자 비행의 메아리 뒤로 지구를 돌고 또 도는 소리를 남기고, 오랜 시간이 흐른 뒤 아들의 아들의 아들에게 전하는 소리를 남기며, 자면서도 한밤중 하늘을 불안하게 떠도는 소리를 듣는다.

위로, 더 멀리, 더 높이, 높이! 봄의 파도, 여름의 물결, 끝나지 않는 날개의 강물이여!

부드럽게 종이 울렸다.

안 돼. 그는 속삭였다. 조금만 더… 조금만 더… 기다려….

창 밑의 에게 해가 뒤로 사라졌다. 대서양의 바닷가 모래밭도 프랑스의 시골도 스르르 사라지고 뉴멕시코의 사막으로 돌아왔다. 그의 방 침대 근처에는 황금빛 밀랍으로 붙인 깃털 날개가 없다. 뜨거운 공기를 불어넣은 배도 없다. 드럼으로 만든 나비 모양 기계도 없다. 바깥에는 오직 로켓뿐이다. 그의 손이 닿아 곧 출발하기를 기다리는 연소성 꿈이 있을 뿐이다.

잠에서 깨어나기 직전에 누군가 그의 이름을 물었다.

그는 한밤중부터 지금까지 몇 시간이나 들었던 자신의 이름을 조용히 들려주었다.

"나는 이카로스 몽골피에 라이트다."

질문한 사람이 이름의 순서와 철자를 제대로 이해할 수 있도록 마지막 글자까지 천천히 되풀이했다.

"이카로스 몽골피에 라이트. 기원전 9백 년 출생. 1783년 파리 그래머 스쿨 졸업. 1903년 키티호크에서 고등학교, 대학교 졸업. 지구에서 달로 진출. 오늘은 신의 축복이 깃든 1971년 8월 1일. 운이 좋으면 서기 1999년 여름, 화성에서 죽어 거기 묻힐 것이다."

그리고 그는 겨우 잠에서 깨어났다.

잠시 후 그는 타맥 사막을 건너다가 누군가 여러 차례 되풀이해 외치는 소리를 들었다.

그의 뒤에 누가 있는지 없는지도 알 수가 없었다. 한 사람의 목소리인지 여럿의 목소리인지, 젊은 사람의 것인지 늙은 사람의 것인지, 가까운 곳인지 머나먼 곳인지, 올라가는지 내려가는지, 속삭이는지 외치는지도 알 수가 없었다. 세 사람의 이름으로 만든 용감한 새 이름을 들었지만, 그는 뒤도 돌아보지 않았다.

바람이 천천히 솟구쳤다. 그는 바람이 잠깐 멈추었다가 다시 불어오길 기다리며 사막을 가로질러 나머지 길을 내처 갔다. 거기 로켓이 그를 기다리며 서 있었다.

옮긴이 **이주혜**

읽고 쓰고 옮긴다. 2016년 창비신인소설상을 받으며 작품활동을 시작했다. 지은 책으로 장편소설 《자두》《계절은 짧고 기억은 영영》, 중편소설 《중국 앵무새가 있는 방》, 소설집 《그 고양이의 이름은 길다》《누의 자리》, 산문집 《눈물을 심어본 적 있는 당신에게》, 옮긴 책으로 《못해 그리고 안 할 거야》《동등한 우리》《우리 죽은 자들이 깨어날 때》《멀리 오래 보기》《지구에 마지막으로 남은 시체》《여자에게 어울리지 않는 직업》《양귀비 전쟁》 등이 있다. 신동엽문학상을 수상했다.

THE BEST OF
RAY BRADBURY
베스트 오브 레이 브래드버리

초판 1쇄 발행 2025년 1월 10일

지은이 레이 브래드버리
옮긴이 이주혜
펴낸이 박은주
디자인 김선예, 이수정
마케팅 박동준

발행처 (주) 아작
등록 2015년 9월 9일 (제2023-000057호)
주소 07236 서울특별시 영등포구 의사당대로 38 102동 1309호
전화 02.324.3945-6 **팩스** 02.324.3947
이메일 arzaklivres@gmail.com
홈페이지 www.arzak.co.kr

ISBN 979-11-6668-861-4 03840

책 값은 표지 뒤쪽에 있습니다.
잘못 만들어진 책은 구입하신 서점에서 교환해 드립니다.